왈가닥 춘봉의 한판승부!

왈가닥 춘봉의 한판승부!

왈가닥 춘봉의 한판승부!

초판 인쇄 | 2006년 8월 25일
초판 발행 | 2006년 8월 30일

지은이 | 한여름
펴낸이 | 한익수
펴낸곳 | 도서출판 큰나무

등록 | 1993년 11월 30일(제5-396호)
주소 | 120-837 서울시 서대문구 충정로 3가 3-95 2층
전화 | 02)365-1845~6 팩스 | 02)365-1847
이메일 | btreepub@chol.com
홈페이지 | www.bigtreepub.co.kr

값 9,000원

ISBN   89-7891-224-9   03810

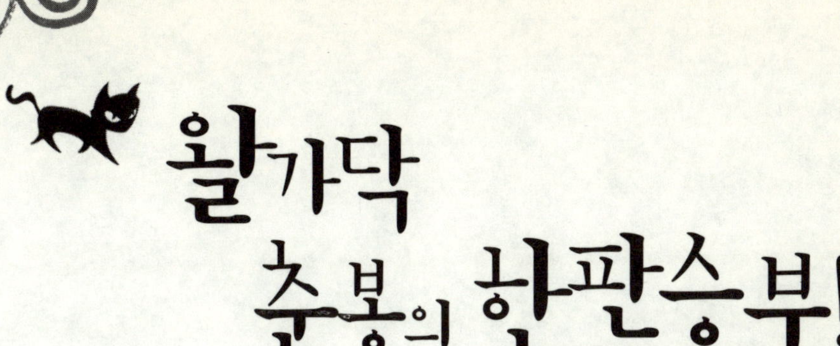

왈가닥 춘봉의 한판승부!

한여름 장편소설

큰나무

1

"학생증을 보여주시겠습니까?"

패스트푸드점 매니저는 눈을 가느스름하게 뜨고, 눈앞에 서 있는 여자를 머리에서부터 발끝까지 죽 훑어보았다.

날 좋은 봄날 병아리도 아니고 샛노랗게 염색한 헤어스타일에, 양쪽 귀에는 세 개씩이나 구멍이 뚫려 있고 거기에 커다란 링으로 된 은 귀걸이가 대롱대롱 달랑거리고 있었다. 또 옷차림은? 그리고 눈부신 형광색의 알록달록한 레이스가 달린 상의와 유행이 지난 지 한참 된 짤막한 청 스커트라니……. 그뿐만이 아니었다. 커다란 무늬가 지그재그로 아로새겨져 있는 요란한 스타킹은 영 마음에 들지 않았다.

매니저는 순진하게 눈을 깜박이고 서 있는 여자의 모습을 한심한 눈길로 쓱 훑었다. 날라리군.

그 한마디로 눈앞의 여자를 정의 내린 매니저는 아르바이트 자리를 원하는 여자가 한눈에 보아도 이곳에서 일하기는 영 글렀다고 단정했다.

그래도 단번에 거절할 수는 없다고 생각한 매니저는 그녀에게 학생증을 요구했다. 사실, 학생증을 보여달라는 것은 형식적인 절차였을 뿐 매니저는 날라리 같아 보이는 그녀를 고용하고 싶은 생각은 눈곱만큼도 없었다.

"학생증이요?"

여자는 고개를 갸웃거리더니 아무 말 없이 부스럭거리며 핸드백을 뒤졌다. 그리고 매니저에게 그것을 건네주었다.

매니저는 가장자리가 낡아 너덜거리는 그 학생증을 바라보았다. 흘끗 여자를 바라보며 정말 동일 인물이 맞는지 사진과 비교해보았다.

학생증의 사진 속에는 검은 단발머리에 굳은 의지가 담긴 표정, 순수해 보이는 눈빛과, 고집이 세 보이는 꼭 다문 입술을 가진 소녀가 있었다. 학생증 안의 사진과 눈앞의 여자는 확연히 달라 보였지만, 이목구비를 살펴보건대 분명 동일 인물이 맞았다.

그러나 문제는…….

그것이 고등학교 학생증이라는 데 있었다. 매니저가 기가 차다는 듯 여자를 바라보자 여자는 순진한 표정으로 뭐가 잘못되었는지 고개를 갸웃거렸다.

"고등학생인가요?"

"아니요. 졸업했어요."

매니저의 질문에 춘봉이 얌전히 대답했다.

춘봉은 패스트푸드 가게 안을 둘러보았다. 그녀는 이곳의 유니폼이 너무나 마음에 들었다. 은색과 남색의 줄무늬에, 오종종한 프릴이 달린 유니폼과 깨끗한 흰색 앞치마는 만화 속에서나 볼 수 있는 의상이었던 것이다. 저런 유니폼을 입으면 일이 아무리 힘들고 월급이 조금 적더라도 괜찮을 것 같다는 생각을 하며 춘봉은 매니저를 바라보았다.

"그럼 대학교에서 아직 학생증이 나오지 않았나요? 보아하니 신입생 같은데."

"전 대학생이 아닌데요?"

춘봉은 성심성의껏 질문에 대답했다. 그러나 매니저는 아무 말 없이 춘봉을 바라보았다. 어이없다는 눈빛이었다.

춘봉은 패스트푸드점 매니저가 갑자기 학생증을 보여달라고 했을 때부터 뭔가 이상하다고 생각하고 있었다. 그래도 이것도 이곳에서 일하기 위한 절차 중의 하나이려니, 좋게 생각했다. 그래서 고등학교 때의 학생증이 지갑에 남아 있는 것을 다행으로 여기며 그것을 꺼내 매니저에게 건네주었던 것이다. 그러나 매니저의 표정은 영 호의적으로 보이지 않았다.

"대학생이 아니라고요?"

춘봉의 말에 매니저의 친절한 얼굴이 싹 바뀌었다.

"미안하지만 대학생이 아니면……."

매니저는 잘 다듬은 손톱으로 테이블을 딱딱 두들기면서 말했다. 겉으로는 난처한 얼굴이었지만 고졸이라고 말한 춘봉을 깔보는 기색이 완연했다.

"대학생이 아니면 왜 안 되는데요?"

예상치 못한 거절에 춘봉은 조금 당황했다. 왜 대학생이 아니면 안 되는지 이해하지 못한 춘봉이 의아해서 물었지만 매니저는 딱딱한 얼굴로 틀에 박힌 대답만 늘어놓을 뿐이었다.

"아르바이트 생 채용 규정상, 대학생이 아니면 어렵습니다. 신원이 확실하지도 않고……."

기가 막혔다. 춘봉은 왜 대학생만 패스트푸드점에서 아르바이트할 수 있는지 여전히 궁금증이 풀리지 않았다. 신원이 확실하지 않다니, 재작년에 주민등록증도 나왔는데…….

주민등록증은 신원을 확인할 수 있는 가장 확실한 수단이 아니던가. 왜 유독 이 패스트푸드점은 대학교 학생증을 유일한 신원 확인 수단으로 사용하는지 궁금했다. 하지만 단호한 거절의 뜻이 담겨 있는 매니저의 표정 앞에서 춘봉은 어쩔 수 없이 어깨를 축 늘어뜨리고 그곳을 나올 수밖에 없었다. 그래도 불같은 성질은 속일 수 없어 그녀는 패스트푸드점 앞에서 주먹을 꼭 쥐고 휘둘렀다.

"이딴 가게! 확 망해버려라!"

춘봉은 씩씩거리며 악담을 퍼부었다.

"햄버거, 고깟것을 포장하면서 논문을 쓰는 것도 아니고 무슨 심오한 사회적 의미가 담겨 있는 것도 아닐 텐데…….."

돌아서며 춘봉은 쓸쓸히 중얼거렸다. 그러나 이런 것이야말로 냉혹한 현실이라는 것을 깨닫자 새삼스럽게 자신의 처지가 서글퍼졌다.

"할아버지가 그때 반대만 하시지 않았더라도…….."

고등학교 3학년이던 지난 겨울 대학 입시를 치르지 않은 것을 뼈저리게 후회했다. 거리를 둘러보면 화려하게 치장한 멋진 여대생들이 활보하고 있는데 그중에 자신은 열외라는 생각이 들자 춘봉은 따돌림당하는 것 같은 소외감을 느꼈다. 지금 자신의 처지가 모두 할아버지와의 날카로운 의견 대립 때문이었다는 사실이 떠오르자 춘봉은 고향에 계신 할아버지까지 원망스럽게 느껴졌다.

"영문과에 가고 싶다니까요! 영자 책을 가슴에 안고 걷고 싶다고요!"

"무슨 말이냐! 절대 안 된다! 너는 계속…….."

할아버지의 추상같은 반대에 부딪혀 춘봉의 꿈은 산산조각이 나버리고 말았다. 그때를 생각하자 더욱더 화가 치밀어오른 춘봉은 발로 땅을 탕 하고 굴렀다.

"되는 게 하나도 없어!"

심술 맞은 표정으로 그녀는 길가에 나뒹굴고 있는 깡통 하나를 깡, 소리나게 멀리 차버렸다. 깡통은 통통통 튀어 저만치 날아가 버렸고 골이 난 춘봉은 씩씩거리며 깡통을 따라갔다. 다시 한 번 깡통을 차려는 순간이었다.

“어머, 쟤 뭐야?”

몇몇 사람들의 소곤거림에 문득 춘봉은 주변을 둘러보았다. 아직 초저 녁밖에 되지 않았는데도 휘황찬란하게 번쩍거리는 네온사인과 그 아래를 부지런히 오가는 사람들, 그리고 빵빵거리는 자동차들……. 그러나 그곳 들 중 그녀가 속해 있을 곳은 없었다. 군중 속의 고독이라는 의미를 오늘 에서야 비로소 깨닫는 것 같았다.

자신을 이상한 듯 힐끔힐끔 쳐다보는 사람들의 시선을 피해 춘봉은 시 무룩한 얼굴로 구석진 길가에 붙어섰다. 그리고 분주한 거리의 모습을 지 켜보며 절레절레 고개를 내저었다.

하늘을 바라보니 날은 이미 어둑어둑해지고 있었다. 서울의 하늘은 시 골보다 흐리고 석양은 더 붉은 것 같았다. 춘봉은 그토록 오고 싶었던 서 울에 왔는데 왜 이렇게 쓸쓸하고 외롭게 느껴지는지 알 수 없었다.

춘봉은 버스를 잡아탔다. 오늘 하루종일 아르바이트 자리를 구하느라 여기저기 뛰어다닌 춘봉은 뒷덜미를 좌석에 기대었다. 창 밖으로 휙휙 지 나가는 풍경들은 어디나 하나같이 비슷해 보였지만, 그녀에게는 낯설기 만 했다. 말갛게 비치는 버스의 차창에 비친 자신의 모습을 물끄러미 쳐 다보았다. 친구의 옷을 빌려 입고 처음 해보는 어설픈 화장을 한 모습이 꼭 자신이 아닌 것 같아 낯설게 느껴졌다.

“여대생처럼 보이고 싶었는데…….”

춘봉은 길게 한숨을 내쉬었다. 나름대로 멋쟁이 여대생처럼 보이려고 아침에 거울을 붙들고 꾸민 것이었지만 아무리 봐도 ‘이건 아니다’였고 학생증 하나에 금방 신분이 뽀록나버린 것이 불과 몇 분 전이었다. 자신 이 원하는 여대생의 모습을 갖추는 것은 길고 험난해 보였다. 그리고 제 일 먼저 대학에 들어가는 것이 그 첫 번째 순서일 듯싶었다.

버스는 몇 정거장을 지나 유진의 집이 있는 곳에 다다랐다.

버스에서 내린 춘봉은 다 똑같아 보이는 오피스텔 건물들을 바라보았다. 그리고 차마 떨어지지 않는 걸음으로 유진의 집으로 향했다. 지금 춘봉은 서울에 올라와 유진의 집에서 묵고 있는 중이었다.

유진의 집은 큰길 앞에 있었는데 지름길로 가려면 약간 으슥한 골목길을 지나야만 했다. 그런데 골목길을 들어서자마자 춘봉은 갑자기 눈앞이 캄캄해졌다. 누군가가 점퍼 같은 것으로 그녀의 얼굴을 확 덮어버린 것이다. 깜짝 놀란 춘봉이 소리를 질렀다.

"악! 이게 뭐야!"

"가지고 있는 돈 다 내놔!"

험악한 목소리가 귓가에서 중얼거렸다.

갑자기 일어난 일에 춘봉은 정신이 하나도 없었다. 가뜩이나 가로등도 없는 어두운 골목길은 항상 치한이 나타날 수도 있다고 진작에 주의했어야 했다. 그러고 보니 아침에 나설 때 유진이 귀띔을 했던 것이 기억났다.

"요즘 이 근방에 강도범이 활개치고 다닌다는 소문이 있어. 아직도 못 잡았다고 하더라. 그러니 너도 늦지 않게 다녀. 하긴 너라면…… 강도범도 눈은 달려야 강도 짓을 할 테니……, 하하……."

자신의 위아래를 쭉 훑어보며 약올리는 듯한 유진의 목소리에 춘봉은 속이 부글부글 끓었지만 그때는 대거리할 만한 상황이 아니었기에 꾹 눌러 참았다. 하루종일 바쁘게 돌아다니느라 유진의 말을 까맣게 잊고 있었던 것이다. 그런데 지금…….

누군가가 한 손으로는 그녀의 입을 아프도록 꾹 눌러 막고 다른 한 손으로는 가슴 쪽을 더듬는 것이 느껴지자 춘봉은 온몸에 소름이 쫙 끼쳤다. 바로 이 사람이 아침에 유진이 언급했던 바로 그 강도 강간범인 모양이라고 생각하며 춘봉은 발을 동동 굴렀다. 엄마야! 나 어떡해!

"오늘 정말 잘했네. 심판이란 모름지기 제 선수만큼은 되어야지. 판정승으로 끝날 뻔한 것을 그렇게 명쾌하게 심판해내다니, 정말 대단하네!"

태권도 협회 장운형 소장이 규하의 손을 덥석 잡았다.

"별말씀을요……. 전 그저 그 선수가 페인트 모션—반칙을 유도하는 행동—을 쓴 게 어딘지 어색해 보여 그렇게 판정을 내린 것뿐입니다."

규하가 겸손하게 말했다.

장 소장의 말대로 오늘 규하의 활약은 대단했다. 몇 시간 전 폐회한 아시안게임 대표 선수 1차 선발전의 심사위원으로 참가했던 규하는 교묘한 속임수를 써 판정승으로 이기려고 했던 한 선수를 날카로운 눈으로 잡아냈다.

결승전에 오른 두 선수들은 여간해서는 판가름이 나지 않을 정도로 실력이 엇비슷했다. 그래서 판정승으로 끝날 뻔한 경기였는데 규하는 한 선수가 상대편의 도복을 움켜잡아 방어를 하지 못하도록 한 속임수를 알아차리고 그에게 경고를 주어 결국 패하게 만들었다. 경기장의 다른 세 꼭지에 선 다른 심판들은 전혀 눈치도 채지 못했던 것을 규하가 잡아낸 것이었다.

규하는 아무리 승패에 전념을 다하는 운동선수여도 항상 지킬 것은 지키는 인성을 먼저 닦는 것이 무도의 첫걸음이라고 생각해왔다. 어떠한 수단을 쓰더라도 이기기만 하면 된다는 식의 선수는 먼저 인성을 길러야 할 필요성이 있었다. '정당한 수단으로 정당한 목적을', 그것이 규하의 인생관이었다. 그런 자신의 태권도 철학에 입각하여 비열한 방법으로 이기려 든 선수를 탈락시킨 것이다.

"그러나 아무도 그것을 눈여겨보지 않았지 않나? 그러니 자네가 잘한 것이라네."

장 소장은 손수 잔을 들어 규하에게 건네고 술을 부어주었다.

"자, 마시게. 오늘 선발전은 정말 멋졌다네."

"감사합니다."

규하는 장 소장의 술잔을 두 손으로 공손히 받았다.

　고급 술집의 커다란 룸의 사방에는 규하의 선배들로 가득 차 있었다. 규하는 이 자리가 어렵기만 했다. 그의 나이 올해 서른하나, 나이가 그의 두 배 남짓한 대 선배님들과 어울리기에는 너무 어렸던 탓이었다.

　“그 다음에는 내가 따름세.”

　태권도 협회의 부소장이 미리 예약까지 해두자 덩달아 다른 선배들까지 규하에게 한 잔씩 따라주겠다고 아우성이었다. 규하는 부소장 이후 자신에게 술을 주겠다고 줄줄이 늘어선 선배들을 보자 등에서 식은땀이 나는 것 같았다.

　“아무리 오늘 훌륭한 선수가 많았다고 해도 자네의 실력에 비등할 만한 선수는 없더군.”

　부소장은 규하를 추켜올리며 술을 따라주었다. 부소장은 규하가 청소년 대표였을 때부터 규하의 활약상을 눈여겨보고 그를 국가대표 선수로 발탁시킨 인연을 맺고 있었다.

　“전년도 올림픽 금메달리스트라 역시 달라!”

　규하는 그의 술잔을 받아들고 거절할 수 없어 난감하기 짝이 없었다. 과도한 음주를 즐기는 성격도 아닌 데다 규칙적인 수련을 위해서는 이런 자리를 가능한 한 피하는 것이 그의 철칙이었기에 규하는 부소장 다음으로 몇 명의 선배로부터 술잔을 받고 나서 자리에서 일어섰다.

　“제 선수, 그러지 말고 한 잔 더!”

　“죄송합니다. 일정이 있어서 저는 이만 돌아가 보겠습니다.”

　규하는 정중하게 인사를 했다. 선배들은 그런 규하의 절제에 감탄 섞인 미소를 보냈다.

　아무리 자신의 나이에 비해 크게 성공했다고 인정받는 규하일지라도 항상 이런 자리는 어렵기 마련이었다. 태권도 협회 관계자들은 모두 규하를 대단하게 여겼지만, 규하는 오늘따라 그들의 관심과 기대가 더더욱 부담스럽게 느껴졌다. 그래서 규하는 정중히 양해를 구하고 뒤풀이 자리에서 가까스로 빠져나왔다.

"하아—."

가을의 서늘한 바람이 그의 앞머리를 쓸고 갔다. 그 덕에 그의 시원한 이마가 드러나 보였다. 머리카락 뿌리에서부터 가파르게 각이 져 내려간 이마는 그의 인상을 강하게 보이게 하는 데 한몫하고 있었다.

규하는 주머니에서 담배를 꺼냈다. 나이 많은 어른들 앞에서 피울 수 없었기에 꾹 참고 있던 중이었다. 담배 하나를 꺼내 입에 물었다. 담배가 건강에 좋지 않다는 것은 잘 알고 있었지만 규하는 조금씩 피우는 것은 괜찮다고 애써 생각하며 담배 연기를 폐속 깊숙이 빨아들였다. 그나마 훈련이 시작되면 담배도 금지 품목이었기에 담배는 그의 유일한 기호식품이었다. 술은 한 잔 정도 기울이는 편이었지만 담배는 자신을 가장 잘 이해하는 친구라고 표현할 정도로 애연가였다.

규하는 하얀 연기를 날리며 주차해둔 자동차를 타기 위해 술집의 주차장으로 뚜벅뚜벅 걸어갔다.

태권도 협회 관계자들은 모두 규하를 '제 선수'라고 불렀다. 아직도 선수라는 호칭은 그의 꽁무니를 따라다니고 있었다. 그렇지만 규하는 이제 올림픽에서 금메달을 딴 국가대표로 태권도에만 전념하는 선수라기보다는 금메달을 딴 이후 방송국이나 기획사로부터 CF광고가 쇄도하는 모델로서 세상에 더 유명해졌다. 뿐만 아니라 몇 년 전부터 태권도 강의로 틈틈이 출강하기 시작한 대학교에서 작년부터 정식 교수로 임명받아 교수라는 직함까지 얻었다.

그러나 그는 자신을 둘러싼 여러 가지 호칭과 별명보다 '제규하'라는 이름이 자신에게 제일 잘 어울린다고 생각했다. 사람들은 그의 이름이 밀림 속의 맹수인 재규어를 연상시킨다고 했다. 그래서 규하는 자신의 이름에 자부심을 가지고 있었다. 그 이름 그대로 그는 쭉 뻗은 팔다리며 훌쩍 큰 키, 그리고 오랫동안 다져온 훈련으로 무척이나 멋진 근육질의 날렵한 몸매를 가지고 있었다. 무엇보다 그의 전체적인 분위기는 포효하는 야생의 사나운 맹수를 떠올리게 하는 카리스마가 있었다. 아직 서른하나밖에 되지 않은 나이임에도 경호업체를 운영하는 사업가이기도 한 그는 많은 사람들을 자신의 뜻에 따라오게끔 이끄는 강인한 힘이 있었다.

규하는 두리번거리며 넓은 주차장에서 자신의 차를 찾았다. 제규하라는 이름에 걸맞게 그가 타는 차도 은색 재규어 XJ로, 생긴 것도 주인을 닮았다는 소리를 많이 듣곤 하는 자동차였다.

그가 자신의 차를 발견하고 그쪽으로 막 발길을 돌리려고 할 때였다. 갑자기 주차장 옆 쪽 어두운 골목길에서 툭탁툭탁 이상한 소리가 들려왔다.

무슨 일이지?

조금 심상치 않은 소리여서 규하는 호기심에 그쪽으로 발걸음을 돌렸다. 골목길을 돌아 언뜻 살펴보니 뒷골목 한구석에서 한바탕 커다란 소란이 일어나고 있는 중이었다.

지나가는 사람들 돈 뺏는 깡패 같은 건가?

규하는 시끄러운 일에 휘말리고 싶은 생각이 없었으나 보아하니 그쪽에 여자가 있는 것 같았다. 아무리 귀찮은 것을 싫어하는 그일지라도 여자가 건달들에게 괴롭힘을 당하고 있다면 그냥 넘길 수는 없는 일이었다. 그래서 규하가 막 그쪽으로 잰걸음으로 달려가는데 갑자기 휘익 소리와 함께 치렁치렁한 긴 머리를 풀어헤친 여자가 화려한 발차기를 선보이고 있었다.

"야압!"

규하는 깜짝 놀라 발걸음을 멈추고 우뚝 섰다. 여자의 발차기에 맞고 쓰러진 남자는 몸이 두 동강이 난 것처럼 반으로 탁 접히며 바닥에 푹 고꾸라졌다. 그리고 고통스러운 신음 소리를 흘렸다. 때를 놓치지 않고 여자의 일방적인 공격이 시작되었다. 깡패는 하릴없이 그 모든 공격을 받아낼 수밖에 없었다.

쿵짝 쿵짝 쿵짜작 쿵짝.

리듬감 있게 내리 차는 그녀의 발차기에, 지켜보던 규하의 귓가에 방금 전 술집에서 들었던 트로트 박자가 저절로 흘러나오기 시작했다. 비오는 날 먼지 나도록 신나게 두들겨 팬 여자의 공격이 잠깐 틈을 보인 사이 깡패가 오뚝이처럼 발딱 일어났다.

"두고 보자!"

걷어차인 배를 두 손으로 잡고 깡패가 이를 갈며 무서운 목소리로 말했다. 그러나 말과는 180도 다르게 꽁지가 빠져라 줄행랑을 쳤다.

보통여자들이라면 그 소리만으로도 겁을 집어먹을 텐데 여자는 눈 하나 깜짝하지 않았다. 물론 여자가 여간내기가 아니라는 것은 규하도 이미 알고 있는 사실이었지만. 여자는 그 정도 남자 하나 상대하는 것은 아무 것도 아니었다는 듯이 손에 묻은 먼지를 탁탁 털어냈다.

"허이고오, 두고 보자는 놈 하나도 안 무섭더라. 못난 놈들. 어디 할 일이 없어 여자 돈이나 뺏어 처먹나?"

여자의 입에서 나오는 구수한 전라도 사투리가 퍽 인상적이라고 생각하며 규하는 팔짱을 끼고 입에 담배를 문 채 벽에 기대어 이미 깨끗하게 종료된 상황을 지켜보며 서 있었다.

노란색으로 색다르게 염색한 긴 머리가 너울지듯 여자의 봉긋한 가슴 위에서 출렁거렸다. 여자는 그제야 머리가 풀어진 것을 알아챘는지 두 팔을 위로 올려 풀린 긴 머리를 모아 뒤에서 하나로 질끈 동여맸다. 여자가 두 팔을 올리자 몸매가 완연하게 드러나 보였다. 은은한 달빛을 배경으로 서 있는 여자의 실루엣은 굉장히 신비로웠다. 빛이 나는 것 같은 착각도 들었다. 여성스럽게 S자로 굴곡진 몸매며, 길고 가늘지만 유연한 팔다리는 연약한 사슴을 떠올리는 이미지였다. 연약한 새끼 사슴과는 거리가 먼 여자라는 것은 이미 두 눈으로 똑똑히 목격한 후였지만.

그 다음 여자는 발차기를 하는 바람에 위로 말려 올라간 짧은 청 스커트를 엉덩이를 씰룩거리며 아래쪽으로 끌어내렸다. 그러자 드러나 있던 하얀 허벅지가 살그머니 가려졌다. 그러나 이미 규하는 그녀의 쭉 뻗은 다리가 얼마나 매력적이었는지 이미 두 눈으로 똑똑히 본 후였다.

춘봉은 자신을 쳐다보고 있는 시선을 느끼자 본능적으로 재빠르게 몸을 휙 돌렸다.

"거기 누구야?!"

춘봉이 탐색하듯이 묻자 어두운 골목 구석에서 빨간 불빛 하나가 타올랐다. 담뱃불이었다. 남자는 태우고 있던 담배를 바닥으로 던져 발로 밟아 끄며 대답했다.

"말 한번 예의 바르게 하는군."

"예의? 아따, 처음 만난 사람에게 예의를 찾는 건 쪼까 무리가 아니당가요?"

춘봉은 남자의 말을 호탕하게 받아쳤다.

서울에 와서는 꼭 서울말을 쓰겠다고 볼펜을 입에 물고 연습한 그녀였지만 동네 깡패들에게까지 서울말을 쓸 필요는 없다고 생각했다. 사실 춘봉은 갑자기 모퉁이에서 튀어나온 남자의 존재에 긴장하며 슬그머니 그의 동태를 살피고 있었다. 전혀 예상하지 못했던 남자의 존재에 놀라서인지 가슴이 두근거렸다. 남자가 방금 전에 간장 찍어 먹고 놀란 토끼처럼 튀어버린 깡패의 패거리 중의 하나라면 당연히 긴장을 늦추지 말아야 할 필요가 있었다.

남자가 슬그머니 그녀 쪽으로 몸을 움직이자 춘봉은 그의 움직임에서 시선을 떼지 않으며 정권 단련하듯이 주먹을 말아쥐고 힘을 꼭 주었다. 어릴 적부터 할아버지의 가르침대로 하루에 300개씩 정권 단련을 해놓은 터라 가까운 거리에서의 주먹 지르기는 발차기 다음으로 자신 있었다.

주먹에 체중을 싣고 미사일처럼 쏘는 거야.

남자가 다가와 아까 그 깡패처럼 자신을 덥석 안으려고 하면 이번엔 제일 먼저 그의 명치부터 정권으로 내지를 작정이었다. 급소인 명치를 얻어맞으면 아무리 천하장사라고 해도 숨이 탁 막혀 일단 모든 행동을 멈추게 마련이었으니 그 틈을 타 재공격에 나설 작정이었다.

이번엔 급소를 걷어차 주겠어!

그러나 어둠 속에 가려져 있던 남자가 가로등이 훤히 비치는 곳으로 움직이자 춘봉은 자기도 모르게 입을 떡 벌렸다. 그가 깡패라면 그렇게 멋진 깡패는 없을 것 같았다.

한눈에 보기에도 값비싼 정장 차림에, 떡 벌어진 어깨 그리고 엄청난 위험함이 감지되는 분위기……. 좀처럼 느껴보기 힘든 카리스마의 기운이 그녀를 엄습했다. 남자의 몸에서는 한 치의 허술한 틈도 보이지 않았다. 그는 온몸으로 위험한 기운을 뿜어내고 있었다. 그래서 춘봉은 마치 깊은 숲속에서 맹수를 만났을 때처럼 한순간 아무 생각도 할 수 없었고 아무 몸짓도 할 수 없는 것처럼 얼어붙고 말았다. 깊은 숲속에서 호랑이를 마주치면 그렇게 된다던가? 춘봉은 마치 자신이 여린 짐승이 된 것 같은 느낌이 들었다.

너무…… 멋있다.

그리고 어디선가 한 번쯤 본 것 같은 느낌에 춘봉은 고개를 갸웃거렸다. 어디서 보았더라? 그러나 춘봉이 정신을 차렸을 때 남자는 춘봉의 바로 코앞까지 다가와 있었다.

"아주 멋진 발차기더군."

서늘한 대나무를 연상시키는 남자의 낮은 목소리는 그녀를 칭찬하는 것 같기도 했지만 가을바람처럼 스산하게 느껴져 춘봉은 등줄기에 찬 기운이 도는 것만 같았다. 춘봉은 남자가 깡패의 패거리가 아니라는 사실을 금세 알 수 있었다. 길거리 깡패가 은은한 향수 따위를 뿌리고 다니지는 않을 테니까.

　코끝을 찌르는 시원한 향기, 그에게서는 상큼한 페퍼민트 향이 났다. 남자의 향수는 여자가 쓰는 달콤새콤한 향수와는 다르다는 것은 알고 있었지만, 이 향기는 무척이나 남자답다는 말 외에 달리 표현할 말이 없었다. 고향의 짙푸른 대나무 숲의 이미지를 떠올리게 하는 그 향기는 전에는 느껴보지 못한 이상한 전율을 주었다. 고개를 들어 남자를 바라보자 춘봉은 자신의 마음이 미묘하게 회오리치고 있다는 사실을 알았다.

　둘은 잠시 아무 말 없이 침묵을 지키며 서로를 쳐다보았다. 춘봉은 남자가 시답지 않은 깡패 부류가 아니라는 사실에 한시름 놓았지만 뒤늦게 은근히 화가 치밀어올랐다. 그렇다면 방금 전에 자신과 깽패가 싸우고 있을 때 그저 팔짱만 끼고 쳐다보고만 있었다는 뜻이 아닌가.

　물론 난 스스로 나 자신을 지킬 수는 있지만 싸우고 있는 것을 뻔히 보면서도 도와줄 생각도 하지 않고 그냥 보고만 있다니, 정말 비겁한 자식이야. 춘봉은 뻔지르르한 남자의 얼굴에 침을 뱉어주고 싶었다.

　"이보쇼, 그럼 거기서 가만히 보고만 있었던 거요?"

　춘봉은 일부러 배에 힘을 주고 말했다.

　"고추가 달렸다고 다 남자랑가? 고추가 달렸으면 고추 달린 값을 해야제. 샐러드에 무쳐 드셨나? 쳇."

　희미한 가로등 불빛에 잘 보이지는 않았지만 그녀의 말에 남자의 얼굴이 붉으락푸르락하고 있다는 것은 잘 알 수 있었다.

　"뭐, 뭐라고?"

　규하는 기가 탁 막혔다. 다 큰 여자의 입에서 '고추'라는 남부끄러운 단어가 나온 것도 모자라 그 이야기가 바로 자신을 향한 것이라니, 할 말을 잊은 규하는 뻔뻔스럽기 짝이 없는 여자의 얼굴을 빤히 쳐다보았다. 매섭게 자신을 노려보는 여자의 눈은 쌍꺼풀 없는 평범한 눈이었지만 눈동자는 밤하늘의 별처럼 초롱초롱하게 빛나고 있었다.

　똑똑해 보이긴 하는군.

조금 납작하고 약간 위로 들린 코, 새치름하게 꾹 다물고 있는 입술은 참 탐스럽고 예쁘긴 했다. 그러나 규하가 방송국을 드나들며 자주 보는 미인들과는 완전히 다르게 전반적으로 평범한 얼굴이었다. 길거리에서 눈에 띄지도 않을 것 같은 평범함……. 게다가 입고 있는 옷은…… 한때 모델로 패션쇼 무대에 선 적도 있는 규하의 눈으로 보기에 여자는 한심스러울 만큼의 패션 감각을 가지고 있었다.

눈썰미라곤 눈썹이랑 함께 다듬어버린 모양이로군.

분홍색 알록달록한 티셔츠 가슴판에는 '인생을 즐겨라'는 명구가 떡하니 영어의 큰 활자체로 쓰여 있었다. 봉긋한 그녀의 가슴 덕에 글자는 요상한 모양으로 일그러져 있었고 짧고 깡총한 청 스커트에, 분홍색 티셔츠와 나름대로 매치시킨다고 생각했는지 같은 계통의 빨간색 스타킹을 받쳐 신고 있었다. 게다가 초록색 구두라니. 보색 대비 하나는 잘 지켰군.

마치 풀밭의 양귀비꽃을 연상시키는 여자의 패션에 혀를 내두르며 규하는 눈앞의 여자에 대한 평가를 마쳤다.

못생겼군. 규하는 그 한마디로 여자를 종합, 판단했다.

"아따, 귀는 뒀다 뭐 한당가? 그리고 내가 뭐 틀린 말했나 뭐? 천하에 사내대장부로 태어났으면! 모름지기 연약한 여자가 깡패를 만나 곤혹스러워하고 있을 때 도와주기는커녕 팔짱만 딱 끼고 앉아서 그게 뭐 하는 짓이랑가?"

게다가 카랑카랑한 사투리까지, 위협하려고 그런 것인지 아니면 원래 그런 것인지 여자는 목청을 높이고 있었다.

여자는 건방지게 팔짱을 끼더니 한심하다는 눈으로 규하를 머리끝에서 발끝까지 훑어보았다. 여자의 당당한 시선이 바지 아래쪽을 훑고 지나가자 여자가 언급했던 자신의 그쪽을 떠올린 규하는 자기도 모르게 얼른 두 손바닥으로 바지 앞섶을 가리고 싶어졌다.

"보아하니 별로 곤혹스러워하지 않는 것 같던데……."

규하는 중얼거리듯 말하고 나서 곧 그것이 변명 같다는 생각이 들었다. 그리고 그런 변명이나 늘어놓는 자신이 이 작은 여자 앞에서 초라해지고 있다는 사실이 마음에 들지 않아 인상을 잔뜩 구겼다.

"일갈! 비겁한 변명 따위는! 겁쟁이들이나 늘어놓는 말!"

철없는 어린아이에게 호통을 치듯 여자가 기차 화통을 삶아 먹었는지 벼락같은 목소리로 말했다.

규하는 입심 좋은 여자의 말솜씨에 혀를 내둘렀다. 그의 가슴팍에도 닿지 않을 것 같은 조그만 여자는 보기와는 다르게 말을 받아치는 솜씨가 수준급이었다. 눈앞에 보이는 조그만 여자를 말로 이기기는 무척 어려울 것 같다는 사실을 깨달으며 규하는 여자의 말이 틀리지 않아 더더욱 화가 났다.

"흥!"

한동안 둘은 눈싸움이라도 하듯이 서로를 노려보며 서 있었다.

"정말 잘 싸우던데 뭘……."

남자의 말을 콧방귀로 가볍게 받아친 춘봉은 남자를 무시하고 스쳐 지나가려고 했다. 춘봉은 길을 가로막고 우두커니 서 있는 남자의 가슴을 밀어젖혔다.

손에 닿는 남자의 가슴은 무슨 운동을 했는지 근육질로 꽤 단단해서 그녀는 조금 놀랐다. 겉보기에는 그저 날씬하고 건장할 뿐인데 그의 몸은 굉장히 탄탄했다. 또 옷 한 겹 아래 느껴지는 그의 체온이 너무 따뜻해서 그녀는 만져서는 안 될 것을 만진 것처럼 화들짝 놀라며 손을 치웠다.

그녀는 새삼스레 눈앞의 남자의 얼굴을 물끄러미 바라보았다. 고집 센 턱에 지적인 느낌이 강한, 가늘고 긴 눈매는 어릴 적 삼국지에서 읽었던 제갈공명을 떠올리게 했다.

저런 사람을 애인으로 둔 여자는 얼마나 좋을까?

그러나 춘봉은 퍼뜩 정신이 들었다. 조금 전만 해도 남자는 무례하고 비겁하고 여하튼 마음에 드는 구석이라곤 하나도 없는 사람이라고 생각하지 않았던가. 게다가 다시는 안 볼 사람인데 뭐. 춘봉은 어깨로 남자를 거칠게 밀치며 길을 뚫고 지나가려고 했다. 그러나 익숙지 않은 하이힐을 신어서인지, 조금 전에 깡패와 싸운 것 때문에 조금 지쳐서인지, 아니면 깡패보다 더 위험한 남자에게서 벗어나고자 하는 마음이 급해서인지 그만 발이 배배 꼬이고 말았다.

이젠 우스운 꼴로 바닥에 고꾸라질 것만 남았다! 춘봉은 눈앞이 아찔했다. 그러나 쿵 소리를 내며 안착한 곳은 더러운 구정물이 흐르는 땅바닥이 아닌 남자의 폭신한 품이었다. 서로의 가슴을 맞부딪치며 그녀는 남자의 품에 안기다시피 넘어지고 말았다.

"앗!"

갑작스럽게 그녀가 자신의 품안으로 쓰러지자 남자도 예상치 못한 상황에 놀랐는지 검은 동공이 커다래졌다. 눈 깜박할 틈도 없이 그의 팔이 어느새 튀어나와 그녀의 허리를 감아 안전하게 끌어당겼다.

"조심해야지. 괜찮아?"

갑자기 춘봉은 숨을 쉴 수 없었다. 맨살에 닿아 흐르는 그의 손길이 주는 짜릿한 감각과 온기. 그는 단단하고 날씬하고 강인했다.

다쳤을까 봐 걱정하는 듯 그가 고개를 숙이자 그녀의 뺨 위로 따뜻한 숨결이 번져나갔다.

"괘, 괜찮아요."

춘봉은 말을 더듬으며 떨어져나왔다.

"정말?"

"으음……. 그냥 발이 걸려 넘어졌을 뿐이랑게요."

춘봉은 그에게서 빠져나오려고 병아리처럼 버둥거리며 몸부림을 쳤지만 그는 그녀가 넘어지지 않게 본능적으로 두 팔을 뻗어 포근한 이불처럼 그녀를 감싸 안았다.

온몸을 감싸는 포근함, 애정어린 손길의 부드러움……. 춘봉은 예상치 못했던 느낌에 놀라 눈을 깜박거렸다. 그가 붙잡지 않았다면 영락없이 그녀가 예상했던 대로 우스운 꼴로 철퍼덕 바닥에 고꾸라졌으리라. 그 생각에 춘봉은 얼굴이 화끈거렸다. 그리고 나서 춘봉은 차갑고 더러운 바닥으로 추락하는 것이 두려워 그대로 그의 품에 매달려 있었다. 아주 짧은 순간이었지만 엄청난 속도로 추락하면서 잠시 공포에 질렸었다. 자신이 무사하다는 것을 느끼며 춘봉은 가늘게 한숨을 내쉬었다.

이윽고 춘봉은 깊이 숨을 들이마시며 천천히 눈을 떴다. 그녀는 남자의 몸에 아주 찰싹 달라붙어 있었다. 머리는 남자의 가슴에 기대고 있었고 뺨 아래 남자의 말끔한 흰색 셔츠가 닿아 있었다. 남자의 심장 뛰는 소리가 들렸다.

조금 전 그의 가슴에 세게 부딪힌 충격으로 젖가슴이 얼얼했다. 춘봉은 아픈 자리를 손으로 문지르고 싶었지만 남자가 쳐다보고 있는 자리에서 그런 부끄러운 짓을 할 수는 없었다.

그의 팔과 가슴, 그리고 온몸에서 뿜어져나오는 강렬한 남성의 향기와 뜨거운 열기에 눈앞이 온통 핑글핑글 도는 기분이었다. 춘봉이 남자의 가슴에서 고개를 드니 지금까지 본 것 중 가장 강렬하고 검은 두 개의 눈동자가 자신을 뚫어져라 들여다보고 있었다.

갑자기 숨을 제대로 쉴 수 없었고 그의 시선을 피해 고개를 돌릴 수도 없었다. 춘봉은 깜짝 놀라 휘둥그레진 눈으로 그를 마주 보았다. 희미한 가로등 불빛 아래, 그의 눈동자에 자신의 모습이 가득 담겨 있는 것을 보며 춘봉은 왠지 발끝이 땅에 닿아 있지 않고 공중에 둥둥 떠 있는 것 같은 기분이었다. 이상한 기분이야. 마치 꿈꾸는 것처럼.

그런데 그것은 상상이 아니었다. 남자는 그녀의 어깨를 단단히 잡고 공중에 안아들고 있었던 것이다.

"완전히 선머슴아 그 자체인 줄 알았는데 자세히 보니 여자였군 그래."

남자가 나른한 목소리로 중얼거렸다.

무엇을 보고 하는 말인지는 알 수 없었지만 남자 같다는 그의 말은 그녀의 마음 가득 울려퍼지고 있었다. 그것은 그녀의 몸에서, 오랫동안 귀에 못이 박힐 정도로 너무나도 많이 들어 익숙해져 있던 분노를 불러일으켰다.

오늘은 일부러 치마까지 입었는데…….

남자의 말은 춘봉의 자존심에 상처를 입혔다.

"놔주랑게요!"

춘봉이 빽 소리를 질렀다.

남자가 갑자기 그녀를 향해 씩 하고 웃음을 짓자 보기 좋게 약간 그을린 뺨에 희미한 보조개가 패었고 눈에는 즐거운 빛이 반짝였다. 고르고 하얀 이가 드러나는 매력적인 미소였다. 그 바람에 춘봉은 철로에서 무단으로 탈선한 기차처럼 심장이 덜컹거렸다.

"삐—익!"

마음속에서 경고음이 울렸다. 그리고 그것은 지금까지 한 번도 느껴본 적이 없는 감정이어서 놀랍기도 했지만 한편으로는 화도 났다. 하지만 왠지 낯선 남자의 얼굴에서 떠오르는 즐거운 유쾌함은 바람둥이 남자가 여자들에게 미소지을 때처럼 능숙해 보여 춘봉은 문득 얼굴을 찡그리며 새침하게 대꾸했다.

"지금 웃을 만한 일이 뭐가 있는지 모르겠군요!"

"그런가?"

그러나 남자의 밉살스러운 미소는 수그러들지 않았다.

"난 이 상황이 재미있는데……."

"재미는 무슨 얼어 죽을……, 저리 비키라니께요!"

춘봉이 몸을 버둥거리자 결국 남자의 팔에서 살짝 힘이 빠지고 춘봉은 털썩 하고 바닥에 발이 닿을 수 있었다. 춘봉은 남자의 품에서 미꾸라지처럼 쑥 빠져나왔다.

"분명히 이야기하지만 날 잡아줄 필요는 없었당게요!"

그녀가 거만하게 말하자 남자의 입가에 걸린 미소가 더더욱 커졌다.

정말 짜증나는 남자잖아? 춘봉은 남자와 조금 떨어져서 그의 얼굴을 바라보았다. 고개를 치켜들어야 겨우 그의 눈과 마주할 수 있다는 것은 무척이나 마음에 들지 않는 사실이어서 춘봉은 오만가지 인상을 다 썼다. 그녀는 어릴 적부터 누군가에게 지는 것을 별로 좋아하지 않았다. 그것이 남자와 여자 사이의 어쩔 수 없는 키 차이라고 할지라도.

"내가 붙잡아줄 필요가 없었다고? 지금 와서? 오호, 내가 실수했군. 내 생각에 내가 붙잡지 않았다면 아가씨는 이 구정물이 철벅철벅한 바닥에 얼굴을 박고 쓰러졌을 텐데 말이지. 그렇게 되면 그 예쁜 옷도 다 망쳤을 테고."

남자는 여전히 웃음을 띤 채 유들유들하게 말했다.

춘봉은 그의 말이 옳다는 것을 순순히 인정하기 싫어 그에게 따끔하게 한마디 쏘아붙이려고 했다. 그러나 입을 열기 전에 춘봉은 아마 그가 자신을 꽉 잡아주지 않았다면 남자의 말 그대로 되었을 것이라는 생각에 등줄기가 서늘해졌다. 게다가 지금 입고 있는 옷은 바로 친구인 유진의 것이 아닌가. 춘봉은 그 생각에 찔끔했다. 더러운 진흙 진창에 굴러 옷을 버리고 만다면 유달리 자기 물건을 귀하게 여기는 유진의 성격상 가만히 있을 것 같지 않았다.

아마 길길이 날뛰며 원래 값의 두 배는 뻥튀기해서 다시 사놓으라고 야단을 치겠지. 춘봉은 그 생각에 입을 꾹 다물었다.

"그렇다면 조금 전 깡패랑 싸울 때에도 내가 구해준다고 했었어도 아가씨는 도와줄 필요가 없었다고 말할 작정이었겠지?"

남자는 떠보듯이 물어보았다.

"당근."

춘봉은 무례하게 대답해놓고 아차 싶었다. 지금까지 자신이 깡패랑 싸우고 있을 때 저만치에서 팔짱만 끼고 구경하고 있었다고 남자를 비난했는데, 그가 도와주겠다고 했을 때 거절한다면 결과적으로 그에게는 비난받을 이유가 없는 것이다. 가만히 눈을 들어 남자를 보니 남자는 무엇이 그렇게 재미있는지 빙글빙글 웃고 있었다.

"그, 그러니까 내 말은…… 그럴 필요가 없다고 말했을 거라고요! 왜냐면 그쪽은 별로 도움을 줄 만큼 강해 보이지 않으니까."

오만하게 덧붙이며 춘봉은 빳빳하게 고개를 쳐들었다. 남자는 무척이나 단단해 보이는 사람이었지만 자신과 붙는다고 해도 춘봉은 기가 죽지 않았다. 무도 인생 어언 몇 년인가.

"그리고 아마 정중하게 거절했을 거라고요. 방해가 되니 저만치에서 그저 손가락이나 빨며 보고만 있으라고."

춘봉의 말에 웃고 있느라 추켜올린 남자의 한쪽 입가가 비죽이 아래로 내려갔다.

"기억해두겠어."

남자가 낮고 은근한 목소리로 말했다.

빌어먹을! 앞으로 또 만나자는 소리 아냐? 춘봉은 대화의 방향을 바꾸기 위해 얼른 대답했다.

"그런데 저는 다시는 그쪽을 만나고 싶지 않은데요?"

"정말 만만치 않군."

남자는 설레설레 고개를 내저었다.

"자, 이제 그만 비키라고요. 이 밥맛 없는 남자!"

"뭐, 뭐라고?"

남자의 인상이 험악해졌다. 그러자 음산한 기운이 흘러넘쳤다.

춘봉은 자기도 모르게 움찔해서 한 걸음 뒤로 물러났다. 위험하군. 그러나 질 수 없지.

“그럼 뭐라고 표현해야 하죠? 무시무시한 깡패를 만나 곤경에 처해 있는 여자를 못 본 체 구경만 하고 있는 비겁한 남자?”

날카롭게 쏘아붙이자 남자는 더 이상 할 말이 없는 듯 쓴 입맛만 쩝쩝 다셨다. 남자의 꼴이 조금 우습다고 생각하며 춘봉은 당당하게 고개를 세우고 그를 스쳐 골목길을 나왔다. 남자와 조금 거리가 떨어졌을 때 살짝 고개를 돌려 바라보았더니 남자는 마치 닭 쫓는 개 지붕 쳐다보듯이 멍하니 자신을 바라보며 서 있었다. 춘봉은 남자를 향해 뒤돌아서 메롱 하고 혀를 쏙 내미는 것도 잊지 않았다.

“그렇다면 조금 전 깡패랑 싸울 때에도 내가 구해준다고 했었어도…….”

“흥!”

물론 그것이 진심이었음에도 불구하고 여자는 코웃음을 쳤다. 전혀 믿지 않는 눈치였다. 규하는 어이가 없었다. 물론 여자가 깡패와 싸우고 있을 때 도와주지 않았다는 그녀의 말이 백 퍼센트 틀린 것은 아니었다. 나름대로 도움을 바라고 있었던 것일지도 모르니.

그러나 바로 몇 시간 전 아시안게임 국가대표 선수 선발대회 심사위원이었던 규하가 보기에, 여자는 시시껄렁한 깡패 하나쯤은 충분히 제압하고도 남는 기술을 가지고 있었다. 그래서 태권도 시합을 관전하는 심판처럼 팔짱을 끼고 그녀의 싸움을 지켜보고 있었던 것이다. 애초 무슨 일이 있으면 두 팔 걷고 도와주려는 동기에서 이곳으로 왔던 것처럼, 그의 본래 목적을 여자가 알고 있었다면 그런 말은 하지 않았을 것이라는 억울한 마음도 들었지만 이미 뒤늦은 것이었다.

규하는 예전에 친구들이 그의 몸 자체가 흉기라고 놀렸던 것을 떠올렸다. 여자는 자신을 완전히 비실비실한 겁쟁이로 알고 있었다. 그런 근거 없는 오해에 규하는 자기도 모르는 사이 평소의 너그러움과 유머감각을 점점 잃어가고 있었다. 게다가 이제는 변명을 해보려고 해도, 평상시 벼룩을 주식으로 잡아먹고 사는지 요리조리 톡톡 튀던 여자도 이미 총총 사라지고 없었다.

"밥맛 없는 남자!"

여자가 유언처럼 남기고 간 그 말은 그로서는 생전 처음 들어보는 말이었다. 규하는 눈살을 찌푸렸다. 제멋대로에 무턱대고 상대방을 깎아내리기까지 하다니, 정말 마음에 들지 않는 여자였다. 못생기고 알록달록 촌스러운 옷차림에 특히 깡총한 청 스커트는 이미 유행이 지난 지 오래였다. 게다가 스타킹 색깔은 정말 압권이지 않던가. 그런 차림새의 여자에게 밥맛 없는 남자라는 말을 듣다니 규하는 어이가 없었다.

하지만 그녀가 갑자기 그의 품으로 뛰어들었을 때는—그 표현 외에는 그 상황을 달리 표현할 만한 것이 없을 듯했다— 아무리 냉정하고 차분한 그일지라도 놀라지 않을 수 없었다. 규하는 자신의 품속에서 여자의 매끄러운 뺨이 사과처럼 새빨개지는 것을 보며 왠지 장난꾸러기 어린아이처럼 킥킥 웃고 싶은 마음이 들었다.

여자는 그의 품에 쏙 들어오는 아담한 사이즈였는데 보기보다 사이즈가 큰 것 같은 그녀의 젖가슴이 푹신하게 그의 가슴에 부딪쳐와 규하는 순간 너무나 황홀한 느낌에 사로잡혔다. 그리고 이어 갑자기 이런 상황에 처했을 때 남자라면 누구도 빠져나갈 수 없는 특성의 하나로, 몸이 급격하게 불편해지고 말았다. 게다가 여자가 그의 품에서 빠져나오려고 꿈틀꿈틀 몸부림을 치기 시작한 것도 규하가 불편한 몸을 진정시키는 데 전혀 도움을 주지 않았다. 그리고 나서 여자는 또다시 눈에서 새파란 불꽃을 튀기며 불같은 혀를 놀리기 시작했다.

"비겁해요!"

여자의 맹랑한 말에 규하는 기가 탁 막혔다. 더군다나 마지막엔, 뒤돌아서 얄미운 혀를 낼름 내밀고 가는 것을 보았을 때 규하는 상대가 여자라는 사실도 잊고 자기도 모르는 사이 주먹이 불끈 쥐어졌다. 그러나 눈을 한 번 깜박하자 여자는 연기처럼 사라져버렸다.

걸음도 재빠르군.

눈을 비비고 봐도 여자가 있던 자리에는 검은 어둠만이 있을 뿐이었다. 규하는 마치 한바탕 재미있는 꿈을 꾼 것 같았다. 단지 마음에 들지 않는 것은 그 속에서 자신이 놀림과 비난의 대상이 되었다는 사실이었을 뿐.

된통 당한 것 같은 기분에 규하는 눈살을 찌푸렸다. 천하의 제규하가 한주먹도 안 되는 여자한테 당하고 말다니⋯⋯. 그는 고개를 설레설레 저었다. 여자는 자신이 완전히 비겁하고 못된 사람으로 여기고 있었다. 여자의 말대로라면, 자신은 세상에서 가장 나쁜 사람같이 느껴졌다. 하지만 그것은 진실이 아니었다.

다시 만나면 내가 어떤 사람인지 확실히 이야기해줘야겠군.

그러나 넓은 서울 하늘 아래, 이름도 성도 모르고 단 한 번 얼굴을 본 것밖에 없는 여자를 다시 만나게 되는 일은 아마 마른하늘에 벼락을 맞는 것처럼 가능성이 희박한 일이었다.

규하는 그녀와의 만남이 조금은 아쉽게 느껴졌다. 하지만 곧 그런 마음이 들었다는 것에 소스라치게 놀라고 말았다. 말도 안 돼! 그런 버릇없고 입 사나운 여자는 트럭으로 준다고 해도 절대 싫다고! 규하는 세차게 고개를 저었다.

"어디 여자가 없어서⋯⋯."

누군가 그에게 그 여자를 거절하고 싶은 이유를 대라면 오늘 밤새도록 조목조목 늘어놓을 수 있을 거라고 그는 생각했다.

2

"왜 이렇게 늦었어?"

수건으로 머리를 감싸고 달걀 팩을 하느라 노란색 범벅인 얼굴을 들이대고 유진은 가시 돋친 목소리로, 방으로 들어오는 춘봉을 맞았다.

지금 춘봉의 모습이 강도와 싸우느라 꼴이 말이 아닌데도 유진은 늦게 들어온 춘봉을 걱정했던 것이 아니라 단지 문을 열어주는 사소한 불편함 때문에 잔뜩 화가 나 있었던 것이다.

쨍쨍거리는 유진의 잔소리를 들으며 춘봉은 갑자기 편두통이 밀려오기 시작했다.

일주일 전 할아버지와 대판 싸운 뒤 춘봉은 앞으로 어떻게 해야 할지 막막했다. 그렇다고 할아버지의 말을 따르자니 맥이 빠졌고 다시 수험 공부를 하는 것도 자신 없었다. 그러던 중 고등학교 동창이었던 유진에게서 전화가 왔다.

유진은 고등학교 때 같은 반 친구로, 지금은 간간이 텔레비전에 나오기도 하는 단역 모델이었는데 춘봉의 눈에는 텔레비전에 나온다는 것만으로도 항상 대단해 보이는 친구였다. 그러나 춘봉이 유일한 친구나 다름 없을 정도로 유진은 겉으로 보이는 예쁜 외모와는 달리 그다지 성격이 좋지 못했다.

오늘도 자기 자랑하려고 전화하셨나? 춘봉은 씁쓸해하며 유진의 전화를 받았다.

작년에 서울로 대학을 간 유진은 가끔씩 전화를 걸어 춘봉이 누리지 못하고 있는 것들에 대해 자랑을 늘어놓곤 했는데, 그것도 좋을 때 한두 번이지 매번 처음부터 끝까지 자신이 얼마나 대학생들에게 인기가 있는 지, 또 텔레비전 방송국에서 만난 연예인들에 관한 이야기 일색이었기 때문에 춘봉은 질려하고 있었다.

—나 얼마 전에 상현이 봤어!

"뭐시라?"

—종로를 걷는데 어쩐지 낯익은 얼굴이 지나가더라고. 그래서 얼른 뒤 따라가 봤지. 그런데 정말 상현이가 맞더라고.

춘봉은 가슴이 뛰기 시작했다. 맹숭맹숭하고 심심한 날들의 연속이었 는데 유진의 그 말 한마디에 그녀는 자신의 인생에서 꽃들이 활짝 피는 것처럼 느껴졌다. 유진의 전화를 받고 부랴부랴 짐을 싼 춘봉은 할아버지 에게 조촐한 쪽지 하나를 남겨놓고 서울로 상경해 그렇게 낯선 생활을 시작했던 것이다.

처음 서울역에서 내렸을 때, 마중 나오기로 한 유진의 모습은 아무리 찾아도 보이지 않았다.

"고럼 고렇지, 고 가시나가 약속을 제때 지킬 리가 없당게."

무작정 가방 하나 싸들고 서울로 올라온 처지의 춘봉은 유진이 없으면 갈 길이 막막했다. 서울의 복잡한 지리에 대해서는 까막눈이나 다름없었 기에 두려움은 컸다.

눈 감으면 코 베어 간다는 서울역 앞에는 시골 처녀를 잡아가려는지

건들건들해 보이는 아저씨들이 무리 지어 서 있었고, 왠지 서울역 앞에 서서 어디로 가야 할지 몰라 두리번거리고 있는 그녀 쪽을 힐끔거리는 것 같았다. 제 한 몸은 지킬 수 있다고 자신만만한 그녀였지만 돈도 별로 없는 마당에 어디로 가야 할지 모르는, 그야말로 정처없는 떠돌이 신세였다.

장장 세 시간을 넘게 기다려서야 저만치에서 유유히 걸어오는 유진의 모습을 볼 수 있었다. 그녀는 유진을 만나면 한바탕 쏘아주겠다고 결심하고 있었지만 지금은 유진밖에 믿을 구석이 없었으므로, 화산처럼 거대한 분출을 시작하려고 하는 화를 억지로 꾹 눌러 참았다.

오랜만에 만난 유진은 많이 달라져 있었다. 화려한 옷차림에 세련된 화장까지, 아무리 어리게 보아도 춘봉과는 동갑내기로 보이지 않을 정도로 변해 있었다.

"야! 강유진!"

어금니를 사려 물고 춘봉은 억지웃음을 지어 보였다.

"어머, 춘봉 촌닭!"

유진은 춘봉의 손을 잡고 반가워 팔짝팔짝 뛰었다.

"우와, 반갑다 야! 정말 오랜만이지? 네가 대학 떨어진 지 딱 1년 만이네."

춘봉은 또 한 번 밀려오는 감정의 파도를, 네덜란드의 구멍 난 둑을 밤새 손으로 막은 한스 소년처럼 온몸을 던져 막았다. 미안하다는 말도 없이 유진은 또다시 그곳에서 한참을 서서 자신의 이야기를 늘어놓기 시작했다. 배고프고 화가 나서 춘봉의 얼굴이 붉으락푸르락하는 것도 눈치 채지 못하는 모양이었다.

유진의 수다를 다 받아낸 후에야 춘봉은 탈진하다시피 한 상태로 유진을 따라나설 수 있었다. 아무 악의 없이 그러는 건지 아니면 다 알면서도 시치미 딱 떼고 그러는 건지, 춘봉은 도통 그녀의 표정에서 진실함을 읽어낼 수 없었다.

"그런데 무슨 일로 서울까지 올라온다고 한 거야? 혹시 상현이 때문에?"

유진은 춘봉을 위아래로 훑어보며 궁금한 얼굴로 물었다.

"아, 아니야……."

춘봉은 얼굴을 붉히며 강력하게 부정했다. 고개를 도리도리 젓는 그녀를 보며 유진은 다 알았다는 듯이 슬그머니 미소를 지었다.

시골 촌뜨기를 보는 것처럼 깔보는 듯한 유진의 시선에 춘봉은 은근히 자존심이 상했다. 같은 시골 출신이면서 마치 서울 토박이인 양 구는 유진이 속으로는 못마땅했지만 애써 그런 기색을 감추었다.

춘봉은 유진의 말하는 투가 원래 그렇다는 것을 잘 알고 있었다. 평상시 같았으면 욱하는 성격에 한마디하고 지나갔겠지만, 모난 성격 때문에 고등학교 시절에도 친구가 별로 없었던 유진을 떠올리며 꾹 참고 그냥 넘어가기로 했다. 게다가 아무런 연고도 없는 서울 한복판에서 이렇게 아는 얼굴이 하나라도 있다는 것이 어디인가. 춘봉은 일부러 좋게 생각하며 유진을 바라보았다.

예전부터 남학생들이 줄줄 따라다니는 곱상한 외모의 그녀였지만 지금은 예전과는 비교할 수 없을 정도로 더 예뻐져 있었다. 나란히 서 있으면 춘봉은 그녀의 턱에도 미치지 않을 정도로 키도 훤칠했다.

"압구정 거리를 지나가다가 우연히 캐스팅이 되었지 뭐니?"

유진은 자신에 대해 계속 설명을 늘어놓았다. 그녀의 말에 따르면 그녀는 지금 모델 지망생으로 텔레비전 광고에서 출연하고 있다고 했다. 텔레비전을 워낙 잘 보지 않는 춘봉이었지만, 유진이 나왔다는 광고쯤은 몇 번 본 적이 있었다. 처음에는 몇 번을 보아도 그 광고 속에서 유진의 모습을 찾아볼 수가 없어 물어본 적이 있었다.

"도대체 어디에 있다는 거야?"

춘봉이 고개를 갸웃거리자 유진이 얼른 덧붙였다.

"아직은 간간이 단역으로 나오는 정도야. 하지만 곧……."

그 말대로 거기에서 유진의 모습은 1초나 될까, 아주 짧은 순간 지나가버려서 비디오로 녹화해 리모컨의 정지 버튼을 누른 후에야 모습을 찾아볼 수 있는 정도였다. 그러나 자신감에 가득 차 있는 유진은 정말 예뻐 보였다.

그런데 춘봉은 유진의 얼굴이 자신이 알고 있던 예전과 어딘가가 다르게 보여 고개를 갸웃하며 유심히 살펴보았다. 언제부터 쌍꺼풀이 있었지?

"뭘 그렇게 뚫어져라 보니?"

유진은 자신을 바라보는 춘봉의 시선을 마주하며 물었다.

"응……, 얼굴이 좀 변한 것 같아서……."

설마 성형수술을 했겠냐고 생각하며 춘봉은 그렇게 물어보는 것은 실례라고 소심하게 궁금증을 눌러버렸다.

"응, 촬영감독님이 내 쌍꺼풀이 더 진했으면 하시더라고. 그래서 얼마 전에 쌍꺼풀 수술을 했거든. 원래 쌍꺼풀이 있긴 했지만. 그래, 지금 눈두덩이 좀 부어 있지?"

유진이 아무렇지도 않게 설명하자 춘봉은 얇디얇은 눈꺼풀에 칼을 댔다는 생각에 자기도 모르게 몸서리를 치며 물었다.

"아프지는 않았나?"

"얘는 촌스럽게……. 요즘 쌍꺼풀 수술은 수술 축에도 안 들어."

"수술 안해도 예쁜데 왜 그런 것을 했는지 난 이해를 못하것다."

춘봉이 고개를 저으며 말하자 칭찬을 들은 것처럼 활짝 웃은 유진은 그제야 그녀가 서울에 올라온 이유를 캐물었다.

춘봉은 주저했지만 유진에게 숨길 필요는 없다고 생각하며 모든 이야기를 실토했다.

"어, 그게……."

자신과 의견이 맞지 않는 할아버지와, 갑갑한 시골 생활에 대해서 그녀가 이야기하는 동안 유진은 그렇게 열심히 듣는 것 같지 않다가 비로소 이야기가 끝나자 대뜸 물었다.

"그럼 갈 곳은 있어?"

춘봉은 황당했다. 당장 머무를 데가 없으면 자기 집에 머무르라고 분명 어제 이야기하지 않았던가. 그런데 지금 와서 아무것도 모르는 순진한 표정을 하고 묻고 있다니……. 춘봉은 꼬리가 아홉 개 달린 여우를 정면에서 만난 것 같은 느낌이 들어 유진을 물끄러미 쳐다보았다.

"아, 아니……."

춘봉이 걱정스러운 얼굴로 고개를 젓자 유진은 흔쾌히 말했다.

"듣고 보니 사정이 딱한데, 그럼 우리 집에 와 있으렴."

유진의 제안에 춘봉은 그제야 벌렁거렸던 가슴을 진정시킬 수 있었다. 유진 하나만 믿고 올라온 서울행이었다.

그를 만날 때까지는…….

유진에게서 상현에 대한 이야기를 들었을 때 춘봉은 뛸 듯이 기뻤다. 이제 그를 만날 수 있을지도 모른다는 생각에 자기도 모르게 벙싯 입가가 올라갔다.

"친구 사이에 이런 것 하나 못 도와주겠니? 뭐 하숙비나 그런 건 필요 없고……, 대신 집안일이나 좀 도와주면서."

"알겠당게."

춘봉은 열렬히 고개를 끄덕였다. 집안일 따위는 식은 죽 먹기였다. 부모님이 안 계신 춘봉은 어린시절부터 집안일에 익숙했다.

유진이 당장 자신의 말을 뒤집는다면 오늘 당장 머물 곳도 없었다. 넓은 서울 한복판에서 도대체 어디로 가라는 것인가. 무작정 일부터 저지르고 보는 무모한 성격 탓에 곤란한 처지에 맞닥뜨린 적이 한두 번이 아니

었음에도 이번에도 사고를 친 것이었다. 그러나 이번에는 하늘이 도왔을
까? 춘봉은 유진이 마치 그녀의 처지를 가엾게 여긴 하늘이 내려준 동아
줄처럼 생각되었다. 그러나 곧 그것이 썩은 동아줄이었다는 것이 드러나
게 되었지만.

"그런데 말야……."

유진은 갑자기 정색을 하고 춘봉을 위아래로 훑어보았다.

미간에 생긴 주름살이 뭔가 마음에 들지 않는다는 표정이었기에 춘봉
은 가슴이 조마조마해졌다. 변덕스러운 유진의 성격에 대해 알고 있는 그
녀로서는 혹여나 유진이 자신의 말을 뒤집지나 않을까 싶었던 것이다. 그
러나 유진의 입에서 나온 말은 조금 의외였다.

"뒤로 돌아봐."

손가락 하나를 세우고 춘봉을 이리 돌렸다 저리 돌렸다 하며 유진은
혀를 찼다.

"쯧쯧."

"왜?"

유진이 왜 그러는지 영문을 모르겠던 춘봉은 순진하게 물었다.

"그것도 옷이라고 입고 다니는 거니?"

유진은 춘봉의 옷차림에 대해 맹비난을 퍼붓기 시작했다.

"넌 몸매는 괜찮은데 패션은 영 꽝이란 말이지. 그러니 너랑 함께 다니
다가는 괜히 나까지 막 시골에서 상경한 도매급 촌년으로 넘어갈 판이지
않겠어?"

유진은 핀잔을 주며 방방 뛰었다.

유진의 말에 춘봉은 자신의 옷차림을 내려다보았다. 아무 생각 없이
고향집의 옷장 속에 걸려 있던 옷을 걸치고 나왔었다. 조금 낡아 무릎 나
온 청바지에, 조금 목이 늘어지긴 했지만 아무 무늬가 없어 심플한 헐렁
한 하얀 티셔츠, 그리고 그 위에 폭이 넉넉한 빨간 점퍼 나부랭이 하

나…….

춘봉은 서울역 주위를 웅성거리며 바쁘게 움직이고 있는 사람들을 둘러보았다. 그들 중에서 자신처럼 후줄근한 차림새를 한 사람은 눈에 띄지 않았다. 그리고 그녀의 눈앞에 서 있는 유진, 막 패션쇼 무대에서 뛰쳐나온 것 같은 발랄한 미니스커트에 그물 스타킹, 그리고 배꼽이 보일 듯 아슬아슬해서 남사스럽기 짝이 없는 짧은 티셔츠까지.

그제야 비로소 춘봉은 자신의 옷차림에 대한 유진의 비난에 수긍이 가기 시작했다.

"일단 옷차림부터 서울사람으로 바꿔야 촌티를 벗을 수 있다고!"

그러면서 유진은 옷을 사러 가자며 춘봉의 팔을 잡아끌었다.

순순히 따라가면서 속으로 춘봉은 유진이 시키는 대로 따라하기만 하면 과연 그녀처럼 촌티를 벗고 따끈따끈 막 개조된 서울사람으로 거듭 태어날 수 있는지 궁금했다.

"패션에 대해서는 내가 알려줄게."

유진은 호언장담하며 춘봉을 데리고 패션의 거리인 명동으로 이끈 것이었다.

전철을 타고 몇 정거장 거리인 명동에 도착했을 때 춘봉은 눈에 보이는 모든 것이 신기하고 너무나 화려해서 이곳저곳을 두리번거리느라 정신이 없었다.

"정말 멋진 곳이다, 야."

명동은 텔레비전 뉴스에서 성탄절 즈음에 비춰줄 때나 보았지 눈으로 직접 보기는 생전 처음이었는데 춘봉은 그곳이 그렇게 사람이 많은 곳인 줄은 꿈에도 몰랐었다.

입을 떡억 벌리고 이리저리 구경하던 춘봉은 묘기처럼, 길이가 30센티나 되는 아이스크림을 뽑아내는 길거리 노점상 앞에서 넋을 잃고 쳐다보고 있었다. 그러나 한참 후에 고개를 돌려보니 분명히 옆에 가까이 서 있었던 유진이 감쪽같이 사라져버렸다.

"앙, 이제 어떡해……."

서울 지리에 관해서는 아직 아무것도 모르는 탓에 춘봉은 앞날이 막막해서 괜히 눈물이 나오려고 했다. 그런데 바로 앞 가게에서 쇼핑백을 수북하게 든 유진이 마법처럼 나타났다.

"어디 갔었냐, 야!"

그러나 반가워서 달려오는 춘봉에게 유진이 제일 먼저 한 일은 들고 있던 자신의 가방들을 떠안겨준 것이었다. 그날, 그녀에게 패션에 대해 가르쳐주겠다던 처음의 말과는 달리 유진은 춘봉의 옷을 골라주기보다는 자신의 옷을 사느라 바빴고 춘봉은 쇼핑한 가방을 들어주는 이른바 가방모찌―'가방 들어주는 사람'의 속어―가 되어야 했다.

예전부터 새침하고 제멋대로에 조금 이기적인 데가 있는 유진이었지만 춘봉은 그런 유진의 태도에 서운함을 느꼈다. 하지만 그나마 이런 상황에 서울에 유진 같은 친구 하나라도 둔 것이 더할 수 없는 행운이 아니냐고 생각하며 춘봉은 무거운 짐을 양손에 들고 유진의 집으로 향하는 버스에 올라탔다. 가는 길 내내 처음 보는 서울 구경에 눈이 휘둥그레지는 춘봉이었다.

"여기는 어딜 가나 시내인 모양이다, 야!"

춘봉의 고향인 담양은 중심가가 따로 있어 버스를 타고 얼마 정도 나가야 온갖 상점들이 모여 있는 시내를 볼 수 있었다. 그러나 서울은 눈에 띄는 곳마다 종합상가에, 알록달록한 간판들이 빼곡이 붙어 있는 쇼핑몰 고층빌딩이 서 있으니 그녀로서는 놀랄 만도 했다.

"애, 촌스러워. 그만해."

유진이 팔꿈치로 춘봉의 옆구리를 찌르며 버스 안의 다른 승객들이 듣지 않게 작은 목소리로 핀잔을 주었다.

"응, 으응."

유진의 핀잔에 춘봉은 비로소 떡 벌어진 입을 다물 수 있었다. 머쓱해진 춘봉은 유진의 말 한마디에 화르륵 얼굴이 붉어졌다.

"어휴, 어쩔 수 없는 촌년."

이윽고 주택가인 유진의 집에 도착했을 때 춘봉은 하루종일 긴장해서 쌓인 피로를 풀게 될 것이라는 기대감이 들었다. 서울로 올라오는 기차 안에서 춘봉은 단순히 상현을 볼 수 있다는 기대감으로 앞으로 어떻게 지내야 할 것인지에 대해서는 별로 고민하지 못했다.

그러나 상황은 항상 기대와는 다르게 흘러가는 법이었다. 마치 머피의 법칙처럼. 방문을 열었을 때 춘봉은 그제야 유진의 방이 어떤 상태라는 것을 두 눈으로 똑똑히 볼 수 있었다. 쉬기는커녕 과연 유진을 만난 것이 하느님이 보내주신 행운이었나 의심이 갈 수밖에 없는 상황이었다. 춘봉은 유진의 말대로 겨우 가벼운 집안일이나 도와주며 머물 수 있다고 생각했던 것은 완전히 헛다리짚은 셈이라고 생각했다. 유진의 방은 전쟁이 끝난 직후 쑥대밭이 된 마을이나 다를 바 없었으니까.

"휴우……."

옷장 서랍마다 옷이 비어져 나와 있고 옷걸이에 걸려 있던 옷은 침대 위에 산더미처럼 쌓여 있었다. 그녀가 처음 유진의 방에 들어섰을 때 아무 말도 못하고 한동안 얼어 있었던 것은 바로 돼지우리를 연상시키는 그녀의 방 때문이었다. 방바닥에 흘린 지 몇 달은 되었을 것 같은 말라붙은 콜라 자국, 게다가 수북이 쌓여 있는 옷더미 맨 위에서 춘봉이 본 것은…….

바로 버섯이었다!

야생에서 습기 찬 곳에서나 피는 버섯이 옷으로 만든 산 위에 피어 있는 것을 보며 춘봉은 까무러칠 것 같았다. 그리고 싱크대의 물받이 구멍에서는 키 큰 옥수수가 뾰족하게 자라고 있었다. 아마도 옥수수를 삶아 먹고 한 알이 떨어진 모양이었다.

모든 광경에 너무 기가 막혀 춘봉은 할 말을 잃었다.

"너 참, 식물을 사랑하는가 보다, 야."

그러나 유진은 자신의 집에 들어서자마자 더 이상 서울에서 우연히 만난 반가운 친구가 아니었다.

"청소부터 하고 설거지는 나중에 해."

하녀를 부리듯 명령조가 되어버린 유진의 말투는 춘봉을 주눅들게 했다.

춘봉은 도저히 사람이 사는 방이라고 할 수 없는 유진의 방을 둘러보았다. 여자 방은 모두다 깨끗할 거라고 생각하는 남자들은 한 번 유진이의 방을 봐야 해.

춘봉은 옷 속에 파묻혀 보이지 않는 빗자루를 겨우 찾아 집어들었다.

청소는 장장 세 시간이 지나서야 끝났다. 지금껏 수련해오면서 힘든 운동에도 지친 법이 없었고 보통 또래 여자아이에 비해 남다른 체력을 가진 그녀였지만 해도해도 끝이 보이지 않는 유진의 방 청소는 너무나 힘든 일이었다.

청소를 마친 춘봉이 지친 얼굴로 유진을 돌아보니 그녀는 자신의 방을 청소하는 것은 당연히 춘봉의 몫이라는 듯 고고한 자세로 다리를 꼬고 앉아 향기로운 원두 향을 풍기며 커피를 홀짝거리고 있었다. 바쁘게 움직이는 춘봉을 모른 척하며 유진은 새로 나온 패션 잡지를 뒤적거렸다.

그런 유진을 바라보는 춘봉의 머릿속에 공주인 유진과 하녀인 자신이 함께 있는 궁전의 모습이 배경으로 휙 지나갔다. 유진이 괘씸했지만 당장 갈 곳도 없는 그녀로서는 어쩔 수 없는 일이었다.

며칠을 함께 살아보니 유진은 서구적인 체형에 단아한 분위기의 미인이었지만 그것은 어디까지나 마음에 드는 남자 앞에서만 그랬다. 남자와 함께 카페에서 차를 마시다 조금이라도 테이블에 엎지르기라도 하면 티슈를 왕창 뽑아들고 '어머, 어머'를 연발하며 테이블이 닳아 없어져라 열심히 닦아내곤 하는 유진이었다. 하지만 일단 집에 발을 들여놓으면 그런 내숭은 언제 그랬냐 싶게 모두 끝났다.

먼저 뱀 허물 벗듯이 차례차례 옷을 벗어던지면서 귀가 찢어질 정도로 시끄러운 음악을 틀어놓고 본격적으로 어지르기 시작했는데, 문제는 자신이 어지른 것은 절대 치우지 않는 것이 삶의 좌우명이라도 되는 것처럼 꿈쩍도 하지 않는다는 것이었다.

함께 산 지 벌써 며칠이나 지났지만 춘봉은 유진의 괴팍한 성격에는 영 익숙해질 것 같지 않았다. 게다가 어찌나 사사건건 간섭이 심한지 외출 한 번 마음놓고 할 수가 없었다. 그래서 결국 안 되겠다 싶어 머물 거처를 구하기 위해 아르바이트를 구하러 간 것이었다.

"어…… 그게 말이야……."

잠시 예전 생각에 잠겨 있다 다시 현실로 돌아온 춘봉은 눈을 데굴데굴 굴렸다.

물론 유진에게 하고 싶은 이야기는 많았다. 갑자기 뒤에서 달려든 깡패를 만나지 않나, 또 그후에 깡패보다 더 위험하게 보이던 야생의 맹수 같은 남자를 만나지 않나……. 그러나 시시콜콜 유진에게 늘어놓기에는 심신이 너무나 지쳐 있어 춘봉은 입을 꾹 다물었다. 그렇게 이야기해보았자 유진에게서 들을 수 있는 것은 춘봉의 촌스러운 어수룩함에 대한 비난 일색일 뿐일 테니. 유진은 그녀가 깡패를 만난 것도 항상 입버릇처럼 말하곤 하는, 모두 춘봉이 시골에서 와서 촌스럽기 때문일 것이라고 설명할 게 뻔했다.

"됐어! 나보다 일찍 와서 집이나 치워놓지 뭐 하러 싸돌아다니니?"

유진이 손가락으로 방 안을 가리키며 톡 쏘아붙였다.

방 안을 둘러보았을 때 춘봉은 갑자기 눈앞이 어지러운 것 같은 착각이 들었다. 예상은 했지만 역시나 사방이 정신없이 어지럽혀져 있었다.

흰색이라고 할 수 있는 것은 천장뿐 벽마다 형형색색의 포스터들로 빈틈없이 도배되어 있었다. 포스터는 유진 자신의 프로필 사진들을 확대시켜놓은 것으로, 춘봉은 시선을 돌릴 때마다 사진 속의 유진이 과장된 포즈로 활짝 웃고 있는 모습임에도 불구하고 꼭 자신을 감시하는 것만 같아 등줄기가 서늘해지곤 했다.

"내일 미팅 있어. 그래도 남자를 만나는 건데 신경 좀 쓰고 가야 하지 않겠니?"

새침하게 이야기한 유진은 초토화된 옷장을 뒤지며 입을 만한 옷이 없다고 투덜거렸다.

춘봉은 유진이 미팅에 나갈 때 입을 옷을 찾느라고 눈앞에 펼쳐져 있는 옷가지들로 산맥을 만들어놓았다는 것을 알게 되었다. 온갖 색색가지 옷가지들이 난리블루스를 추고 있는 장면에 춘봉은 한밤중의 나이트클럽 사이키 조명을 보는 것처럼 머리가 핑그르르 도는 느낌이었다.

이렇게 어질러진 방을 한두 번 본 것이 아님에도 어릴 적부터 항상 자기 주변을 깨끗이 치우는 것이 습관이 되어 있던 그녀로서는 매번 이런 상황에는 영 면역이 생기지 않는 것 같았다. 그리고 자신에게 끊임없이 일거리를 만들어주는 유진에게 무어라 말할 수 없는 감정이 치밀어올랐다. 물론 유진의 집에 얹혀 살고 있고 지금 당장 딱히 머무를 곳도 없는 형편이었으나 차라리 고향으로 돌아가면 돌아갔지, 시시때때로 노동력을 요구하는 이런 곳에서 노예처럼 부림당하는 것은 사양하고 싶은 마음이었다.

그래도 이것은 좀 심했다……. 춘봉은 방바닥에 옷으로 산을 만들어놓은 것을 물끄러미 쳐다보았다.

몇 걸음 떨어지지 않은 곳에서 유진은 화장대의 전신거울을 들여다보고 있었다. 흥얼흥얼 콧노래를 부르며 옷걸이째 여러 가지 옷들을 몸에 대보고 있었다.

그래, 옷으로 만든 산은 그동안 줄기차게 노래 부르던 중요한 미팅 때문에 설레는 마음에 그렇게 해놓았다 치자, 그렇지만 싱크대에 수북이 쌓여 있는 그릇과 냄비들은 다 뭐란 말인가. 냄비들과 내일 있을 미팅의 상관관계를 생각해보며 춘봉은 자기도 모르게 한숨이 나왔다.

"휴우……."

사실 매사 깔끔한 성격의 춘봉에게 게으른 유진은 잘 맞지 않았다. 춘봉은 어질러져 있는 것을 눈 뜨고 보지 못하는 성격이었다.

"수신제가치국평천하니라. 우선 자기 자신을 갈고 닦은 후에 다른 일도 할 수 있는 법이다."

어린시절부터 혹독한 할아버지의 가르침을 받아온 탓인지도 몰랐다. 엄한 할아버지는 항상 모든 깨달음은 자신의 주변에서 온다고 했고 그래서 청소는 일종의 도를 닦는 연습이라고 강조하곤 했다. 그러나 할아버지의 그런 말은 유진에게는 씨도 먹히지 않을 것 같아 춘봉은 잔소리를 늘어놓고 싶어 간질간질한 입을 다물 수밖에 없었다.

유진이 사용한 접시와 그릇들이었지만 결국 청소와 설거지는 항상 춘봉의 몫이었다.

"아, 피곤해……."

춘봉은 중얼거리며 침대를 흘끔거렸다. 너무 피곤해서 마음 같아서는 침대에 푹 쓰러지고 싶었다. 깡패와 싸우느라 온 삭신이 쑤셨다. 침대에 누우면 아무 생각 없이 바로 스르르 잠이 들 것만 같았다. 그러나 누우려 해도 일단 침대에 쌓여 있는 옷가지들부터 치우는 것이 급선무였다.

춘봉은 피곤한 몸을 이끌고 주섬주섬 옷가지들을 옷걸이에 하나씩 걸어 옷장에 정리하기 시작했다.

다 큰 처녀가 왜 이 모양으로 사느냐고 유진에게 소리지르고 싶은 마음을 꾹 누르며 춘봉은 빨리 아르바이트 자리를 구해 이곳을 탈출해야겠다고 다시 한 번 결심했다.

왜 난 남자들에게는 강한데 같은 여자들에겐 약한 거지? 춘봉은 한숨을 폭폭 내쉬며 고무장갑을 끼고 설거지를 하기 시작했다. 그러나 싱크대에서 설거지를 하느라 피치 못하게 달그락거리는 소리가 나기 시작하자 침대에서 이불을 뒤집어쓰고 있던 유진이 벌떡 일어나 빽 소리를 질렀다.

"애, 애. 시끄러워 잠을 잘 수가 없어. 내가 누누이 이야기했지만 내일 바로 미팅 날이란 말이야. 잠을 잘 자야 피부가 탱탱해진단 말이야!"

춘봉은 자기도 모르게 주먹을 꼭 쥐었다. 성질 같아서는 머리를 콕 쥐어박고 싶었지만 그랬다간 자신보다 더 불같은 유진의 성격에 당장 나가라며 짐보따리를 팽개치고 등을 밀어댈 것이 분명했다. 지금 당장은 유진에게 큰소리를 칠 형편이 못 되었다. 유진의 집에 얹혀 사는 처지로서 지금 당장 이곳에서 쫓겨난다면 하루 끼니를 때우는 것도 버거운 형편이었기 때문이었다. 결국 춘봉은 어쩔 수 없이 유진의 눈치를 볼 수밖에 없었던 것이다.

처음 그녀의 집에 머무를 수 있겠느냐고 부탁했을 때 유진은 그저 집안일이나 도와주면 되겠다고 말했다. 그때 유진의 말처럼 '그저 집안일이나 돕'는 것이 설렁설렁하는 것이 아니라 노가다 수준이라는 사실을 미리 알고 있었다고 해도 사정은 변하지 않았을 것이라고 애써 낙관적으로 생각하며 춘봉은 길게 한숨을 내쉬었다. 게다가 유진은 그녀를 친구가 아닌 아랫사람 부리듯이 이것저것 시키고 있어 춘봉은 가끔씩 하녀가 된 것 같은 기분에 우울해지곤 했다.

그렇게 시끄러우면 미리 설거지 좀 해놓던지…….

얼른 아르바이트라도 구하지 않으면 마치 노예라도 부리는 양 하고 있는 유진의 등쌀에 못 견딜 것 같다는 생각을 하며 춘봉은 최대한 소리 죽여 그릇을 씻었다.

오늘 유진의 옷까지 빌려 입고 아르바이트 자리를 알아보러 여기저기 돌아다니느라 종아리는 도톰한 알이 밸 지경이었고, 재수 없게 골목길에서 만난 깡패까지 그녀를 피곤하게 만들었다. 춘봉은 고무장갑 낀 손으로 다리를 통통 두들기며 싱크대를 바라보았다. 설거지를 해야 할 접시의 수는 끝이 보이지 않았다.

춘봉은 이불을 뒤집어쓴 채 쿨쿨 코고는 소리까지 내며 잠들어 있는 유진을 힐끗 쳐다보았다. 유진은 잠버릇이 나빠 코를 골고 뿌득뿌득 이를 갈기도 했는데 조금 예민한 성격인 춘봉은 그 소리 때문에 잠자는 중에도 소스라치게 놀라 깨어난 적이 한두 번이 아니었다.

고향에 있을 때는 대나무 이파리가 바람에 스치는 소리를 들으며 잠이 들곤 했는데…….

갑자기 고향이 너무나 그리워졌다. 가을이 되면 귀뚤귀뚤 울기 시작하는 귀뚜라미 소리를 자장가 삼아, 햇솜을 틀어 만든 얇은 솜이불을 덮고 자면 온몸이 노곤해지면서 따뜻한 꿈나라로 향하곤 했다. 은은한 달빛, 그리고 쉬익쉬익, 가을바람에 대나무가 흔들리는 소리…….

춘봉은 문득 오늘 만난 남자를 떠올렸다. 그 남자도 왠지 대나무를 연상시키는 이미지였다. 새끼 대나무의 연한 푸른색이 아닌 커다랗고 굵은, 검정에 가까운 짙푸른 빛깔의 대나무…….

자신을 바라보며 미소짓는 그의 멋진 모습이 떠올라 춘봉은 잠시 자기도 모르는 사이 스르르 눈이 풀렸지만 곧 화들짝 놀라며 이성을 추슬렀다. 건방지고 맘에 안 드는 남자였어!

하지만 자꾸만 그의 얼굴이 눈에 밟혔다. 그리고 그의 품에 안겼던 사실이 떠오르자 춘봉은 화르르 얼굴을 붉히고 말았다.

"내가 왜 이러지? 정말 이상한 남자였단 말이야!"

그러나 그녀의 마음 한편에서 시끄럽게 무언가가 항의하고 있었다.

춘봉은 두 손 들고 항복하며 순순히 그 사실을 인정했다. 그래, 그래……. 어차피 내 사람이 아닌데 뭐 어때? 인정할 건 인정하자. 정말 멋있는 사람이었어.

기분 나쁜 남자라고 일찌감치 단정지어놓았지만, 왠지 어디선가 본 듯

한 남자의 이미지에 또 그리운 고향이 떠올라 춘봉은 시뻘겋게 달아오른 주전자처럼 화가 났던 마음이 조금은 진정되는 것 같았다.

다음 날 아침, 늦잠을 잔 유진은 바쁘게 움직였다. 잠을 잘 못 잔 듯 눈은 팅팅 붓고 얼굴은 부스스했다. 춘봉이 옆에서 그날 입을 유진의 옷을 다림질하고 있었다.

수없이 많은 변덕스러운 고민 끝에 유진은 결국 돌체 앤 가바나의 작품이라는 꽃무늬 패턴 원피스와 흰색 레이스 볼레로를 선택했다. 그러나 제아무리 값비싼 명품 옷이면 뭐하겠는가. 심각한 관리 부족으로 질 좋은 명품 원피스는 구깃구깃 주름이 심하게 져 있었고 레이스 볼레로 역시 누렇게 떠 있어 상태가 심각했다.

그러나 입을 옷이 그것밖에 없다기에 할 수 없이 춘봉은 아침부터 피곤한 눈을 비비며 일어나 세척 효과가 좋다는 세제며 표백제를 쏟아부어 겨우겨우 손빨래로 볼레로의 색깔을 되살려놓았고 또 덜 마른 옷을 말리느라 선풍기와 드라이를 동시에 사용하여 유진의 미팅 의상 준비를 마칠 수 있었다. 생각해보면 유진이 자신의 속옷까지 세탁해달라고 하지 않는 것이 이상할 정도였다.

표백제 때문인지 손빨래 때문인지 갈라지고 거칠어진 손등이 따끔따끔해서 그녀가 후후 불어가며 다림질을 하고 있는데, 화장에 여념 없는 유진은 입을 옷이 빨리 준비되지 않는다고 옆에서 통박을 주었다.

"빨리! 빨리! 그러게 진작 해놓으라고 했잖아!"

그러나 눈코 뜰 새 없이 바쁜 춘봉은 귓등으로도 유진의 말을 듣고 있지 않았다. 유진 역시 늦잠을 잔 통에 입으로는 통박을 주면서도 어쩔 수 없이 바지런히 손을 놀리고 있었다.

다림질을 끝낸 후 춘봉은 중세시대 귀부인의 하녀라도 되는 듯 유진의 코르셋을 힘주어 죄어주고 블라우스의 등판에 조르륵 달린 단추들을 꿰어주었다. 그리고 분주하게 고데기로 머리에 볼륨을 넣었다. 정신이 하나도 없을 지경이었다.

아찔할 정도로 속눈썹을 올려준다는 프랑스 산 마스카라를 인조 속눈썹에 바르고, 순진해 보이는 효과를 내기 위해 능숙한 손길로 복숭아 빛 볼터치를 완성한 유진은 드디어 파워 메이크업을 끝냈다. 잠시 후 핑그르르 돌아섰을 때 유진은 완전히 다른 사람이 되어 춘봉 앞에 서 있었다.

춘봉은 침을 꿀꺽 삼켰다. 유진은 같은 여자인 자신이 보기에도 정말로 예뻐 보였다.

"그럼 갔다 올게."

끝마무리로 유진은 손바닥에 쪽, 키스를 담아 춘봉에게 뿌려주었다.

춘봉은 마치 동화 속에 나오는 공주님을 보고 있는 것 같은 착각이 들었다. 유난히 애교 많은 유진을 싫어할 사람이 누가 있을까.

유진이 나가고 난 뒤 춘봉은 방 안을 둘러보았다. 전쟁이 끝난 직후라고 해도 믿을 수 있는 상황이었다. 모든 것이 또다시 엉망진창으로 초토화된 것을 보며 춘봉은 이 모든 것을 치워야 할 사람이 바로 자신이라는 사실이 너무나 싫어 눈물이 날 지경이었다.

에라, 모르겠다……. 춘봉은 포기하는 심정으로 한숨을 내쉬며 침대로 벌렁 쓰러졌다.

"하아……."

어젯밤 어질러진 방을 치우고 설거지하느라 새벽 늦게야 잠이 든 그녀였다. 그런데 그 모든 노력에도 불구하고 또다시 제자리라니……. 나오느니 한숨이요, 절망 그 자체였다. 그토록 동경하던 서울 생활은 처음 서울에 올라와서 유진이 그녀를 명동에 데려가 주었던 날 이후 끝났다.

"한숨 자자, 그리고 일어나서……."

춘봉은 또다시 힘들게 청소해야 하는 현실이 두려워 두 눈을 질끈 감아버렸다. 치우면 뭐하냐고, 또다시 어지르는데…….

오늘은 어제처럼 열심히 아르바이트 자리를 알아보아야 했다. 빨리 이곳을 탈출하지 않으면 평생 청소만 하다 죽을 것 같은 불길한 예감이 들었기 때문이었다.

"제규하 씨의 의견은 어떻습니까?"

"네, 제 생각에는 차기 올림픽에서 태권도의 존망은 아직까지는 낙관적이라고 생각하고 있습니다. 대부분의 올림픽 IOC 위원들이 살고 있는 미국에서만 보더라도 현재 태권도 도장의 수가 급속도로 늘어나고 있는 추세니까 앞으로 태권도의 전망은 더욱더 밝을 수밖에 없습니다. 그러나 종주국으로서 더욱더 노력해나가지 않으면 안 될 것입니다. 이를테면 복잡한 규칙의 경기 태권도를 전통 태권도의 장점과 접목시키고……."

규하는 지금 텔레비전 토크쇼에 출연 중이었다. 한국의 스포츠와 최근 불거지고 있는 올림픽 종목으로서의 태권도의 위기 상황에 대해 태권도학과 대학교수인 그에게 간간이 인터뷰가 쇄도하고 있었다.

촬영을 하면서 규하는 문득 의아한 생각이 들었다. 그렇다면 왜 그때 그 선머슴 같던 여자는 나를 알아보지 못했을까?

3년 전, 올림픽에서 금메달을 따면서 텔레비전 출연을 누구보다 많이 했던 규하였다. 선글라스는 연예인에게만 필요한 것이 아니었다. 선글라스가 없으면 거리를 활보하지 못할 만큼 그의 얼굴은 세상에 널리 알려져 있었다. 촌티가 좔좔 흐르던 여자의 차림새로 봐서는 시골 깡촌에서 막 올라온 것 같아 보이기는 했지만, 요즘은 시골이라도 텔레비전 방송은 선명하게 잘 나오지 않는가.

어두워서 그랬을까? 그러나 가로등 불빛은 서로의 얼굴을 똑똑히 알아보게 하기에 충분했다. 규하가 여자의 얼굴을 지금도 분명히 기억하고 있는 것처럼. 그녀 역시 규하의 얼굴을 기억하고 있을 것이었다.

눈도 작고 코도 납작한 못난이였지만, 동그란 이마와 도톰한 입술은 분명 매력적이었다. 못생겼지만 되새겨 생각해볼수록 정감 있는 얼굴이라는 평가를 내리며 규하는 그녀를 어디선가 본 것 같은 느낌이 들었다.

어디선가…… 꼭 한 번 본 것만 같은 기억이…….

기억이 가물가물했지만 끝내 그녀를 기억해내지는 못했다. 규하는 잡힐 듯 잡히지 않는 그녀에 대한 기억을 붙잡으려고 애를 썼지만 쉽지 않았다. 희미하던 기억은 기를 쓰자 더 빠른 속도로 사라져버렸다.

착각이겠지. 규하는 자신이 몇 번이고 그녀의 얼굴을 떠올렸기 때문에 그렇게 느껴지는 거라고 생각했다.

알면서 일부러 모른 척한 것은 아닐까 하는 생각도 들었다. 하지만 그를 알아보았다면 오히려 아는 척하고 더 가까워지기 위해 꼬리를 치는 여자들이 얼마나 많았던가. 규하는 곰곰이 생각해보아도 자신을 비겁한 사람으로 치부했던 그녀의 행동이 이해되지 않았다. 그래도 그는 명색이 태권도 올림픽 금메달리스트가 아닌가. 설마 그깟 깡패 하나쯤 해치우지 못할 것 같아 팔짱 끼고 구경이나 하고 있었을까.

하지만 그것은 한편으로는 분명한 사실이었다. 보기에 여자가 거뜬히 깡패를 해치울 수 있을 것 같아서, 그리고 그녀의 화려한 발차기가 멋져 보여 도와주지 않았지만 속으로는 힘에 겨웠을지도 모르는 것이었다.

"제규하 씨?"

"아, 네……."

아나운서가 규하를 호명하자 그제야 규하는 깊은 상념에서 퍼뜩 벗어났다. 아무것도 아닌 그저 촌스러운 여자 하나가 진탕 속의 미꾸라지 한 마리처럼 머릿속을 복잡하게 만들고 있었다. 규하는 복잡해지는 머릿속을 애써 모른 척하며 자신을 비추는 카메라에 집중했다.

내가 왜 이러지?

3

춘봉은 또다시 우울 모드에 들어가 있었다. 하루종일 아르바이트 자리를 구하러 다녔지만 신통치 않았기 때문이었다. 게다가 부동산에서 알아본 바에 의하면, 서울은 하숙비도 비싸서 그녀가 아르바이트를 한다고 해도 하숙비를 낼 여력이 안 되었다.

실망감으로 어깨가 축 늘어져서 돌아온 춘봉을 본 유진은 기다리고 있었다는 듯 잔소리를 시작했다. 유진은 미팅이 잘못되었는지, 아니면 한 달에 한 번 걸리는 마법에라도 걸려 있는 중인지 마구 신경질을 퍼부었다.

"어디를 그렇게 싸돌아다니는 거야?"

그녀의 집에서 나가고 싶어 아르바이트 자리를 구하고 있다고는 차마 말할 수 없어 입을 꾹 다물고 있자 유진은 더욱더 몰아붙였다.

"너, 여기 있으면서 집안일 하기로 약속했잖아."

이렇게 중노동일 줄은 몰랐지.

"이깟 청소 하나가 뭐 그리 힘들다고 게으름을 피우니, 피워?"

유진의 목청이 높아지자 춘봉은 두 손으로 귀를 막고 싶어졌다.

이깟 청소라니, 말은 쉽게 하네…… 눈이 있으면 좀 둘러보는 게 어때? 춘봉은 이렇게 말하고 싶은 것을 꾹 참았다. 당장 내쫓기면 갈 곳도 없는 자신의 처지를 다시 한 번 되새기면서.

유진은 한바탕 잔소리를 쏟아붓고는 약속이 있다며 휑하니 집을 나갔다.

춘봉은 새삼스레 자신의 처지가 세상에서 가장 한심하게 느껴졌다. 그러나 서울에 올라온 지 이제 겨우 일주일이 지났을 뿐이었다. 찾고 싶은 상현은 감감무소식이었고 유진에게 이리 채이고 저리 채이는 통에 하루하루가 힘겹기 그지없었다. 춘봉은 문득 고향에 계신 할아버지가 떠올랐다. 잘 지내고 계실까?

새벽에 몰래 빠져나오느라 변변찮게 작별인사도 못하고 온 것이 내내 마음에 걸렸다. 가출하는데 그동안 잘 지내시라고 말할 수는 없는 노릇 아닌가. 다음 날 일어나보니 애지중지하는 손녀딸이 없어진 것을 알고 얼마나 화를 내실까 하는 생각에 춘봉은 찌르르 감전된 듯이 마음이 아파 왔다. 할아버지는 춘봉에게 있어 세상에 단 하나밖에 없는 가족이었다.

춘봉의 눈에 전화기가 클로즈업되어 들어왔다. 전화기가 춘봉에게 어서 빨리 전화를 걸라고 유혹하고 있었다. 그동안 고향으로 전화를 걸어 안부를 전하고 싶었지만 할아버지의 불호령이 두려워 내내 미뤄왔었다.

하지만 이제는…….

자신은 서울에 있는데 뭐가 무섭단 말인가. 할아버지가 당장에 쫓아와 데려갈 것도 아니라는 생각에 춘봉은 전화기로 손을 뻗었다.

"여보세요? 저 춘봉이에요."

전화를 받은 사람은 할아버지가 아니라 실망스럽게도 할아버지를 도와 도장 일을 봐주는 김 사범이었다.

"뭐라고요?"

자리에서 벌떡 일어난 춘봉이 자기도 모르게 버럭 소리를 질렀다. 오 랜만에 고향집에 전화를 걸었는데 그는 할아버지가 위독하니 한시바삐 고향으로 내려오라는 이야기를 했던 것이다.

"할아버지가 위독하다고요?"

수화기를 들고 있는 춘봉의 손이 벌벌 떨렸다.

춘봉은 전화를 끊고 나서 한동안 멍하니 있었다.

"춘봉아! 유춘봉!"

춘봉의 눈앞에 할아버지의 인자한 눈매가 떠올랐다. 어린시절, 춘봉이 핏덩이나 다름없었을 때 갑작스러운 교통사고로 부모님이 사망하고부터 그녀에게는 할아버지가 유일한 식구였다. 할아버지는 기꺼이 겨우 8개월 인 춘봉을 맡아 키웠다. 아직 엄마 젖도 떼지 못했던 때라 할아버지는 그 녀를 키우면서 애를 많이 먹었다고 했다.

"내가 심 봉사나 다름없었다니까."

할아버지는 너털웃음을 지으며 옛날 일을 회상했지만, 분유를 먹지 않 겠다고 떼를 쓰는 바람에 대신 미음을 만들어 먹이며 어린 손녀딸을 키 우는 일은 여자도 아닌 할아버지에게 여간 힘든 일이 아니었다는 것을 누구보다 그녀 자신이 잘 알고 있었다. 그 생각에 눈시울이 뜨거워졌다.

그러나 어린 춘봉은 그런 할아버지의 고생도 몰라주고 다른 아이들에 비해 조금 늦게 우유를 붙잡고 있었다. 기저귀도 마찬가지였다. 꼬마둥이 춘봉은 할아버지가 운영하는 도장 한구석에서 놀았고 유치원에 다닐 때 는 할아버지가 학부모 참관 일에 열심히 참석하며 엄마아빠 노릇을 모두 해주었다. 반찬 투정을 할 때면 바닷가에 사는 지인들에게 부탁해 춘봉이 제일 좋아하는 조기를 공수 받아 입맛 도는 반찬을 마련해주곤 했다. 노 릇노릇하게 구워 가시를 일일이 발라내어 수저 위에 올려 먹여주곤 하던 할아버지, 그리고 그녀가 아플 때에는 밤새 옆을 지켜주었던 할아버지였 다.

"할아버지……."

결국 춘봉의 눈에서 눈물이 흘러넘쳤다. 그렇게 소중한 할아버지를 버리고 집을 나와 머나먼 서울에 있는 자신을 생각하자 세상에서 가장 배은망덕하다는 생각이 들어 춘봉은 스스로가 너무나 미워졌다. 머리 검은 짐승은 은혜를 베풀어도 오히려 원수로 갚는다는 격언이 머릿속에 떠올랐다.

그 말이 맞다고 생각하며 춘봉은 부랴부랴 짐을 꾸리기 시작했다. 짐이라고 해봤자 달랑 가방 하나가 전부였지만. 그리고 한 시간 뒤 담양으로 향하는 기차를 잡아탈 수 있었다.

"할아버지……."

위독한 할아버지가 걱정이 되어서 또다시 눈물이 흘러나왔다.

고향인 담양까지 기차로 약 네 시간이 걸렸지만 춘봉은 어서 빨리 고향에 도착하고 싶어 엉덩이가 들썩거렸다. 할아버지에 대한 걱정으로 눈물이 멈추지 않았다. 원래 눈물이 흔한 편은 아니었지만 뒤늦게 잊고 있던 할아버지에 대한 사랑이 북받쳐 올랐기 때문이었다. 어린시절, 할아버지가 도장에 데려가고 또 훈련이 끝나고 나면 소쇄원이나 창평 같은 멋진 곳을 함께 돌아다니며 구경시켜주던 모습이 떠오르자 눈물을 흘리지 않을 수 없었다.

춘봉의 할아버지 유 사범은 어느덧 나이가 일흔이 넘었다. 나이에 비해 건강한 편이었지만, 일흔이 넘으면 그때는 갑자기 어떻게 될지 모르는 것이라고 할아버지는 항상 입버릇처럼 말하곤 했었다.

"갑자기 내가 저세상으로 떠나면 우리 춘봉이는 어떡하나?"

그럴 때마다 유 사범은 힐끗 춘봉을 바라보며 안쓰러운 미소를 짓곤 했다.

자신 외에 특별한 가족 하나 없이 자라왔기에 춘봉에 대한 할아버지의 마음은 각별했다. 가족이 단출했던 그는 춘봉의 부모가 세상을 떠나게 되자 어린 춘봉을 맡을 수밖에 없었다. 하나밖에 없는 아들을 잃고 죽고 싶은 심정이었던 유 사범에게 춘봉은 삶의 희망이자 이유였다. 자신이 할아버지에게 얼마나 소중한 존재인지 춘봉 역시 잘 알고 있었다. 그런데 그런 할아버지를 내버려두고 도망치다니……. 춘봉은 눈물이 뺨으로 넘쳐흐르는데도 할아버지에 대한 생각 때문에 닭을 생각도 하지 못했다.

규하는 자신의 눈을 의심했다.

한 줄 건너편 자리에 앉아 코를 훌쩍이며 울고 있는 여자는 분명……며칠 전 밤, 골목길에서 만났던 바로 그 싸가지였다.

다시 보지 않을 줄 알았는데……. 새삼스럽게 세상이 좁다고 생각하며 규하는 조심스럽게 여자를 관찰했다.

촌스러운 옷차림은 여전히 그대로였다. 구하기도 힘들 것 같아 보이는, 얼룩덜룩한 꽃무늬가 그려져 있는 티셔츠에 짧은 치마. 덕분에 하얗고 매끄러운 허벅지를 슬며시 구경하는 보너스를 얻을 수 있었지만.

왜 울고 있는 거지? 규하는 눈을 크게 떴다. 전에 보았을 때에는 그 성격에 바늘로 찔러도 피 한 방울 나올 것 같지 않더니 지금 그 여자는 건드리면 금세라도 큰 소리로 엉엉 울어버릴 것 같은 얼굴로 눈물을 흘리고 있었다. 팽 하고 코를 푸는 소리도 났다.

우는 여자라…… 규하는 눈살을 찌푸렸다. 괜히 아무것도 아닌 일로 징징 짜는 여자는 딱 질색이었다. 그러나 지금 여자는 사정이 달라 보였다.

무언가 중대한 일이 있는 모양이군.

규하는 창밖을 바라보며 눈물짓고 있는 여자의 맞은편에 살그머니 다가가 앉았다.

깊은 슬픔에 빠져 숨까지 헐떡이고 있는 여자는 규하가 자신의 옆에 앉는 줄도 모르고 하염없이 눈물만 흘리고 있었다. 손수건도 없는지 손등으로 계속 눈물을 닦고 있는 여자를 보고 규하는 왠지 안쓰러운 마음이 들어 손수건을 꺼내 슬그머니 건네주었다.

"고맙습니다."

그가 건넨 손수건으로 눈물을 닦고 팽, 코까지 풀고 난 뒤 여자는 꾸벅 고개를 숙여 인사하며 규하 쪽으로 얼굴을 돌렸다. 그리고 소스라치게 놀랐다.

"헉! 당신은!"

토끼처럼 동그랗게 두 눈을 뜨고 있는 여자를 보며 규하는 짓궂게 한 쪽 입가를 올리며 싱긋 웃었다. 놀란 모습은 무척이나 귀여운 편이군.

그는 너무 놀라 말을 더듬거리는 여자를 가만히 지켜보았다.

"왜, 왜 여, 여기에……."

하긴 나도 다시는 널 보지 못할 줄 알았다.

속으로 중얼거린 그는 그녀가 끝맺지 못한 질문을 되살렸다.

"왜 내가 여기에 있느냐고?"

여자가 고개를 끄덕거렸다.

"기차를 타는 것은 다 이유가 있는 것 아니겠어? 목적지가 있으니까 기차를 탔지, 설마 널 보려고 탔겠어?"

그러나 여자의 얼굴을 보아하니 규하의 말은 조금도 믿을 수 없다는 표정이었다. 마치 자신을 쫓아온 스토커를 보는 듯한 여자의 의심스러운 눈빛에 규하는 은근히 자존심이 상했다. 주제에 공주병도 심하군.

"이 기차가 네 거야? 마치 여기를 전세라도 낸 것처럼 보고 있군 그래? 자, 넌 어디까지 가는데?"

그가 묻자 여자는 조금 망설이는 것 같았다.

"그건 왜 묻는데요?"

규하는 지금 여자가 마음속으로, 이 남자에게 행선지를 말해도 되나 하고 망설이고 있다는 것을 읽을 수 있었다.

머리끝까지 화가 솟구쳤다. 이런! 전에는 비겁한 놈이더니 이번엔 완전히 치한 취급받게 생겼는걸!

"담양이요."

긴 망설임 끝에 여자가 꺼려하면서 말했다.

"흐음……."

규하는 촌스러운 그녀가 서울 태생은 아닐 거라고 생각했지만 설마 지금 자신이 가고 있는 담양 출신일 것이라고는 생각하지 못했다.

우연이군.

자신 역시 오늘 아침까지만 하더라도 지금처럼 담양으로 가는 기차에 몸을 싣고 있을 줄은 상상도 하지 못했으니까.

규하는 오늘 오후 갑자기 걸려온 전화를 받은 일을 떠올렸다.

"여보세요."

─나다.

대뜸 나라고 말하는 목소리는 그에게 결코 잊을 수 없는 목소리였다.

"아, 사범님!"

그는 어린시절 규하를 가르쳤던 사범이었다. 태권도의 시작을 그분에게 배웠으니 규하에게는 첫 사범이요, 또 영원히 마음속에 간직할 가치가 있는 사범님이었다. 비록 그가 서울로 오면서 오랫동안 연락을 하지 않아 사범님의 전화는 뜻밖이었으나 규하는 반가운 마음이 앞섰다.

─그래, 아버지는 잘 계시고?

현재 한국과 미국을 비롯하여 세계 여러 나라에 도장을 운영하고 있는 규하의 아버지 역시 그분께 태권도를 배운 제자였다.

"네. 태권도 도장 사업 일로 지금 유럽에 가 계십니다."

─그런가. 자네 아버지에게 부탁하려고 했네만 그럼 자네, 바쁘지 않다면 잠깐 이곳으로 내려올 수 있겠나?

결코 한가한 그가 아니었지만 누구의 부탁인가. 규하는 빈틈없이 꽉 차 있는 스케줄을 펑크내면서까지 사범님이 계신 담양으로 향하게 된 것이었다. 그런데 담양으로 내려가는 기차 안에서 전에 만났던 싸가지 여자를 만나게 될 줄이야. 게다가 그녀가 흑흑대며 울고 있는, 너무나 보기 드문 장면까지 포착하게 될 줄은 꿈에도 몰랐다.

규하는 어깨에 닿는 따뜻한 느낌에 고개를 돌려 그녀 쪽을 바라보았다. 연신 하품을 해대더니 결국 퉁퉁 부은 눈으로 규하의 어깨에 기대어 잠들어 있었다. 잠자면서도 무엇이 그렇게 슬픈지 가끔씩 코를 훌쩍거리는 그녀를 보며 피식, 웃음이 나왔다. 보면 볼수록 재미있는 여자였다. 아기처럼 새근거리는 여자의 숨소리가 마치 듣기 좋은 자장가처럼 들려왔다.

"흠, 흠."

숨을 쉴 때마다 오르락내리락하는 그녀의 가슴에서 시선을 뗀 규하는 일부러 바빴던 하루를 회상하며 두 눈을 감았다. 잠시 후 그들은 사이좋게 서로에게 기대어 깊은 잠에 빠져들었다.

"어머!"

한 시간이나 지났을까. 새된 여자의 비명 소리와 함께 규하는 좌석에서 데구루루 굴러 떨어졌다. 바닥에 머리를 쿵 하고 찧으면서 잠에서 깨어난 규하는 얼얼한 뒤통수를 손바닥으로 문지르며 일어났다.

"뭐 하는 짓이야?"

험상궂은 표정으로 그가 물었지만 여자는 새침하게 입술을 앙다물었다.

"그쪽이야말로 뭐 하는 짓이랑가요?"

규하는 마지막으로 여자의 머리에 기대고 사이좋게 잠이 들었던 것을 떠올렸다. 그날 오후 조금 피곤했는지 규하는 여자에게 기대고 몽롱하게 잠에 빠져들었던 것이다. 여자가 얼마나 사납고 싸가지가 없는지 익히 알고 있었지만, 규하는 왠지 여자의 옆자리를 떠나고 싶지 않았고 더더군다나 참을 수 없이 잠이 쏟아졌던 것이다. 제아무리 국가대표 태권도 선수라 해도 눈꺼풀을 내리덮는 잠 앞에서는 어쩔 수 없었기에 규하는 1분만

더, 1분만 더 하며 자신의 어깨에 기대 있는 여자의 머리에 살짝 기대 잠
들었던 것이었다.

피장파장이네 뭐.

규하는 자신이 바닥으로 떨어져 나뒹굴기까지의 일련의 사건을 정리해
보았다. 먼저 잠에서 깨어난 여자가 놀라서 밀치고, 그 바람에 그는 바닥
으로 굴러 떨어지고. 그것도 정말 우스운 꼴로.

규하는 험악하게 인상을 썼다. 뒤통수는 별안간에 부딪친 것이라 그다
지 아프지 않았지만, 기차 안의 사람들이 그를 보며 킥킥대는 모습을 보
자 쥐구멍이라도 있으면 숨고 싶은 마음이었다. 그 모든 것이 이 못생긴
여자 때문이라는 사실에 규하는 그녀의 목을 졸라 마구 흔들어대고 싶었
다.

규하가 몸을 추슬러 자리에 앉자 여자는 도끼눈을 치뜨며 따졌다.

"그런데 여기 그쪽 자리 맞당가요?"

"뭐라고?"

"쪼까 의심스럽당게요. 같이 서울에서 기차를 탔을 텐데 이 자리는 서
대전에 올 때까지는 비어 있었당게요 그러니 이 자리가 그쪽 자리 맞는
가 싶어서라."

"마, 맞지."

규하는 건너편에 있는 자신의 자리를 한 번 보고 얼른 대답했다.

자리의 임자가 나타났으면 중간에라도 깼을 텐데 목적지인 담양까지
얼마 남지 않았는데도 나타나지 않는 것을 보면, 분명 기차를 놓쳤거나
아니면 기차가 출발하기 직전에 표를 취소했음이 틀림없었다.

"그럼 어디, 표 내놔보시랑게요."

여자의 뾰족한 목소리에 규하는 여자가 보통내기가 아니라는 사실을
또 한 번 깨달았다.

"아가씨가 차장도 아닌데 왜 내가 표를 보여줘야 하지?"

　둘 사이에 실랑이가 벌어졌다. 표를 보여달라는 그녀와 보여주지 않으려는 규하 사이에.

　"아따, 표를 보여달랑게요!"

　규하가 표를 꺼내지 않고 머뭇거리며 들은 척도 하지 않자 여자는 때마침 그들의 칸으로 들어오고 있는 차장을 발견하고 손을 쳐들었다.

　"아저씨! 차장 아저씨요!"

　꼼짝없이 치한으로 몰리게 될 상황에 규하는 난감해졌다. 뚱뚱한 차장이 살찐 엉덩이를 뒤뚱거리며 다가왔다.

　"무슨 일이십니까?"

　"저 아저씨요…….''

　손가락으로 자신을 가리키며 차장에게 이르는 것처럼 말하는 여자의 모습에 규하는 어이가 없었다. 나보고 아저씨라니, 이제 겨우 서른하나밖에 되지 않았는데!

　규하는 여하튼 한 군데도 마음에 들지 않는 여자라고 생각하며 한숨을 푹 쉬었다.

　시원하게 에어컨이 켜져 있는데도 땀을 비 오듯 쏟고 있는 차장이 여자의 이야기에 귀를 기울였다.

　"이 자리가 맞는지 확인 좀 해주시랑게요. 조금 이상해서 그런디요."

　여자의 말에 차장은 의심스러운 눈초리로 규하를 쳐다보았다.

　아니, 내가 어디를 봐서 무임승차할 사람으로 보인단 말이야!

　"표를 보여주십시오."

　차장이 말하자 규하는 이 곤경을 어떻게 해야 빠져나갈 수 있는지 머리를 굴렸지만 뾰족한 수가 생각나지 않았다.

　"아, 표가 어디에 있더라?"

　규하는 괜한 허세를 부리며 눈을 데굴데굴 굴렸다. 일단 표를 달라고 말할 수 있는 권리를 가진 차장 앞이니 허술하게 행동할 수 없어 그는 이

곳저곳 주머니에 손을 집어넣어 보며 열심히 찾는 척을 했다. 물론 주머
니에 건너편 자리의 표는 잡혔지만 괜히 다른 주머니를 뒤지며 규하는
시간을 끌고 있었다. 이렇게 시간을 끌면 차장이 귀찮다며 그냥 갈지도
모른다는 잔머리를 굴린 것이다. 그러나 차장은 꿈쩍도 하지 않고 시퍼런
기색으로 규하를 유심히 살피고 있었다.

"혹시……."

차장은 눈을 가느스름하게 뜨며 규하를 자세히 쳐다보았다.

"찾았다!"

차장이 자신의 얼굴을 알아본 것 같은 기척을 보이자 규하는 표를 꺼
내 순식간에 차장의 눈앞에 보였다가 다시 쏙 집어넣었다.

"저, 혹시……."

규하의 생각대로 표는 본 척 만 척하고 차장의 얼굴에 반가운 기색이
역력하자 규하는 그가 자신을 알아봤다는 것을 깨달았다. 그래서 꾸벅꾸
벅 인사하며 그의 손을 잡고 악수를 했다.

"혹시 그 태권도 올림픽……."

"네, 맞습니다. 알아봐 주시니 감사합니다."

차장의 말꼬리를 자르며 규하는 그의 손을 잡은 채로 자리에서 벌떡
일어섰다. 그리고 최대한 목소리를 줄여 그에게 인사를 건넸다. 여자가
차장과의 대화를 볼 수 없도록 등으로 가리는 것도 잊지 않았다.

"급한 일로 담양까지 가는데 자꾸 이 아가씨가 저에게 관심이 있는 건
지, 조금 까칠하게 나오는군요."

없는 말을 지어내자니 규하는 진땀이 날 지경이었다.

"아, 그렇습니까?"

차장은 다행히 규하의 말을 곧이곧대로 듣는 것 같았다. 그러면서 사
납게 쏘아보고 있는 춘봉을 흘끗 쳐다보고는 규하의 난처함을 이해한다
는 듯 고개를 끄덕였다. 그리고 규하와 맞잡고 있는 자신의 손을 감격스

럽게 쳐다보았다.

이렇게 되면 좀더 쉬워지겠군.

감격에 겨워하는 차장의 얼굴을 보며 규하는 너스레를 떨었다.

"주야로 우리나라의 철도 발전에 애쓰느라 수고가 많으십니다."

"오늘 제 선수를 만난 것은 일생일대의 행운인 것 같습니다. 모쪼록 좋은 여행되시길 바랍니다."

차장은 지나갔고 규하는 속으로 길게 한숨을 내쉬며 자리에 다시 앉았다. 다행히 규하를 알아본 차장 덕에 무사히 곤경을 헤쳐나갈 수 있었지만, 매섭게 치켜뜬 여자의 눈총은 피해가기 어려웠다.

"휴우ㅡ."

규하는 넥타이를 조금 풀었다. 목을 옥죄고 있던 것이 풀리니 조금 마음이 편안해졌다.

만일 차장이 표를 확인해보고 그에게 제자리로 돌아가라고 했으면 여자는 그것 보라는 듯 의기양양한 얼굴이었을 것이다. 게다가 여자와 차장으로부터 치한 취급까지 받게 되었을지도 모른다는 생각에 규하는 등줄기가 서늘해졌다. 그 무슨 창피란 말인가. 그 생각을 하니 규하는 약이 바짝 올랐다.

여자는 새침하게 고개를 모로 돌리고 창 밖을 보고 앉아서 규하를 마치 없는 사람인 양 굴고 있었다.

"이봐, 사람을 의심했으면 미안하다는 말이 있어야 하는 것 아닌가?"

규하가 한 술 더 떠 서늘하게 묻자 여자는 들은 척도 하지 않았다. 여자의 태도가 못내 마음에 들지 않은 규하는 눈을 가늘게 뜨며 여자를 노려보았다.

규하의 줄기찬 시선에 여자가 홱 고개를 돌렸다.

"누구시죠? 절 아세요?"

너무 기가 막힌 나머지 규하는 할 말을 잊고 말았다. 예상치 못하게 뒤

돌려차기 한 방을 맞은 기분이었다. 하긴 여자에 대해서는 모르는 사람이나 마찬가지였으니 무어라 대답할 수도 없었다. 규하는 한순간에 낯빛을 바꾸어버린 카멜레온 같은 여자의 모습에 혀를 내둘렀다. 진짜 웃긴 여자다!

"계속 말 걸면 저한테 관심 있는 것으로 생각하겠어요! 알았어요?"

여자는 날선 목소리로 말하고 나서 더 이상의 접근은 허락하지 않겠다는 듯 단단하게 팔짱을 꼈다. 그 바람에 그녀의 풍만한 가슴이 더 위로 올라오는 것이 보였다. 봉긋하게 솟아 있는 그녀의 가슴이 너무나 유혹적이었다. 그것을 본 규하는 흡 하고 숨을 들이마셨다.

그러나 더 이상 그가 그녀에게 관심 있어 보이는 것을 피하기 위해 다른 곳으로 시선을 돌렸다. 내가 저 여자에게 관심이 있다고 생각하다니……. 비록 착각일지라도 정말 사양하고 싶었다. 여자가 못생긴 것과는 다르게 공주병 중증이라고 생각하며 규하는 아무 관심도 없는 신문의 광고 전단을 유심히 들여다보았다.

담양에 도착할 때까지 둘은 나란히 앉아 서로 정반대의 곳을 바라보며 아무 말도 나누지 않았다.

"이번 역은 담양, 담양 역입니다."

곧 담양에 도착한다는 방송이 흘러나오자 창가 쪽에 앉아 있던 춘봉은 남자의 무릎을 거칠게 밀치고 복도로 나왔다. 좌석 위 짐칸에 올려둔 짐 가방을 꺼내기 위해서였다.

키가 작은 편인 춘봉은 끙끙거리며 서둘러 짐 가방을 꺼내려고 애를 썼지만 좀처럼 짐 가방에 손이 닿지 않았다. 얄미운 남자의 코앞에서 꼴사납게 끙끙거리고 있는 자신이 마음에 들지 않았지만 어쩔 수 없었다.

부랴부랴 짐을 싸느라고 꽉꽉 밀어넣지 못한 게 후회다…….

힐끗 남자를 보니 그녀를 도와줄 마음이 전혀 없는 듯 팔짱을 끼고 두 눈을 꼭 감고 앉아 있었다.

춘봉은 슬그머니 화가 났다. 처음 그가 그녀 앞에 나타났을 때 어이가 없었다. 다시는 보지 않을 것이라고 생각했던 그 남자를 기차에서 또 우연히 만나게 되다니……. 그러나 여전히 재수 없고 기분 나쁜 사람이라는 사실에는 변함이 없었다.

여자가 이렇게 어려워하고 있는데 좀 도와주고 싶은 생각이 들지 않나? 전에도 팔짱만 끼고 보고 있기만 하더니……. 여하튼 신사도라고는 손톱만큼도 없는 사람이야. 정말 밥맛에 재수!

속으로 그녀가 투덜거리는 동안 갑자기 남자가 몸을 뒤척거렸다. 그러자 무언가가 툭 하고 떨어졌다.

차표였다!

춘봉이 얼른 차표를 향해 손을 뻗었다. 얼핏 보기에 좌석 번호는 남자가 앉아 있는 좌석 번호와 다른 것 같았다.

확실한 증거를 잡으면 치한으로 신고해버리겠당게!

그러나 남자도 자신의 주머니에서 차표가 떨어진 것을 눈치 챘는지 허리를 숙여 표를 주우려 했다. 그 바람에 둘은 쿵 소리가 나게 서로 머리를 부딪히고 말았다.

"아야!"

춘봉이 뒤로 벌렁 넘어졌다.

"머리가 돌로 만들어졌나, 왜 그렇게 단단하당가요!"

눈물이 찔끔 나올 정도로 아픈 머리를 손으로 부여잡으며 춘봉은 버럭 화를 냈다. 그러나 남자는 아무 말도 없이 휘둥그레진 눈으로 무언가를 물끄러미 쳐다보고 있었다. 뚫어져라 쳐다보고 있는 그의 시선을 따라가 보니 바닥으로 쓰러지는 바람에 허벅지 끝까지 아슬아슬하게 올라간 그녀의 치마를 보고 있는 것이었다. 정확히 말하면 치마가 아니라 드러난 그녀의 다리였으리라.

화들짝 놀란 춘봉은 치마를 아래로 내렸다. 팬티가 다 보였을 것이라는 생각에 화르륵 얼굴이 붉어졌다. 여전히 자신의 다리에서 시선을 떼지 못하고 얼떨떨해 있는 남자를 향해 춘봉은 비명을 지르기 시작했다.

"까—악!"

그와 동시에 춘봉의 손바닥이 찰싹 남자의 뺨을 힘차게 내갈겼다.

"짝!"

그때, 소란스런 그들을 구경하기 위해 기차 안의 사람들이 모두 발딱 일어났다.

목적지인 담양에 도착하기 바로 1분 전의 일이었다.

춘봉은 기차에서 내려 성큼성큼 걸어갔다.

남자는 그녀의 비명소리에 놀라 뛰어온 차장에게 이끌려 잠시 조사를 받으러 갔고 친절한 차장의 도움으로 짐 가방은 무사히 내릴 수 있었다.

"꼴 좋게 됐다!"

장난꾸러기 아이처럼 춘봉이 낄낄거렸다. 오만 잘난 척을 다 하더니 결국에는 치한으로 몰리게 될 줄이야. 그 모든 것은 처음부터 골목길에서 깡패와 싸우고 있던 그녀를 도와주지 않고 구경만 하고 있었던 데에서 비롯된 것이리라.

"그러게 잘하지 그랬소? 다 인과응보랑게. 겉만 번지르르 잘생기면 뭐 한당가?"

문득 춘봉은 고향에 내려온 이유가 바로 할아버지 때문이라는 생각이 들었다. 남자 때문에 정신이 사나워 깜박 잊고 있었던 것이다.

"내 정신 좀 보랑게! 어떡해!"

발을 동동 구르며 춘봉은 할아버지에 대한 걱정 때문에 또다시 눈물이 솟구쳐 흐르기 시작했다. 하양, 분홍, 빨강의 색색가지 코스모스가 길가에 한창 피어 있는 담양 역을 지나고 그녀는 뒤도 돌아보지 않고 부지런히 걸었다.

　다시 돌아온 담양은 서울 시내와 같지 않게 높은 빌딩도 없고 분주하게 정면만 보며 걸어다니는 사람도 없었으며 매연과 소음을 내는 자동차들의 행렬도 없었다.

　비로소 집에 돌아왔다는 것을 춘봉은 피부로 느낄 수 있었다. 신선한 공기 그리고 멀리서 들려오는 쉬익쉬익 정다운 대나무 소리. 항상 정겹고 아름다운 고향의 풍경은 그녀에게 포근함을 느끼게 해주었다. 가슴 가득히 무언가 뜨거운 것이 치밀어오르며 그녀의 걸음을 자꾸만 재촉했다.

　얼마 후, 기차역에서 가까운 거리에 있는 할아버지의 도장에 도착했을 때 춘봉의 눈에는 그렁그렁 맑은 눈물이 맺혀 있었다. 새삼스럽게 고향과 할아버지의 소중함을 깨달은 춘봉은 갑자기 철이 든 느낌이었다. 그러나 도장 문을 확 열었을 때 깜짝 놀라고 말았다.

　"할아버지!"

　도장 안은 쥐 죽은 듯이 조용했다. 춘봉의 할아버지 유정환 사범은 위독하다는 소식과는 달리 낡은 도복 차림으로 도장 한가운데에 조용히 앉아 있었다. 위독하기는커녕 오히려 아주 정정해 보였다.

　불그스름하게 혈색 좋은 얼굴로 유 사범은 춘봉을 보자마자 눈을 가늘게 뜨며 버럭 호통을 쳤다.

　"요 미꾸리 같은 녀석!"

　"할아버지!"

　할아버지가 무사하다는 사실에 반갑고 기쁜 생각이 앞선 춘봉은 할아버지에게 감쪽같이 속아넘어갔다는 것을 망각하고 한달음에 뛰어가 그의 목에 매달렸다. 어린시절부터 할아버지의 목에 목걸이처럼 대롱대롱 매달리는 것은 그녀만의 애정 표현이었다.

　"무겁다! 요 녀석아! 앞에 손님도 계시는데!"

　그제야 춘봉은 유 사범 앞에 예의 바르게 무릎 꿇고 앉아 있는 손님을 돌아보았다. 그런데 그 남자는 어떻게 뚱뚱한 차장의 손에서 풀려났는지,

또한 그녀와는 무슨 악연인지 계속 마주치게 되는 바로 그 기분 나쁜 남자였다!

"앗! 너는!"

"어, 어……, 이 사람은……."

춘봉과, 춘봉의 손바닥 자국이 아직도 오른쪽 뺨에 벌겋게 남아 있는 남자가 동시에 놀라 소리쳤다.

"그……, 변태."

그러나 다음에 이어진 춘봉의 말에 유 사범과 남자의 표정이 딱딱하게 굳었다. 당황스런 얼굴로 유 사범은 호통을 쳤다.

"떽! 변태라니, 손님에게 그 무슨 말버릇이야!"

"하, 하지만 이 사람은……."

온갖 손짓 발짓을 하며 춘봉이 반박하려고 하자 유 사범은 그만 꿈 깨라는 듯이 눈을 부라렸다. 무시무시한 유 사범의 표정에 평소에는 자상한 할아버지가 한 번 화나면 엄청나다는 것을 이미 알고 있었기에 춘봉은 입을 꾹 다물 수밖에 없었다.

고개를 설레설레 저은 유 사범은 남자를 바라보며 난처한 얼굴로 변명하듯이 말했다.

"미안하네. 내가 다 잘못 키운 탓이야."

그리고 유 사범은 춘봉에게 사과하라고 종용했다.

"얼른 사과해라. 도대체 변태가 무슨 뜻인지 알고나 하는 말이냐?"

유 사범의 입에서 다시 한 번 변태라는 단어가 나오자 남자의 표정이 불만스러운 듯 굳어졌다. 유 사범은 춘봉에게 손님에 대해 설명해주었다.

"어헛, 이거 참, 소개가 늦었군 그래. 춘봉아, 너무 옛날 일이라 기억 안 나느냐? 바로 규하다, 규하. 어렸을 때 네가 그렇게도 좋아하던 제규하."

제규하……. 춘봉은 물끄러미 남자를 바라보았다. 제규하라면 3년 전,

올림픽 금메달리스트로 어린시절에 이곳에서 할아버지에게 태권도를 배 웠다던 그 사람?

어린시절이기는 하나 어렴풋이 기억이 났다. 4살 즈음, 너무나 어려서 아무도 놀아주지 않던 춘봉에게 도장 구석에서 목마도 태워주고 함께 놀 아주곤 하던 규하 오빠……. 하지만 4살배기의 일은 너무나 오래된 기억 이라 오빠의 얼굴은 가물가물할 뿐이었다.

서울에서 수련을 와서 유 사범에게 사사 받고 나중에는 올림픽에 나가 금메달리스트까지 되었다던, 그래서 할아버지의 입에서 칭찬이 마를 날 이 없었던 바로 그 제규하.

춘봉은 고개를 들어 자신을 바라보고 있는 규하와 시선을 마주했다. 그렇게 생각하니 조금 비슷해 보이긴 했다. 그래도 눈앞에 떡하니 앉아 있는 위험한 맹수처럼 보이는 남자는 어린시절 보았던, 스님처럼 푸르스 름하게 깎은 머리에 그녀와 과수원에서 딴 사과를 사이좋게 한 입씩 베 어먹던 그 오빠와는 영 이미지가 달라 보였다. 춘봉은 고개를 갸웃거리며 그의 얼굴을 뚫어져라 들여다보았다.

"이제 좀 기억이 나느냐?"

유 사범은 기다렸다는 듯 춘봉의 반응을 살폈다. 그러나 춘봉은 살그 머니 고개를 저었다. 지금 기억이 난다고 하면 얼마나 우스운 꼴이 되고 마는 것인가. 그동안 그에게 했던 언사며 또 그가 자신에게 했던 말들이 줄줄이 꼬리에 꼬리를 물고 떠올랐다. 그리고 기차 안에서 비명을 지르며 그를 치한으로 몰았던 것까지.

그제야 춘봉은 잘 익은 토마토처럼 얼굴이 붉어졌다. 슬쩍 보니 규하 역시 그녀와의 악연에 가까운 인연에 놀랍다는 듯한 표정이었다. 춘봉은 애초에 이런 상황을 만들어 자신을 난처하게 만든 할아버지 유 사범에게 모든 탓을 돌렸다. 그때서야 춘봉의 머릿속에 유 사범이 자신을 속였다는 생각에 미쳤다.

“그런데 할아버지! 어떻게 그런 거짓말을 할 수가 있당가요! 제가 얼마나 걱정했는지 아신게라?”

춘봉이 귀가 찢어져라 소리를 질렀다. 아무리 생각해도 깜박 속아넘어간 자신이 너무 바보 같고 한심했다.

“허헛, 그게 말이다. 춘봉아…….”

유 사범은 춘봉이 화가 나서 펄펄 뛰자 쩔쩔맸다. 수많은 제자들에게는 호랑이보다 엄하고 무서운 유 사범이었으나 하나밖에 없는 귀중한 손녀딸에게는 한없이 자애로운 할아버지일 수밖에 없는 유 사범이었다.

“춘봉아. 할아버지 말도 좀 들어보려무나. 난 네가 태권도로 성공하길 바란다. 이왕에 시작했으니 끝을 봐야 하지 않겠느냐?”

“몰라, 몰라! 정말 할아버지한테 실망이랑게! 내가 왜 집을 나갔는데. 그 마음도 몰라주고…….”

춘봉이 길길이 날뛰었다.

“이 녀석아! 잠자코 있어라!”

아무리 그녀를 예뻐하는 할아버지라고 해도 이렇게까지 나오는데 마냥 예뻐할 수만은 없는 노릇이었다. 게다가 오랜만에 보는 반가운 제자 앞에서 버릇없이 방방 뛰는 손녀를 더 이상 봐줄 수는 없어 유 사범은 엄한 목소리로 호통을 쳤다. 그리고 부리부리한 눈을 부릅뜨며 노려보았다.

“더 이상 고삐 풀린 망아지 같은 네 녀석을 가만 놔둘 수가 없다!”

“할아버지―!”

갑자기 유 사범이 버럭 화를 내었지만 춘봉은 전혀 기죽지 않은 채 오히려 원망스러운 눈길을 보냈다. 항상 유 사범은 할아버지인 자신을 전혀 무서워하지 않는 춘봉을 당해내지 못했다.

“그만 하지 못해?”

할아버지 앞에 앉아 있던 남자가 보다 못해 버럭 소리를 질렀다.

남자의 온몸에서 뿜어내는 위험스러운 분위기에 눈치 빠른 춘봉은 움

쩔했다. 그렇게 어리고 착하던 오빠가 저런 사람으로 컸다니……. 춘봉
은 시간의 무상함을 느끼며 유 사범에게 투정을 늘어놓던 입을 꾹 다물
었다.

"여기 있는 김 사범도 그렇고 나 역시 이제는 늙어서인지 체력이 달려
널 봐줄 수가 없구나. 그래서……."

고개를 절레절레 저으며 유 사범은 옆에 무릎 꿇고 단정하게 앉아 있
는 김 사범을 바라보았다. 그 어떤 문제 학생보다도 다루기 힘들었던 왈
가닥 춘봉에게 데인 오랜 역사를 가지고 있는 김 사범은 유 사범의 말에
열렬히 동의하는 듯 고개를 끄덕이고 있었다.

할아버지의 시선이 김 사범을 걸쳐 바로 앞에 얌전히 앉아 있는 규하
를 향하자 왠지 불길한 예감이 든 춘봉은 가만히 앉아 있지 못하고 엉덩
이가 들썩거렸다.

"뭐라고요?"

그녀는 유 사범의 말뜻을 제대로 이해하지 못했다.

"여기 있는 규하가 널 봐줄 것이다. 일단 제 사범의 도장으로 가서 함
께 지내며, 6개월 후에 있을 아시안게임 국가대표 2차 선발전을 목표로
열심히 사사 받도록 해라."

규하는 유 사범의 말에 고개를 끄덕이며 춘봉을 바라보았다.

춘봉은 기가 막혔다. 유진의 집 앞 골목길에서 깡패랑 싸우고 있는 모
습을 보고도 본 척 만 척하던 그 비겁한 남자가 어린시절 함께 놀았고 또
태권도 국가대표 선수이자 3년 전 올림픽 금메달리스트인 제규하라
니……. 그 사실만으로도 입이 떡 벌어질 지경인데 석 달 동안이나 그와
숙식을 함께 하며 가르침을 받아야 한다고 말하고 있었다. 춘봉은 놀랍기
도 하고 화가 나기도 해서 할 말을 잊고 규하와 할아버지를 번갈아 쳐다
보았다.

4

“말도 안 돼요!”

한참 동안 말문이 터지지 않고 있던 춘봉은 버럭 소리를 질렀다.

“이, 이…….”

춘봉은 손가락으로 규하를 가리키며 유 사범의 마음에 거슬리지 않을 적당한 말을 찾아내려고 애를 썼다. 하지만 ‘그것’ 외에는 유 사범의 청천벽력 같은 결정을 철회시킬 만한 말이 없을 듯싶었다.

“변태 같은 남자와 어떻게 석 달 동안이나 같이 살란 말이에요!”

또다시 그녀의 입에서 변태라는 말이 나오자 얼굴이 붉으락푸르락해지는 규하를 곁눈질로 보면서 춘봉은 유 사범의 말을 뒤집기 위해 애를 썼다. 그러나 그런 말에도 불구하고 유 사범의 규하에 대한 믿음은 강건해 보였다. 유 사범은 춘봉의 말에 눈 하나 깜짝하지 않았다.

“이제 두 번 다시 기회는 없어. 너는 이미 내 기대를 저버렸다. 할애비 말을 듣지 않고 집을 나가버린 네 녀석이 아니었더냐. 할애비 가슴에 못을 박아도 유분수지, 어떻게 그럴 수 있느냔 말이다.”

춘봉이 사라지던 날 아침을 떠올리자 유 사범의 얼굴에 짙은 슬픔이 떠올랐다. 그때 얼마나 가슴이 아팠었는지를 회상하자 유 사범은 이제는 무슨 일이 있어도 춘봉이 가장 잘할 수 있는 것으로 성공시켜야겠다고 결심했다.

"하지만, 할아버지…… 난……."

유 사범의 약한 모습에 마음이 아파 춘봉이 울먹이기 시작했다.

"난 재능이 없당게요. 할아버지, 미안해요."

"그렇지 않다. 내가 지금까지 얼마나 많은 제자들을 가르쳐왔느냐? 너에게는 충분히 재능이 있어!"

유 사범은 확신하듯이 말했다.

"그리고 꼭 하필이면 저 사람에게 배워야 하는 이유가 뭐당가요?"

춘봉이 규하 쪽을 힐끔 보고 묻자 규하가 자리에서 일어섰다. 그녀와 나란히 서니 그는 무척이나 컸다.

"말해주지, 네가 내게 배워야 하는 이유를. 5살 때 처음으로 태권도를 시작. 이후 태권도 세계선수권대회 3회 연속 우승, 태권도 국가대표, 현재 태권도 5단 제1회 아시아대회 미들 1위, 바르셀로나 올림픽 태권도 75kg급 은메달, 아테네올림픽 태권도 남자 75kg급 금메달리스트. 이게 바로 내 경력이야. 자, 어디 흠잡을 데 있으면 말해봐."

규하는 유들유들한 웃음을 입가에 걸며 말했다.

춘봉은 발끈했지만 그의 경력이 나무랄 데 없다는 것은 그녀로서도 어쩔 수 없는 노릇이었다. 못마땅한 듯 규하를 노려보며 춘봉은 침을 꿀꺽 삼켰다.

"하지만 어떻게 남자 여자가 유별한데 함께 산당가요!"

"내 눈엔 넌 여자가 아닌데 뭘……."

그가 비웃듯이 위아래로 그녀를 훑어보았다. 어린시절부터 태권도를 하느라 남자 같다는 이야기를 귀에 못이 박히도록 들어온 춘봉이었다. 그

녀는 규하의 말에 울컥해서 도움을 구하는 듯이 고개를 돌려 유 사범을
바라보았다. 그러나 유 사범은 모른 척했다.

"규하는 그럴 사람이 아니다."

유 사범의 단호한 말에 춘봉은 기분이 팍 나빠졌다.

"그럼 할아버지는 나보다 저 기분 나쁜 남자를 더 믿는 거야?"

춘봉이 빽 소리를 질렀다.

유 사범은 대답할 가치도 없다는 듯 규하를 향해 흐뭇한 미소를 지어
보였다.

오히려 그녀가 더 위험한 존재라는 듯 유 사범이 규하에게 격려의 시
선을 보내는 것이 포착되자 춘봉은 머리 뚜껑이 확 열리고 하얀 스팀이
삐ㅡ, 소리를 내며 나가는 것 같았다.

"흠……."

태권도를 계속해야 한다는 사실이 마음에 들지 않아 눈살을 찌푸리고
있었지만 계속해서 자신을 쳐다보고 있는 유 사범이나 김 사범의 확신에
가득 찬 눈빛 앞에서 춘봉은 마음이 흔들릴 수밖에 없었다. 사실 운동을
계속하고 싶은 마음은 있었다. 그러나 고등학교 졸업을 앞두고 나간 아시
아 주니어 선수권 대회에서 춘봉은 그만 예선 탈락하고 말았던 것이다.

세계 무대 제패를 목표로 했는데 예선 탈락이라니…….

유 사범은 처음으로 나간 세계대회라 긴장했고 또 경험 부족 때문에
그런 결과가 나왔다고 위로했지만 그 패배 이후 춘봉은 심각한 우울증
증세까지 보였다.

어린시절 유 사범의 지도 아래, 취미로 태권도를 시작했던 춘봉은 초
등학교 4학년 때부터 본격적으로 선수로 활약하기 시작했다. 크고 작은
대회에서 우승을 휩쓸면서 춘봉은 지역 신문에 한국 여자 태권도를 이끌
어갈 재목으로 꼽히기도 하는 등 좋은 평가를 받으며 나름대로 세계적인
태권도 선수가 되겠다는 큰 꿈을 키워가고 있었다. 그러나 세계대회 때

춘봉은 세상의 벽이 얼마나 높은지, 그리고 자신이 얼마나 우물 안 개구리 같았는지 처음으로 깨달았다. 자신에게는 재능이 없는 모양이라고 생각하게 되었고 십 년 넘게 해온 태권도를 접겠다고 결심했던 것이다. 하지만 유 사범은 포기하지 않았다.

"너는 아직 세계 무대를 평정하기에는 이른 '미완의 대기'다. 하지만 대기만성이라는 말도 있지 않느냐. 넌 더 닦고 다듬으면 좋은 그릇이 될 것이야."

하지만 춘봉은 고개를 저을 뿐이었다. 그리고 태권도를 그만두겠다는 이야기만 앵무새처럼 반복했다.

유 사범은 예선 탈락으로 인해 상처받은 마음을 평정시키도록 한동안 내버려두었지만 춘봉은 기어코 집을 나가버린 것이었다. 40년 넘게 태권도를 가르쳐온 유 사범은 춘봉의 가능성을 볼 수 있었다. 그래서 춘봉이 집을 나갔을 때 유 사범은 그렇게 방황하는 그녀를 엄하게 다루지 못했던 것을 후회했다. 조금만 더 걸어가면 길이 보일 텐데 따라오지 못하는 춘봉이 안타깝게 느껴졌던 것이다. 그리고 춘봉이 집에 돌아오면 이제는 더 이상 오냐오냐하는 유순한 태도로는 안 되겠다 싶었다. 그래서 춘봉을 맡기기 위해 예전에 자신의 제자였던 올림픽 금메달리스트를 부르기로 했던 것이다. 풍랑을 만난 배처럼 이리저리 흔들리고 있는 춘봉을 붙잡을 수 있는 사람은 이 세상에서 오직 하나, 바로 규하뿐이라고 유 사범은 생각하고 있었다.

춘봉이 어렸을 때에도 말썽피우고 나서 난데없는 짜증에 떼를 쓰면 유 사범은 어찌할 바를 모르고 쩔쩔매곤 했다. 그러나 당시 수련생이던 규하는 한 번에 꼬마 악동인 춘봉을 제압하곤 했다.

"말 안 들으면 안 놀아줄 거야!"

규하가 이야기하면 춘봉은 단번에 울음을 그쳤다. 동생이 없어서였을까. 그들은 친오누이 부럽지 않게 누구보다 더 사이가 좋았고 그 모습은 유 사범의 마음을 흐뭇하게 했다.

규하가 서울로 떠나고 나서 골칫거리가 되었던 춘봉을 생각하자 유 사범은 마음이 착잡해졌다. 밤새 잠도 안 자고 울며 규하 오빠를 내놓으라고 어찌나 떼를 쓰던지, 유 사범은 자기도 모르게 절레절레 고개를 젓고 말았다. 유 사범은 이제 일흔을 바라보고 있었다. 아직 건장했지만 언젠가는 저세상으로 떠나게 되는 것이 그의 운명이었다. 그렇게 되면 세상천지에 할아버지 하나만을 믿고 살아온 춘봉의 미래는 어떻게 되겠는가.

세상이 얼마나 험하고 무서운지 아직 어린 춘봉은 알지 못하고 있었다. 그래서 유 사범은 항상 걱정이었다. 이번에 집을 나갔을 때만 해도 유 사범은 일주일 사이 십 년은 더 늙어버린 기분이었다. 그래서 유 사범은 이번 기회에 춘봉에게 든든한 방패막이 하나를 만들어주고 싶었다. 그것은 이미 규하에게도 이야기했지만, 자신이 죽고 나면 혈혈단신 곁에 아무도 없게 될 춘봉에게 꼭 필요한 것이었다. 규하는 춘봉이 태권도 선수로서 성공하는 것과 함께, 오빠로서도 보호해주겠다고 약속했다. 규하의 굳은 다짐에 유 사범은 드디어 한시름 놓을 수 있었다.

그러나 춘봉의 태도는…….

얼굴도 기억하지 못하는 규하와 그 사이에 무슨 일이 있었는지 변태라고 부르지를 않나, 위아래 구별 못하고 무례한 춘봉의 태도에 유 사범은 잔뜩 인상을 찌푸렸다.

이번에는 절대 봐줄 수가 없다. 유 사범은 결심했다. 그리고 춘봉이 순순히 규하를 따라나서지 않겠다고 하면 억지로라도 꽁꽁 묶어 서울까지 태워다 규하의 도장에 내팽개치고 와야 할 것이라고 단단히 마음먹고 있었다.

그날 밤, 춘봉은 할아버지 유 사범과 많은 이야기를 나누었다. 절대 규하를 따라가지 않겠다고 고집 피우던 그녀는 결국 유 사범의 눈에 얼핏 비친 눈물 앞에서 와르르 무너지고 말았다.

"춘봉아. 난 기껏 살아봤자 너보다는 빨리 죽을 것이란다. 그런데 이 할애비 말 좀 들어주면 안 되겠느냐? 죽은 사람 소원도 들어준다는데 왜 아직 살아 있는 이 할애비 소원은 못 들어줘?"

유 사범의 태도에 다소 연극적인 구석이 있긴 했지만 춘봉은 지금까지 할아버지가 자신에게 바라고 있던 기대를 다시 한 번 들은 셈이었다.

"춘봉아, 난 네가 태권도 선수로서의 자질을 쉽게 버리지 않았으면 좋겠구나."

유 사범은 안타까운 듯 춘봉을 바라보며 말했다.

"하지만 할아버지, 전 재능이 없당게요?"

유 사범의 타이르는 듯한 말에 춘봉은 면목 없다는 듯 고개를 푹 숙였다. 언제나 패자는 말이 없는 법이지 않은가. 그런데도 할아버지는 포기하지 말라고 말하고 있었다.

"다시 시작하면 되여. 모든 것을 새롭게, 그러면 항상 기회가 보이는 법이여."

할아버지의 다정한 위로에 춘봉은 눈물이 왈칵 솟아올랐다. 집의 소중함은 떠나보아야 안다는 말처럼 이번 가출 소동으로 많은 것을 얻었다.

"할아버지. 그럼 나 해볼랑게, 그럼 그때가정 기다려줄 수 있을랑가요?"

유 사범은 미소를 지으며 크게 고개를 끄덕였다.

"너도 알다시피 제 사범이 많이 도와줄 게여. 둘 사이에 무슨 일이 있었는지는 모르겠다만 얼른 화해하고 시합 준비해야지 않겠니?"

춘봉은 유 사범의 말에 눈물을 흘리며 다음 날로 규하와 함께 서울로 출발하기로 고개를 끄덕거릴 수밖에 없었다.

"어려운 결심을 했군."

내내 지켜보고 있던 규하가 조용한 목소리로 감상을 이야기했다. 그러자 할아버지 앞에서 눈물을 많이 흘려 기진맥진해 있음에도 불구하고 춘봉은 콧대를 세우며 코웃음을 쳤다.

"흥!"

규하를 무시한 채 춘봉은 고개를 꼿꼿이 세우고 도장 뒤쪽에 있는 자기 방으로 쏙 들어가 버리고 말았다.

"저런 철부지를 맡겨서 미안하네."

유 사범이 손녀딸의 무례한 모습에 오히려 자신이 더 민망한 듯 규하에게 정중하게 사과했다.

"아닙니다. 앞으로 예의를 배우는 것도 수련의 한 과정에 들어가게 될 텐데요."

하지만 규하는 유 사범이 보지 않는 사이 뿌드득 이를 갈았다. 가만 두지 않으리라.

규하는 처음 그녀가 어린시절 그렇게 귀엽고 예쁘던 춘봉이었다는 사실을 알게 되었을 때 무척이나 충격이었다. 사실 담양으로 내려오면서 규하는 드디어 십 년 넘게 떨어져 있던 춘봉을 만나게 된다는 생각에 조금은 마음이 설렜다.

"나 커서 규하 오빠 시집가."

말도 제대로 하지 못하면서 자신의 뒤를 졸졸 따라다니던 그 꼬마아이……. 너무나 귀여워서 규하는 친오빠처럼 춘봉과 꼭 붙어 있었다. 그녀에게 처음으로 태권도를 가르쳐준 사람도 할아버지인 유 사범이 아니라 바로 규하였다. 어린 춘봉을 앞에 데려다놓고 어린이 도복의 소매를 바느질로 접어 입힌 후 앞차기와 돌려차기, 주먹 지르기를 가르치며 얼마나 흐뭇해했었는지.

"얍얍!"

"기합 소리가 작다!"

"얍얍!"

다른 사람의 말은 잘 듣지 않는 말썽꾸러기였지만 유독 규하만은 잘 따라서 규하는 춘봉과 함께 있으면 자신이 대단한 사람이라도 된 것 같은 기분에 의기양양해했었다. 훈련이 끝나고 나면 뒤쪽에 흐르는 시냇물에 들어가 같이 목욕도 하고 쉬야도 시키면서 규하는 아버지이자 오빠 역할을 톡톡히 해냈다. 그가 오줌을 누는 모습을 보고 자기도 서서 쉬야를 누겠다고 어찌나 고집을 피우던지……. 그리고 마침내 수련 기간이 끝나고 서울로 돌아가야 했을 때 그는 무엇보다도 춘봉과 헤어져야 한다는 사실이 너무나 슬퍼 돌아가는 기차 안에서 눈물을 훔쳤다.

"안 돼! 가지 마! 아니야! 규하 오빠!"

자신이 떠날 때 몸부림을 치며 엉엉 울어대던 춘봉의 모습은 몇 년이 지나도 눈앞에 생생해서 그때를 생각하면 항상 마음이 아파오곤 했었다. 그러나 세계대회 때문에 해외에 나가 있는 일이 많고 훈련 때문에 바빠 그 후 한 번도 담양에 들러볼 수 없었지만, 규하는 간간이 춘봉의 소식을 챙기곤 했다. 들리는 소문에 춘봉도 할아버지 유 사범의 뒤를 이어 태권도 선수가 되었다고 해서 딸을 가진 아버지라도 된 양 함께 기뻐했던 규하였다.

어떤 모습으로 자랐을까. 그 후 16년 만이었다. 드디어 그녀를 만난다는 생각에 규하는 마음이 조급했다.

곧 춘봉이 올 것이라는 유 사범의 말에 가슴이 두근거린 규하는 도장 문이 열리기만을 기다리고 있었다. 잠시간의 기다림 끝에 한 여자가 도장 문을 열고 들어섰다. 꼬마둥이였던 춘봉이 다 커서 어엿한 여인네의 모습을 갖추게 된 것은 무척이나 대견스럽고 놀라운 일이었다. 그러나 해를 등지고 서서 어두운 그늘로만 보이던 여자의 얼굴이 드러나자 규하는 까무러치는 줄 알았다.

그의 마음속 천사였던 춘봉이 천방지축 그녀였다니!

순수하고 아름답게 자랐을 줄 알았던 춘봉이 커서 저 모양 저 꼴로 자랐다니, 규하는 처음 그녀를 만났을 때 그녀가 자신에게 했던 말이 떠올랐다.

"고추가 달렸으면 고추 달린 값을 해야제."

처음 보았을 때 그녀가 어딘가 낯익었다는 것을 떠올렸다. 하지만 어떻게 천사가 커서 악마가 된단 말인가!

규하는 그 모든 책임을 춘봉을 키운 유 사범의 교육에 돌리고 싶어 유 사범의 뒤통수에 원망스러운 시선을 보냈다. 어떻게 애를 저 모양으로 키우셨나……. 보아하니 춘봉에게 꼼짝도 못하는 모습이, 하나밖에 없는 피붙이라고 지나치게 오냐오냐하며 키운 것은 아닌지 의심스러웠다. 유 사범은 규하의 눈총이 따가운지 연신 머리를 벅벅 긁어대고 있었다.

저녁 수련을 마치고 나서 뒤풀이 시간이 있었다.

춘봉은 또 한 번 규하에게 슬쩍 눈길을 주었다. 그가 올림픽 금메달리스트라는 사실을 알게 되자 모두들 경악하여 입을 떡 벌렸다. 도장의 동생들이 무슨 영웅이라도 되는 듯이 규하를 에워싸고 있었다. 그는 살짝 고개를 기울이고 아이들의 이야기를 주의 깊게 듣고 있었다.

"정말 프랑스의 프란시스 선수와 싸웠어요?"

한 아이가 경외감에 휩싸인 음성으로 물었고 그 질문을 받은 규하는 장난꾸러기 아이처럼 키득거렸다.

"아, 그래. 그랬어."

그녀는 얼른 끼어들며 한마디를 덧붙였다.

"그런데 그건 벌써 3년 전의 이야기란다."

"그렇긴 해."

규하도 고개를 끄덕이며 부정하지 않았다. 춘봉이 발끈하며 약올라 하는 표정을 짓자 규하는 그것이 바로 자신이 원했던 것이라는 듯 싱긋 웃었다.

“하지만 올림픽 금메달리스트가 흔한 것은 아니잖아.”

아이가 말하자 다른 아이들도 모두 동의하는 듯 고개를 끄덕였다.

그것 보라는 듯이 규하가 입가에 엷은 미소를 머금고 그녀를 슬쩍 쳐다보았다. 그런 모습에서 춘봉은 그의 품안에 안겼을 때 그가 강하고 단단한 두 팔로 자신을 감싸안았던 것을 떠올리지 않을 수 없었다. 그녀에게 닿던 피부의 따스함이 기억나자 춘봉은 두 볼이 화끈 달아올랐다. 정말 여자들을 기절시킬 것 같은 남자야.

춘봉은 약간 짜증이 치미는 것을 느꼈지만 그 사실을 순순히 인정했다. 그가 만약 내 남친이라면……. 그리고 여고 동창회에 데리고 나간다면 친구들이 모두 그의 주위로 구름처럼 몰려들 것이라는 생각이 들었다.

부주의한 듯 헝클어진 머리카락, 널찍해서 남자다운 어깨, 검은 눈동자, 매력적인 미소……. 저런 것을 바로 뇌쇄적이라고 하는 걸 거야. 그를 에워싼 아이들이 자신의 여고 동창 친구들처럼 보였다. 규하를 보고 그녀들이 얼마나 들뜬 모습이 될지 눈에 선했다. 그는 확실히 매력적이었다. 하지만 이미 예전에 춘봉이 느낀 것처럼 바람둥이임에 틀림없었다.

난 절대 저 남자를 좋아하지 않을 거야. 춘봉이 메마르게 속으로 중얼거렸다.

다음 날, 춘봉과 규하는 아침 일찍 도장을 나섰다.

“춘봉아, 열심히 해라.”

“응, 할아버지. 열심히 할게. 할아버지, 나 없는 동안 건강해야 해. 알았지?”

작별을 안타까워하는 할아버지와 손녀딸 사이의 뜨거운 포옹이 이어졌다. 춘봉이 할아버지의 얼굴을 쓰다듬으며 뺨에 쪽 소리가 나게 뽀뽀했다.

“흠흠…….”

할아버지와 손녀의 다정한 모습을 지켜보던 규하는 왠지 마음 한구석이 불편해졌다. 이유를 정확히 알 수는 없었지만 괜스레 얼굴이 붉어진 규하는 얼른 뒤돌아 그들의 뽀뽀 장면을 피해버렸다. 그리고 나서 유 사범에게 작별을 고할 때 규하의 눈빛에는 유 사범에 대한 부러움 반, 질투심 반의 미묘한 감정이 섞여 있었다.

"이쪽으로 앉아!"

서울로 돌아가는 기차 안에서 규하는 춘봉을 마치 범죄자라도 되는 양 도망치지 못하게 창가 쪽에 앉히고 자신은 통로 쪽에 앉았다. 잠시 어색한 침묵이 둘 사이에 내려앉았다.

"흠흠……."

규하가 말문을 열기 위해 헛기침을 했다.

"어른한테는 존댓말하는 것도 모르나?"

규하의 공격이 시작되었다.

"뭐라고요?"

창 밖으로 시선을 던지고 있던 춘봉이 고개를 홱 틀어 규하를 노려보았다.

"왜 너보다 세 곱절 넘게 나이가 많으신 유 사범님께 반말을 하지?"

그가 날카롭게 추궁하자 춘봉은 얌전하지 못하게 콧방귀를 뀌었다.

"내 맘이에요! 내 할아버지니까 상관하지 마세요!"

"네게 상관하는 것이, 이제 네 사부인 내 일이야. 그리고 네 맘대로 이래라저래라 하는 것도 예의에 어긋나는 행동이야. 알겠어?"

"쳇!"

"허어, 또!"

"서울에 도착하기 전까지는 아직 사부님이 아니에요. 알겠어요? 아, 저, 씨? 그러니 서울에 도착할 때까지만이라도 좀 편하게 해주시면 안 될랑가요?"

"뭐어?"

규하는 춘봉의 신랄한 말투에 기가 질렸다.

"그리고 아저씨 말이에요, 이게 뭔 줄 아세요?"

춘봉은 바지 주머니를 부스럭거리더니 뭔가를 꺼내 규하의 눈앞으로 내밀었다. 그것은 바로 담양으로 내려올 때 탔던 규하의 차표였다.

"이, 이게 왜?"

당황한 규하가 말을 더듬자 춘봉이 날카롭게 쏘아붙였다.

"기차역에서 역장님과의 친분을 이용해서 얻었어요. 그런데 아저씨, 어제 내 좌석 번호는 73번이었는데 왜 아저씨 것은 60번이죠? 내 옆자리였다면 74번이 되어야 맞는데……."

춘봉의 말에 규하는 할 말을 잃고 말았다. 그 유명한 프랑스의 프란시스 선수 앞에서도 흘리지 않았던 식은땀이 춘봉 앞에 서니 주르르 흘러내렸다.

"도대체 이게 어떻게 된 일이람? 언제부터 우리나라 철도 체계가 이렇게 엉망이었느냐고요?"

말꼬리를 올리며 춘봉이 비아냥거리자 규하는 쩔쩔맸다.

"이것 봐, 그건 이미 과거의 일이야. 마음 넓게 잊어버리라고."

그래도 춘봉의 뱁새눈이 풀리지 않자 규하는 180도로 태도를 바꾸어 눈을 가늘게 뜨며 윽박질렀다.

"왜, 기분 나빠? 나도 어제 너에게 맞은 자리가 아직도 아프다. 그만하면 이렇게 서로 으르렁거리는 것도 이제 되지 않았을까?"

더 이상의 대화는 사절하겠다는 듯 규하는 가슴 앞에 단단하게 팔짱을 끼고 두 눈을 딱 감아버렸다. 보이지 않아도 자신을 째려보고 있는 강렬한 춘봉의 시선이 느껴졌지만 그렇게 하니 규하는 마치 자신이, 적이 눈앞에 보이지 않으면 없다고 안심하는 타조가 된 느낌이었다. 당장이라도 한입에 잡아먹을 듯 날카로운 춘봉의 시선을 마주하는 것은 어려운 일이었다. 규하는 왠지 춘봉 앞에서 쩔쩔매는 유 사범과 동지 의식을 느꼈다.

서울에 도착하기만 해봐라. 규하는 이 천방지축 소녀를 어떻게 하면 자신의 입맛대로 요리할 수 있을지 속으로 이를 갈았다.

잠시 후 규하는 무릎에 따뜻한 기운을 느끼며 살그머니 눈을 떴다. 잠시 선잠이 들어 몽롱한 기분이었다.

"내가 지금 꿈을 꾸는 건가?"

규하는 자신의 다리를 내려다보았다. 따뜻한 물체의 정체는 두 말할 필요도 없이 춘봉이었다. 어제 한 번 보았던 그 얼굴이 규하의 무릎을 제 방의 베개라도 되는 양 편안히 베고 새근새근 잠들어 있었다.

애는 기차만 타면 졸리는 체질인가?

춘봉의 머리는 무릎 끝 부분에 놓여 있어 금방이라도 바닥으로 떨어질 것처럼 아슬아슬해 보였다. 규하는 조심스럽게 그녀의 머리를 좀더 깊은 쪽으로 돌렸다.

"으흠……"

몸을 살짝 뒤척였지만 기적적으로 춘봉은 잠에서 깨어나지 않았다.

깊이 잠든 모양이군. 규하는 실눈을 뜨고 가만히 춘봉의 얼굴을 살펴보았다. 처음에는 몰라봤었지만 이제 곰곰이 살펴보니 어린시절의 모습이 그대로 남아 있는 것 같았다.

빛을 머금은 피부.

그는 넋을 잃은 듯 그녀의 얼굴을 쳐다보았다. 자잘한 보석을 뿌려놓은 듯 그녀의 뺨이 반짝거리고 있었다. 입술 위에 머무는 장밋빛 봄 햇살, 그리고 봄의 축복을 받은 듯 얼굴 위에 화사하게 피어나는 생기 있는 복숭아 빛이 그의 마음을 설레게 했다. 하얗고 투명한 피부나 뺨 위에 드리워진 긴 속눈썹의 그림자, 그리고 왼쪽 눈 아래에 있는 검은 눈물 점.

이 점 때문에 춘봉의 눈에 눈물이 마를 날 없다고 유 사범이 말하던 것이 기억나자 규하는 살그머니 손을 뻗어 춘봉의 눈물 점을 엄지손가락으로 쓰다듬어보았다. 생각보다 보드라운 느낌에 규하는 화들짝 놀라며 손을 뗐다.

깨끗하고 부드럽고 탄력 있는 피부……. 화장품 광고 같은 형용사들을 늘어놓으며 규하는 역시 어리다는 것이 좋은 모양이라고 생각하며 지금까지 만난 여자들 중에 이렇게 섬세하고 부드러운 피부를 가진 여자는 본 적이 없다고 속으로 감탄했다.

"으흠……."

또다시 춘봉이 몸을 뒤척였다. 규하는 춘봉이 혹시 눈을 부릅뜨고 무어라 할까 봐 무서워 두 눈을 찔끔 감았다. 그러나 다행히 이번에도 하늘은 그의 편이었다. 춘봉의 얼굴이 자신의 아랫배 쪽으로 더욱더 찰싹 달라붙은 것을 보며 규하는 아무도 보지 않는데도 얼굴이 화끈거렸다. 그리고 갑자기 어린시절 자신을 유난히 잘 따르던 춘봉의 또랑또랑한 눈빛이 떠오르자 예전에 그녀에게 붙여주었던 별명 하나가 떠올랐다.

"검은 별……."

어떻게 검은 별이 있을 수 있냐고 규하의 이성이 반대했었지만 춘봉의 유난히 검고 반짝이는 눈동자를 보면 어쩔 수 없이 검은 별의 이미지가 생생하게 떠오르곤 했다. 지금은 분노로 번뜩여서 천방지축 제멋대로, 천하의 고집쟁이에 말괄량이인 아가씨의 눈이 되고 말았지만.

"규하 오빠……."

춘봉의 입에서 잠꼬대처럼 희미하게 그의 이름이 나오자 규하는 마음이 북받치는 느낌이었다.

"그래, 춘봉아, 나야. 규하 오빠야……."

규하는 춘봉의 머리를 쓰다듬으며 춘봉을 만나고 나서 처음으로 그리움이 가득한 정다운 미소를 지어 보였다.

5

규하의 도장 '강무제'는 서울에 도착한 후 변두리로 또다시 한참을 들어가야 볼 수 있었다. 같은 서울이긴 하지만 한적해서 시골 같은 분위기였다.

강무제에 도착한 춘봉은 그때까지도 결국 규하를 따라오게 된 것에 대해 입이 닷 발은 나와 뾰로통해 있었다. 도장 앞에 걸려 있는 <강무제 鋼武濟>라는 나무 간판은 오래되고 낡아 있었지만, 오랜 전통이 느껴지는 고고한 기운이 감돌았다.

규하는 자랑스럽게 강무제를 쳐다보며 흐뭇한 미소를 짓고 있었다. 춘봉은 강무제가 규하의 할아버지 때부터 지금까지 계속되어온 것이라는 것을 이미 알고 있었다. 그래서 규하의 흐뭇해 보이는 시선을 보며 자신도 나중에 할아버지의 도장을 이어받게 된다면 얼마나 좋을까 하고 생각했다.

하지만 그보다 앞서 춘봉에게는 큰 장애물이 있었다. 이제 바로 이곳에서 자신이 석 달 동안 운동하고 지내야 한다는 사실에 침을 꿀꺽 삼켰

다. 강무제 간판의 서체는 한눈에 보기에도 무척이나 남성답고 위풍당당
한 느낌이었기에 춘봉은 이곳 생활이 결코 만만치 않을 것이라는 생각이
들었다.

규하가 뒤도 돌아보지 않고 성큼성큼 걸어 도장 안으로 들어가자 춘봉
은 문 앞에서 조금 머뭇거렸다.

"뭐 해? 빨리 오지 않고?"

규하가 고개를 돌려 그녀에게 힐난을 주자 춘봉이 버럭 소리를 질렀다.

"알았당게요!"

춘봉이 그를 따라 도장 안에 들어갔을 때 넓은 도장은 개미 새끼 하나
보이지 않았다. 그것은 규하 하나만을 위한 도장처럼 보였다.

"왜 수련생들이 아무도 없어요?"

춘봉이 묻자 규하는 서울 도심에 본관이 있고 이곳은 규하와 소수의
훈련생들만을 위한 수련장이라고 설명해주었다.

도장에 들어서자 규하는 완전히 다른 사람처럼 보였다. 형형한 눈빛으
로 표정은 엄격해졌고 자세 하나하나 빈틈없이 반듯해졌다. 그는 갑자기
춘봉이 보고 있는 앞에서 입고 있던 양복저고리를 확확 벗어젖히더니 하
얀 와이셔츠 단추를 빠른 속도로 풀기 시작했다. 휘둥그레진 눈으로 춘봉
이 멀뚱멀뚱 쳐다보고 있자 규하는 춘봉의 시선을 피하지도 않은 채 와
이셔츠를 젖혔다.

드러난 그의 상체는 그동안 도장에서 많은 남자들의 벌거벗다시피 한
모습을 보아왔던 춘봉으로서도 저절로 감탄이 새어나올 만큼 멋졌다. 태
권도 선수답게 근육질의 가슴은 탄탄하고 매끄러운 느낌이 들었고 가슴
가운데에서 점점이 나 있는 털의 줄기는 작은 젖꼭지를 중심으로 소용돌
이치며 휘감고 있다가 서서히 좁아지며 아래로 내려와 단단한 근육으로
물결치는 복부를 중심으로 배꼽 주변에서 다시 퍼졌다.

그의 가슴은 생각했던 것보다—아니, 맹세컨대 한 번도 생각한 적은 없

었다!— 더 아름다웠다.

규하는 멋진 동작으로 단 한 번에 흰 도복으로 갈아입었다. 낡아서 편안해 보이는 도복은 눈이 부시게 흰색이었다. 도복은 운동을 하다 보면 항상 땀에 젖어 있게 마련이어서 보통 사람들의 도복은 조금 누런색으로 바란 것이 많았다. 그래서 도복을 보면 수련생이 얼마나 깔끔한 성격인지를 판단할 수 있었다. 그런데 규하의 도복은 티 한 점 없는 흰색이었다. 춘봉은 왠지 그의 그런 성격이 마음에 들었다.

마음에 드는 유일한 한 가지로군.

규하는 내친 김에 바지까지 갈아입으려고 했다. 그가 벨트에 손을 갖다 대자, 운동을 하면서 탈의실 같은 곳에서 남자의 팬티를 보는 것도 수없이 많았던 일이라 익숙해질 만도 하건만 이번에는 강심장인 춘봉이라도 가만히 서서 구경하고 있을 수는 없었다.

얼굴이 빨개진 춘봉은 휙, 바람 소리를 내며 뒤돌아섰다.

"좀!"

등 뒤에서 킥킥대는 규하의 웃음소리가 들렸다. 더벅머리 장난꾸러기 소년 같은 웃음이라고 생각하며 춘봉은 언젠가 만나기를 고대하고 그 모습을 상상했던 규하 오빠는 결코 이런 사람이 아니었다고 생각했다.

"이제 돌아서!"

춘봉은 조금 머뭇거리며 돌아섰다. 눈앞에는 하얀 도복 차림의 규하가 서 있었다. 넓은 어깨는 더 두드러졌고 춘봉이 보아왔던 그 누구보다 더 건장한 체격이 그녀의 눈에 꽉 차게 들어왔다. 도복 차림의 규하는 완전히 다른 사람처럼 보였다. 그렇지만 두 배는 더 멋져 보인다고 춘봉의 감성이 속삭였다.

"이제부터 날 아저씨나 오빠가 아닌, 사부님이라고 부르도록!"

"어머머머, 오빠라뇨? 꿈도 크시네요. 아저씨면 아저씨지, 난 그렇게 부를 생각은 전혀 없었는데요?"

춘봉이 입을 비죽거리며 조그만 목소리로 비아냥거렸으나 규하는 아랑곳하지 않았다.

"먼저 도복부터 갈아입어!"

그리고 춘봉의 등을 밀어 탈의실로 보냈다. 잠시 후, 오랜만에 입어보는 도복 차림으로 춘봉이 나오자 그녀를 맞이한 것은 낡아빠진 대걸레 자루 하나였다. 규하가 그녀의 발 앞에 탁 소리나게 내던진 것이었다.

"자, 먼저 도장 청소부터!"

"뭐요?"

춘봉은 기가 막혔다. 도장 청소는 수련생이면 처음에 누구나 다 겪는 일이었지만 이미 태권도를 한 지 장장 15년이 넘어가고 4단 검은 띠인 그녀로서는 그것을 할 이유가 없었던 것이다.

"앞으로 이곳에서 수련하면서 네가 명심해야 할 것들을 일러주겠다."

규하는 오만한 조교의 표정으로 춘봉을 보고 말했다.

"첫째, 도장과 집 청소는 네가 한다. 아침 다섯 시에 한 번, 운동이 끝난 후 저녁 아홉 시에 한 번."

"네?"

규하의 말이 전혀 마음에 들지 않아 춘봉이 손에 들고 있는 대걸레 손잡이를 만지작거리며 물었다.

"그리고 다섯 시면 사실 아침이 아니라 새벽이잖아요?"

"둘째, 질문은 금한다."

규하가 춘봉을 노려보며 엄하게 말하자 춘봉의 입술이 두 배는 더 길게 앞으로 튀어나왔다.

"셋째, 하루에 발차기 천 번, 주먹 지르기 천 번씩 꼭 할 것."

춘봉은 기가 막혀 입을 떡 벌렸다. 발차기와 주먹 지르기는 백 번만 해도 팔다리가 저릿저릿 저려오는데 무려 천 번이라니……

"넷째, 아무리 4단이라고 해도 넌 이곳 강무제에서는 초급이나 마찬가

지야. 지금껏 네가 배웠던 것은 모두 잊어버려. 그래서 띠도 검은 띠가
아닌 흰 띠를 매도록!"

규하는 한 걸음 앞서 다가오더니 춘봉의 허리에 매어져 있던 검은 띠
를 능숙한 손놀림으로 풀어냈다. 그리고 벽에 걸려 있던 흰 띠를 허리에
감아주었다.

단단하게 띠를 매주는 그의 손길이 허리 맨살에 슬쩍 닿고 또 그의 숨
결이 느껴질 정도로 가까이 다가서자 춘봉은 불편해서 숨을 흡 하고 들
이쉬었다. 그 바람에 가슴이 부풀었는데 규하가 한쪽 눈썹을 치켜올린 채
가슴을 슬쩍 훔쳐보는 것 같아 춘봉은 눈을 가늘게 뜨고 규하를 노려보
았다.

"아랫배 볼록하게 나온 것 좀 봐라!"

규하가 그녀의 아랫배를 손바닥으로 통 치자 도끼눈이 된 춘봉이 규하
를 째려봤다. 규하는 그녀의 시선을 모른 척하며 손에 단단히 대걸레를
쥐어주었다.

"자, 도장 청소부터 시작해."

뾰로통해 있는 춘봉에게 그가 열심히 하라는 듯 눈을 찡긋했다.

"난 먼저 몸 좀 풀고 있을 테니까."

규하가 대나무 숲을 가리켰다. 춘봉 역시 눈을 들어 도장 앞에 끝없이
길게 펼쳐진 대나무 숲을 바라보았다.

산 하나를 통째로 대나무만 잔뜩 심어놓은 것 같은 무성한 대나무 숲
은 정말 어마어마했다. 몇 세 대 전 조상 때부터 조성해놓은, 그의 유산
이라고 들은 적이 있던 춘봉은 대나무 숲의 규모와 엄숙한 분위기에 압
도되는 느낌이었다. 민족의 혼이 깃든 태권도 수련을 위해 몇 대에 걸쳐
이와 같은 수련장을 만든 것부터 상당히 감동적이었다. 서늘한 대나무 이
파리 스치는 소리에 춘봉은 고개를 들고 멀리 쳐다보았다. 강무제 뒤쪽으
로 쭉 뻗은 대나무 숲길은 문득 고향을 떠올리게 했다. 대나무로 유명한

담양, 춘봉은 할아버지는 잘 계실까 궁금해하며 점점 멀어져가는 규하의 뒷모습을 바라보았다.

도복을 걸친 규하의 모습은 상당히 색달랐다. 점잔 빼는 정장 차림과 달리 왠지 도복 차림의 그는 좀더 솔직하고 야성적인 느낌이 강했고 도복 깃 사이로 슬쩍슬쩍 보이는 근육으로 다져진 가슴은 춘봉의 얼굴을 붉히게 만들었다.

뭐야, 내가 꼭 무슨 변태 같잖아!

춘봉은 대걸레로 바닥을 박박 문질러 닦았다. 규하는 춘봉이 바닥을 닦고 있을 동안 팔을 크게 돌리며 뒤뜰에 있는 대나무 숲길로 뛰어갔다.

한참 뒤에 대나무 밭을 한 바퀴 돌고 온 규하는 도장에 들어서자마자 춘봉이 닦아놓은 바닥 상태를 점검했다.

"이게 뭐야?"

규하가 도장 바닥을 손바닥으로 쓸어보더니 먼지가 묻어 있는 것을 보고 큰 소리로 호통을 쳤다.

"제대로 하지 못해? 바닥에 얼굴이 비칠 때까지 반질반질 윤기가 나도록 닦으란 말이야!"

억울해서 항의하려고 입을 벌리는 춘봉을 그가 손가락 하나를 들어 가볍게 제지했다.

"질문은 금지한다고 했어!"

그가 말한 두 번째 항목을 떠올리며 춘봉은 입을 꾹 다물었지만 속은 부글부글 끓고 있었다. 도대체 하나도 마음에 들지 않아!

또다시 규하가 대나무 숲길을 뛰고 있는 동안 춘봉은 그의 말대로 바닥이 그의 얼굴이라고 생각하며 반지르르 윤기 나게 벅벅 문질러댔다. 그 후로 두 번의 청소 점검이 끝난 뒤 드디어 춘봉은 대걸레를 손에서 내려놓을 수 있었다.

"이제 됐어. 먼저 체온을 높이도록 달리기를 시작하자."

규하는 대나무 숲을 향해 뛰어가기 시작했고 춘봉은 규하를 따라 도장 밖으로 나섰다.

본격적인 운동이 시작된 것이다. 춘봉은 가슴이 벅차오르는 기분이었다. 지난 시합 패전 이후 계속 운동을 놓고 있었다. 자신에게는 재능도 패기도 없다는 걸 깨닫고 평생 해왔던 태권도를 이대로 그만두어야 할지도 모른다는 생각에 유 사범 못지 않게 서러웠던 그녀였다. 그런데 지금, 올림픽 금메달리스트이자 그동안 유 사범이 입에 침이 마르도록 칭찬했던 규하가 그녀에게 사사해주기로 했다고 하니 춘봉은 사실 그에게 툴툴거리면서도 무언가 새로운 훈련 방법이 있는 것은 아닌가 하고 은근히 기대하고 있었다. 그렇지만 규하가 제일 처음에 시킨 것은 새로울 것도 없는 달리기이지 않는가.

뭐, 일단 몸풀기부터 해야 하니까. 춘봉은 좋게 생각하며 규하의 옆에 섰다.

춘봉이 청소하고 있을 동안 대나무 숲길을 벌써 다섯 바퀴나 넘게 뛰고 온 그였지만 지친 기색 하나 없이 멀쩡했기에 숲길이 그다지 먼 길은 아닌 모양이라고 생각하고 있었다.

규하가 움직이기 시작했고 춘봉도 규하를 따라 달리기 시작했다. 몸이 날렵하고 또 달리기라면 어린시절부터 자신 있는 그녀였기에 처음부터 조금 천천히 달리는 것 같은 규하를 앞질러 씽씽 바람을 가르며 뛰기 시작했다. 곧 규하는 춘봉의 뒤에서 달려오게 되었으나 페이스에 말려들지 않고 원래의 속도를 유지하며 달려오고 있었다.

한참 후 춘봉이 슬쩍 뒤를 돌아보니 그의 모습은 멀어져 보이지 않고 그저 작은 점으로만 보일 뿐이었다.

잘난 척 하더니. 춘봉은 그가 우습게 생각되었다.

"금메달은 개나 소나 따는 모양이지? 흥!"

그러나 도장 쪽에서 보기에는 별로 크지 않아 보이던 대나무 숲은 상당히 컸다. 길은 가도가도 끝이 보이지 않았다. 길이 숲의 가장자리를 돌아 나 있는 것이 아니라 숲을 가로질러 구불구불 완만한 곡선을 그리며나 있었기 때문에 속도 조절도 상당히 까다로웠다.

숲길의 중간쯤이나 왔을까, 지쳐서 숨을 헐떡거리기 시작한 춘봉은 점차 달리는 속도가 줄어들고 있었다. 그러다 보니 뒤쪽에서 달려오는 규하의 인기척이 들리기 시작했다. 뒤돌아보니 약간 뒤쳐져서 달려오던 규하는 숨소리 하나 흐트러지지 않은 채 일정한 페이스를 유지하고 있었다. 춘봉은 그제야 괜히 자신이 만용을 부리다 이렇게 페이스가 흔들리게 된 것을 후회했다.

"자, 이제부터는 전력 질주다. 따라올 수 있겠나?"

규하는 이제는 자신보다 조금 뒤쳐지기 시작한 춘봉의 등을 탁 쳤다.

변태 아저씨 따위에게 질 수 없어! 춘봉은 오기가 솟아나는 것을 느끼며 힘겹게 다리를 움직였다.

저만치 길의 끝이 보였다. 하늘이라도 날아갈 듯이 기뻐한 춘봉은 마지막 젖 먹던 힘까지 짜내기 시작했다. 그러나 길의 끝에 다다랐을 때에도 규하는 속도를 늦추지 않았다.

"이제 그만 달리는 거 아니에요?"

춘봉의 물음에 규하는 무슨 말도 안 되는 소리냐는 듯이 검은 눈썹을 치켜올렸다.

"이제 겨우 한 바퀴째인데?"

한 바퀴라고 해도 대나무 숲길은 4킬로미터가 넘는 것 같았다. 게다가 전력 질주로 달려왔으니 이게 달리기의 끝이 아닌가 싶었다. 그러나 규하는 힘내라는 듯 다시 한 번 춘봉의 등을 탁 치며 또다시 숲길 너머로 달리기 시작했다.

춘봉은 온몸의 힘이 모조리 다 빠져나가는 것 같았다. 지금까지 할아버지와 운동했을 때에는 몸풀기를 이렇게까지 힘들게 하지 않았다. 그랬다가는 본 운동을 하지 못할 테니까.

"다섯 바퀴를 다 돌 때까지!"

그러나 규하는 못 박듯이 말했다.

이제 두 바퀴를 돈 춘봉은 납덩이라도 달린 듯 무거운 다리를 힘겹게 움직여 돌고 있었다. 그러나 달리기가 채 끝나지 않았는데 이미 날이 어둑어둑해져 있었다. 햇빛이 있었을 때는 몰랐지만 어둠이 내리기 시작하니 대나무 숲은 괴기스러웠다. 정겹게 들리던 대나무 스치는 소리도 이제는 귀신의 울음소리처럼 변해 귓등을 두들겨대기 시작했다.

"무서워……."

여느 사내보다 더 씩씩한 춘봉이었지만 등불 하나 없이 깜깜하고 어두운 숲길을 혼자 달리는 것은 쉽지 않은 일이었다. 하지만 기분 나쁜 규하에게 우는 소리는 늘어놓고 싶지 않아 춘봉은 입술을 꼭 깨물었다.

"한 바퀴 더!"

그러나 네 바퀴를 돌고 나서 도장 앞으로 돌아왔을 때 규하는 절대 봐줄 수 없다는 듯 소리쳤다.

땀에 푹 전 춘봉은 마음 같아서는 아무리 기분 나쁜 그일지라도 이제 그만 뛰게 해달라고 매달리고 싶었다. 하지만 그것은 자존심상 도저히 못할 짓이어서 춘봉은 두 눈을 질끈 감고 온힘을 다해 달리기 시작했다.

대나무 숲에는 무엇이 사는지 부스럭거리는 소리도 났다. 앞도 잘 보이지 않아 달빛에 의존해서 뛰어야만 했다. 이제는 중풍 환자처럼 후들거리는 다리가 자신의 것이 아닌 것처럼 느껴졌다.

춘봉은 자신의 처지가 한심스럽게 느껴졌다. 감시하는 규하의 시선도 없고 해서 춘봉은 이제 터덜터덜 걸을 수밖에 없었다. 다리가 완전히 감각이 마비된 듯 걷는 것조차 쉽지 않았다. 아무리 남자라도 이 길을 매일같이 열 바퀴 넘게 달린다는 규하가 새삼스럽게 대단하게 느껴졌다.

지기 싫어하는 성격의 춘봉은 그런 자신에게 화가 나기도 하고 또 자신의 한계가 느껴지는 것 같아 초라해졌다. 결국 다시 뛰어야 한다는 의지도 상실한 채 춘봉은 타박타박 걸어서 도장 앞에 이르렀다.

"지금 뭐 하자는 짓이야?"

예상대로 규하는 불같이 화를 냈다. 서 있는 것도 힘겨워서 꼭 기절할 것만 같은 춘봉에게 규하는 그런 약해빠진 정신상태로 무엇을 하겠냐며 일장 훈계를 늘어놓았다.

"이런 식으로 할 거면 일찌감치 그만둬. 알겠어?"

무시무시한 얼굴로 규하가 으름장을 놓았다.

실망할 유 사범의 얼굴이 떠오르자 춘봉은 슬퍼졌다. 할아버지가 더 이상 자신으로 하여금 슬퍼하거나 실망하는 것은 원치 않았다. 이미 자신의 어리석은 행동 때문에 많이 실망하지 않았던가. 기대를 모았던 세계대회에서 예선 탈락하지 않나, 집을 뛰쳐나가지를 않나……. 그랬기에 춘봉은 서러운 눈물을 참으며 규하의 잔소리에 고개를 끄덕거리며 천근만근 무거운 다리를 들어올렸다.

춘봉의 눈에서 반짝하고 눈물이 비치자 잔소리를 퍼붓고 있던 규하는 찔끔했다. 여자를 울리는 것은 그의 취미가 아니었다.

그러나 춘봉이 어디 자신에게 여자였던가. 어릴 적부터 남자아이나 다름없이 컸고 지금도 머리만 길었을 뿐이지 하는 짓도 여자다운 곳이 하나 없는 녀석 아니었던가.

그 아이는 자신이 얼마나 재능이 있는지 모르고 있어. 단 한 번의 실패로 완전히 의기소침해져 있어. 그러니 자네가 열심히 수련시켜서 꼭 빛을 발하게 해주게.

규하는 유 사범의 말을 떠올리며 잠시 춘봉의 눈물 앞에서 약해지려 했던 자신을 반성하며 마음을 강하게 먹었다. 게다가 이번에 춘봉이 준비하고 있는 아시안게임 국가대표 선발전은 결코 녹록한 시합이 아니었다.

태권도 종주국으로서 한국에는 세계의 그 어느 나라보다 태권도에 출중한 선수들이 많았다. 아시안게임 국가대표 선발전은 춘봉이 출전했던 세계대회보다 더 어려우면 어려웠지 쉬운 시합이 아닌 것이다. 누구보다 심사위원을 맡았던 규하 스스로가 그것을 더 잘 알고 있지 않는가. 그러나 세계대회 시합에서 예선 탈락한 이후 운동을 아예 끊다시피 했던 춘봉의 체력은 규하가 보기에 아무리 여자라는 것을 감안하더라도 영 가능성이 없어 보였다.

운동을 너무 오래 쉰 모양이군. 규하는 땀에 푹 절어 있는 춘봉을 보며 절레절레 고개를 저었다.

아시안게임 국가대표 선발전에서 한 걸음 멀어지는 기분에 규하는 얼른 춘봉을 도장으로 이끌었다. 춘봉의 다리가 병든 닭처럼 휘청거리는 것을 눈여겨보긴 했지만 그렇다고 훈련의 고삐를 늦출 수는 없었다.

"약속대로 발차기 천 번, 주먹 지르기 천 번이다. 시작해!"

금방이라도 쓰러질 것 같아 보이던 춘봉은 그래도 이를 악물고 포기하지 않았다.

"하나, 둘, 셋, 넷……."

서늘한 가을 날씨이고 오늘따라 조금 쌀쌀한데도 춘봉의 이마에서는 굵은 땀방울이 조르르 얼굴을 타고 흘러내렸다.

규하는 그녀의 끈기에 마음속으로 감탄하고 있었다. 유 사범이 춘봉에게 재능이 있다고 말한 것은 그냥 한 핏줄인 손녀딸이어서 한 말이 아니었다. 춘봉의 자세는 유 사범이 그동안 가르쳐왔던 것처럼 기본기가 잘 잡혀 있었다. 등은 반듯하게 곧았고 발차기도 가볍지 않고 진중한 힘이 들어가 있었다. 유연하고 날렵한 고양이를 보는 것 같은 느낌이었다. 과연 예전에 전국에서 이름을 날리던 유정환 사범의 손녀딸이라고 할 만했다.

규하가 지켜보고 있는 가운데 춘봉은 하나도 빠뜨리지 않고 발차기 천 번과 주먹 지르기 천 번을 해냈다.

"구백 구십 칠, 구백 구십 팔, 구백 구십 구, 천……."

그리고 그것을 끝내자마자 춘봉은 풀썩 바닥에 주저앉아 데구루루 몸을 굴리는 듯싶더니 단번에 기절한 것처럼 몸을 대 자로 벌리고 드르렁드르렁 시끄럽게 코를 골며 잠들어버렸다.

그녀의 끈기와 오기에 박수를 보내며 규하는 싱긋 미소를 지었다. 발차기 천 번은 보기보다 쉬운 것이 아니었다. 규하의 강도 있는 훈련에 숙달된 제자들 중에서도 춘봉처럼 천 번을 다 한 사람은 다섯 명도 채 되지 않았다.

일단 1차 시험에서는 합격이군.

서울에 도착한 후 내내 피곤했는지 절대 여성스럽거나 얌전하다고 말할 수 없는 모습으로 드르렁드르렁 코를 골며 잠든 춘봉을 보며 규하는 누가 업어가도 모르겠다고 생각했다.

그가 목과 다리 뒤로 손을 넣어 춘봉을 번쩍 안아 들고 자신의 방, 침대에 반듯이 눕혔다. 베개를 받쳐주고 나서도 춘봉은 꼼짝도 안하고 잠들어 있었다.

규하는 오늘 자신이 조금 심했다는 것을 알고 있었다. 세계대회에 나갈 만큼 운동 경력이 오래된 춘봉이라고 할지라도 몇 달 동안이나 운동을 쉬었던 데다 아무리 운동을 계속했던 선수라도 오늘 같은 훈련은 끝까지 하기에도 힘들었던 것이었다.

규하는 춘봉의 이마에서 땀에 젖어 달라붙은 머리카락들을 떼어내었다. 이런 모습으로 컸을 줄은 상상도 하지 못했지만 규하는 그녀가 끈기도 있고 강하게 자랐다는 사실이 마음에 들어 흐뭇한 미소를 지었다.

"발차기 천 번!"

한 치의 너그러움도 찾아볼 수 없는 단호한 말 앞에 춘봉은 눈앞이 캄캄하고 쓰러질 것만 같았다. 그러나 얼음장 같은 규하의 표정을 보니 이 대로 쓰러지는 것도 그의 허락을 받아야만 할 것 같았다. 춘봉은 지친 몸으로 발차기를 시작했다.

"하나, 둘, 셋……."

"자세가 엉망이다!"

옆에서 보고 있던 규하가 날벼락 같은 호통을 쳤다.

"한 번, 한 번 정성껏 제대로 하지 않으면 처음부터 다시 시작할 줄 알아!"

규하의 말에 춘봉은 정신을 바짝 차렸다. 백 번 넘은 발차기를 처음부터 다시 하면 이 밤을 새도 다 끝나지 않을 것이라는 생각에 춘봉은 마른침을 삼켰다.

"삼백 이십 사, 삼백 이십 오……."

"처음부터 다시!"

"안 돼!"

규하의 천둥 같은 목소리에 춘봉은 손을 저으며 소리쳤다.

죽을 것만 같다는 생각에 춘봉은 스르르 감기는 두 눈을 딱 떴다. 하늘색 벽지를 발라놓은 정갈한 느낌의 천장이 보였다. 뒤통수에 닿는 보드라운 베개의 감촉에 그녀는 몸을 벌떡 일으켰다. 하지만 곧 안도의 한숨을 길게 내쉬었다.

"다행이다. 꿈이었구나……. 그런데 여기가 어디지?"

주변을 둘러보니 특별한 장식이 없는 수수한 방이었다. 전면에 나 있는 커다란 창으로 어슴푸레한 햇빛이 스며들고 있었다.

춘봉은 기억을 더듬어보았다. 할아버지가 위독하다는 소식을 듣고 담양으로 내려갔고 그곳에서 기분 나쁜 남자를 또다시 만나게 되었다……. 그 남자가 바로, 그리워했던 규하 오빠라고 했고 그를 따라 수련하라고 할아버지가 등을 밀었던 것, 그리고 그를 따라와서 운동을 시작하고 발차기 천 번을 했던 것까지…….

춘봉은 손등으로 눈을 비볐다. 한바탕 꿈을 꾼 것 같았다. 춘봉은 침대 아래로 발을 내렸다. 발목을 덮는 실크 잠옷의 느낌이 발끝을 간질였다. 그녀는 자신이 지금 생전 처음 보는 잠옷을 입고 있다는 사실을 깨달았다. 어린아이가 어른 옷을 입고 있는 것처럼 헐렁헐렁한 잠옷을 흔들어보며 어리둥절한 눈으로 쳐다보고 있는데 규하가 드르륵 미닫이문을 열고 들어왔다.

"일어났나?"

방금 샤워를 마친 듯 그에게서는 푸르스름하게 면도를 한 냄새가 났다. 그의 머리카락은 아직 젖어 있었다. 귀 끝에서 약간 곱슬거리며 말려 올라간 머리카락을 넋 잃은 듯 멍하니 바라보며 춘봉은 그가 숨막힐 듯 매력적이라는 것에 열심히 찬성표를 던졌다.

"그래도 할아버지 덕에 일찍 일어나는 습관이 몸에 배어 있는 모양이군. 그렇지 않아도 깨우려고 했는데……."

규하는 창가로 다가가 커튼을 촤 하고 치웠다. 어슴푸레하던 햇빛이 그새 강해져 있었다.

춘봉은 갑작스럽게 들어온 눈부신 햇살에 눈을 껌벅거리며 규하에게 물었다.

"내 옷…… 사범님이 갈아입힌 거예요?"

창 밖의 광경을 쳐다보며 잠시 망설이던 규하가 마침내 고개를 끄덕거리자 춘봉의 얼굴이 돌처럼 딱딱하게 굳어지며 저도 모르는 사이에 주먹이 꼭 쥐어졌다.

"그, 그럼……."

춘봉이 떨리는 목소리로 말했다. 어제 입고 있던 도복 안에는 속옷 외에는 아무것도 입지 않았다. 그녀가 잠든 사이 옷을 벗기고 지금 입고 있는, 그의 잠옷으로 보이는 옷으로 갈아입혔다면 분명…….

자신이 생각하기에도 형편없는 시장 구루마 표 스타일의 속옷을 보고 말았을 것이었다. 누구에게 보여줄 일도 없는 속옷이기 때문에 춘봉은 속옷은 굳이 비싼 것을 입을 필요가 없다고 생각했다. 그래서 항상 속옷은 싸구려로만 골라 입었던 것이다. 그래서 춘봉이 입고 있는 속옷은 앙증맞은 리본이나 장식이 하나도 없는 그저 밋밋한 천 쪼가리에 불과했다. 그런데 예상치 못하게 그런 속옷을 특히 다른 사람도 아닌 바로 규하에게 들키고 만 것이었다.

불꽃이 화르르 이는 눈으로 춘봉은 입술을 꼭 깨물었다.

"정말 싫어!"

춘봉이 규하를 노려보며 말했다.

"정말 비읍 티읕이라고도 불리고 싶은 모양이죠?"

"그게 뭐야? 비읍 티읕?"

영문을 모르겠다는 듯 규하가 고개를 갸웃거렸다.

"변태의 약어."

춘봉이 딱 부러지게 말하자 규하의 얼굴이 잠깐 굳는 것 같더니 더 이상 그녀의 도발에 넘어가지 않겠다는 듯 능글능글하게 웃으며 비아냥거렸다.

"아, 난 또 난 '벼락 같은 태권도' 선수의 줄임말인 줄 알았는데."

"뭐라고요?"

잔뜩 약이 오른 코브라처럼 그녀가 눈을 치켜떴다.

"이이이이, 변태, 변태, 변태, 변태, 변태, 변태, 변태, 변태……."

제 화를 이기지 못해 발을 동동 구르며 펄펄 뛰는 춘봉을 모른 척하며 규하가 달래듯이 말했다.

"걱정 마. 걱정하는 일은 없었으니까. 게다가 난, 그런 것은 별로 관심 없으니까."

차가운 얼음장 같은 목소리로 말하는 규하의 목소리는 정말 눈앞에서 그녀가 벌거벗고 덩실덩실 춤을 추어도 모른 척할 것 같은 분위기여서 춘봉은 여자로서의 자존심도 한 번에 와르르 무너졌다.

"누가 관심 있으라고 조르기나 했대요!"

춘봉이 빽 소리를 질렀지만 규하는 짐짓 못 들은 척하고 딴소리를 했다.

"어서 준비해. 아침운동 시작해야지."

규하가 엄한 목소리로 채근했다.

춘봉은 눈을 가늘게 뜨고 규하를 노려보았지만 딱히 그를 탓할 만한 이유를 찾을 수 없었다. 한 번 깊게 잠들어버리면 흔들어 깨우고 시끄럽게 해도 잘 깨지 않는 자신의 습성을 스스로도 잘 알기에, 아마 입장이 바뀌었다고 해도 땀에 젖은 도복을 갈아입혔을 것이라는 생각에 춘봉은 할 말이 없었다.

그렇지만 그에 대한 얄미운 마음은 어쩔 수 없어서 그를 흘겨본 춘봉은 옷을 갈아입기 위해 탈의실로 향했다. 탈의실에서 춘봉은 발을 탕, 구르며 억울해했다.

"변태!"

그러자 탈의실 뒤편에서 규하가 무시무시한 목소리로 충고했다.

"다음부터 한 번만 더 날 변태라고 부르면 정권 단련 백 번 추가하겠어! 알겠나?"

"끙……."

춘봉은 온몸이 두들겨맞은 듯이 아프고 쑤셨다. 오랜만에 시작한 운동이었기에 더욱더 그랬다. 장난감인형처럼 모든 관절에서 뽀드득뽀드득 소리가 나고 있었다. 춘봉은 딱딱하게 굳은 어깨를 주먹으로 탕탕 두들기면서 규하의 잠옷을 벗었다. 하늘거리는 천이 살갗에 부딪힐 때마다 이 옷이 규하의 것이라는 생각이 들어 기분이 묘했다.

탈의실 옷걸이에 그녀의 도복이 걸려 있었다. 분명 어제 저녁 대나무 숲길에서의 달리기와 천 번의 발차기, 그리고 주먹 지르기 때문에 땀으로 흠뻑 젖어 있었는데 그녀의 도복은 땀 냄새가 나기는커녕 아주 깨끗했다. 의아해서 도복을 살펴보자 어제 저녁 세탁한 흔적과 갓 다림질을 끝낸 듯 따뜻한 온기가 아직 남아 있었다. 규하가 자신을 위해 그 일을 했다고 생각하자 춘봉은 그에 대한 마음이 조금 풀렸다.

"손톱만큼 정말……. 조금뿐이랑게."

이윽고 아침운동을 위해 도장으로 나갔을 때 이미 도복 차림으로 규하는 춘봉이 했어야 할 도장 청소까지 끝마치고 운동을 시작할 준비를 하고 있었다. 한 시간 후인 9시가 되면 도장 홀에는 여러 수련생들이 들이닥칠 것이기에 도장 청소는 그 이전에 모두 완벽하게 끝나 있어야 했다. 그리고 그것은 바로 춘봉의 몫이었다.

"조금 피곤한 것 같아서……."

규하는 짐짓 아무렇지도 않게 말했지만 춘봉은 세탁된 도복과 함께 조금 감동을 받았다. 춘봉이 규하를 빤히 쳐다보자 규하는 그녀의 시선을 외면했다.

이윽고 간단한 스트레칭과 근육 운동을 한 뒤 규하의 태권도 이론 강의가 이어졌다.

"태권도의 틀은 24개의 기본 틀 외에 3,200여 개의 과학적인 동작이 있다. 이 중 천지 틀은 태권도 동작의 가장 기본적인 틀로, 문자 그대로 하늘과 땅이란 말인데 이것은 우주의 창조와 인간의 시초를 뜻한 것으로서 초심자들이 제일 먼저 배우는 틀이면서 모든 동작의 시작이 되기도 하는 동작이다."

규하는 다리를 앞뒤로 넓게 벌리고 서서 춘봉에게 태권도의 기본이 되는 천지 틀의 동작을 보여주었다.

"태권도에 담긴 태극의 원리는 뭐지?"

"태극 1장은 팔괘의 건(乾)을 의미하며 건은 하늘과 양(陽)을 뜻합니다. 건이 만물의 근원이 되는 시초를 나타낸 것과 같이 태권도에 있어서도 맨 처음의 품새입니다.”

춘봉은 야무지게 대답했다. 그래도 할아버지에게 장장 16년을 배웠으니까.

“그럼 태극 1장을 시연해봐.”

규하의 말에 춘봉은 자신 있게 태극 1장을 시연해 보였다. 춘봉의 자세는 자신이 생각하기에도 반듯했고 나무랄 데 없었다.

“그래. 태극은 만물이 탄생하기 전의 ‘유일’한 상태로서 태권도의 ‘하나됨’을 나타내는 것이다. 기술적 측면에 있어서 지르기 하나를 할 때도 서기 자세의 완성과 타격과 방어가 동시에 이뤄져야 하는 것을 의미하며, 태권도 최고 품새인 ‘일여’―같음이라는 뜻―에서 볼 수 있듯이, 태권도의 궁극적인 목적인 ‘자기 완성’ 역시 ‘태극’의 하나됨을 뜻한다고 할 수 있다.”

동작 하나하나에 담긴 뜻을 설명하며 규하는 그녀에게 기초적인 아래막기, 몸통 막기, 몸통 지르기, 앞차기 동작을 보여주었다. 규하가 보여주는 자세는 힘이 넘쳐흘렀으며 그에 비하면 방금 전에 시연한 춘봉의 태극 1장 동작은 조무래기 꼬마나 다름없다는 느낌이 들 정도였다. 춘봉은 정신을 바짝 차렸다.

“다음은 고려.”

규하가 보여주는 고려 품새는 예술의 경지에 오른 자세였다. 한 마리의 고고한 학을 보는 것 같은 느낌이었다. 손끝 하나하나에 쇠와 같은 단단함이 느껴지고 발차기에는 맹수의 사나움과 위험스러움이 배어 있어 그저 지켜보고 있는 것만으로도 몸에 스르르 한기가 들었다.

“고려는 곧은 선비 정신을 나타내고 고구려, 발해, 고려로 이어지는 선비의 얼을 바탕으로 품새가 엮어졌지. 자, 거듭 차기!”

규하는 한쪽 무릎을 들어올려 상대방의 급소를 차는 동작을 보여주었다.

춘봉은 규하가 가르쳐준 새로운 동작인, 엎은 손날 바깥치기와 손날 아래 막기, 칼재비 무릎 눌러 꺾기를 해보았다. 처음 해보는 동작이어서 어설프게 보였던지 규하는 일일이 춘봉의 동작을 정지시켜 살펴보고 잘못된 부분을 지도해주었다.

"손끝은 자연스럽게 펴되 긴장을 늦추지 말 것. 자, 몸통 헤쳐 막기, 주먹 표적 지르기, 편 손끝 제쳐 찌르기!"

춘봉은 양팔을 넓게 펼쳐 손동작을 해보았다. 좀처럼 너그럽지 않은 규하의 얼굴에 만족스러운 미소가 번지자 춘봉은 왠지 하늘을 날아갈 것 같이 기쁜 마음이었다.

"뒤차기는 빨리 돌아서 허벅지 사이로 다리가 스쳐야 일직선으로 쭉 나가고……. 높이 차려면 상체를 최대한 아래로 하는 거야."

그가 뒤차기를 슬로우 모션으로 보여주며 춘봉의 자세를 잡아주었다.

"잘 되네. 예전엔 잘 안 되었는데……."

그의 말대로 자세를 교정하니 평소 약점이었던 뒤차기가 훨씬 수월하게 높이 뻗어나가는 것을 보고 춘봉은 기뻐서 만면에 웃음꽃을 피웠다.

"품새 선은 산(山)자로 되어 있으며 뜻은 웅장함과 안정성이므로 품새의 수련 시에는 동작은 힘있고 강하게 중심을 안정시켜 천천히 행하여야 한다."

춘봉은 지난 16년 동안 태권도를 하면서도 얼마나 자신이 우물 안 개구리처럼 자만에 빠져 있었는지 새삼 깨달았다. 규하의 힘찬 시범을 보면서 드디어 자신의 부족한 점을 알게 되었다. 춘봉은 자신에 대해 다시 한 번 되돌아볼 수 있는 소중한 시간을 보내고 있었다.

나름대로 태권도에 대해 잘 알고 있다고 생각했지만, 그건 나만의 착각이었어.

6

"발이 아파요."

훈련 중에 갑자기 춘봉이 풀썩 주저앉았다. 최근 운동량이 많이 느는 바람에 갑자기 다리에 이상이 온 것 같았다.

"그래? 어디 한번 보자."

춘봉의 말을 듣고 심각한 표정으로 규하가 빠르게 몸을 움직였다. 규하는 춘봉이 주저앉아 있는 바닥으로 달려와 한쪽 무릎을 세우고 앉았다. 그리고 그녀의 새하얀 발을 서슴없이 손 안에 쥐었다.

"이런, 물집 투성이네."

걱정스럽다는 듯 혀를 차며 규하는 손에 쏙 들어온 춘봉의 발을 꼼꼼하게 살피기 시작했다.

"그냥 터뜨리면 되잖아요?"

춘봉이 인상을 쓰고 말했다. 발바닥이 무척이나 아파서 한시라도 빨리 이 고통에서 벗어나고 싶다는 마음뿐이었다.

"지금 터뜨리면 감염될 텐데?"

102

규하는 고개를 저으며 손바닥으로 춘봉의 발과 종아리를 살살 쓰다듬어주었다.

"피가 잘 통하지 않아서 그래. 조금만 쉬면 괜찮아질 거야."

그녀는 왠지 지금 그가 자신의 발을 쥐고 있는 상황이 마음에 들지 않았다. 이상하게 마음 맨 밑바닥이 간질간질하고 그가 쥐고 있는 발가락 끝이 괜히 가만히 있지 못하고 꼬물꼬물했다. 규하의 손길이 닿는 곳마다 저릿저릿 전기에라도 감전된 듯했고 왠지 아랫배 쪽에서도 뜨거운 열기가 솟구쳐오르는 것 같았다.

내가 왜 이러지? 춘봉은 생전 처음 느껴보는 미묘한 감각이 생소하고 낯설었지만 깊이 생각하지 않았다. 단지 뭔가 자신이 변하고 있다는 생각만 들 뿐.

"겨루기 할 상대와 체격이 비슷하다면 빠른 발재간으로 먼저 견제하는 게 좋아. 그리고 뛰어 뒤차기는 체력이나 발차기 실력이 된다면 상대가 빠른 발이나 다른 공격이 들어올 때 재빠르게 받아쳐야 해. 정확도는 우선 미트 발차기를 위주로 많이 연습해야 해. 그리고 뒤차기를 할 때도, 뛰어 뒤차기를 할 때도 우선 이렇게 돌고 난 뒤 얼굴을 먼저 재빨리 돌려서 목표지를 보고 가격해야 해. 알겠지?"

규하가 열심히 동작을 보여주었지만 춘봉은 왠지 눈앞이 멍해지는 기분이었다. 그런 춘봉의 마음도 모른 채 규하는 여전히 열심히 설명하느라 여념이 없었다.

"뒤를 안 보고 차는 뒤차기는 눈 감고 뒤차기하는 것과 별다른 게 없어. 특히 너는 받아치는 스타일이라 더 잘 대응해야 해. 빠른 발이 들어올 경우, 상대가 또 뒷발로 다시 얼굴을 가격할 수 있는 확률이 충분하기 때문에 먼저 빨리 가격해야 하지. 만약 겨루기 상대가 너보다 체격이 작다면 선제 공격하는 것도 고려해봐."

문득 정신을 차렸을 때 규하의 주먹이 그녀의 코앞에 있었다. 화들짝

놀라 뒤로 엉덩방아를 찧으며 넘어진 춘봉에게 규하는 엄한 얼굴로 충고
했다.

"강의 중에 딴 생각하지 마. 정말 혼나고 싶은 거야?"

규하의 위협에 춘봉은 정신을 바짝 차렸다. 미쳤어, 미쳤어. 이런 성질
사나운 남자를 멋지다고 생각했다니……. 춘봉은 한순간이나마 규하를
눈부시다고 생각했던 자신이 바보처럼 느껴졌다.

훈련을 끝낸 규하가 춘봉에게 밀걸레를 쥐어주었다.

"자, 열심히."

"윽!"

본격적인 강무제 생활이 시작되었다. 도장의 살림살이를 전부 도맡다
시피 한 춘봉은 입이 닷 발은 튀어나와 있었다. 새벽 일찍 일어나 청소하
고 수련하고 자신이 먹을 것뿐만 아니라 규하의 음식까지 장만해야 하다
니, 춘봉은 유진과 함께 살 때보다 더 힘들다고 속으로 투덜거리고 있었
다.

"내가 뭐, 가정부야 뭐야?"

그러나 규하는 불평하는 춘봉을 가차없이 몰아붙이곤 했다.

"이것도 다 수련의 일종이야! 게다가 어차피 너도 먹을 건데 내 것도
좀 만들어주면 팔이 부러지나?"

얄밉기 그지없는 규하의 말에 눈을 가늘게 뜨고 노려본 춘봉은 뭐라
톡 쏘아주고 싶었지만 꾹 참을 수밖에 없었다. 잘못했다간 규하가 항상
위협하는 것처럼 정권 단련이 백 번씩 추가될 테니까. 그리고 할아버지의
기대를 저버릴 수 없다는 마음 때문에 춘봉은 어쩔 수 없이 그의 말을 들
을 수밖에 없었다. 한 인간으로서는 영 꽝이라고 생각했지만 그의 태권도
실력은 그녀가 아무리 부정해도 존경받을 만한 것이었다.

"뭐야? 오늘도 라면이야?"

저녁을 먹으러 주방에 들어선 규하는 잔뜩 인상을 찌푸렸다.

"반찬 만들 수 있는 게 별로 없단 말이에요!"

춘봉이 항의했다. 사실 냉장고는 음식 재료들로 가득 차 있었고 춘봉 역시 할아버지와 함께 살 때에 음식 만드는 것은 도맡아 했기에 요리 솜씨는 뛰어났다. 하지만 심술퉁이 규하에게 맛있는 음식을 만들어주고 싶은 생각은 손톱만큼도 없었기에 나름대로 고집을 피우고 있는 것이었다.

"그래도 그렇지, 어떻게 매번 라면이야! 질리지도 않아, 넌?"

규하가 기가 차다는 듯 묻자 춘봉은 새침하게 눈을 내리깔고 그를 외면했다.

"난 좋기만 한데 뭐!"

후르륵, 맛있는 소리를 내며 춘봉이 젓가락으로 라면 가락을 집어들고 먹기 시작하자 규하는 길게 한숨을 내쉬며 춘봉의 맞은편 자리에 앉았다.

"정말 너무하는군."

규하의 불평이 이어졌다.

"라면만 먹고 어떻게 운동을 하느냔 말이야!"

"아유, 임춘애 선수도 라면만 먹고 올림픽에서 육상 3관왕 했는데 뭘 그래요!"

춘봉이 지지 않고 말대꾸를 하자 규하는 험악하게 인상을 쓰고 투덜거렸다.

"게다가 무슨 맛으로 이렇게 퉁퉁 불어 있는 라면을 먹느냔 말이야! 난 꼬들꼬들한 게 더 좋은데……."

"먹기 싫음 관두세요!"

춘봉이 으르렁거렸다.

라면 먹는 취향도 다르니, 뭐 하나 서로 맞는 게 없어! 결혼하면 피곤하겠네.

문득 그런 생각에 깜짝 놀라 고개를 휘젓는 그녀였다. 간간이 규하를 보면서 춘봉은 자기도 모르게 그와의 결혼생활을 상상하곤 했는데 그것은 그녀의 이성으로서는 도저히 용납할 수 없는 미래였다. 정신 차려. 저 남자, 바늘로 찔러도 피 한 방울 흘리지 않을 사람이라고!

도장에서는 아무리 멋지고 실력 있는 사범이라고 해도 주방에서는 냄비 손잡이를 쥐고 있는 그녀가 왕이었다. 춘봉이 그의 앞에 놓인 라면 그릇을 뺏으려 하자 규하는 얼른 라면 그릇을 두 손으로 움켜쥐었다. 칼로리 소비가 많은 운동 덕에 규하의 뱃속에서 꼬르륵 소리가 울려 퍼지고 있었다.

잔뜩 인상을 쓴 채 라면을 먹는 규하를 보며 춘봉은 고소해서 싱긋 웃다가 고개를 든 규하와 눈이 딱 마주치고 말았다.

"뭐가 좋아서 웃어?"

규하의 험한 말투에 찔끔해진 춘봉은 라면 그릇으로 시선을 내렸다.

"내일부터 제대로 요리하지 않았다가는 요리 강습까지 보낼 테니 각오해."

보아하니 다음 번에도 아침식사로 라면을 내놓으면 반드시 그녀를 요리 학원에 보낼 기세였다. 시끄러운 아줌마들의 수다 사이에 끼고 싶은 생각은 추호도 없었으므로 춘봉은 결국 두 손 들고 항복할 수밖에 없었다. 그리고 춘봉은 어쩔 수 없이 제대로 된 음식을 만들게 되었다.

"자, 이건 어떤가요?"

흰쌀밥이 소원이라니 춘봉은 냉장고에 있는 재료로 대충 반찬 몇 가지와 콩나물국을 만들어 내놓았다. 물론 작심하고 비장의 요리 같은 것을 만든 건 아니었다. 그러고 싶은 마음은 천만의 콩떡 만만의 팥떡, 천부당만부당한 소리였다. 하지만 그럼에도 아침상을 본 규하는 만족스러운 표정을 지었다.

"바로 이거야."

감격에 겨운 그의 표정을 힐끔거리면서 춘봉은 짐짓 아무렇지도 않은 척했지만, 웃음을 지으며 맛있다고 칭찬하는 규하의 말에 괜히 흐뭇해지고 가슴이 두근거렸다. 제대로 실력 발휘한 것도 아닌데.

하지만 자신이 만든 대수롭지 않은 음식에도 칭찬을 퍼부어대는 규하의 모습에 기분이 좋아지는 것은 사실이어서 춘봉은 그 다음부터 제대로 실력을 발휘한 음식을 내놓기 시작했다. 어린시절부터 갈고 닦아온 요리 실력을 총동원하여, "아무리 맛있어도 아침에 신선로는 좀……"이라고 그가 복에 겨운 불평을 늘어놓을 때까지.

"제대로 벗으란 말이여라!"

며칠 후, 어느 틈에 그의 방에 들어온 춘봉이 꼿꼿하게 턱을 세우고 두 손을 엉덩이 위에 딱 올려붙인 채 그에게 으름장을 놓고 있었다. 하얀 앞치마를 허리에 맨 차림이었다.

"무슨 소리야?"

신새벽부터 다다다다 퍼붓기 시작하는 난데없는 춘봉의 잔소리에 규하가 졸음에 겨운 눈을 꿈벅꿈벅 느리게 떴다. 지금 그의 숙소, 온몸을 칭칭 휘감은 따뜻한 담요의 포근함을 감미하며 한창 깊은 잠에 빠져 있었는데 웬 난리법석? 처음에는 마냥 꿈인 줄 알았다가 춘봉의 속사포 같은 지청구에 귀가 폭탄이라도 맞은 듯 확 뜨이는 느낌이었다. 졸음은 씻은 듯이 사라졌고 지금 눈앞에 떡 버티고 서 있는 춘봉은 실제 모습이었다.

어안이 벙벙해진 규하가 눈을 껌벅껌벅 뜨고 있는데 춘봉이 갑자기 한 손을 불쑥 앞으로 내밀었다.

"이거 안 보여라?"

"그게 뭔데?"

춘봉의 손가락 끝에 양말 한 짝이 대롱대롱 매달려 있었다. 고린내가 풀풀 나는 것이 민망해 평상시 깔끔한 성격인 규하의 얼굴이 화르륵 붉어졌다. 눈꺼풀 끝에 맴돌던 잠은 이미 멀리 달아났다.

"이게 뭐야?"

"보면 모른당가요? 사부님 양말 아니여라?"

규하는 담요를 들추고 부스스 몸을 일으켰다.

"난 항상 제대로 벗고 있어!"

규하의 몸을 덮고 있던 담요가 스르르 나가떨어지자 벗은 그의 건장한 상체가 드러났다. 오랜 운동 덕에 그의 몸은 탄탄한 근육질로 뒤덮여 있었다. 어린시절부터 남자들 틈에 섞여 자란 그녀였지만 그에게서 풍기는 남성적인 매력에 그만 깜짝 놀라 휘둥그레진 눈으로 꿀꺽 소리가 나도록 침을 삼키고 말았다.

"엄마야!"

이미 조금 늦은 감이 있었지만 춘봉은 두 눈을 질끈 감은 채 홱 뒤로 돌았다.

"도대체 옷도 안 입고 자는 건 뭐당가요?"

춘봉이 뒤돌아선 채 탓하듯이 투덜거리자 규하는 흥, 코웃음을 쳤다.

"흥, 남이사. 그리고 노크도 없이 함부로 내 방에 들어온 건 예의 바른 행동이었고?"

쓱쓱 옆에 놓인 티셔츠 한 장을 집어 뒤집어쓰며 규하가 톡 쏘았다. 곤한 잠을 방해한 것도 부족해서 고린내 나는 양말 한 짝 뒤집어놓은 것 가지고 아침부터 참기름에 나물 들들 볶듯이 잔소리를 늘어놓다니!

"그러게 처음부터 제대로 벗어놨어야죠! 빨래할 때마다 얼마나 귀찮은 줄 알아요?"

"흥!"

누가 먼저랄 것도 없이 그들의 목소리가 하이 소프라노로 높아지고 있었다.

"다음 번에는 안 빨아줄 거예요!"

"아, 맘대로 하셔!"

옷을 다 걸쳐입은 규하가 자리에서 벌떡 일어나 큰소리를 냈다.

일어선 그의 가슴팍에도 미치지 않았지만 춘봉은 지지 않고 선언했다.

"이번에도 양말 뒤집어 벗어놓으면 사범님이 직, 접, 빨아요!"

"너 지금 마치 네 손으로 직접 빠는 것처럼 말하는데 엄밀한 의미에서 세탁은 세탁기가 하는 거라고!"

규하가 버럭 소리를 질렀다.

"그래도 뒤집혀 있으면 때가 잘 안 빨린다고요!"

"진짜!"

그가 눈을 부릅떴지만 도도하게 턱을 치켜든 춘봉의 얼굴에 무서워하는 기색은 전혀 보이지 않았다.

가슴팍에도 안 미치는 조그만 여자애가 절대 지지 않겠다고 바락바락 대드는 꼴이라니, 천하의 제규하 다 살았다, 다 살았어. 규하는 속으로 혀를 찼다. 스스로 생각하기에 자신은 한카리스마 하는 사람이었는데 춘봉 앞에서는 어림도 없었다. 그깟 양말 하나 뒤집어놓았다고 아침부터 뭐 잡듯이 덤비는 꼴이라니, 규하는 고개를 절레절레 저었다. 저런 말괄량이를 누가 데려갈꼬.

"다음부터 안 그러겠다고 빨리 약속해요!"

하지만 그런 규하의 마음은 아랑곳하지 않고 그녀가 사정없이 닦달하자 규하는 한쪽 눈썹을 일그러뜨리며 대꾸했다.

"됐어! 다음부터는 아예 양말을 안 신고 말겠어!"

"정말요?"

설마 진짜로 양말을 안 신겠냐는 듯 춘봉이 의심스러운 눈길로 묻자 규하는 맹세하듯 진지한 눈빛으로 춘봉의 얼굴을 바라보았다.

"정말로."

도장에서 운동하는 것은 맨발이 원칙이었기 때문에 규하의 그 맹세는 쉽게 지켜지는 것처럼 보였다. 그러나 곧 날은 추워지기 시작했고 도장에

서의 운동이 끝난 이후 방송국에 갈 일이 생길 때나 정기적인 공식 모임
이 있을 때에 양말을 신지 않고 맨발로 가는 것은 무례한 일이었으므로,
규하는 결국 호주머니에 양말을 넣어 가지고 나갔다가 밤에 몰래 양말을
빨아 널 수밖에 없었다.

"어머, 뭐 하고 계신당가요?"

그날도 소리 죽여 밤중에 몰래 양말을 빨고 있는데 재미있어하는 표정
으로 춘봉이 불쑥 나타났다.

"뭐야? 인기척도 없이!"

아닌 밤중에 홍두깨 식으로 화들짝 놀란 규하는 괜히 화를 냈다. 원래
진중한 성격이었던 규하는 춘봉과 함께 지내게 된 이후로 괜히 가슴이
벌렁벌렁해지는 날이 많았다.

그게 무엇 때문인지는 아직도 모르겠단 말이지. 삼십 고개를 넘어서니
심장에 이상이 생긴 건가? 규하는 자신의 가슴에 손을 대어보며 고개를
갸웃거리곤 했다.

그날, 규하는 결국 춘봉에게 들켜 한바탕 잔소리를 듣고 다시는 양말
을 뒤집어놓지 않겠다고 맹세에 맹세를 거듭한 후에야 춘봉의 지청구에
서 벗어날 수 있었다.

"휴우, 정말 보통이 아니야."

길게 한숨을 내쉰 규하는 춘봉과 지내는 하루하루가 상당히 녹록지 않
다는 것을 인정할 수밖에 없었다.

그러나 그렇게 뻣뻣한 춘봉임에도 불구하고 어차피 그녀도 한 명의 여
린 여자일 수밖에 없다는 생각이 들 때가 있었는데 그것은 바로 규하와
의 대련 후였다.

"왜 이렇게 실력이 안 느는 거죠? 더욱이 난 태권도 한 지가 몇 년인
데……."

겨루기에서 15대 0이라는 어마어마한 점수 차이로 완패한 춘봉이 도

장 바닥에 대 자로 뻗고 누워 투덜거렸다.

"그릇이 되어야 능력을 담지. 담을 수 있는 육체가 먼저 만들어져야 힘도 제대로 발휘된다고. 알겠어?"

규하는 누워 있는 춘봉에게 손을 뻗어 일으켜주었다. 그리고 춘봉의 어깨를 잡고 거울 정면을 향하게 했다.

"네가 받아 차기 위주의 스타일이라면 뒤로 빠져서 하는 받아 차기보다는 양쪽 사이드로 빠져서 받아 차기 하는 걸 권한다. 왜 도장에 거울이 사방 군데 붙어 있는 줄 알아?"

규하가 난데없는 질문을 던지자 춘봉은 고개를 저었다.

"아니오. 거기에 대해선 의문을 가져본 적이 없었어요."

"동작을 연습할 때에는 거울 정면을 많이 보아야 한다. 겨루기 자세를 취해본 후 정면에서도 보고 양옆에서도 한번 봐. 어느 것이 상대방에게 더 빈틈을 잘 보이는지……. 그럼 바로 느낄 수 있을 거야."

춘봉은 커다란 거울 안 자신의 모습을 바라보았다. 그리고 자신의 뒤에 붙어선 규하의 멋진 모습.

이마에 흐르는 땀이 그의 얼굴 윤곽선을 타고 흐르고 있었다. 땀은 턱에서 끝나 도복으로 덮인 그의 넓은 가슴으로 뚝뚝 떨어지고 있었다. 땀에 젖은 그의 모습은 너무나 섹시했다. 약간 헝클어진 머리카락, 춘봉은 그 속에 손을 넣어 더 흩뜨려주고 싶다는 생각이 들었다.

문득 그 생각에 놀라 춘봉은 자기도 모르게 침을 꿀꺽 삼켰다.

"다리가 올라가는 유연성은 겨루기 연습하기 전에 충분한 스트레칭으로 그 기초를 길러야 된다. 알겠지?"

그런 춘봉의 마음을 전혀 눈치 채지 못한 규하가 격려하듯 한쪽 손으로 어깨를 토닥거려주었다.

내 마음이 왜 이러는 거지? 난 좋아하는 사람이 따로 있는데……. 춘봉은 자신의 마음을 알 수 없었다. 규하를 보면, 이성은 그렇지 않다고 단호하게 부정하는데 마음은 봄날 강아지처럼 설레고 들뜨는 기분이었다.

이래선 안 돼! 규하 오빠는 단지 사부님일 뿐이라고! 춘봉은 마음을 다 잡았다. 그렇지 않으면 한여름의 아이스크림처럼 규하 앞에서 자신이 스르르 녹아버릴 것만 같았기 때문이었다.

춘봉이 강무제에 온 지 한 달이 지났다.

규하는 다른 제자들보다 훨씬 영민하게 잘 따라오고 있는 춘봉을 바라보며 마음이 흐뭇했다. 하나를 가르쳐주면 열을 아는 제자를 만나는 것은 사범으로서 커다란 기쁨이자 보람이었다. 물론 대학을 졸업하고 사범이 된 지 겨우 7년밖에 안 되었지만 그는 승리할 수 있는 제자를 볼 줄 아는 눈을 가지고 있었다. 그런 그의 눈에 춘봉은 반드시 크게 성공할 수 있는 인재로 보였다. 16년이나 태권도를 해왔던 춘봉이었기에 처음에는 그 정도는 한다는 오만함이 그녀를 지배하고 있었지만 점차 마음을 비우고 태권도에 갓 입문했을 때의 초심으로 되돌아가 그의 가르침을 하나도 빠짐없이 진지하게 받아들이는 모습이었다. 규하는 아직 어린 춘봉이 대견하게 여겨졌다. 역시 춘봉이야.

꼬마시절에도 춘봉은, 어린아이가 무엇을 알아서 그런 것인지 한번 시작하면 끝을 보는 성격이었다. 그래서 자신보다 서너 살은 많은 아이와 겨루기를 해서 지게 되면 이길 때까지 끊임없이 도전을 했고 결국 상대편 아이가 실력으로라기보다는 끈기와 오기 때문에 질려서 두 손 들고 말았던 적이 한두 번이 아니었다.

옛날 기억을 떠올리자 규하는 빙긋이 웃음이 나왔다.

처음에는 영 버릇없고 왕 싸가지라고만 생각했는데 보면 볼수록 근성이 있고 노력하는 스타일이어서 규하는 춘봉이 마음에 들기 시작했다. 새벽에 누구보다 일찍 일어나서 도장 청소와 집안 청소를 깨끗이 하고 게다가 수련에 있어서도 열심히 배우려고 하는 춘봉의 모습은 점점 규하의 마음속에 심상치 않게 커다란 자리를 차지해가고 있었다. 여전히 자신을 대하는 태도는 조금 쌀쌀맞고 가까이 하지 않으려고 경계하는 기색이 역력했지만.

"금강이란 더할 수 없이 강함과 무거움을 의미하며, 강함과 무거움은 한반도의 정기가 모인 금강산과 금강을 나타낸다. 이 두 가지 요소가 한데 어울려 품새가 되는데……."

규하는 어느 때보다 열심히 춘봉을 가르쳤다.

자세를 잡아주며 어쩔 수 없이 닿게 되는 그녀의 손이 매우 따뜻하다는 것을 어느 순간부터 의식하기 시작한 규하는 괜히 헛기침을 하는 때가 많아졌다. 그리고 그럴 때마다 왠지 얼굴이 화끈거리며 달아오르기도 했다.

이건 도대체 어떤 감정인 거지? 규하는 확신할 수 없는 자신의 마음에 대해 의아해하고 있었다.

어느 날 저녁, 규하는 산책 삼아 뒤뜰로 나왔다가 도장 청소를 마치고 역시 뒤뜰에 나와 있던 춘봉과 맞닥뜨렸다.

춘봉을 본 규하는 멋쩍게 미소를 지었다. 예의를 차리느라 규하에게 꾸벅 인사를 하는 춘봉도 조금 어색하게 웃어 보였다. 매일같이 도장에서 얼굴을 보는 사이이긴 했지만, 이렇게 사적인 대화를 나눌 만한 기회가 생긴 것은 춘봉이 강무제에 오고 나서 처음 있는 일이었다.

무슨 말부터 꺼내야 할까 고민하다가 규하는 보름인지 휘영청 밝은 달을 쳐다보았다.

"달이 참 밝지?"

"네."

춘봉이 하늘의 달을 바라보며 얌전히 대답했다.

"이곳에서 지내기가 어때? 괜찮은 것 같아? 불편한 데는 없고?"

규하가 자상한 오빠처럼 물었다.

훈련시간이 끝나면 춘봉이 어디서 무엇을 하든 상관하지 않았기에 사실 규하는 훈련이 끝나면 춘봉이 어디에 있는지조차 알 수 없었다. 단지 지금 뭐 하고 있을까 궁금해하며 이층에 마련되어 있는 그녀의 숙소를 멍하니 바라보고 있을 때가 종종 있었기에, 규하는 스스로 춘봉의 오빠 같은 마음에서 비롯된 행동들이라고 변명처럼 속으로 늘어놓곤 했다.

"아뇨. 모두 좋아요."

평소와는 다르게 조금 얌전해진 모양으로 춘봉이 시선을 마주치지 못하며 대답했다.

그런 춘봉의 모습에 괜히 마음이 초조해져서 규하는 어서 이 불편하고 어색한 자리를 피해보고자 발걸음을 돌리려고 했다.

"그럼."

"저······."

잠시 침묵을 지키다 둘은 동시에 서로를 바라보며 말을 꺼냈다. 규하가 얼른 한 걸음 양보했다.

"먼저 말해."

춘봉이 잠깐 머뭇거리다가 말했다.

"나 잘하고 있는 건가요?"

춘봉의 물음에 규하는 의아했다. 그토록 열심히 하면서도 왜 그렇게 묻는 걸까?

"할아버지가 나 때문에 상처받지 않았으면 좋겠어요."

규하는 그제야 춘봉이 세계대회에서 예선 탈락한 일을 아직까지 마음에 두고 있다는 것을 깨달았다.

"누구나 다 마찬가지야. 햇병아리 시절이 있게 마련이지. 넌 잘하고 있어."

규하가 격려했다.

"이기는 편이 있으면 지는 편도 있는 법이야. 그렇지만 항상 지라는 법은 없잖아? 열심히 하면 너도 우승할 수 있어."

"하지만 난 왜 이렇게 운이 없을까 하는 생각이 드는 걸요?"

어깨를 툭 떨어뜨리며 춘봉이 하소연을 하자 그가 한 손을 뻗어 위로 하듯이 가볍게 어깨를 쓰다듬어주었다. 둘은 달빛이 고고하게 비치는 연못가에 나란히 자리를 잡고 앉아 이야기를 나누기 시작했다.

"내 이야기를 좀 들려줄까? 처음 세계대회에 나갔을 때 갑자기 배탈이 난 거야."

춘봉이 희한하다는 듯 규하를 돌아보았다.

"우여곡절 끝에 경기장에 들어섰을 때 배탈은 어느 정도 진정시켰지만 하체에 힘이 풀려 눈앞이 캄캄했어. 상대는 덴마크 선수로 비교적 약체였지만 왠지 자신감이 없었지. 경기를 시작하자마자 상대의 발차기 공격에 뒤통수를 제대로 맞았어. 갑자기 정신이 멍해졌고, 뱃속에서는 계속 부글부글 끓는 소리가 나고 있었어. 어떻게 3라운드까지 경기를 했는지 지금도 전혀 기억이 나지 않아. 컨디션 난조로 제대로 된 발차기 공격을 하지 못했고 스코어는 7 대 6."

"너무 아까워요."

춘봉이 안타까운 눈빛을 보냈다. 규하는 그녀가 자신의 편이라는 생각에 마음 한편이 든든해졌다.

"자, 이보다 더 운이 나쁠 수도 있을까? 하지만 난 이렇게 생각해. 컨디션을 조절하는 것도 실력이라고. 결국 우리 힘으로 어쩔 수 없어 보이는 운이라는 것도 실력인 거야."

춘봉이 고개를 끄덕이며 동의했다.

"넌 잘할 수 있어. 난 알 수 있어."

부드럽게 말하는 규하를 춘봉은 입가에 빙그레 미소를 지으며 바라보았다. 그녀의 눈속에 수없이 많은 별들이 반짝이고 있는 것을 보면서 규하는 왠지 가슴이 부풀어오르는 기분이었다.

"그럼 자, 다시 한번 시작해볼까?"

규하는 춘봉에게 한 손을 내밀었다.

수련이 끝나고 난 후, 휘영청 밝은 달빛이 환하게 비추고 있는 텅 빈 도장 안에서 그들은 서로를 마주 보고 섰다.

"시작한다!"

규하가 대련 시작을 선언했고 춘봉의 두 주먹이 공격 자세를 취했다.

치밀하게 스텝을 밟으며 틈을 노리는 규하는 춘봉의 기량을 정확히 보기 위해 이번에는 봐주지 않겠다는 생각으로 겨루기에 임하고 있었다. 춘봉은 매서운 성격답게 그에게 맹공을 퍼부었고 규하는 간간이 점수를 따며 춘봉의 공격을 잘 피하고 있었다.

"얍얍!"

날렵하게 치고 들어가는 수법으로 규하는 그녀의 공격을 방어하는 동시에 자신도 공격하고 있었다. 그러나 춘봉의 사기를 북돋기 위해 주먹을 사용하거나 뒤 후리기와 같은 결정타를 날리지는 않았다.

이것도 봐주는 것이라고 하면 그럴 수 있겠지만.

춘봉은 방어보다는 공격에 치우친 전법으로, 규하가 공격할 틈을 주지 않으려고 계속해서 틈을 벌이지 않고 쫓아다녔다. 그러나 그것은 쉽지 않은 일이었다. 워낙에 규하가 허술한 틈을 보이지 않았기 때문에 둘은 꽤 긴 시간 동안 서로를 응시한 채 거리를 좁히지 않고 빙빙 원을 그리고 있기도 했고 그것은 정적인 동작이었음에도 불구하고 신경전이어서 서로에게 꽤나 지치는 일이었다.

드디어 규하가 공격하기 위해 재빠르게 한 스텝 다가서며 발차기를 하자 춘봉은 한 걸음 뒤로 물러나 가볍게 피하며 돌려차기를 했다. 지기 싫어하는 춘봉의 성격상 규하로부터 공격을 받은 것의 꼭 두 배만큼 공격을 하고 있었다. 그러나 너무 시간을 많이 끌어서였을까? 지나치게 공격에 집중하다가 갑자기 한순간 삐끗 하고 균형을 잃어버린 춘봉이 규하의 품에 안기듯이 푹 쓰러졌다.

"뭐야? 클린치야?"

체력 소모가 크지 않았던 규하는 아무렇지도 않게 웃으며 물었지만 춘봉은 너무 지쳐 대답도 하지 못하고 그저 숨만 헐떡거릴 뿐이었다.

"허억, 헉……."

클린치라는 것은 겨루기 도중 서로 껴안고 있거나 한쪽이 껴안는 상태를 말하는데 일방적으로 클린치를 당했을 경우 밀어내고 가격하는 것을 허락하고 있었다. 주로 수세에 몰리거나 공격이 빗나갔을 경우, 또 체력이 떨어지는 후반으로 갈수록 클린치의 빈도가 늘어나게 마련인데 규하는 이 경우에도 자신이 클린치를 당하고 있냐는 농담을 던진 것이었다.

이제 체력이 바닥난 춘봉은 번쩍 일어나지도 못하고 안긴 모습 그대로 어정쩡하게 규하의 품에 매달려 있었다. 확실히 제아무리 날쌘 춘봉이라고 해도 남자와 여자 사이의 체력 차이는 무시하지 못하는 것이었다. 규하는 춘봉도 어쩔 수 없는 여자라는 사실이 뒤늦게 머리를 쳤다.

문득 규하는 예전 골목길에서 지금처럼 자신의 품에 안겨 있던 그녀를 떠올렸다. 그때 춘봉의 눈속에서 보았던 수없이 많은 별들이 떠오르자 규하는 당장 고개를 내려 춘봉을 바라보고 싶어졌다.

하지만 그랬다간……. 규하는 고개를 저으며 침을 꿀꺽 삼켰다. 침이 목구멍을 넘어가는 소리 때문인지 춘봉이 규하의 품에서 고개를 들어 그를 쳐다보았다.

"아!"

춘봉과 눈이 마주치자 규하는 무언가가 마음속 깊은 곳에서 팡팡 소리를 내며 불꽃놀이 하듯이 터지는 기분이었다.

땀으로 흠뻑 젖은 머리, 그리고 식어가는 땀방울이 이마에서 조르르 뺨을 타고 내려 조그만 턱에서 똑똑 떨어지고 있었다.

또 하나의 땀방울이 춘봉의 콧등에서 흘러 입술의 굴곡진 곡선을 타고 흘러내렸다. 도톰한 입술은 땀에 젖어 촉촉했고 가쁜 숨을 몰아쉬느라 살짝 벌어져 있었다.

너무나 유혹적이야.

춘봉의 땀방울은 입술을 지나 턱으로, 그리고 턱에서 규하의 도복 가슴 깃으로 떨어지고 있었다. 슬로우 모션으로 땀방울이 떨어지는 장면이 보이는 것 같았다. 규하는 넋을 잃고 그 모습을 바라보았다.

세상에서 가장 아름다워 보이는 장면이라고 생각하며 규하는 알 수 없는 인력에 이끌려 자신의 입술을 그녀의 입술 위에 내려 앉혔다.

춘봉은 고개를 들어 규하를 바라보았다. 얼른 그의 품에서 일어서야 한다는 것을 알고 있었지만 몸이 말을 안 들었다. 최근 지나친 운동으로 인해 급격하게 체력이 떨어진 상태였다. 이기고 싶은 마음은 컸지만 그를 이기는 것은 태산을 오르는 것보다 어려운 일이라는 것이 현실이었다. 결국 어쩔 수 없이 몸이 조금이나마 기력을 되찾을 때까지 그의 품에 안겨 있을 수밖에 없었다. 규하의 두근거리는 심장 소리를 들으며 춘봉은 이 사람도 심장이 팔딱팔딱 뛰는 사람이구나 하는 생각이 제일 먼저 들었다.

땀에 젖은 도복 너머로 그의 뜨거운 체온이 전해지고 춘봉은 괜히 숨이 가빠왔다. 그들 사이에 침묵이 막처럼 드리워져 있었다.

"뭐야? 클린치야?"

춘봉은 오늘따라 더 잘생겨 보이는 그의 얼굴을 물끄러미 쳐다보았다. 하지만 이내 눈살을 찌푸리며 고개를 가로저었다. 옷깃 날을 지나치게 세워 접고 약간 으스대며 걷는 사람.

규하는 한쪽 눈썹을 치켜올리며 춘봉의 빛나는 얼굴을 살펴보았다. 오만과 건방으로 똘똘 뭉쳐 성격 비틀린 사람.

하지만 춘봉은 뺨을 타고 열기가 올라오는 것을 느꼈다. 미남이라는 단어는 이 바람둥이 같은 사범을 묘사하는 완벽한 말이었다. 춘봉 안의 제어할 수 없는 마음의 한 부분이 그 사실에 막무가내로 반응하고 있었다. 무언가 이 어색한 침묵을 깨뜨릴 만한 말을 꺼내고 싶긴 했지만 숨이 가빠 제대로 숨을 쉴 수조차 없었다.

해가 지고 있는지 그의 얼굴 오른쪽에 오렌지색 석양빛이 비쳐 그늘이 지면서 윤곽이 더 도드라졌다. 이유를 알 수 없었지만 그의 눈빛에 그녀의 모습이 가득 담겨 있었다.

날씬하고 어둡고 강렬한 느낌. 그를 떠올릴 때마다 드는 느낌이었다. 바람이 불어와 그의 앞머리를 흩뜨려놓는 바람에 그의 이마에 검은 그늘을 드리우고 있었다.

그의 얼굴이 다가왔다.

춘봉의 본능이 그가 몇 분 후, 어떤 일을 할 것인지 예고해주고 있었다. 그의 손이 머리카락 속을 파고들자 춘봉의 목에서 작은 신음이 새어나왔다. 그를 막아야겠다고 생각했지만 항상 그렇듯 그의 동작은 너무나 빨라 어쩔 수 없었다.

그의 손이 그녀의 머리카락을 움켜쥐고 자신 쪽으로 잡아당겼다. 놀라서 비명을 지르려고 입을 연 순간, 동시에 그의 입술이 거세게 그리고 용서 없이 그녀의 입술을 차지했다. 춘봉은 양손으로 그를 밀어버리려고 했지만 그녀의 손바닥에 느껴지는 규하의 가슴은 돌과 같이 딱딱하게만 느껴졌을 뿐이었다. 쿵쿵거리는 심장이 머릿속까지 그 여운을 남기며 메아리치고 있었다. 춘봉은 자신에게 닿아 있는 그의 입술과 몸 외에는 아무것도 생각나지 않았다.

긴 키스 후에 그의 입술이 살짝 떨어졌지만 춘봉은 그 느낌이 너무나 좋아서 다시 한 번 그가 와주기를 기대하는 이율배반적인 느낌이 들었다.

그리고 그녀의 소망답게 그의 입술이 다시 한 번 다가왔다. 이번에는 고개를 기울이며 다른 각도로 찾아든 그의 입술은 숨이 막혀 헐떡거릴 때까지 완전히 그녀의 입술을 정복하는 느낌이었다.

"아, 안 돼요."

가까스로 이성을 되찾았을 때 춘봉은 규하의 입에서 몸을 떼어냈다. 자신이 그와 키스했다는 사실이 너무나 충격적이어서 목소리가 부들부들 떨리고 있었다. 온통 비에 젖은 강아지마냥 떨고 있다는 사실도 눈치 채지 못했다.

"왜 안 되지?"

규하가 그녀의 입에 대고 속삭였다.

"내가 사부님과 그렇게…… 한다니 믿을 수가 없어요. 이런 일은……."

슬그머니 규하가 그녀를 감싸고 있던 손을 등으로 옮겨 따뜻하게 어루만졌다. 그리고 다시 한 번 그녀를 자신 쪽으로 끌어당겼다.

"제발 이러지 말아요."

춘봉은 애걸하다시피 말했다.

"너도 내 키스에 반응했으면서."

규하가 나른한 미소를 지으며 짓궂은 소년처럼 자랑스럽게 이야기하자 춘봉의 눈에서 불꽃이 튀었다. 춘봉은 발끈해서 반박했다.

"아니에요! 내가 미쳤당가요! 그건 사부님이 너무 갑자기……."

춘봉은 두 손으로 있는 힘껏 규하의 가슴을 밀어버렸다. 그제야 둘 사이의 거리가 벌어졌다.

"두 번 다시 이러지 말아요!"

춘봉이 재빨리 돌려차기를 날렸지만 규하는 피하지 않았다. 그녀의 발차기 공격이 허리를 강타했지만 규하는 꿈쩍도 하지 않았고 단단한 바위라도 걷어찬 양 그녀의 다리만 아팠을 뿐이었다.

춘봉이 오만 인상을 다 쓰며 매섭게 노려보자 규하가 갑자기 입을 열었다.

"널 좋아해."

뜻밖의 고백에 춘봉은 온몸이 얼어붙는 것 같았다. 내가 잘못 들었겠지.

"뭐, 뭐라고요?"

잠시 간의 충격이 가신 뒤 혹시 자신이 잘못 들은 건 아닌가 싶어 춘봉은 말을 더듬으며 되물었다.

"아……, 아니야, 아무것도."

붉어진 얼굴로 그가 뭔가 커다란 실수라도 한 듯이 얼버무리며 손을 내저었다. 그리고 오늘은 이만 하자며 뒤돌아서 횡하니 뒤뜰의 대나무 숲 속으로 사라져버렸다.

순식간에 도장에 홀로 남은 춘봉은 멍했다.

"도대체 무슨 일이 일어난 거지?"

춘봉은 갑자기 무릎에 힘이 빠져 앞뒤로 휘청거리다가 그 자리에 털썩 주저앉고 말았다. 자신에게 무언가 커다란 일이 일어난 것 같기는 한데 거기에 대해 깊이 생각하기에는 너무나 피곤하고 지쳐 있었다. 몽롱한 정신으로 춘봉은 그의 입술이 닿아 있었던 자신의 입술을 손가락 끝으로 만져보며 스르르 그 자리에 쓰러져 기절하다시피 잠이 들고 말았다.

규하는 자신이 어리석은 행동을 했다고 자책하고 있었다.

그때 춘봉이의 눈을 쳐다보아서는 안 되었어. 그는 모든 것이 자신의 탓이라고 생각하며 상처 입은 춘봉에게 어떻게 사과해야 할는지 고민했다. 하지만……. 입술에 닿았던 그 부드러운 입술에 대한 감촉은 뇌리에 번개처럼 꽂혀 있었다.

바로 여기에……. 규하는 자신의 입술을 손으로 슬쩍 만져보았다. 꿈결 중에 일어난 일 같기도 했다.

내 생애 최고의 느낌이었어.

그러나 그녀에게 좋아한다고 말한 것은 조금 성급했다. 한 번도 그녀를 사랑하고 있다는 생각을 해본 적 없었는데 부지불식간에 갑자기 그 말이 튀어나와버렸던 것이다.

그게 내 속마음인 걸까?

얼른 주워담기는 했지만 이미 춘봉의 귀에 똑똑히 들어간 후여서 규하는 난감했다. 그동안 많은 여자들을 만나보았지만 이렇게 자신을 당황스럽게 하는 여자는 춘봉이 처음이라는 생각에 규하는 복잡해지는 머릿속을 선명하게 만들기 위해 전속력으로 숲길을 달리기 시작했다. 몸이 땀으로 흠뻑 젖도록 달렸지만 규하는 춘봉을 볼 낯이 없어 한 바퀴를 더 돌았다. 그러나 놀란 토끼처럼 휘둥그레진 춘봉의 눈, 그리고 굳은 표정이 그의 가슴에 꽉 차 있었다.

놀란 표정이라니, 생전 처음이라는 듯이……. 그는 킥킥대며 웃다가 문득 그녀가 키스를 처음 해본 것이었다는 생각이 들었다.

"이런 젠장!"

춘봉이 상처받았을지도 모른다는 생각에 그의 마음이 불편해졌다.

더 이상 핑계될 만한 이유가 바닥났을 때 규하는 결국 도장으로 돌아올 수밖에 없었다. 춘봉의 얼굴을 마주치기가 영 내키지 않았지만 언젠가는 부딪쳐야 할 일이었으므로 마음의 준비를 단단히 하고 있었다. 춘봉이 화가 나서 자신의 뺨을 내리친다면 남자로서 당당히 감수하겠다고 결심까지 한 규하였다. 그러나 도장에 들어섰을 때 도장의 전면 거울에 흰 종이 한 장만이 춘봉의 자리를 대신하고 있었다.

셀로판테이프로 붙여져 바람에 나부끼고 있는 종이에는 둥글둥글한 글씨체로 이렇게 적혀 있었다.

'잠시 외출하겠습니다. 적어도 오늘 내로 들어오겠습니다.'

그와 있었던 키스 사건은 까마득히 잊어버린 듯 너무나 정중하고 예의
바르게 쓰여 있는 글씨를 보며 규하는 왠지 마음 언저리가 쓰라렸다. 자
신이 그녀를 피하기 위해 대나무 숲길을 뛰었던 것처럼 그녀 역시 그가
보기 싫었던 것은 아닐까.

그 사실을 깨닫자 규하는 시합에서 가장 강한 상대에게 뒤차기로 강하
게 얻어맞은 것처럼 가슴이 얼얼하게 아파왔다.

그것이 자신에 대한 그녀의 대답인 것만 같아 규하는 허탈감에 멍하니
종이쪽지를 바라보고 서 있었다.

도장에서 기절하다시피 한참을 자고 난 춘봉은 부스스 자리에서 일어
났다. 늘어지게 기지개를 켜고 나자 바닥에 머리만 대면 아무 데서나 잘
자는 자신의 성격이 참 무심하게 느껴졌다.

그나마 날카롭게 솟아 있던 신경들이 한숨 잘 자고 나자 한풀 꺾였다.
하지만 마음은 여전히 심란했다. 그가 자신에게 키스할 줄은 꿈에도 상상
하지 못했기에 춘봉은 이것을 어떻게 받아들여야 할지 난감하기 짝이 없
었다.

운동 때문에 등이 땀으로 흥건했다. 도복이 땀으로 너무 축축해서 서
늘하기까지 했다. 옷을 갈아입기 위해 춘봉이 방으로 돌아왔을 때 시끄럽
게 전화 벨소리가 울리고 있었다.

"여보세요?"

"너 어떻게 된 거야?"

춘봉에게 전화를 건 사람은 바로 유진이었다. 담양 시골집에 전화해서
지금의 연락처를 알게 되었다고 했다. 할아버지가 위독하다는 소식에 유
진에게 아무런 연락도 하지 못한 채 떠나왔던 춘봉은 그녀에게 많이 미
안했다. 그래도 일주일간이나 그녀의 집에 머물며 신세를 졌는데 그렇게
떠나온 것은 예의가 아닌 것 같았기 때문이었다.

“미안해.”

“그건 그렇고 너 그거 알고 있어?”

“뭘?”

“오늘 저녁에 초등학교 동창회 있잖아. 상현이도 나온대.”

유진의 전화를 끊고 춘봉은 서두르기 시작했다.

“뭐부터 해야 하지?”

유진에게 너무나 고마운 생각이 들었다. 잠시 상현에 대해 이야기한 것을 잊지 않고 이렇게 연락까지 해주다니.

춘봉은 분주하게 외출 준비를 했다. 도장을 떠나려면 미리 허락을 받아야 했지만 규하는 어디 있는지 보이지도 않았고 초등학교 동창회는 몇 시간 남지 않아 지금부터 준비하는 것도 빠듯했다. 물론 규하가 나중에 이 사실을 알면 아시안게임 국가대표 선발전이 얼마 남지 않았는데 무슨 해이한 정신 상태냐고 정신이 쏙 빠지게 혼낼 것이 뻔했다. 하지만 오랫동안 짝사랑해온 상현을 만날 수 있는 절호의 찬스를 놓칠 수는 없었다.

“지상현…….”

춘봉은 초등학교 4학년 때부터 상현을 좋아했다.

지난 10년 동안, 상현은 그녀에게 백마 탄 왕자님이나 다름없었다. 초등학교 4학년 때 상현은 서울에서 춘봉이 살고 있던 담양의 시골 초등학교로 전학을 왔다.

“만나서 반갑습니다. 제 이름은 지상현이라고 합니다.”

아침 조회 때 구령대에 나와 전교생 앞에서 또릿또릿한 목소리로 자기 소개를 하는 상현을 보고 전교의 모든 여학생들은 꺅꺅 환호성을 질렀다. 상현은 유난히 얼굴이 하얀 미소년으로 곧 모든 초등학교 여학생들의 동경의 대상이 되었다.

춘봉도 그중의 하나였다. 매일같이 햇빛에 그을려 거무튀튀한 남자애

들만 보다가 허여멀건 한 데다가 점도 하나 없는 티 없이 맑은 얼굴의 상
현을 보았을 때 우르르 쾅쾅, 난데없이 벼락을 맞은 것 같은 기분이었다.
그러나 야속하게도 매번 학년 초 반 편성이 시작될 때 춘봉은 상현과 같
은 반이 되지 못했다.

상현은 담양에서 알아주는 유지의 아들이었다. 가족 합창 대회라든지
학교 행사가 있을 때마다 똑같이 하얀 얼굴을 가진 상현의 가족들이 무
대 위로 올라와 멋있는 화음을 뽐내며 노래를 부르곤 했다. 그럴 때마다
춘봉은 자기도 모르게 입을 헤 벌리고 그 모습을 넋 잃은 듯 쳐다보곤 했
다. 너무나 멋져.

짙게 쌍꺼풀진 맑고 커다란 눈이며 여자아이 못지 않게 뽀얀 피부, 그
리고 설탕처럼 부드러운 목소리……

춘봉은 상현과 같은 반이 되게 해달라고 잠자리에 들 때마다 빌고 또
빌었다. 그러던 중 마침내 6학년 때 둘은 같은 반이 되었다. 처음 반이
결정되고 운동장에서 남학생, 여학생이 길게 한 줄로 서 있을 때 춘봉은
바로 옆에서 상현의 모습을 발견하고 얼마나 가슴이 뛰었는지 몰랐다.

드디어 같은 반이 되었어!

이제는 쉬는 시간마다 화장실 가고 싶은 것을 참으며 상현을 한 번이
라도 보기 위해 그의 반 앞에서 얼쩡대지 않아도 되고 2교시가 끝난 후
운동장에 나와 하는 중간 체조나 등하굣길에 흘낏흘낏 뒤를 돌아보지 않
아도 되었다. 우연히 상현을 한 번이라도 보는 날이면 하루종일 운이 좋
을 것이라고 믿던 미신도 이제는 더 이상 필요 없었다. 왜냐하면 이제 같
은 반이 되었으니 매일 상현을 볼 수 있을 것이었기 때문이었다.

콩닥거리는 가슴을 억누른 채 춘봉은 짝꿍을 발표하는 담임선생님의
이야기에는 귀 기울이지 않고 앞쪽에 앉아 있는 상현의 뒷모습에 시선을
고정하며 입술을 잘근잘근 깨물고 있었다.

"유춘봉, 지상현!"

춘봉은 갑자기 담임선생님이 자신의 이름을 호명하자 깜짝 놀라 눈을 커다랗게 떴다. 친구에게 물어보니 바로 짝꿍이 될 아이들의 이름을 부르고 있다는 것이었다.

이런 행운이!

상현의 옆자리에 앉았을 때 춘봉은 선머슴 같은 성격은 어디 가고 다소곳하게 앉아 상현의 옆모습을 흘끗거리고 있었다. 사춘기여서 그런지 상현의 코밑이 수염이 나느라 거뭇거뭇해져 있는 것도 춘봉의 눈에는 멋져 보이기만 했다.

공부를 잘했던 상현은 춘봉이 어려운 문제를 풀지 못하고 쩔쩔매고 있을 때 친절하게 설명해주기도 하고 또 교과서를 가져오지 않은 날에는 자신의 교과서를 빌려주고 함께 보기도 했다. 상현은 원래 여자아이들에게 친절해서 인기가 많았지만 짝꿍인 춘봉은 마치 상현이 자신에게 호감이 있어 잘해주는 것처럼 느껴져서 좋았다.

남자애처럼 씩씩한 춘봉을 보고 상현은 항상 멋지다며 칭찬을 해주곤 했다. 그런 말을 듣는 것은 난생 처음이었다. 남자아이들은 춘봉에게 제3의 성이니, 고추만 안 달린 남자라느니, 해괴망측한 별명을 붙여 놀리곤 했으므로 춘봉은 점점 더 상현이 좋아졌다. 그래서 용기를 내어 상현에게 좋아한다는 고백을 하려고 마음먹고 있었다.

"나랑 사귀어줘."

그러나 춘봉이 아침마다 거울을 보고 몇 번이나 연습했던 것은 아무 소용없게 되어버렸다. 행운은 그리 길지 않았던 것이다. 그녀와 짝꿍이 된 지 한 달 만에 상현은 다시 서울로 전학을 가버리고 춘봉은 남은 학기 내내 짝꿍 없이 혼자 생활해야 했다.

상현을 만난 것이 짧다면 짧은 기간이었지만 춘봉의 짝사랑은 꽤 깊어서 어른이 된 후에도 여전히 상현에 대한 그리움을 마음속 깊이 간직하고 있었다. 그래서 처음 서울에 왔을 때에도 상현을 찾기 위한 노력을 기울였지만 넓은 서울에서 그를 찾는 일은 모래밭에서 바늘 찾기나 다름없었다. 이러다가 영원히 상현을 못 만나게 될지도 모른다고 춘봉은 속으로 하소연을 길게 늘어놓았다. 그때는 상현에게 고백도 못해보고 영원히 가슴속에 간직하게 될 것이라고 생각했었다. 그랬는데…….

유진이 웬일로 자신에게 도움이 될 때도 있다고 생각하며 춘봉은 초등학교 동창회가 열린다는 종로를 향해 발걸음을 재촉했다.

동창회의 약속 장소인 종로의 커다란 호프집에 도착한 춘봉은 선뜻 들어가지 못하고 입구에서 머뭇거렸다. 서둘러 도장을 나오느라 제대로 옷차림에 신경 쓰지 못했다는 것을 알아차렸던 것이다. 짧은 청치마에 꽃무늬 티셔츠 차림은 자신이 보기에도 영 아니었다.

주변을 둘러보던 춘봉은 약속 장소 바로 옆에 있는 한 옷가게로 들어갔다. 그리고 있는 돈을 다 털어 쇼윈도 디스플레이 룸에 서 있는 마네킹이 입고 있는 옷을 전부 샀다.

"네? 이것을 전부요?"

샵 매니저는 깜짝 놀라 눈이 휘둥그레졌다.

"네. 얼른요"

춘봉은 계산을 치르고 황급히 옷을 갈아입었다. 그녀가 고른 옷은 광택이 나는 진분홍색 원피스와 녹색의 니트 볼레로였다. 마네킹의 옷을 갈아입고 나온 춘봉을 보고 샵 매니저의 얼굴이 묘하게 일그러졌다.

"가슴이 너무 많이 파였나?"

전신 거울을 이리저리 들여다보며 춘봉은 대충 옷을 가다듬었다.

파티 드레스라는 말이 맞을 정도로 원피스의 네크라인은 조금 깊게 파여 봉긋한 가슴골이 살짝 들여다보일 정도였지만 유진의 말에 따르면 그 정도는 애교로 봐줄 수 있는 수준이었다.

"몸이 제일가는 패션이라고 했으니까."

유진의 명언을 떠올리며 춘봉은 가방에서 소중하게 간직하고 있던 커다란 모조 큐빅 목걸이를 꺼냈다. 예전에 유진과 함께 명동에 갔을 때 예뻐서 산 것이었다. 목에 거니 좀더 빛이 나 보여 저절로 입가가 벙싯 벌어졌다. 급하게 세팅을 말아놓은 머리를 풀어 어깨에 드리웠다. 어린시절부터 태권도 때문에 항상 커트 머리나 단발이었던 춘봉은 할아버지를 졸라 3년 전부터 머리를 기르기 시작했는데 지금은 상당히 길어서 등 한가운데까지 왔다.

춘봉은 호프집 입구에서 크게 심호흡을 하고 들어갔다. 의도하지 않았지만 몸에 단단히 기합이 들어가 있었다.

"여기야, 춘봉아!"

먼저 와 있던 유진이 춘봉의 이름을 불렀다.

"응, 유진아."

최대한 조신하고 얌전하게 서울말로 대답한 춘봉은 유진과 가깝게 앉았다.

아직 단역이긴 하지만 모델인 유진은 남자들에게 인기가 많아 겹겹이 둘러싸여 있었다. 그중에서 익숙하고 낯익은 얼굴들이 보였지만 아직 춘봉이 찾는 상현의 얼굴은 그 어디에도 보이지 않았다.

"야아, 많이 변했다, 유춘봉!"

"많이 예뻐졌는걸?"

오랜만에 만나는 동창들이 그녀에게 한마디씩 했다. 하지만 지나치게 긴장을 한 나머지 아무 소리도 귀에 들어오지 않은 춘봉은 건성으로 대답하며 자꾸만 출입구를 쳐다보고 있었다.

"후후!"

그렇게 불안해하는 춘봉을 바라보던 유진이 갑자기 한쪽 입가를 올리며 비웃듯이 씩 웃었다. 그런 유진이 왠지 미심쩍었지만 정신이 온통 곧 나타날 상현에게 쏠려 있던 춘봉은 그다지 유진에게 신경 쓰지 않았다.

잠시 후, 호프집의 문이 열리고 상현이 모습을 드러냈다. 춘봉의 심장이 쿵쾅쿵쾅 뛰기 시작했다.

어린시절의 모습을 그대로 간직하고 있는 상현은 초등학교 때 친했던 남자아이들과 먼저 악수하며 인사를 나누었다. 상현이 온 것을 보고 동창 여자아이들이 우르르 몰려들어 그를 감쌌다.

활발하고 건강미 넘치는 미소년에게 인기가 집중되는 건 당연한 일이야. 춘봉은 왠지 흐뭇하게 생각하며 상현을 유심히 바라보았다. 상현은 생각보다 그렇게 키가 크지 않았지만 그래도 해맑고 매력적인 미소를 간직하고 있었다. 해끔해 보이는 하얀 얼굴과 반듯해 보이는 인상은 어디에서나 미소년이라는 말을 들을 만했다.

네가 좋아서 죽을 것만 같아. 춘봉은 상현이 들어오자마자 심하게 두근대는 자신의 심장 소리에 스스로 귀가 먹먹할 지경이었다.

"어떻게 지냈어? 학교는 어디야?"

얼굴만 기억하고 있는 동창 여자아이 하나가 묻자 상현이 대답했다.

"이 근처에 있는 학교에. 의과 대학이라 공부가 바빠서……."

어릴 때부터 공부를 잘하더니 결국 의대에 갔구나.

춘봉은 귀를 쫑긋 세우고 상현의 말 한마디 한마디를 놓치지 않고 들으려 애를 썼다.

"집은 어디야?"

"응, 창동 쪽."

헉! 도장이랑 가까운 곳이다! 춘봉은 안 보는 척하면서도 상현에게 온 신경을 집중하고 있었다.

"춘봉아."

유진이 불렀지만 온통 다른 곳에 마음이 가 있던 춘봉은 듣지 못했다. 유진이 다시 한 번 그녀를 불렀다.

"춘봉아!"

"아, 어, 으응……. 왜?"

“네 치마에 맥주 흐르고 있는데…….”

“헉!”

춘봉이 시선을 아래로 내렸다. 유진의 말마따나 들고 있던 맥주 잔이 기울어져 원피스 치맛자락으로 주르르 맥주가 흘러내리고 있었다.

“이런!”

허둥지둥하며 냅킨으로 치마를 닦는 춘봉을 보고 있던 유진이 빙그레 의미심장한 미소를 지었다.

춘봉이 겨우겨우 젖은 치마를 마무리하고 다시 자리에 앉자 갑자기 상현이 주위를 두리번거리더니 그녀 쪽을 바라보았다.

무심결에 상현과 눈이 마주치자 춘봉은 눈을 크게 뜨고 꿀꺽 침을 삼켰다. 평상시에는 호탕 대담한 성격이라고 칭송 받아왔지만 짝사랑 앞에서는 그녀도 어쩔 수 없는 여자였다.

점점 자신에게로 다가오는 상현을 보며 그녀는 심장이 가슴에서 튀어나올 정도로 뛰기 시작했다.

안녕, 그동안 잘 지냈니?

그래, 잘 지냈어. 상당히 예뻐졌구나.

고마워. 그동안 네 생각 많이 했는데…….

그래, 나도.

그럼 우리…… 사귈까?

춘봉의 머릿속에서 몇 분 후 닥쳐올 여러 가지 상황들이 회오리치고 있었다. 흥분과 기대감으로 머릿속이 터질 것만 같았다.

이윽고 상현이 햇살만큼 환한 미소를 지으며 바로 그녀 앞에까지 다가왔을 때 춘봉은 자리에서 번쩍 일어나 큰 소리로 외쳤다.

“그래, 나도 보고 싶었어!”

7

  춘봉은 그 이후의 일이 통 기억나지 않았다. 비명을 지르는 듯한 그녀의 말에 갑자기 찬물을 끼얹은 듯 순식간에 조용해진 동창들과, 눈썹을 치켜올린 채 입을 떡 벌리고 있던 상현의 얼굴, 그리고 맥주로 온통 젖어 있는 후줄근한 치마를 입고 새빨개진 얼굴로 어쩔 줄 몰라하며 서 있는 자신의 모습…….

  이윽고 그녀 옆에 앉아 있던 유진이 배를 부여잡고 깔깔대기 시작했고 상현이 곧 어리둥절한 표정을 풀고 유진에게 친밀하게 인사했다.

  "어제 전화했는데 안 받더라……."

  상현은 유진에게 말을 건네면서 옆에 망부석처럼 서 있는 춘봉은 아는 척도 하지 않았다. 대충 감이 잡혔다.

  모든 것이 확연해지자 춘봉은 발밑이 푹 꺼지는 것만 같았다.

  차라리 푹 꺼져서 이 자리에서 사라졌으면 좋을 텐데……. 홍당무처럼 붉어진 얼굴로 춘봉은 세상에서 태어나 그렇게 빨리 달려본 적이 없을 만큼 최고 속도로 달리기 시작했다.

"전력 질주!"

귓가에 규하의 힘찬 목소리가 들려왔다.

쌩쌩, 바람이 귓가에 스치는 소리가 들릴 정도로 춘봉은 뛰고 또 뛰었다. 숨이 턱까지 차고 가빠서 더 이상 달릴 수 없을 때까지. 다리에 힘이 풀려 휘청거리자 춘봉은 그제야 달리는 것을 멈췄다.

차라리 죽을 때까지 계속 달리는 것이 나았을 텐데……. 달리는 것을 멈추자 춘봉의 눈에서 눈물이 흐르기 시작했다. 웃음거리가 되는 것이 이토록 절망적이고 죽을 것 같은 고통인 줄은 전에는 알지 못했다. 더군다나 십 년 동안 짝사랑했던 상현의 앞에서라니…….

춘봉은 지나가는 사람들이 흘낏거리는 것을 알면서도 어쩔 수 없이 울면서 터덜터덜 걸어갔다. 도장으로 가는 버스를 잡아타고 뒷좌석에 앉아서도 일단 터지기 시작한 눈물은 무너진 댐처럼 멈추지 않았다.

"흑흑……."

버스에 탄 사람들이 춘봉을 돌아보자 춘봉은 손등으로 눈물을 훔쳐내면서 울음을 그치려고 무진 애를 썼다.

어느덧 고개를 드니 차창에 자신의 얼굴이 비치고 있었다. 곱게 세팅해서 말아놓은 머리는 정신없이 달려오느라 이리 삐죽 저리 삐죽 엉망진창이 되어 있었고 눈물로 화장이 지워져 뺨에 검은 마스카라 자국이 길게 흘러내려 있었다. 맥주에 젖어 있는 치마는 여전히 너덜너덜했고 또 축축해서 기분이 좋지 않았다.

춘봉은 자신의 처지가 한심하고 천하의 제일가는 바보 같아서 잦아들었던 눈물이 다시금 솟아오르기 시작했다.

자그마치 십 년이었다. 상현을 마음에 두고 있었던 것이. 그런데 그토록 상현과의 만남의 순간을 고대하며 쌓았던 모래성은 한 번의 거센 파도로 형체도 없이 와르르 무너져버렸다. 몇 번이고 춘봉은 상현 앞에서 보였던 얼토당토않은 자신의 행동을 후회하고 부끄러워하면서 제발 몇 시간 전으로 돌아갈 수 있기를 기도했다. 그랬다면 모든 것이 그녀가 바라는 대로 되었으리라……

도장에 도착했을 때 춘봉은 모든 기운이 소진된 상태였다. 터덜터덜 힘든 발걸음으로 들어오는 춘봉을 보고, 샌드백을 두들기며 운동하고 있던 규하가 가볍게 한마디를 던졌다.

"어디, 전쟁터라도 다녀오는 길이야?"

춘봉은 고개를 들어 눈물이 그렁그렁한 눈으로 규하를 바라보았다.

"정말……"

그가 농담처럼 가볍게 한 말이었지만 왠지 서럽게 느껴졌던 춘봉은 버럭 소리를 지르며 괜한 그에게 화풀이를 했다.

"사부님 같은 사람, 이 세상에서 제일 싫어요!"

그리고 그녀는 이층 방으로 도망치듯 달려가기 시작했다.

도장 한가운데에서 영문도 모른 채 멍하니 자신을 지켜보고 있을 규하가 눈에 선했지만 지금은 규하의 감정 따위는 걱정할 여유가 없었다. 춘봉은 방에 들어서자마자 침대에 몸을 던지고 엉엉 소리내며 마지막 남은 눈물을 쥐어짜기 시작했다.

규하는 춘봉이 초등학교 동창회에 다녀왔다는 것을 알고 있었다. 걱정이 된 나머지 무슨 단서라도 찾을까 해서 그녀의 방에 들어가 보았던 것이다.

규하는 춘봉의 방을 둘러보았다. 채광이 잘 되는 방을 일부러 골라주었는데 한 달 새 누가 보아도 여자 방이라고 평가를 내릴 만큼 아기자기하게 꾸며놓았다. 성격이 깔끔해서인지 방은 정리정돈이 잘 되어 있었고 침대 옆에 놓인 귀엽고 예쁜 소품들이, 선머슴처럼 씩씩하고 강한 성격을 가진 춘봉이 여자라는 사실을 다시 한 번 깨닫게 해주었다.

그러나 책꽂이에 교양도서 대신 잔뜩 꽂혀 있는 순정 만화책들이나 옷걸이에 걸려 있는 지나치게 알록달록한 '춘봉 표' 시골 패션들은 눈살을 찌푸리게 만들었다. 패션쇼에서 모델을 한 경험이 있는 규하는 아무리 패션이라고는 하지만 춘봉처럼 지나치게 옷끼리 색깔이 맞지 않고 또 그녀 자신에게도 어울리지 않는 옷들은 참아줄 수가 없었다.

춘봉의 방을 휘휘 둘러보며 규하는 그녀가 어디로 갔는지 단서를 찾아보았다. 마침내 전화기 옆에 얌전하게 놓여 있는 메모지에 시선을 두었다.

"8시 반, 종로 초등학교 동창회. 지상현?"

불쑥 튀어나온 남자 이름에 마음 한편이 조금 불편해졌지만 그 나이 때에는 또래 남자친구들도 많은 법이라고 그는 애써 생각했다.

일단 목적지를 알았기 때문에 한시름 걱정을 놓았지만 그래도 여전히 마음을 무겁게 짓누르고 있는 걱정은 춘봉이 돌아온 후에 대한 것이었다.

"어떻게 말해야 충격이 제일 적을까?"

오늘 하루종일 춘봉 때문에 규하는 천국과 지옥을 왔다 갔다 했다. 귀가 시간이 늦어지자 그는 혹시 서울 지리를 잘 모르는 춘봉이 어디서 길을 잃고 헤매는 건 아닌지 걱정이 되어 그녀를 찾아나서야 하는 것은 아닐까 생각하고 있었다. 또 한편 자신 때문에 도장에 돌아오는 것을 꺼려하고 있는 것일지도 모른다는 생각이 들었다. 규하는 그녀가 돌아오면 사과하고 분명히 이야기할 참이었다. 그녀에게 했던 키스는 아무 의미 없는 것이었다고.

속으로 몇 번이나 되뇌고 있는데 갑자기 춘봉이 나타났다. 진분홍 원피스와 그에 어울리지 않는 풀색 조끼는, 처음부터 그녀의 패션감각에 대해 알고 있기는 했지만 고개를 절레절레 저을 만했다. 머리는 어떻게 된 일인지 봉두난발이 따로 없고 화장을 했었는지 얼굴은 엉망진창으로, 양쪽 뺨을 검은 선들이 길게 나누고 있었다.

그렇게 형편없는 모습으로 도장에 들어선 춘봉은 규하의 고민을 단 한

번에 날려버렸다. 그런데 들어오자마자 춘봉이 난데없이 자신이 세상에서 제일 싫다고 소리치며 이층으로 올라가 버리는 것이었다.

규하는 어안이 벙벙했다. 자신 역시 좋아한다고 말했던 것을 주워담으려고 또 키스에 아무 의미가 없었다고 못 박으려 했지만 갑작스럽게 선제공격을 받게 될 줄은 상상하지 못했다. 게다가 세상에 얼굴이 알려지면서 나름대로 여자들에게 인기가 꽤 많은 자신이지 않았던가. 규하는 자존심이 팍 상했다.

"도대체 무슨 일이 벌어진 거야?"

막연하게나마 규하는 춘봉에게 무슨 안 좋은 일이 생겼나 보다고 생각했다. 하지만 그렇다고 해서 자신이 그 화풀이 대상이 되는 것은 별로 기분 좋은 일은 아니었다. 사범인 자신에게 이런 식으로 굴다니, 규하는 버릇없는 춘봉의 행동에 얼굴이 딱딱하게 굳어졌다. 그리고 곧장 이층에 있는 춘봉의 방으로 향했다.

문손잡이를 잡고 확 열어젖히려는 순간 안쪽에서 들리는 흑흑대는 소리에 규하는 멈칫할 수밖에 없었다. 춘봉이 흐느껴 울고 있었던 것이다. 항상 씩씩하기만 했던 춘봉이 소리내어 우는 장면은 상상할 수 없었기에 속으로 조금 놀랐지만 여자가 울고 있을 때에는 그저 내버려두는 것이 상책이라고 생각했다. 시답지 않게 위로했다가는 울음소리만 커져버린다는 것을 이미 경험한 적이 있었기에 규하는 한 걸음 뒤로 물러났다.

다시 도장으로 내려왔을 때 규하는 마음이 착잡했다. 춘봉이 눈물을 흘리며 우는 모습이 꽤 충격적이기도 했지만 우는 이유가 자신이 아닌 다른 남자 때문이라는 사실을 어렴풋이 짐작할 수 있었기 때문이었다. 알 수 없이 가슴 한편이 아려오고 있었다.

"흐음……."

아마도 그 남자는 메모지에 적혀 있던 지상현이라는 녀석일 것이라고 생각하며 훈련장으로 다시 내려온 규하는 애꿎은 샌드백에 강한 발차기를 날렸다.

픽!

정확히 이유를 알 수 없는 분노가 그의 가슴에서 펄펄 끓기 시작했다. 규하는 온힘을 다해 샌드백을 내리쳤다. 이렇게 자제력을 잃어보는 것은 그에게 있어서 처음 있는 일이었다. 허리케인이 가슴을 훑고 지나간 것처럼 모든 감정이 뒤죽박죽이 되어버린 원인이 누구 때문인지 규하는 너무나 잘 알고 있었다.

"춘봉."

한참을 울고 난 뒤 춘봉은 퉁퉁 부은 얼굴로 도장으로 내려왔다. 아직 붉은 기가 가시지 않은 얼굴이었지만 날마다 하는 운동을 건너뛸 수는 없다고 생각한 듯 도복 차림이었다.

"잘 생각했어."

규하는 기다리고 있었다는 듯이 그녀에게 정권 단련과 토끼뜀 뛰기, 팔 벌려 뛰기 백 번을 지시했고 춘봉은 가뿐하게 그것을 해냈다. 그녀의 옆에서 규하 역시 똑같은 분량의 운동을 했다.

마지막으로 대나무 숲길을 뛰면서 규하는 연신 춘봉의 표정을 살폈지만 울고 나서 그런지 비 온 뒤 하늘처럼 표정이 말끔해져 있는 것을 보고 내심 안도했다.

자신의 가슴까지밖에 오지 않는 작은 키의 여자아이 하나가 이렇게 자신을 뒤흔들 수 있는 힘을 가졌다는 것이 놀랍고 이상해서 규하는 자꾸만 눈을 내리깔고 뛰고 있는 춘봉을 돌아다보았다.

"하하하하……."

한편, 춘봉이 떠난 뒤에도 술자리에 계속 남아 있던 유진은 한 번 터진 웃음을 그칠 수가 없었다. 상현은 이상하다는 듯이 그런 유진을 들여다보았다.

“왜 그래?”

“그애, 춘봉이 말이야.”

너무 웃느라 눈가에 눈물까지 맺힌 유진이 춘봉이 뛰쳐나간 입구를 손가락으로 가리키며 말했다.

“춘봉이라고? 아까 그 해괴망측한 옷을 입고 있던 애가?”

상현은 초등학교 6학년 때 짝꿍이었던 춘봉을 기억하고 있었지만 그때는 너무 남자아이 같아서 지금의 모습과는 많은 차이가 있었다.

“아, 그때 태권도를 한다는?”

유진은 고개를 끄덕였다.

당시 춘봉은 소년 체전과 같은 태권도 시합에 자주 나가 우승도 많이 해서 월요일 아침 조회시간에 앞에 나가 상을 받는 일이 잦았기 때문에 상현은 춘봉에 대해 희미하게나마 기억하고 있었다. 꽤 인상적인 아이였으니까.

뛰쳐나간 춘봉을 떠올리며 신나게 웃고 난 유진은 마스카라가 번지지 않도록 조심스럽게 티슈로 눈물을 닦으며 말했다.

“지금까지 널 짝사랑해온 모양이던데…….”

“뭐어?”

상현은 유진의 말이 놀라웠다. 조금 생뚱맞다는 생각이 들었다. 춘봉과는 잘 알지도 못하는 사이이고 또 계속 연락을 주고받은 사이도 아니었기 때문이었다. 상현은 유진이 자신에게 장난을 치고 있다고 생각했다.

하지만 방금 전 ‘그래, 나도 보고 싶었어!’라고 엉뚱한 말을 내뱉고 얼굴이 빨개져서는 갑자기 단거리 육상 선수처럼 밖으로 뛰쳐나간 춘봉을 보면 유진의 말이 맞을 수도 있겠다는 생각이 들었다.

춘봉에 대한 기억이 별로 없는 상현은 그녀가 왜 자신을 좋아하게 되었는지조차 전혀 알 수 없었다. 유진의 말에 따르면 상현이 담양의 초등학교에서 서울로 전학가게 된 후 지금까지 계속 짝사랑해왔다고 했다.

　조금 색다른 사실이긴 했지만 그렇다고 해서 상현은 자신이 춘봉을 좋아할 수 있게 될 것 같지는 않았다. 진한 분홍색의 원피스에 초록색 볼레로 차림, 유행이 지나 촌스럽게 느껴지는 동글동글하게 말아놓은 머리, 게다가 화장은 어찌나 어색한지 옆에 앉아 있는 유진과 너무나 확연하게 비교되어 보였다. 촌스럽기 짝이 없다는 표현이 가장 잘 들어맞을 것 같은 춘봉과는 달리 유진은 얼마나 세련된 느낌인지…….

　모델로 활동하고 있는 유진은 고급 브랜드의 드레시한 정장 차림에 어디를 데리고 가도 빠지지 않을 모습이었다. 상현은 모델답게 매력적인 손짓으로 어깨로 흘러나온 긴 머리카락을 뒤로 넘기고 있는 유진을 돌아보았다. 환상적이야.

　유진과는 얼마 전에 조우한 사이로 상현은 유진에게 마음이 있었다. 아직 정식으로 사귀는 사이는 아니었지만 유진은 상당히 예쁜 편에 속했고 또 세련되어서 그와는 죽이 잘 맞았다. 그래서 그는 유진을 남다르게 생각하고 있었다. 그러나 유진은 상현의 마음과는 다르게 상현을 그저 친한 친구 이상으로는 생각하고 있지 않은 것 같아 상현은 마음이 닳았다. 그래서 오늘 드디어 유진에게 정식으로 프러포즈를 청하려 했는데 갑자기 예상치 않은 변수가 생긴 것이었다. 배를 잡고 깔깔대며 웃고 있는 유진에게 교제를 신청하는 것은 분위기 상 영 맞지 않는 일 같아 상현은 목구멍까지 나온 말을 도로 삼켰다.

　오랜만에 동창회에서 만난 엉뚱한 여자가 바로 초등학교 때 짝꿍이었던 춘봉이라는 사실은 반갑기는 했다. 하지만 사실 유진과의 관계가 다르게 변할 수도 있었던 순간을 춘봉 때문에 방해받아 조금 짜증이 나는 상현이었다.

　"무슨 일이 있었던 거야?"
　규하가 조심스럽게 머리를 들고 물었다.

둘은 운동을 끝낸 후 나란히 도장 바닥에 누워 가쁜 숨을 고르고 있었다. 춘봉은 조금 망설였지만 누군가로부터 간절하게 조언을 듣고 싶은 심정이었기에 용기를 내었다.

"좋아하는 사람이 있어요."

춘봉은 도장의 천장을 바라본 채 조용히 말했다.

"오늘 그토록 보고 싶어하던 그애를 만났어요. 그런데 나는…… 바보같이 행동하고 뛰쳐나왔어요."

다른 사람의 이야기를 하듯 담담하게 이야기하는 춘봉을 보고 규하는 조금 감탄했다. 춘봉은 소심한 여자들과는 다르게 자신의 감정을 다스릴 줄 알았다. 강한 모습이었다. 사실 몇 시간 전만 해도 전쟁터에라도 나갔다 온 듯한 모습으로 펑펑 울지를 않나, 앞으로도 다른 여자들처럼 입을 꾹 다물고 자신을 외면할 것만 같아 어떻게 위로해야 할지 난감하기만 했다. 하지만 고맙게도 이렇게 운동을 챙기고 마음을 열어 보여주니 규하는 그녀에게 감사하고 싶은 심정이었다.

"괜찮아, 네가 생각하는 만큼 그렇게 끔찍하진 않았을 거야. 그런데 그 남자에게 좋아한다고 말은 했어?"

규하가 묻자 춘봉은 고개를 저었다.

"그럼 아직 포기하기는 이르지 않나?"

규하는 마음 한편이 바늘로 찌르는 듯 따끔따끔한 느낌을 받았지만 아랑곳하지 않았다. 지금 중요한 건 춘봉의 마음이었으니까.

"그럴까요?"

갑자기 벌떡 일어나 순진한 표정으로 반갑게 묻는 춘봉을 보며 규하는 어색한 웃음을 지어 보였다.

춘봉의 사랑이 이루어지는 것도, 또 춘봉이 상처받아 아파하는 것도 마음에 들지 않는 규하는 난처했지만 일단 그녀가 행복한 길을 찾아나서는 것이 더 나을 것이라는 생각이 들어 고개를 끄덕였다.

“상대편이 아직 너의 마음을 모르고 있다면 일단은 알게 하는 것도 중요하지.”

춘봉은 어떻게 해야 남자의 마음을 사로잡을 수 있는지 물었고 규하는 성심성의껏 춘봉의 상담 상대가 되어주었다.

조금 마음이 가벼워진 듯 춘봉은 처음 집을 나와 서울로 왔던 일을 늘어놓았다.

“왜 무작정 서울에 온 거지? 그…… 좋아한다던 남자를 찾기 위해서?”

“그것도 그렇지만, 멋진 여자가 되고 싶었어라. 나도 알고 있어라. 지금 내 모습이 어떻다는 것을.”

“그런 막연한 목표에 접근하고 있었단 말이야? 어때, 그 목표에 다가가고 있는 건가? 아니면 목표 자체를 잘못 잡고 있는 것은 아닐까?”

규하가 시니컬하게 비판하자 춘봉은 특유의 성질답게 발끈해서 대답했다.

“왜요? 난 서울에 오면 멋진 여자가 될 수 있을 줄 알았는데요.”

“그것은 입도 벙긋하지 않고 끝나는 어학연수지. 안 그래?”

규하는 냉담하게 충고했다. 그리고 그녀가 짝사랑하는 남자에게 고백하는 것을 돕기 위해 두 팔을 걷어붙였다.

“일단 이야기를 해봐. 그리고 너의 마음을 제대로 어필하는 거야.”

규하의 응원을 받고 춘봉은 조금 용기를 얻은 모습이었다. 춘봉은 당장 친구에게 전화해 상현이라는 녀석의 연락처를 알아내어 약속을 잡겠다며 이층으로 뛰어갔다.

나와 키스했던 것이나 내가 좋아한다고 말했던 것은 까맣게 잊고 말았군.

짝사랑하는 남자에게 고백한다는 생각에 아이처럼 들떠서 벙싯 입이 벌어진 춘봉을 보며 규하는 조금 씁쓸했지만, 애초 그것은 철회하려고 했던 것이었으므로 애써 잊어버리려고 애썼다. 그리고 어차피 자신은 춘봉과 언감생심 나이 차도 많이 나는 데다 더욱이 자신은 지금 춘봉에게 시합을 준비시켜야 하는 엄격한 사부여야 하지 않은가.

"휴우……."

규하는 하늘을 올려다보며 길게 한숨을 내쉬었다. 그리고 고개를 절레절레 흔들었다.

그날 저녁, 숲길을 뛰고 온 규하는 도장에서 나는 소리에 무슨 일인가 싶어 귀를 기울였다.

"처음 만났을 때부터 좋아했어. 난 말이 서툴러서 오해받기 쉽지만 너만은 알아줬으면 좋겠어."

"네 마음 알고 있었어."

이번에는 조금 낮은 목소리. 게다가 어색하기 짝이 없는 서울 말 흉내.

일부러 남자 목소리를 흉내내고 있는 것 같은 느낌에 규하는 춘봉이 도대체 무슨 짓을 하는 것인지 궁금했다. 그리고 궁금증을 참을 수 없어 살짝 문을 열고 들여다보니 춘봉은 도장 바닥에 바로 누워서 만화책을 산더미처럼 빌려놓고 소리내어 읽는 중이었다.

"널 언제까지나 좋아할 거야."

게다가 그녀가 눈물까지 글썽이는 것을 보며 규하는 이 장면이 재미있는 것인지 한심한 것인지 도통 알 수가 없었다.

"뭐 하고 있는 거지?"

규하가 방 안으로 들어서며 물었다.

갑작스러운 규하의 출현에 춘봉은 화들짝 놀라며 몸을 일으켰다. 자세히 보니 그녀의 눈시울이 붉게 물들어 있었다.

"또 울고 있었어?"

규하의 말에 춘봉은 얼른 뒤돌아서 눈물을 훔쳤다.

"울긴 누가 울었다고 그래요?"

"그럼 뭐 하고 있는 건데?"

"아, 네…… 공부 좀 하고 있었어요."

"무슨 공부?"

규하가 꼬치꼬치 묻자 춘봉은 당당하게 대답했다.

"사범님께서 그러셨잖아요? 고백하라면서."

춘봉의 말에 규하는 왠지 또다시 씁쓸함을 느꼈다.

"어차피 쉬는 시간이니 만화책 읽는 것은 좋은데 도장 바닥에 늘어놓는 건 좀……."

"하지만 이 장면!"

신성한 도장에 웬 만화책이냐며 잔소리를 늘어놓으려는데, 춘봉이 그의 말을 두 동강내면서 코를 훌쩍이며 읽고 있던 만화책을 다시 한 번 큰 소리로 읽어주었다.

"오랫동안 널 좋아해왔어. 누구도 내 마음을 몰랐을 거야."

어울리지 않는 서울 말씨에 지나친 신파조의 목소리, 연기하는 것 같은 춘봉의 모습에 규하는 짜증이 났다.

"소리내어 읽는 것만은 좀 말아줄래?"

"어째서요? 무지 감동적인 부분인데?"

춘봉이 순진한 얼굴로 묻자 규하는 피식, 웃음이 나왔다. 그리고 어쩔 수 없다는 듯 절레절레 고개를 저었다.

"순정 만화에는 사랑에 대한 것이 많이 나오거든요."

그녀의 손에 들린 만화책을 휙 낚아챈 규하는 쓱 훑어보더니 시니컬한 목소리로 지청구를 주었다.

"너 바보 아니야?"

"네?"

춘봉이 영문을 몰라 입을 떡 벌렸다.

"아니, 이렇게 귀엽고 예쁜 여자 주인공과 멋있는 남자 주인공이 서로 좋아하는 건 당연하지, 안 그래?"

지나치게 사실적인 그의 말에 춘봉은 설레설레 고개를 저으며 반박했다.

"하지만 어떻게 서로에 대해 사랑을 느끼고 또 고백하느냐가 관건이라고요! 사범님은 몰라요!"

"흐음……."

"저, 다른 것도 빌려줄게 한번 읽어볼래요? 네?"

춘봉이 간곡하게 말하며 다른 만화책들을 찾아 건네주었다.

규하는 입가를 씰룩거리며 대답했다.

"알았어. 시간 나면 볼 테니, 이제 그만."

"만화 이야기는 이제 그만하고 묻고 싶은 말이 있는데……."

"뭔데?"

"남자들은 어떤 타입의 여자를 좋아하는데요?"

규하는 춘봉의 얼굴에서 간절함을 보았다.

"글쎄……."

규하는 도복 차림의 그녀를 머리끝에서 발끝까지 훑어보았다. 지금은 도복 차림이긴 했지만 옷이 날개라고 하지 않던가. 어제 사온 옷만 보더라도 패션 쪽에서는 거의 점수를 줄 수 없는 형편이었다.

턱에 손을 가져다대고 고개를 갸웃거리고 있는 규하의 심각한 얼굴에서 난처함을 읽었는지 춘봉은 버럭 소리를 질렀다.

"나름대로 열심히 노력했는데! 그러코롬 패션잡지도 보고 유행에 대해 연구도 하고!"

규하는 춘봉이 그토록 노력하고 있었다는 사실이 믿기지 않았다. 이론은 충실한데 실전에 약한 모양이군.

"난 그애가 좋아할 수 있는 여자가 되려고 애를 썼는데……. 내 눈으로 보아도 택도 없는 소리 같당게요. 그애는 멋지고 쿨하다고요. 하지만 난 촌스럽고 아무리 꾸며도 촌티가 벗겨지지 않아요. 결론적으로 난 그애에게 어울리지도 또 걸맞지도 않아요. 그렇다면 도대체 어디서부터 잘못된 것일까요?”

춘봉은 심각한 표정으로 고민을 털어놓았다.

“역시 독학으로는 한계가 있는 게 아닐까?”

춘봉이 신고 다니던 진한 보라색이나 분홍색과 같은 이상한 색깔의 스타킹을 떠올리며 규하는 그것이 최근에 유행이라고는 하지만 여전히 그녀에게 어울리지 않는다는 생각에 중얼거렸다.

“좋은 지도자가 없는 선수는 실패하는 법이지.”

규하는 무심결에 그렇게 말하고 말았다.

“네에?”

춘봉의 눈이 휘둥그레졌다. 평상시에는 작은 편인 그녀의 눈은 놀라면 두 배로 커지곤 했는데 반짝반짝 빛나는 그녀의 눈을 볼 때마다 규하는 이상한 기분에 사로잡히곤 했다.

규하는 자기도 모르게 침을 꿀꺽 삼키면서 말을 이었다.

“그러니까 너에게 어떻게 하면 남자들이 좋아할지 가르쳐줄 코치 같은 사람이 있으면 되는 것 아니야?”

“코치…….”

그의 말이 그럴싸했는지 춘봉은 곰곰이 생각하는 눈치였다.

“맞아요. 연습할 때 자기 자신은 알 수 없는 결점, 이를테면 발차기 할 때 새우처럼 등을 구부린다던가 하는 점은 까맣게 모르고 있다가도 사부님의 날카로운 지적이 있으면 쉽게 고쳐지곤 했어요. 그렇죠?”

춘봉이 동의를 구하듯이 묻자 규하는 열심히 고개를 끄덕거려보았다.

“그럼 코치가 필요해! 다시 한번 해보는 거야!”

춘봉은 용기가 솟구쳤다. 코치만 있으면 자신도 유진처럼 인기 있고 예쁜 여자가 되어 상현의 마음을 사로잡을 수 있다는 가능성이 어둠 속의 한 줄기 빛처럼 그녀의 마음을 가득 채웠다.

규하는 춘봉의 말이 무슨 뜻인지 정확히 파악하지도 못한 채 단지 그녀가 기분이 나아졌다는 사실만으로도 흐뭇해서 입가에 빙그레 미소를 짓고 있었다.

"그럼 내가 코치를 하는 건 어떨까?"

그가 넌지시 묻자 춘봉은 영 못 미더운 눈으로 그를 바라보았다. 규하는 은근히 그녀가 자신을 무시하는 것 같아 기분이 상했지만 꾹 참고 춘봉을 설득하기 시작했다.

"방송국 출연을 많이 해봐서 그쪽 여자들이 얼마나 예쁜지도 잘 알고, 나름대로 나도 여자들에게 인기가 있단 말이야!"

그러나 춘봉은 영 묵묵부답이었다.

"게다가 난 패션쇼 무대에도 선 적이 있다고, 모델이었단 말이야"

잘난 척하듯 경력을 늘어놓는 자신이 조금 비굴하게 느껴졌지만 규하는 춘봉의 마음을 돌리고 싶어 안달복달했다.

"인생은 그렇게 호락호락하지 않아. 기회가 왔으면 붙잡는 게 좋아. 좋은 기회는 두 번 다시 오지 않는 법이거든."

규하는 일부러 차갑게 이야기하며 휙 돌아섰다. 그리고는 퉁명스럽게 말을 이었다.

"그리고 네 머리 색깔 말인데……, 원래대로 검정색으로 바꿔. 그렇게 노란 머리를 누가 좋아하기나 한대?"

"알았어요, 알았어. 그럼 사부님이 도와주세요."

춘봉은 규하의 팔을 덥석 잡고 조르듯이 말했다.

드디어 SOS 구조 요청을 받아낸 규하는 기쁘게 그 제안을 받아들이며 고개를 끄덕거렸다.

8

　인심 좋게 옷을 몇 벌 사주겠다고 하는 규하의 말에 그와 함께 쇼핑을 나온 춘봉은 기분이 날아갈 것 같았다. 왠지 그의 말대로 하면 상현이 금방이라도 자신을 좋아해줄 것만 같아 춘봉은 소풍가는 초등학생처럼 마음이 설렜다.

　규하는 뚜벅뚜벅 잘 아는 길을 가듯이 백화점 안의 옷가게로 들어섰다. 규하가 들어서자 샵 매니저들이 90도 각도로 정중하게 인사하며 그를 맞이했다.

　춘봉은 눈이 휘둥그레져서 주위를 둘러보았다. 사방 눈 닿는 곳에는 멋지고 세련된 의상들이 디테일한 조명을 받으며 전시되어 있었다. 흡사 옷가게가 아니라 고고하고 우아한 미술관에라도 잘못 들어온 것 같은 착각이 들 정도였다.

　"우와……."

　촌티를 내지 않겠다고 결심했지만 너무나 멋진 광경에 춘봉은 어쩔 수 없이 감탄사를 내뱉고 말았다. 슬긋 보기만 해도 굉장히 값비싸 보이는

146

옷가게였는데 규하는 아무렇지도 않게 신상품이 진열되어 있는 옷걸이들 사이로 그녀를 이끌었다. 그리고 춘봉에게 마음껏 옷을 골라보라는 듯 손짓을 했다.

"하지만 여긴……."

춘봉은 주저했다. 한눈에 보기에도 보통 가격이 아닐 거란 짐작은 했지만, 설마 하는 마음으로 규하가 건네준 시폰 드레스 뒷자락에 붙어 있는 라벨을 확인해보고는 뒤로 까무러치는 줄 알았다. 그것들은 자신이 평상시에 고르는 것보다 열 배는 더 비싼 옷들이었다. 이태리의 이름난 디자이너가 직접 디자인하고 제작한다는 옷은 그저 옷이라기보다는 예술작품에 더 가까워 보였다.

어서 고르라며 그가 잠시 머뭇거리는 춘봉의 등을 떠밀었고 용기를 얻은 춘봉은 항상 그러하듯이 쇼윈도 룸의 마네킹이 입고 있는 민소매 드레스를 골라 입었다. 하지만 모든 사람이 긴팔을 입는 가을에 민소매 드레스는 지나치게 노출이 심해 보였다. 게다가 앞가슴이 넓게 파여 조금 경박스러운 느낌도 있었다.

"이건 어때요?"

"너무 야해. 내가 보기에는 좋지만 다른 사람이 보면……. 헉! 아니, 그러니까 내 말은 그게 아니라."

규하는 말을 얼버무리며 고개를 가로저었다. 다행히 춘봉은 옷에 신경을 쓰느라 그의 이야기를 제대로 듣지 못했다.

"소매 모양이 너의 우람한 팔뚝을 강조하고 있어."

직설 화법으로 말한 규하는 여자인 춘봉의 자존심을 건드리는 것은 아닌가 싶어 조금 미안한 생각이 들었지만 그렇게 노출이 심한 옷을 입고 돌아다니도록 그냥 놔둘 수는 없는 노릇이었다. 게다가 자신은 춘봉의 할아버지에게 특별히 부탁 받은 처지가 아닌가. 춘봉이 저런 옷을 입고 거리를 활보한다면 여러 차례 껄렁한 놈들에게 헌팅 당하는 것은 시간문제라고 생각하며 규하는 고개를 저었다. 물론 춘봉의 주 종목인 오른발 뒤후리기 한 방이면 모두 제압할 수 있겠지만.

춘봉은 규하를 노려보며 못마땅하다는 듯 입가를 씰룩씰룩했다. 하지만 결국 규하의 조언에 따르기로 했는지 떫은 표정으로 다시 피팅룸으로 들어갔다.

춘봉이 다음번에 고른 옷은 속이 훤히 들여다보이는 시스루 소재의 검은색 원피스였다. 피팅룸에서 의기양양한 모습으로 나온 춘봉을 보고 규하는 너무 놀라 마시고 있던 접대용 주스를 벌컥 쏟아버렸다.

"콜록콜록!"

"왜 그런데요?"

영문을 모르겠다는 듯 춘봉이 순진한 눈으로 물었다.

규하는 바지 정강이 부분에 엎지른 주스를 손수건으로 닦으며 고개를 저었다.

"왜 그 옷을 고른 거지?"

춘봉의 이해할 수 없는 패션감각을 의아해하며 그가 물었다.

"어제 본 패션잡지에서 남자는 원피스를 좋아하고, 비치는 소재로 섹시함을 강조해야 한다는 구절이 떠올라서……, 그대로 수렴해보았는데요? 그리고…….."

"됐어."

정색을 한 규하는 한 손을 들어 청산유수처럼 쏟아지는 춘봉의 말을 가로막았다.

"너무 심해. 그건 뭐랄까. 남자들을 모두 늑대로 만들어버리고도 남을 만한 의상이야."

춘봉의 얼굴을 들여다보는 그의 눈빛이 순간 야릇하게 변했다. 춘봉은 자신이 뭔가 잘못 본 것은 아닌가 싶어 고개를 갸웃거리며 그를 다시 바라보았다. 하지만 정말로 잘못 본 것인지 그의 표정에서 그런 기색은 깨끗하게 사라지고 없었다.

"네? 무슨 뜻이랑가요?"

말뜻을 이해하지 못해 춘봉이 고개를 갸웃거리자 규하는 신경 쓰지 말라는 듯이 손을 내저었다.

"모르면 됐어. 여하튼 그건 네가 입을 옷은 아니야. 정말로."

그의 말이 진심으로 여겨져 은근히 자존심이 상하는 춘봉이었다.

"오늘 풍수 상으로 내게 좋은 색깔이 핑크라고 하는데 그럼 핑크색으로 입을까요?"

춘봉이 조심스럽게 물었다.

다른 여자가 이런 식으로 말했으면 금방 통박을 주었을 테지만 춘봉의 표정은 진지하기 이를 데 없었다. 어디서부터 충고를 늘어놓아야 할지 까마득했던 규하는 자기도 모르게 한숨을 푹 내쉬었다.

"이런 옷 입은 여자랑은 창피해서 같이 다닐 수 없어."

규하의 차가운 말에 뾰로통해진 춘봉은 닷 발은 입이 튀어나왔다.

"싫으면 관두랑게요! 난 이 옷으로 할래요!"

그가 말릴 새도 없이 춘봉은 누구도 감히 건드릴 수 없다는 듯 매서운 얼굴로 계산을 치르더니 성큼성큼 앞서가 버렸다.

"춘봉아, 유춘봉!"

규하는 얼른 그녀의 팔을 잡아 돌려세웠다.

"지금은 내가 코치야, 잊었어?"

춘봉의 눈에서 상처 입은 어린 짐승의 기색을 읽은 규하는 순간 자신이 좀 심하게 군 건 아닌가 생각했다.

한동안 규하를 노려보던 춘봉은 마침내 고개를 끄덕거렸다.

"알았어요."

"그래, 착하지. 그럼 가서 빨리 돌려주고 와."

춘봉은 영 내키지 않는 듯 고개를 한 번 끄덕이더니 옷가게로 들어가

서 원래 입고 왔던 옷을 다시 입고 나왔다.

"마음에 들었는데……."

아쉽다는 듯이 춘봉이 시무룩해했다.

그런 춘봉을 보면서 규하는 괜스레 미안한 마음이 들었다. 여자란 동물이 얼마나 섬세하고 예민한 성격을 가지고 있는지 그도 잘 알고 있었다. 그러나 오늘 그는 춘봉 역시 그런 속성을 가진 여자라는 것을 깜빡 잊고 말았다. 그리고 자신이 보인 태도는…….

그건 어린시절 함께 지냈던 오빠와 같은 감정일 뿐. 그의 마음 한구석에서 속삭임이 들려왔다.

그러나 과연 그랬던가? 다른 남자들의 눈에 담긴 그녀의 모습을 보고 싶지 않아 순간 질투라는 감정이 들끓었던 것은 어떻게 설명해야 한단 말인가? 규하는 애써 자신의 마음속에 점점 크게 자리 잡아가는 춘봉의 존재를 외면하며 변명했다.

문득 규하가 깊은 상념에 빠져 있는 사이 춘봉은 백화점 이곳저곳을 기웃거리면서 구경하느라 정신이 없었다.

"그럼 이건 어떨까요?"

규하가 뒤돌아보았다. 춘봉은 한 상점의 진열대에서 보기만 해도 어처구니없어 보이는 열대의 새들이 그려져 있는 알록달록한 프린트 티셔츠를 들어 규하에게 펼쳐 보였다.

"꽤 깜찍한데요?"

"거기 두고 와."

규하가 참을성을 발휘하며 말했다.

"이것도 귀엽지 않아요?"

이번에는 수없이 많은 미키 마우스가 히죽 웃고 있는 무늬의 원피스였다. 규하는 크게 심호흡을 했다.

"다시 돌려주고 와."

"다 내 마음에 들었는데……."

백화점 숙녀복 코너를 서너 바퀴 돈 후 한참만에 끝난 쇼핑에 춘봉이 못마땅한 듯 눈살을 찌푸리며 투덜거렸다.

"너에게 전혀 어울리지 않았어."

규하는 타이르듯이 춘봉을 달랬다.

고민 끝에 그들은 결국 처음에 봐두었던 이태리 디자이너의 오렌지 핑크 컬러 시폰 톱을 골랐다. 춘봉의 하얀 피부에 제격인 빛깔이었다. 그리고 같은 색깔로 맞춘 레이스 시폰 셔츠와 플라워 패턴 플리츠 팬츠를 골라 춘봉에게 내밀었다. 입을 비죽이 내민 춘봉은 규하로부터 옷들을 받아 피팅룸으로 들어갔다.

잠시 후 옷을 갈아입고 나온 춘봉은 180도 바뀐 모습이었다. 그제야 내내 찌푸리고 있었던 규하의 입가에 만족스러운 미소가 걸렸다. 규하가 골라준 옷의 색깔은 춘봉의 피부를 한결 돋보이게 했다. 흡족한 마음으로 규하는 춘봉을 위해 옷을 한 벌 더 골라주었다. 규하가 고른 화이트와 블랙의 작은 패턴이 들어간 황금색 원피스 역시 무척이나 멋진 아이템이었다. 그리고 그에 맞추어 멀티 컬러 스퀘어 패턴이 들어간 옐로 스트랩 웨지 힐도 골라주었다.

"우와, 이거 너무 귀여워요."

규하는 마지막으로 춘봉이 눈여겨보았던 사랑스러운 핑크 리본이 달린 가죽 장식 토트백 하나를 선물했다. 여러 개의 쇼핑백을 챙겨들고 난 춘봉의 눈망울에 자신에 대한 고마움이 가득 담겨 있는 것을 보며 규하는 마음이 흐뭇해져서 자기도 모르는 사이에 어깨가 으쓱했다.

두세 시간의 쇼핑을 마친 뒤 규하는 춘봉을 앞세우고 식도락가들 사이에서 인기를 끌고 있는 청담동의 한 레스토랑으로 들어갔다.

"보면 좀 놀랄걸?"

레스토랑에 들어가기 전에 규하가 놀리듯이 말하자 춘봉은 꿈 깨라는 듯이 눈을 찡긋거렸다.

"내가 완전히 시골 사람인 줄 안다니까요!"

규하는 귀엽다는 듯이 춘봉의 코를 손가락으로 붙잡고 한 번 흔들었다.

"꼭 어린애 취급하고!"

춘봉이 투덜거리자 곧바로 규하가 맞받아쳤다.

"그게 바로 정말 어린애라는 증거야. 어른들은 오히려 그런 취급을 좋아하는데……. 그렇잖아, 어려 보인다고 하면 좋아하는 사람들, 그렇게 느끼면 벌써 늙었다는 증거래."

"그럼 사부님은 어떤데요? 나이 들어 보인다는 말이 좋은가요? 아님 어려 보인다는 게 좋은가요?"

춘봉이 묻자 규하는 난감한 표정으로 두 손을 들어 보였다.

규하가 말한 레스토랑은 백화점 건물 안에 있었는데 고공 엘리베이터를 타고 올라가야 했다. 엘리베이터가 올라가자 투명한 창 밖으로 바깥이 내다보여 춘봉은 무섭다며 그의 팔뚝을 세게 꼭 잡았다.

"우리 떨어져도 같이 죽어요."

굳은 의지가 담긴 표정으로 춘봉이 말하자 규하는 어이가 없었다.

땡!

맨 꼭대기 층에 있는 레스토랑에 도착하자 엘리베이터 문이 열렸다. 규하가 예상했던 대로 그녀의 입이 떡 벌어졌다.

"우와!"

춘봉은 마치 여행사 팸플릿에서만 보던 인도네시아의 한 리조트에 와 있는 것 같은 착각이 들었다.

"거봐, 이런 곳이 있으리라고는 상상도 못했지?"

규하가 거보란 듯이 말하자 춘봉이 살짝 눈을 흘겼다.

"대단해요! 비행기를 타고 가지 않아도 마치 남국의 휴양지에 온 듯한 분위기가 나요."

울창한 나무 그늘 아래에 앉아 테라스를 따라 시원하게 흐르는 물줄기를 바라보며 식사할 수 있는 곳이 있다니……. 춘봉은 꿈에도 생각해본 적 없었다.

이국적인 남국의 리조트를 연상시키는 레스토랑의 인테리어 중 가장 눈길을 끄는 것은 바로 아름다운 테라스였다. 편히 쉴 수 있는 벤치와 식사를 즐기며 마음껏 담소를 나눌 수 있는 이국적인 룸 같은 것은 지금 서 있는 곳이 바로 번화한 도심 속 고층 건물 안이라는 생각을 단번에 날려버렸다. 테라스 옆 작은 분수는 이국에 와 있다는 느낌을 한 층 더 강하게 만들었는데 어스름이 깔리며 밤이 되자 그 아름다움이 배가되었다. 테라스를 따라 잔잔하게 흐르는 물결에 비치는 불빛은 시원하게 불어오는 미풍과 함께 기분을 좋게 만들었다.

"세상 어디에도 없는 새로운 요리를 맛보게 해주지."

규하가 부처님처럼 너그러운 미소를 지으며 말했다. 하지만 춘봉은 정신이 쏙 빠져버린 양 입을 헤벌리고 이곳저곳을 구경하느라 바빴다.

"이곳의 주방장님께서 가장 자신 있게 요리하는 도미 카르파치오와 광어 후라이 블랙페퍼 칠리 갈릭 소스, 그리고 딸기와 계절 채소의 치즈 드레싱 샐러드와 랍스터와 관자의 샴피니언 브루테입니다."

서빙하는 웨이터가 친절하게 음식들에 대한 설명을 곁들이자 춘봉은 자신이 세상에서 가장 멋진 귀부인이 된 것 같은 착각이 들었다.

"고맙습니다."

맛있는 음식들이 펼쳐지자 춘봉은 예술의 경지에 오른 음식 너머로 규하에게 진심으로 고마워했다.

규하는 문득 이 모든 것이 춘봉이 좋아한다는 남자에게 고백하는 것을 도와주기 위한 것이었다는 것을 뒤늦게 깨닫고 마음 한편이 이상하게 싸한 느낌이었다. 그러자 눈앞에 맛있는 음식들을 놓고서도 한순간에 입맛이 싹 달아나는 것 같았다.

　복스럽게 잘 먹는 춘봉을 물끄러미 바라보며 규하는 세월이 참 빠르게 흐르는 것 같다는 느낌을 받았다. 네 살짜리 꼬마였던 춘봉이 어느덧 이렇듯 성숙한 여자로 커서 자신의 가슴을 설레게 하고 있다는 것은 생각하면 할수록 이상하고 묘하게 느껴져서 규하는 넋을 잃고 춘봉을 바라보았다.

　하지만 안 돼. 상대는 춘봉이라고. 그냥 여자가 아니라. 규하는 고개를 흔들었다. 아무리 생각해도 춘봉을 한 여자로 바라볼 수는 없었다. 그것은 왠지 안 될 일만 같았다.

　왜? 그녀도 나름대로 여자야. 물론 성격은 완전히 남자이긴 하지만. 가슴도 있고 허리도 잘록한, 나올 데 나오고 들어갈 데 들어간 성숙한 여자라고. 춘봉이와 내가 남자와 여자로 안 될 게 뭐 있어? 규하의 마음 한편이 달콤한 목소리로 속삭였다.

　절대 안 돼. 게다가 춘봉이는 지금 좋아하는 남자가 있다고 하잖아?

　그럼 그 키스는? 생애 처음의 황홀함을 맛본 그 키스는?

　그것은 절대 일어나서는 안 될 일이었어. 빨리 춘봉이한테 사과하고, 없었던 일로 하자고 말해!

　규하의 마음은 한바탕 전쟁 중이었다.

　“사부님, 왜 안 드세요? 맛있는데…….”

　춘봉이 이상스럽다는 듯 규하를 쳐다보며 묻자 규하는 허둥대며 그제야 스푼을 들고 음식을 먹기 시작했다.

　“참, 이거요.”

　춘봉이 쇼핑백 하나를 부스럭거리더니 포장지에 곱게 싸인 무언가를 규하 쪽으로 내밀었다.

　“이게 뭐야?”

　규하가 물었지만 춘봉은 그저 방긋 웃기만 했다.

　귀여워, 꼭 깨물어주고 싶을 만큼. 그녀의 두 볼이 먹음직스럽게 발갛게 달아오르는 것이 꼭 복숭아 같다는 생각을 하며 규하는 포장지를 풀어보았다.

상자 안에서 넥타이가 나왔다. 그것을 보고 규하는 침을 꿀껵 삼켰다. 이미 그녀의 패션감각에 대해서는 간파하고 있었지만 나름대로 감사의 표시로 산 넥타이는 현란한 무늬로 반짝거리고 있었다. 앞뒤로 살펴보아도 그것은 물론 규하의 취향이 아니었다.

"어때요? 마음에 들어요? 사부님과 어울릴 것 같아 샀는데⋯⋯."

기대에 가득 찬 두 눈이 밤하늘의 별보다 더 반짝거리며 그에게 묻고 있었다.

도대체 이 넥타이의 어디가 나와 어울린단 말이야! 규하는 버럭 소리 지르고 싶은 것을 꾹 눌러 참았다. 춘봉에게 상처 주는 일은 죽어도 할 수 없는 규하였다.

규하는 애써 미소를 지었다.

"고마워. 너무 멋지구나."

그 말에 기뻐서 꽃잎처럼 활짝 벌어지는 춘봉의 입술을 보며 규하는 봄비를 맞은 것처럼 마음이 흐뭇해졌다. 비록 저런 빛깔의 넥타이를 산 것이 길거리에 돈을 그냥 버린 것과 같은 행동이었다고 할지라도 춘봉이 자신을 위해 무언가를 사주었다는 사실에 규하는 마냥 기뻤다.

위험해, 빨려 들어가는 줄 알았어. 춘봉은 정신을 바짝 차렸다.

고개를 드니 춘봉은 자신을 쳐다보고 있는 강렬한 규하의 눈빛에 한순간 자신이 벌거벗고 서 있는 것 같은 착각이 들었다. 그만큼 규하의 눈속에 자기 자신의 모습이 꽉 들어차 있었던 것이었다. 마치 블랙홀과도 같이 그 속으로 빨려 들어갈 것만 같아서 춘봉은 이를 악물었다.

그럴 리가 없지. 춘봉은 고개를 저었다. 규하는 자신에게 사부일 뿐이었다. 비록 어린시절 잘 따르던 오빠였다고 해도 규하와는 나이 차이도 많이 나고 더군다나 너무 멋진 사람이어서 자신과는 잘 어울리지 않았다. 게다가 규하는 자신에게, 상현에게 고백을 해보라고 권하고 도와주지도 않았던가.

그때 문득 며칠 전에 겨루기 중에 규하가 자신에게 키스했던 장면이 영화처럼 눈앞을 스쳐 지나갔다. 등줄기에 소름이 쫙 끼치고 정수리의 머리카락이 일제히 모두 일어서는 느낌이었다. 어떻게 그걸 잊고 있을 수가 있지? 갑자기 춘봉의 뺨이 화끈거리기 시작했다.

규하의 시선에서 황급히 시선을 내리자 남자다운 콧날과 한 일 자의 입술이 눈에 띄었다. 갑자기 춘봉의 눈이 휘둥그레졌다. 바로 저 입술에 내 입술이! 춘봉은 그로부터 또 시선을 내렸다. 강인한 의지가 드러나 있는 턱과 그 아래, 아담스 애플이 보이고 넓은 어깨와 탄탄한 가슴이 보였다. 그 가슴에 얼굴을 기대고 쉬었던 것이 생각나 춘봉은 가만히 앉아 있을 수가 없었다.

규하의 맞은편 자리가 불편해지자 춘봉은 엉덩이를 씰룩씰룩하며 안절부절못했다. 상현이 참석한다는 초등학교 동창회에 대한 생각 때문에 정신이 없어 그것을 잊고 있다니, 춘봉은 자신이 너무나 한심하게 생각되었고 또 규하의 얼굴을 제대로 볼 수 없어 고개를 들 수 없었다.

"저기 말이야……."

그녀의 불편한 기색을 눈치 채기라도 한 듯 규하가 입을 열었다. 춘봉은 자기도 모르게 침을 꿀꺽 삼켰다.

"이야기를 해야 할 것 같아서……. 전에 우리 사이에 있었던 불미스러운 일은…… 내 진심이 아니었어. 미안해."

"사부님도 참. 전 이미 잊었는 걸요."

춘봉은 아무렇지도 않게 손사래를 치며 일부러 밝게 웃어 보였다. 그리고 포크에 한가득 음식을 들고 입에 넣긴 했지만 맛있는 음식은 춘봉의 입속에 들어가자마자 모래로 변해버린 것처럼 아무 맛도 나지 않았다.

156

그리고 이상하게 마음 한쪽이 고속버스를 타고 갈 때처럼 울렁거리고 또 허전한 느낌이 들어 춘봉은 애써 눈앞의 음식에 시선을 두었다. 너무나 맛있어 보이는 요리였지만 단번에 식욕이 사라져버렸다.

내게는 상현이가 있으니까. 춘봉은 일부러 상현의 해맑은 얼굴을 떠올렸다. 그러나 웬일인지 전처럼 상현이 멋지게 느껴지지 않았다. 예전에는 상현에 대한 상상만 해도 마음이 따뜻해지며 달콤한 초콜릿을 입 안에 물고 있는 것 같은 느낌이 들곤 했는데……. 어떻게 된 일이지?

춘봉은 모든 것이 눈앞에 떡하니 버티고·있는 184센티에 70킬로의 야수 때문이라는 것을 알고 있었다. 오랫동안 마음에 간직해온 상현도 멋지긴 했지만 규하는…… 상현에 비교할 수 없을 정도로 너무 눈부셨다.

그들은 누가 먼저랄 것 없이 앞에 놓인 접시에 시선을 고정한 채 서로 아무 말 없이 식사를 했다. 너무나 멋진 곳에서 즐기는 맛있는 음식이었지만 춘봉은 마음이 불편해서 당장이라도 이 숨막히는 분위기에서 벗어나 뛰쳐나가고 싶은 기분이었다.

다음 날, 춘봉은 배에 가득 힘을 주었다. 드디어 상현에게 고백하기로 한 날이었다. 유진은 선선히 상현의 연락처를 가르쳐주었고 전화 통화에서 상현은 흔쾌히 춘봉을 만나기로 약속했다. 모든 것이 너무나 순조롭게 풀려 춘봉은 괜히 불안했다.

"상현아, 난 오랫동안 널 많이 좋아해왔어. 나랑 사귀지 않을래?"

거울을 보며 춘봉은 가능하면 서울 말씨를 쓰기 위해 피나는 연습을 했다. 지금은 혼자니까 사투리를 써도 상관없지만 상현의 앞에 나가면 어느 순간에 사투리가 튀어나올지 모르기 때문에 춘봉은 필사적으로 서울 말씨의 억양을 연습했다.

훈련 중에는 질끈 하나로 동여 묶기만 하는 머리를 인위적인 세팅으로 캔디 만화에 나오는 이레이자 스타일로 만들어 어깨에 드리우며 춘봉은 규하가 사준 원피스를 입었다. 그의 말대로 그녀에게는 코치가 필요했던 모양이었다. 거울 속에 비친 자신의 예쁜 모습에 뿌듯함을 느끼며 춘봉은 한 바퀴 돌아보았다. 오늘 상현과 만날 일이 정말 잘 될 것 같아 춘봉은 가슴이 터질 듯이 부풀어올랐다.

"향수를 너무 많이 뿌렸어. 옷도 너무 오버야. 너무 과해서 말 걸기가 힘들다고. 전체적으로 무리야."

다 된 밥에 코 빠뜨리듯 갑자기 나타난 규하는 한껏 차려입고 막 나가려고 하는 춘봉을 가로막았다.

"네에?"

춘봉은 어이가 없었다. 하지만 나름대로 패션모델 경력도 있다고 하는 규하의 말이 아닌가. 춘봉은 그의 말이 진짜 맞는 것인지 소매에 코를 대고 킁킁거려보았다. 조금 진한 향수를 뿌리긴 했지만 잡지에서 남자의 마음을 사로잡을 수 있는 향수라고 해서 큰맘 먹고 구입한 것이었다.

어떻게 해야 하지? 잠시 잡지와 규하의 말 사이에서 갈등했지만 춘봉은 왠지 오늘은 잡지를 더 믿고 싶어졌다. 규하는 한 사람일 뿐이지만 잡지는 여러 사람을 위한 것이라는 생각에 잡지 쪽이 더 신뢰가 가는 춘봉이었다. 그래서 무슨 심산인지 자꾸만 어깃장을 놓는 규하를 쌩하니 지나쳐 춘봉은 탈주범처럼 후다닥 뛰어 강무제 바깥으로 뛰어나왔다.

"춘봉아!"

규하가 얼떨떨한 얼굴로 이름을 불렀지만 춘봉은 아랑곳하지 않은 채 조금 멀리까지 뛰어왔다.

"오늘은 무슨 일이 있어도!"

사사건건 아니다, 잘못된 선택이다 하면서 자신이 고르는 옷마다 족족 반대를 하고 트집을 잡던 그가 떠오르자 춘봉은 여자로서의 자존심에 불끈 이마에 십 자 힘줄이 서버렸다.

택시가 드물게 다니는 길이었는데 운 좋게도 조금 떨어진 곳에서 손님을 내려주고 가는 택시 하나가 그녀의 레이더망에 들어왔다.

"여, 택시!"

"춘봉아!"

뒤에서 그녀를 쫓아온 듯 규하가 부르는 소리가 들렸지만 춘봉은 드디어 단둘이 상현을 만날 수 있다는 생각에 마음이 들떠 규하의 존재는 까맣게 잊어버리고 말았다.

"어머 그랬니?"

"어쩌면 좋아……."

"그랬었니?"

약속 장소로 가는 내내 춘봉은 서울 말씨를 연습하고 또 여러 상황들을 머릿속에 그려보느라 정신이 없었다.

이윽고 약속 장소인 카페에 들어섰을 때 춘봉은 뛰어오느라 가빠진 숨을 후후 고르며 주위를 둘러보고 있었다. 그러나 상현은 아직 모습을 나타내지 않고 있었다.

춘봉은 웨이터가 가져온 물을 벌컥벌컥 들이마셨다. 그러다가 딸랑 하고 문에 붙은 종소리가 나자 사래가 들려 캑캑거리며 물잔을 내려놓았다. 저만치 남색 재킷에 시원해 보이는 블루 스트라이프 셔츠, 거기에 청바지를 받쳐입은 상현의 모습을 보게 되자 춘봉은 이제 캑캑거릴 정도가 아니라 숨이 멎는 것 같았다. 심장이 두근거리고 혈압이 높아졌다.

그래도 설마 호흡곤란에 고혈압으로 죽는 일은 없겠지?

"상현아……."

자신과의 약속에 미리 나와 있는 상현을 보자 감격에 차 춘봉의 목소리는 어느새 떨리고 있었다. 누군가와 이렇게 근사한 카페에서 만날 약속은 해본 적도 없는 춘봉이었지만 상현이 자신을 만나기 위해 이곳으로 온다고 생각하니 그 자리에 도저히 가만히 앉아 있을 수 없는 기분이었다.

“응. 만나서 반가워.”

상현이 말끔한 얼굴로 미소를 지었다. 그 미소 앞에 춘봉은 눈앞이 아찔했다.

“저번 동창회 때는 미처 널 알아보지 못했어. 이렇게 예뻐진 줄 몰랐거든.”

상현의 칭찬에 춘봉은 기분이 붕 뜨는 느낌이었다.

“응, 저번에는 인사도 못하고 가서 미안해.”

커피 잔을 두 손으로 잡으며 춘봉은 서울 말씨를 쓰려고 말 하나하나를 천천히 말했다.

“그런데 유진이한테 네가 날 만나고 싶어한다는 이야기를 듣게 되었어. 그래, 무슨 일이니?”

상현이 단도직입적으로 용건을 묻자 춘봉은 조금 당황스러웠다. 머릿속에 그려놓았던 시나리오대로라면 조금 더 어린시절에 대한 것이라든가 기타 등등의 이야기를 풀어놓은 후에 자연스럽게 분위기를 잡고 고백하려고 했었다. 그런데 그 시기가 예상보다 너무 이르게 찾아와 춘봉은 테이블 아래에서 두 주먹을 꼼지락거리며 망설였다. 다른 핑계를 대며 이 자리를 모면해볼까?

하지만 이 자리가 있기까지 얼마나 가슴을 졸이며 기다려왔는데! 오늘은 정말 하늘이 주신 기회이지 않는가. 춘봉은 속으로 길게 심호흡을 했다. 어차피 상현에게 자신의 마음을 털어놓기로 결정했으니 그것이 생각보다 조금 빠르더라도 결국에는 닥쳐야 할 일이었다.

“오, 오늘 내가 이렇게 널 만나자고 한 건……. 나!”

드디어 춘봉은 부딪혀보기로 결정하고 침을 꿀꺽 삼켰다.

“널…….”

춘봉은 다시 한 번 마른침을 꿀꺽 삼켰다. 그리고 눈을 들어 그녀가 무슨 말을 할지 기다리고 있는 상현의 맑은 눈동자를 들여다보았다.

　남자면서도 이렇게 예쁠 수가 있을까. 춘봉은 잠시 넋을 잃은 듯 상현을 바라보았다.

　"좋아해. 오랫동안 널 좋……."

　갑자기 한 여자가 그들 곁으로 지나갔다. 지금 나름대로 예쁘게 차려 입었다고 생각하는 춘봉과는 비교도 할 수 없을 정도로 세련된 옷차림인 데다 달걀형의 조막 만한 얼굴도 나무랄 데 없는 전형적인 미인이었다.

　"어머, 상현아!"

　화려한 외모의 여자는 상현의 어깨를 탁 쳤다.

　"어어……."

　여자와 아는 사이인 듯 상현은 환한 얼굴로 아는 척을 했다. 그들은 잠시 춘봉을 사이에 두고 반갑게 이야기를 나누었다.

　"이번 학기에는 정말 바쁜 모양이더라. 나 얼굴 볼 생각도 못했구나? 서운해."

　"응. 미안."

　미인 앞에서는 모든 남자들이 다 그런 것일까? 지금 상현의 모습은 조금 들떠 보였다. 막 그에게 고백을 하려던 입장에서 춘봉은 마음 한구석이 찌르르 아파왔다.

　"어머, 그랬구나. 난 곧 시험이 시작돼서 엄청 바쁘지 뭐니? 게다가 이번 방학 때는 해외 어학연수도 알아봐야 하고……."

　한 쌍의 종달새마냥 정답게 이야기를 나누고 있는 그들을 보며 춘봉은 둘 사이에서 투명인간이 된 듯한 느낌이었다. 보아하니 상현과 같은 학교 학생인 것 같았는데 춘봉은 그들이 나누고 있는 대학교 이야기에 끼어들 수가 없었다.

　난 대학생이 아니니까. 춘봉은 처참한 심정으로 어서 그들의 이야기가 끝나기만을 기다리고 있었다.

　"그럼 잘 지내고……."

상현에게 마지막으로 인사를 건네던 여자가 그제야 자신들을 물끄러미 바라보고 있던 춘봉의 존재를 인식했던지 턱으로 춘봉을 가리키며 슬그머니 물었다.

"아차, 그런데 누구니?"

춘봉은 상현의 입에서 무슨 대답이 튀어나올지 궁금했다.

"내가 좋아하는 사람."

물론 스스로 생각하기에도 상현으로부터 그런 대답을 기대하는 것은 너무 지나쳤다. 겨우 얼마 전에 다시 만난 사이인데…….

그러나 혹시 또 모르는 일이지 않은가. 상현 역시 지난 몇 년간 자신에 대해 똑같은 마음을 가지고 있을지도……. 그렇게 생각하자 심장이 또다시 두근거리기 시작하는 춘봉이었다.

친구, 아니면 동창? 애인……. 그래서 생각한 것이 이런 예상 대답이었다. 물론 애인이라는 세 번째 대답은 결코 나오지 않을 것을 알면서도 그래도 춘봉은 희망에 찬 눈빛으로 상현을 바라보았다.

그런데 상현은 춘봉을 외면한 채 잠시 고민하는 듯하더니 결국 아무 대답도 하지 않았다. 대신 여자를 카페 입구까지 데려다주기 위해 벌떡 자리에서 일어났다.

왜 그러지? 춘봉은 의아했다. 그리고 남의 이야기를 엿듣는 것이 나쁘다는 것을 알면서도 조심스럽게 귀를 기울였다. 그러나 상현이 여자에게 작은 목소리로 대답한 것을 듣고 춘봉은 뒤로 까무러치는 줄 알았다.

"응, 그냥 좀 아는 누나야."

"헉!"

"그렇구나. 그럼 안녕."

그러면 그렇지 하는 표정으로 여자는 멍하니 앉아 있는 춘봉을 우습다는 듯 흘긋 쳐다보며 다정하게 상현에게 인사말을 남기고 떠났다. 상현이 아무렇지도 않게 자리로 돌아왔을 때 춘봉은 아무 말도 할 수가 없었다.

"같은 학교 친구인데 조금 수다스러워서. 기다리게 해서 미안, 기분 나쁘지는 않지?"

상현이 춘봉에게 물었다.

전혀 악의적인 표정이 없었기에 춘봉은 여기서 화를 내면 자신만 우스운 꼴이 될 것이라고 생각했다.

"아까 내가 잘못 들어서 그러는데, 너 하려던 말이 뭐니?"

상현이 자리에 앉으며 물었지만 춘봉은 더 이상 고백이고 뭐고 아무 생각도 나지 않았다.

"그, 그게……. 난 널……."

다른 말을 찾아야 한다. 이 상황에서 빠져나올 수 있는 다른 말을……. 빠져나갈 쥐구멍을 찾느라 춘봉의 머릿속이 핑핑 돌고 있었다. 그러나 잔머리 굴리는 것에는 예전부터 젬병이었고 또 학창시절에도 국어라면 영점수가 꽝이었던 그녀였던지라 뾰족한 수는 떠오르지 않았다.

거짓말도 머리가 좋아야 한다더니 그 말이 딱 맞구나! 여전히 말을 더듬거리며 춘봉이 눈을 데굴데굴 굴리고 있는 동안 상현은 이미 그녀의 마음을 알고 있다는 듯 흥미로운 표정으로 그녀를 바라보고 있었다.

상현의 자상한 미소에 잠깐 망설이던 춘봉은 규하의 말이 떠올랐다.

진심은 통하기 마련이거든.

정말 그럴까? 오늘 한번 그의 말을 믿어보는 게 어떨까?

규하의 말이라면 덮어놓고 의심만 하던 춘봉이었지만 이내 망설이던 마음을 접고 애초에 생각했던 대로 밀고 나가기로 했다. 혹시 모르는 일이 아닌가. 그러나 생각과는 다르게 눈에 눈물이 살짝 맺혔다.

"오랫동안 좋아해왔어."

춘봉이 눈꺼풀을 내린 채 떨리는 목소리로 말하자 잠시 상현은 뜻밖이라는 듯 살짝 눈썹을 위로 올리고 무표정한 얼굴로 가만히 춘봉을 바라보았다. 그의 입에서 어떤 말이 나올지 춘봉은 숨죽이며 기다리고 있었다.

이윽고 상현의 입이 열렸다.

"춘봉아, 난 널……."

갑자기 상현은 춘봉의 시선을 피하며 말꼬리를 흐렸다.

춘봉은 자기도 모르게 침을 꿀꺽 삼켰다. 입 안이 초 긴장감으로 바짝바짝 말라 삼킬 침도 없었다. 상현의 대답에 따라 춘봉은 천국으로 갈지 지옥으로 갈지가 결정되는 것이었다. 모든 준비가 되어 있었다. 옆구리에 보이지 않는 날개가 쫙 펴질 준비가 완료된 상태였다. 이제 하늘로 날아가기만 하면 되는 것이었다.

"네 마음은 고마워. 하지만 미안해. 난 좋아하는 여자가 따로 있어."

그러나 곧 이어진 상현의 말에 춘봉은 끝이 보이지 않는 나락으로 한없이 추락하고 말았다. 맑은 웃음, 미소년 같은 해끔한 얼굴, 오랫동안 상현을 좋아해왔다. 세상에 그 누구보다 그를 좋아한다고 자부할 수 있었다.

"으응……. 알았어."

그 다음 상현과 어떤 이야기를 나누었는지 도통 기억이 나지 않는 춘봉이었다. 작별인사를 하고 나오는 길에 춘봉은 그제야 슬며시 눈가에 눈물이 솟구쳤다. 몇 년간 꿈속에서도 그리워했던 상현이었는데, 그리고 이 순간만을 위해 얼마나 가슴 졸였었는데……. 모든 공들인 노력은 한순간에 무너져버렸다.

공든 탑이 무너지랴? 흥, 무너졌다. 허무한 느낌이 그녀의 가슴을 가득 채웠다. 오로지 그를 향한 애틋하고 간절한 마음도 몰라주고 상현은 자신을 단칼에 거절했다.

바보처럼. 고백만 하면 덥석 상현이 받아줄 것이라고 믿은 자신이 바보였다. 누가 나 따위를 좋아하겠어?

생각해보면 고백하려고 한 순간이었는데 우연히 만난 대학 친구의 앞에서 그녀를 누나라고 소개하다니, 그런 창피가 어디 있는가. 그때 슬며시 자신을 부끄러워하던 그의 표정이 떠오르자 춘봉은 당장에라도 고꾸라져 죽고 싶은 마음이었다.

규하는 춘봉이 떠난 뒤 마음이 허전해서 그 자리에 그대로 잠시 서 있었다.

첫사랑에게 고백을 한다고 한껏 차려입은 춘봉을 보자 규하는 마음이 뒤틀리는 것 같은 느낌이 들었다. 머리카락을 다시 검은색으로 물들인 후 더 돋보이는 동그랗고 하얀 이마, 귀여운 눈썹, 조그만 턱, 쌍꺼풀 없이 길고 가는 눈은 재치로 번뜩였고 뺨은 잘 익은 복숭아처럼 불그스름했다. 춘봉은 자신이 사준 원피스를 입고 있었다. 네크라인이 조금 깊어 하얀 목과 가슴이 살짝 들여다보였다.

그것을 춘봉의 첫사랑이라고 하는 녀석이 훔쳐볼 것이라는 생각이 들자 규하는 괜히 심술보가 터졌다.

"향수도 너무 진하고 화장은 또 그게 뭐야?"

그러나 딴죽을 걸고 싶은 마음에 툭툭 내뱉은 말을 춘봉은 규하의 심술을 알아채기라도 한 듯 귓등으로도 듣지 않았다.

"사부가 이야기하면 듣는 척이라도 해야지!"

"흥!"

규하가 약이 올라 호통을 쳤지만 춘봉은 꿈쩍도 하지 않고 나갈 준비에 분주해 보였다. 규하는 눈을 가느스름하게 뜨며 춘봉을 노려보고 있었다. 그리고 춘봉은 찬바람을 쌩쌩 날리며 규하의 앞을 지나쳐 재빠르게 도장을 빠져나갔다.

"춘봉아!"

규하는 도망치다시피 빠른 속도로 택시를 잡아타는 춘봉을 불러보았다. 하지만 그의 목소리를 들었을 텐데도 춘봉은 뒤 한 번 돌아보지 않고 휭하니 그의 앞에서 사라졌다.

"유춘봉……."

규하는 춘봉을 보는 자신의 마음이 왜 이렇게 졸이는지 알 수 없었다. 이미 자신은 춘봉과 나누었던 키스나 포옹은 아무 의미 없는 것이었다고 결론을 내리지 않았던가. 더군다나 그녀 역시 모두 잊었다고 가볍게 이야기했었다. 규하는 가슴에 손바닥을 올려놓으며 중얼거렸다.

"그런데 왜 이렇게 가슴이 아픈 거지?"

자꾸만 초조해지는 마음을 숨길 수 없어 규하는 정좌를 하고 참선까지 했지만 결국 숲길을 스무 바퀴 뛰고 샌드백 차기를 통해 땀을 잔뜩 흘리고 나서야 겨우 마음을 진정시킬 수 있었다.

그가 샌드백에 불이 나도록 발로 차며 한참 땀을 흘리고 있을 때 땅에 닿을 듯이 고개를 푹 숙인 춘봉이 터덜터덜 힘없는 걸음으로 도장에 돌아왔다. 나갈 때와는 달리 힘이 다 빠져 있는 모습이 그 첫사랑에게 고백하는 것이 잘 안 되었다는 것을 말해주고 있었다. 규하는 내심 기뻤다. 그리고 스스로 그런 자신이 이상하게 느껴졌다.

춘봉은 그림자를 드리운 어두운 얼굴로 규하 앞에 섰다. 규하는 나갈 때는 하늘을 날아갈 것처럼 방방 뛰던 춘봉의 꼴이 내심 고소해서 물었다.

"고백은 잘했어?"

춘봉이 숙이고 있던 고개를 들었다. 전에 보았던 것처럼 눈물 범벅이 된 눈은 검은 안경을 쓴 판다가 되어버렸고 화장은 눈물에 씻겨 양 뺨에 두 줄기 자국을 만들고 있었다. 그 모습을 보고 규하는 깜짝 놀랐다.

"춘봉아, 왜 그래? 무슨 일 있었어?"

"꺽꺼……."

춘봉은 아무 말도 하지 않았다. 안하는 것이 아니라 목이 메어서 못하는 것이었다.

차라리 엉엉 소리내어 우는 게 낫지.

그의 앞이라고 눈물을 꾹 참고 있는 춘봉의 얼굴을 보자 규하는 가슴이 깨질 듯이 아팠다. 우는 여자는 그냥 마음껏 울도록 놔두는 것이 상책이라고 생각해왔던 규하는 자기도 모르게 손을 내밀었다. 그리고 춘봉의 뺨에 묻어 있는 눈물을 닦아주었다.

"사부님……."

춘봉이 가까스로 입을 열었다.

"부탁이 있어요."

"말해."

애절한 춘봉의 눈빛에 마음이 흔들리며 규하는 고개를 끄덕였다. 지금 같아선 춘봉의 마음을 위로하기 위해서라면 하늘의 별이라도 따다줄 수 있을 것 같았다.

"술 사주세요!"

"뭐?"

"술 사주라고요ㅡ!"

눈물이 그렁그렁한 춘봉의 눈을 보며 규하는 차마 안 된다고 말할 수 없었다.

"알았다."

규하는 고개를 끄덕거린 뒤 땀에 흠뻑 젖은 도복을 갈아입고 나와 춘봉과 함께 자주 가던 바를 찾았다.

"항상 하던 걸로. 그리고 이 숙녀분에게는 파라다이스 키스를."

분위기 좋은 바에서 규하가 서로 잘 알고 있는 듯 바텐더에게 주문을 했다.

바텐더가 규하의 앞에 데킬라를 한 잔 놓고 춘봉의 앞에는 투명한 푸른빛이 도는 칵테일 잔을 올려놓았다.

규하는 술잔에 묻은 소금을 혀로 핥고 맑은 데킬라를 한 모금 들이켰다. 그리고 앞 접시에 놓인 레몬을 베어 물었다. 신맛에 규하가 살짝 눈살을 찌푸리자 신기한 구경거리를 보는 듯이 입을 헤 벌리고 쳐다보던 춘봉이 물었다.

“지금 뭐 하는 거예요?”

“응?”

춘봉의 의도를 파악하지 못한 규하가 춘봉을 바라보았다. 춘봉은 자신의 앞에 놓인 영롱한 빛깔의 칵테일을 바보처럼 멍하니 바라보며 물었다.

“이게 뭐냐고요?”

“파라다이스 키스. 달콤하면서도 청아한 맛이 나지.”

바로 너처럼. 규하는 속으로 생각했다.

“그러니까 이게 뭐냐고요?”

조금 짜증이 섞인 춘봉의 말에 규하의 한쪽 눈썹이 하늘을 향해 올라갔다.

“뭐긴 뭐야, 칵테일이지.”

“칵테일이라고요?”

순간 파르르 타오르며 춘봉의 목소리가 피아노의 높은 ‘미’ 음을 쳤다.

규하는 딴에는 제일 멋진 서울의 야경을 바라보며 그녀와 한 잔 나누며 그녀의 기분을 위로하려고 했는데 웬걸? 예쁘장한 코디네이션의 칵테일을 바라보던 춘봉은 무드도 없이 단 한 입에 털어넣어 버렸다. 그녀를 보고 있던 규하의 눈이 휘둥그레졌다.

“너 왜 그래?”

“지금 장난쳐요?”

춘봉은 입에 잔을 탁탁 털며 한 방울도 아깝다는 듯 다 마셔버리더니 영문을 몰라 멀뚱멀뚱 보고 있는 규하를 향해 버럭 소리를 질렀다.

“지금 속에 불이 나서 근질거려 죽겠는데 이 제비 눈물 만한 것을 마시고 무슨 불을 끄겠어요? 당장 나가요!”

춘봉은 규하의 팔뚝을 붙잡았다. 그리고 그를 질질 끌다시피 해서 칵
테일 바 밖으로 나왔다. 결국 규하는 춘봉의 성화를 못 이겨 도장 근처의
꼼장어 포장마차 집으로 향할 수밖에 없었다.

"어서 오세요!"

인심 좋게 보이는 푸짐한 몸매의 아주머니가 춘봉의 바람대로 그들의
테이블에 소주 두 병과 꼼장어를 가져다놓았다. 불판에 지글지글 꼼장어
들이 몸을 한껏 비틀어대며 난리 부르스를 추고 있었다.

춘봉은 규하가 소주를 따라주자마자 찰랑찰랑한 소주잔을 한 번에 벌
컥벌컥 들이켰다. 그 순간 아직 어린 춘봉이 술을 마시면 얼마나 마실 수
있겠느냐고 팔짱 끼고 지켜보고 있던 규하의 얼굴빛이 싹 변했다.

"감질 맛만 나요."

급기야 춘봉은 조그만 소주잔 같은 것은 양에 차지도 않는다며 아주
병째로 나발을 불고 있었다.

"안주도 먹고 그래야지 속이 안 쓰려."

규하는 아기 새를 돌보는 아빠 새처럼 안절부절못하며 소주병을 빼앗
아보려고 했지만 어디서 그런 힘이 나오는지 무지막지한 춘봉의 괴력에
못 이겨 소주병을 도로 내주고 말았다. 그 대신 규하는 서둘러 80퍼센트
정도 익은 꼼장어들을 집어 뜨거울세라 호호 불어가며 춘봉의 입에 넣어
주었다. 그리고 종업원에게 얼음을 동동 띄운 시원한 물을 가져다달라고
성화를 부렸다.

그러나 춘봉은 아빠처럼 이것저것 챙겨주는 규하의 태도는 아랑곳하지
않고 독한 소주를 마셔댔다. 그런 그녀가 안쓰러웠지만 다른 것은 몰라도
실연의 슬픔은 자신이 어떻게 해볼 수 없는 영역이어서 규하는 춘봉을
가만히 내버려둘 수밖에 없었다.

술기운이 돌기 시작하자 춘봉은 눈물을 비치기 시작했다.

"내 어디가 고로코롬 싫었던 걸까요?"

마침내 흑흑 훌쩍이며 흐느끼기 시작한 춘봉이 물었다.

"물론 사부님이 진지하게 대답해줄 필요는 없어요."

춘봉은 손을 휘휘 저었다.

"나는 내 단점에 대해 누구보다 잘 알고 있으니까. 단점을 꼽자면 열 손가락으로 부족한 것은 사실이지라. 유진이처럼 예쁘기를 하나, 그렇다고 뭐 하나 잘하는 것이 있나……."

춘봉의 기나긴 넋두리가 시작되었다.

"고등학교 때까지 태권도밖에 모르는 열혈 운동 소녀라고 불리고 남자 아이들이 선수가 한 명 부족하면 나더러 같이 축구하자고 부를 정도이니……. 알 만하죠?"

규하는 춘봉의 이야기에 가만히 귀를 기울였다. 그녀의 말에 따르면 지역에서 하나밖에 없는 여자 태권도 부의 주장으로 춘봉은 고등학교 3년간 아침부터 저녁까지 필사적으로 운동만 했다. 그나마 노력하는 성격이라 그런 생활도 나름대로 괜찮았다고 생각했다. 워낙 어린시절부터 시작한 운동이라 춘봉은 태권도를 사랑했다. 소중한 친구들도 생겼고 괴로운 연습도 승리의 기쁨과는 비할 바가 못 되었다. 또 연습이 끝나고서 읽는 순정 만화는 삶의 보람이라고도 할 수 있었다.

만화를 읽으면서 춘봉은 대학에 가면 반드시 멋진 사랑을 하겠다고 결심했었다. 잠자리에 들기 전 춘봉은 두 눈을 감고 달콤한 상상을 하곤 했다. 상상 속에서 그녀를 사랑하는 백마 탄 왕자님은 오랫동안 짝사랑해온 상현이었고 대학생이 되어 아름다워진 그녀에게 적극적으로 사랑을 고백하는 내용이었다. 그러나 태권도를 계속하라고 체육 대학교를 고집하는 할아버지의 반대로 춘봉은 결국 대학에는 가지 못했다.

"누가 태권도 하는 여자 따위를 좋아한당가요!"

사실 춘봉은 처음에는 체육 대학교에 가서 태권도를 전공하고 싶은 마음도 있었다. 국가대표 출신인 할아버지의 뒤를 이어 국가대표가 되고 싶은 생각에 이미 청소년 대회에서 우승한 경력도 꽤 되었던 그녀였다. 그러나 세계대회에서 예선 탈락하고 기가 죽어 있던 어느 날, 운동을 마치고 남녀 합반인 반에 들어오는데 한 반에 있던 저질 변태 같은 남학생 하나가 떠드는 것을 우연히 듣게 되었던 것이다.

"유춘봉 말이야, 그런 애를 누가 좋아하겠냐? 고추만 없지 남자나 마찬가지인데……. 남자답게 굴지 않으면 너희들 유춘봉이랑 결혼한다. 그럼 남자랑 사는 거야, 히히히……."

춘봉이 기억에 생생한 옛날이야기를 다 늘어놓자 규하는 춘봉과 한 반이었다는 그 남학생을 만나면 목을 졸라주겠다고 자기도 모르는 사이에 주먹을 불끈 쥐었다.

"태권도를 한다고 남자들이 싫어할 거라는 건 편견에 불과해."

규하는 중얼거렸다.

바로 내 자신이 태권도 소녀인 널 좋아하고 있으니까.

술을 처음 마셔보는 것 같은 춘봉은 맥주 한 병에 혀가 꼬이기 시작하더니 몇 병 더 마시지도 못하고 금방 곯아떨어졌다. 규하는 테이블에 팍 엎드려 자고 있는 춘봉이 너무나 귀여우면서도 한편 안타깝게 느껴졌다. 나중에 딸을 낳으면 이런 느낌일까?

규하는 춘봉을 들쳐업었다. 축 늘어진 춘봉은 생각보다 가벼웠고 그 가벼움이 규하의 가슴에 안쓰러움으로 남았다. 내일부터는 몸무게를 늘리도록 밥을 많이 먹여야겠다고 다짐하며 규하는 도장으로 향했다.

9

"이상형이 누구야? 내가 사인 받아줄까?"

며칠 후 방송국에 갈 일이 생긴 규하는 재킷에 팔을 꿰며 춘봉에게 떠보듯이 물었다. 그러나 정확한 대답 같은 것은 기대하지 않았다. 그저 그녀의 마음을 알고 싶을 뿐이었다.

"이상형이요? 그런 거 없어요."

그러나 설레설레 고개를 저으면서도 속으로는 실패한 첫사랑에 대해 생각하고 있다는 것을 규하는 슬쩍 보기만 해도 알 수 있었다. 규하는 별 것 아닌 질문에 입술을 꼭 깨물고 눈에 눈물이 그렁그렁 맺힌 춘봉을 이상하다는 듯이 쳐다보았다.

규하가 고개를 갸웃거리며 열심히 그녀를 관찰하고 있는데 갑자기 춘봉이 숙이고 있던 고개를 팍 쳐들었다. 나 같은 걸 누가 좋아하겠어!

결심하듯 춘봉이 선언했다.

"그냥……. 날 좋아하는 사람이 바로 이상형이에요!"

그녀의 말에 규하는 왠지 가슴이 콱 메는 기분이었다.

172

아직 자신이 얼마나 빛나는 보석인지 알지 못하고 있군. 규하는 속으로 생각했다.

"방금 그 말을 해석하면 일단 아무나 좋다 이거네?"

규하는 낮은 목소리로 말했다.

그녀가 괜찮다고만 하면 규하는 언제라도 그녀에게 사귀자고 청할 의향이 있었다. 그러나 춘봉은 멍하니 시선을 다른 곳에 못 박은 듯 고정한 채 규하의 말은 전혀 듣고 있지 않는 것 같았다.

"상냥한 건 다 속셈이 있기 때문 아닌가요? 이런 말, 지금 듣고 싶은 대답은 아니겠죠?"

춘봉은 못 들은 셈치겠다는 듯이 손을 휘저으며 말했다.

"그, 그래……."

떨떠름한 기분으로 가볍게 대답했지만 속으로 규하는 자신을 전혀 남자로 보지 않는 것 같은 춘봉의 태도에 무척이나 실망스러운 기분이었다.

"나도 따라가면 안 돼요? 혼자 있기 심심한데, 방송국 구경이라도 할래요."

규하는 고개를 끄덕였지만 혹시 방송국에서 잘생긴 모델이라도 만나 좋다고 따라가 버리지는 않을까 내심 걱정이 되었다.

"좋아."

1시간 후 그들은 규하의 차를 타고 방송국으로 향했다.

"힘내."

운전대를 잡은 규하가 나머지 한 손으로 춘봉의 어깨를 두드렸다.

"……."

그러나 시무룩해 보이는 춘봉의 입에서는 다른 말은 나오지 않아 규하는 춘봉의 우울함이 언제까지 가게 될지 걱정스러웠다.

드디어 방송국에 도착했을 때 춘봉은 입을 떠억 벌렸다. 정문에 들어서자마자 신인 아이돌 그룹을 만나기 위해 10대 여학생 팬들이 인산인해를 이루고 있는 모습을 맞닥뜨렸기 때문이었다. 그러나 그들과는 달리 규하와 춘봉은 출입 허가증으로 유유히 정문을 통과했고 아이들은 부러워하는 시선으로 그들을 바라보았다.

규하는 스튜디오에 들어가 무대에서 가장 가까운 방청석 자리를 잡아 춘봉을 앉혔다. 춘봉은 이것저것이 모두 신기한지 입을 헤 벌리고 주변을 살펴보느라 정신이 없었다. 옆으로 얼굴이 익은 탤런트 하나가 지나가자 그녀의 눈이 휘둥그레졌다.

"너 꼭 여기 앉아 있어야 해. 알겠지?"

규하는 신신당부를 했다. 견학 온 학생들 등 북적거리는 인파 속에서 춘봉이 묻히면 제 아무리 눈썰미 좋은 그라고 할지라도 도저히 찾을 방도가 없었던 것이다.

"네."

얌전히 대답하며 춘봉은 고개를 끄덕였다.

그러나 가만히 앉아만 있을 그녀가 아니었다. 규하의 방송 대담이 시작되자 춘봉은 슬그머니 자리에서 일어나 다른 스튜디오로 걸어갔다.

프로듀서들과 이야기를 나누는 사이에 몇 번이고 규하는 방청석에 앉아 있는 춘봉을 확인했다. 춘봉이 슬그머니 움직이기 시작하는 것을 보았지만 방송을 펑크낼 수 없어 어쩔 수 없이 꾹 참고 있을 수밖에 없었다.

어휴, 저걸 그냥…… . 끝나면 가만 안 둔다!

춘봉은 여기저기 화려한 무대 세트에 놀라 입이 딱 벌어졌다. 한창 인기리에 방영중인 시트콤을 찍는 녹화 장면이며 또 정교한 세트에 춘봉은 커다래진 눈으로 여기저기를 종종걸음으로 뛰어다녔다.

"어머! 춘봉이, 너!"

무대 위에 있는 토크쇼 패널 모델들 뒤에 서 있는 사람은 바로 유진이었다. 유진은 영문 로고가 새겨진 나염 배꼽 티에 짧은 치마, 화사한 화장으로 정말 예쁜 모습이었다. 지금 유진은 패션 트렌드를 설명하는 프로 그램에 배경 모델 씬을 막 마치고 무대에서 내려오고 있는 중이었다.

"너 모델 같아 보인다, 야!"

"나 모델 맞다니까 그러네."

이제 막 촬영이 끝났다고 말하며 무대에서 내려온 유진은 분주히 그 자리에서 옷을 갈아입었다. 이상하게 쳐다보는 춘봉을 보며 그녀는 아직은 단역이라 따로 분장실이 없어서 그런다며 설명해주었다. 그럼에도 춘봉의 눈에는 유진이 너무나 대단해 보였다.

"그런데 여긴 어떻게 들어왔어? 방송국은 원래 일반인은 함부로 못 들어오는 곳인데……. 웬일이야?"

유진은 춘봉을 위아래로 쓱 거들떠보며 물었다.

"우리 사범님이 오늘 방송 출연하신다고 해서, 방송국 구경 삼아 한번 와봤당게."

자랑하듯 춘봉이 건너편 스튜디오에서 촬영중인 규하를 손가락으로 가리켰다. 춘봉이 가리키는 손가락 끝을 주욱 따라가 본 유진의 눈이 휘둥그레졌다.

"저기 혹시……. 제규하 선수 아니니?"

유진이 재빠르게 작은 목소리로 춘봉에게 속닥거렸다.

춘봉의 말대로 스튜디오 무대 위에 앉아 있는 규하는 태권도 전문가로서 참석하여 패널들과 열심히 토론하고 있는 중이었다. 카메라가 그에게서 다른 쪽으로 돌아간 사이, 방청석에서 춘봉을 발견한 규하는 방송중이라 소리는 내지 못하고 얼른 그녀 쪽을 향해 열심히 손짓을 해보였다. 그 자리에 움직이지 말고 그대로 있으라는 제스처였다.

그때 누군가와 이야기를 나누고 있던 춘봉이 규하를 돌아보았다. 그들의 눈이 마주쳤다.

춘봉의 눈이 잠시 그에게 머물더니 긴장한 듯한 수줍은 미소를 지어보였다. 규하는 그녀의 미소가 어떤 의미인지 알 수 없었다. 그러나 그

순간 뻥 뚫린 그의 가슴에 성난 파도가 밀려들어 가슴속을 가득 메우는 듯했다.

마치 그의 두려움과 욕망을 전부 알고 있는 듯한, 그래서 그에게 위안과 기쁨을 가져다줄 것만 같은 눈. 순간 그는 지금 방송중이라는 것도 잊어버렸다.

간신히 자신을 추스른 그는 그녀를 향해 달려가고 싶어 발을 가만히 있지 못하고 테이블 아래에서 까딱까딱하고 있었다.

등을 조금 뒤로 빼고 다시 한 번 그녀를 바라보았다. 못생겼다고만 생각했던 춘봉의 얼굴은 보면 볼수록 귀여웠고 작은 눈은 너무나 맑고 초롱초롱 빛나서 밤하늘의 별을 보는 것 같은 착각이 들 정도였다. 입은 조금 큰 편이었지만 도톰하고 탐스러워서 규하는 문득 그녀의 입술에 키스하고 싶은 강한 충동을 느꼈다. 그러나 그랬다간 바로 명치를 강타하는 발차기가 들어올 것이라는 것을 누구보다 더 잘 알고 있었다.

규하는 춘봉이 자신을 향해 금붕어처럼 뻐끔뻐끔 무슨 말이라도 해주기를 원했지만 춘봉은 그저 바라보기만 할 뿐 아무 말도 하지 않았다.

문득 누군가가 자신을 쳐다보고 있는 듯한 느낌에 고개를 돌린 춘봉은 방송국 스튜디오 무대에 멋지게 앉아 있는 규하와 시선이 마주쳤다.

잠시 그의 시선을 바라보던 춘봉의 입술에 자기도 모르는 사이에 살짝 미소가 스치고 지나갔다. 키가 크고 넓은 어깨를 가진 규하를 쳐다보았다. 새삼스럽게 그가 더 멋지게 느껴졌다. 자신의 이런 마음에 춘봉은 스스로 조금 놀랐다. 그 전에는 그저 태권도를 매개로 연결되어 있는 공식적인 관계였을 뿐이었다.

그런데 언제 이런 마음이? 춘봉은 기억을 더듬어보았다. 초등학교 동창회 사건 이후 상심해 있던 그녀를 다정하게 위로해주고 상현을 만나기 위해 멋진 여자가 되는 것을 도와준 그였다. 그러나 그런 마음을 쉽게 인정하기는 싫어 춘봉은 일부러 어깃장을 댔다.

"내가 아기인 줄 아나?"

춘봉이 입이 불어 퉁퉁거리며 투덜대자 유진은 규하와 춘봉을 번갈아 바라보며 다시 한 번 눈을 휘둥그렇게 떴다.

방송이 끝나고 규하는 서둘러 춘봉이 있는 쪽으로 다가왔다.

"길 잃을까 봐 걱정하는 거예요? 쳇!"

춘봉이 퉁퉁거렸다.

춘봉의 말에 유진은 의아한 시선으로 춘봉을 돌아보았다.

"너 제규하 선수랑 아는 사이니?"

유진이 혹시나 하는 듯한 얼굴로 묻자 춘봉은 아무렇지도 않게 고개를 끄덕였다.

"우리 사부님이셔."

"아, 맞다. 너 태권도 했으니까……."

그들의 사이를 가늠해보며 유진은 이제 그 이유를 알겠다는 듯 그러면 그렇지 하는 미소를 지었다. 한편 춘봉은 태권도를 했다는 사실이 마치 여자로서 큰 흠이라도 되는 듯이 유진이 말하자 마음에 상처를 입었다.

"그런데, 아주 잘 아는 사이야? 많이 친해?"

새침하던 유진이 갑자기 말이 많아졌다. 춘봉은 그간의 사정에 대해 유진에게 모두 설명하기도 귀찮고 또 난처해서 얼버무렸다.

"으응……. 그냥 조금."

"하지만 제규하 선수라……."

유진은 신기하다는 듯 춘봉을 돌아보며 말했다.

"너 갑자기 다르게 보이는데?"

유진은 만면에 웃음을 띠고 춘봉을 바라보았다. 입꼬리가 살짝 올라간 유진의 가식적인 웃음에 춘봉의 마음 한편이 저울처럼 무거워졌다.

"우리 사범님이 원래 그렇게 유명하신 분이야? 물론 올림픽 금메달리스트인 것은 알고 있지만."

춘봉이 순진하게 물었다.

"그럼 넌 모르는 거야? 제규하 선수가 어떤 사람인지?"

믿을 수 없다는 듯 유진이 어깨를 으쓱했다.

"물론 어느 정도 알고 있기야 하지만……. 이렇게 방송에도 출연하니 쫓아다니는 여자들이 많겠지?"

춘봉은 그렇게 말하면서도 정말 그럴 것이라는 생각이 들자 왠지 마음 한구석이 싸늘해지는 것 같아서 별로 기분이 좋지 않았다.

"당근. 태권도 금메달리스트에 모델까지 했으니……. 모르는 사람이 더 이상한 거 알지? 여자한테 엄청 인기 있고, 전에 나도 제규하 선수와 광고 촬영을 같이 한 적 있어. 물론 그때도 단역이긴 했지만……. 말하는 것도 말투도 아주 가차없어서 다가오는 여자들을 하나같이 상처 입히고 울려버린다고 하던데……. 그런데 무슨 일이야? 왜 갑자기 제규하 선수에 대해 묻는 거지? 사실 묻고 싶은 건 난데 말이야."

"아, 아니야……."

춘봉은 황급히 마음을 숨기며 유진의 시선을 피했다.

"왜 그래?"

유진이 달콤한 목소리로 물었다.

춘봉은 두 눈을 질끈 감았다. 마치 사람의 마음을 조종하기라도 하는 듯이 유진이 그런 목소리를 내면 아무것도 숨길 수가 없었다.

"얘, 언제 한번 놀러갈게. 너희 도장에."

유진이 속삭이자 춘봉은 바짝 긴장했다. 아름답게 반짝이는 유진의 눈을 보며 춘봉은 아무리 목석 같은 규하라 해도 그녀처럼 예쁜 여자 앞에서는 별 수 없을 것이라는 생각이 들었다. 그러자 왠지 규하가 걱정스러워졌다.

방송이 끝나자마자 규하는 서둘러 춘봉이 있는 쪽으로 다가왔다.

“가만히 앉아 있으라고 했지?”

헐레벌떡 뛰어온 규하가 핀잔을 주자 춘봉은 이상하게 심장이 두근거리면서 얼굴이 발그스름해졌다. 그러나 그런 마음을 숨기기 위해 더 퉁퉁거렸다.

“길 잃을까 봐 걱정하는 거예요? 쳇!”

톡 쏘는 듯한 춘봉의 말에 유진은 의아한 시선으로 춘봉을 돌아보았다.

“요 녀석아, 어디를 갔던 거야? 걱정했잖아?”

규하가 퉁박을 주자 춘봉은 새침하게 모른 척했다. 그녀에 대한 걱정에 그가 마치 뒤를 졸졸 쫓아다니는 아빠 새 같아 춘봉은 풋, 웃음이 나왔다.

“내가 어린애예요? 뭘 그렇게 호들갑이에요?”

춘봉이 톡 쏘며 핀잔을 주자 규하의 얼굴이 험악하게 일그러졌다. 춘봉의 옆에서 가만히 지켜보고 있던 유진이 간드러지는 목소리로 인사를 했다.

“안녕하세요? 춘봉이 단짝 친구, 강유진이라고 합니다.”

언제부터 네가 내 단짝이었냐? 유진의 말에 춘봉은 심사가 배배 꼬였지만 별 수 없었다.

“아, 네. 안녕하십니까?”

“그동안 춘봉이에게 이야기 많이 들었어요.”

유진이 살짝 눈꼬리가 올라가는 눈웃음을 지었다.

난 별로 한 이야기 없는데? 춘봉이 샐쭉하니 입가를 올리면서 유진을 쳐다보았다.

“……저는 평소에 태권도에 무척 관심이 많았어요. 그런데 배울 곳이 마땅치 않아서……. 언제 한번 가르쳐주실 수 있으신가요?”

유진이 매력적인 웃음을 흘리며 그윽한 시선으로 규하를 바라보았다.

“도장이야 많이 있는데요, 뭘.”

규하가 별 생각 없이 대꾸하자 유진의 표정이 살짝 일그러졌다.

"그래도, 으응……."

유진이 콧소리를 내며 말했지만 규하는 온통 춘봉만을 바라보느라 정신이 없었다. 그러자 유진이 멍하니 서 있는 춘봉의 옆구리를 콕 찔렀다.

춘봉이 퍼뜩 정신을 차리고 규하에게 마지못해 덧붙였다.

"아? 으응. 그래요. 사부님. 부탁드려요"

"흐음……."

규하는 춘봉의 눈치를 살폈다. 무엇이 못마땅한지 춘봉은 입이 부루퉁한 모습이었다. 그가 친구에게 태권도를 가르쳐주어야 한다고 생각하는 모양이었다. 규하는 큰 대회를 앞두고 있으면서 무슨 친구를 챙기느냐고, 네 일이나 먼저 잘하라고 호통을 쳐주고 싶었다. 그러나 계속 우울해 있는 그녀가 아니었던가.

"아, 네……."

어쩔 수 없이 그가 고개를 끄덕이자 춘봉의 얼굴에 그늘이 드리워졌다. 춘봉의 마음을 읽지 못해 갑갑함을 느끼며 규하는 코맹맹이 소리로 아양을 떠는 유진과 춘봉을 번갈아 바라보며 춘봉의 눈치만 보았다.

집으로 오는 내내 차 안에서 춘봉은 창 밖만 바라보며 규하에게는 한마디도 건네지 않았다.

"왜 그래?"

규하는 춘봉의 차가운 태도가 못내 이상해서 물었지만 춘봉은 고개만 절레절레 저을 뿐이었다.

"내가 공기야? 왜 그렇게 무시하는 거야?"

규하가 약간 상처받은 얼굴로 이야기했지만 춘봉은 콧방귀도 뀌지 않았다.

규하는 마음이 불편해졌다. 나름대로 우울해 있는 춘봉의 기분을 띄우기 위해 방송국까지 데려갔는데 기분이 나아지기는커녕 오히려 더 안 좋아졌다니.

"그래, 앞으로도 마귀할멈처럼 우중충하게 계속 그러고 있으라고. 난 신경 쓰지 않을 테니. 이제 날 공기라고 생각해. 나도 그럴 테니."

신경질적으로 그가 말을 내뱉었지만 춘봉은 여전히 묵묵부답이었다. 그러든지 말든지.

도장에 도착하자마자 후다다닥 위층 자신의 방으로 돌아온 춘봉은 시큰둥한 표정으로 규하의 눈앞에서 방문을 쾅, 소리나게 닫아버렸다. 그리고 나서 침대에 엎드려 폭신한 베개에 얼굴을 묻었다. 춘봉은 혼란스러운 마음을 진정시키느라 죽을 지경이었다.

뭔가 불안해. 알 수 없는 내 마음이며 도무지 종잡을 수 없는 기분이.

불길한 예감은 꼭 들어맞는다더니 다음 날 춘봉의 예상은 적중했다.
"춘봉아!"

드르륵, 강무제 도장 문을 연 사람은 바로 전날 만났던 유진이었다. 유진은 도장 문을 열고 춘봉을 부르며 슬그머니 안으로 들어왔다.

번쩍번쩍하는 액세서리와 화려한 옷차림의 유진을 보고 도장에 있던 수십 명의 수련생들의 시선이 모두 집중되었다. 유진은 그런 시선을 받는 것에 익숙한 듯 태연하게 잠시 두리번거리더니 저만치 앉아 있는 춘봉을 찾아내 옆으로 다가왔다.

"어……."

춘봉은 유진과는 사뭇 대조되는 모습이었다. 괜히 어제 저녁 규하에게 짜증을 내고 스스로도 기분이 편치 못해 제대로 잠을 못 자 부스스한 얼굴이었던 것이다. 문득 자신의 모습이 얼마나 유진과 비교될지를 생각하자 초라한 기분이 들었다.

운동이 끝난 시간이라 그렇지 않아도 정신이 없는 와중에 갑작스러운 유진의 등장으로 수련장은 삽시간에 웅성거리는 시장판으로 돌변했다.

　나중에 규하가 모든 책임을 그녀 탓으로 돌릴 것 같아 춘봉은 얼른 유진을 데리고 도장 이층에 있는 자신의 방으로 올라갔다. 잠시 후 소란스러운 도장의 소리를 듣고 뒤뜰에서 수련 중이던 규하가 도장으로 들어섰다. 규하의 등장으로 도장의 시끄러운 소리가 쥐 죽은 듯이 딱 멈추었다.

　"무슨 일이지?"

　규하가 묻자 수련생 하나가 이층을 가리켰다. 규하는 춘봉의 방이 있는 도장 이층으로 올라섰다.

　"누구 오셨어?"

　"어, 사부님."

　"어머, 안녕하세요?"

　규하를 보며 공손하게 인사하는 유진을 보며 춘봉은 마음이 왠지 착잡해졌다.

　"저도 원래 태권도에 관심이 많았는데 춘봉이가 운동하는 모습을 보니 너무 좋네요. 그래서…….."

　유진은 뜸을 들이며 규하의 눈치를 살폈다. 도복 차림의 규하는 너무나 섹시해 보였다. 규하의 탄탄한 가슴 근육을 가늠해보는 듯 위아래로 훑어보는 유진의 모습을 보며 춘봉은 왠지 모르게 속이 탔다.

　"이번 기회에 꼭 태권도를 배워보고 싶어서요. 잘 부탁드려요."

　유진의 부탁에 규하는 가볍게 고개를 끄덕였다.

　"하지만 쉽지 않을 텐데요."

　그가 단서를 달았지만 유진은 쉽게 포기할 기색이 아니었다.

　"잘할 수 있을 거예요. 열심히 하겠습니다."

　꾸벅 허리를 굽혀 공손하게 절하는 유진을 보며 규하는 마음이 불편한 듯 흠흠, 헛기침을 하더니 하던 운동을 끝마치기 위해 대나무 숲길을 향해 달려가 버렸다.

　"같이 살고 있기에 네 남자친구인 줄 알았다."

규하가 저만치 멀어진 것을 확인하며 유진은 떠보듯 조심스레 춘봉에게 말을 던졌다.

"뭐? 남자친구?"

춘봉은 화들짝 놀라 유진을 바라보았다. 그리고 유진의 얼굴에 스쳐가는 의심의 빛을 찾아내며 한 발짝 뒤로 물러섰다.

"아니야!"

춘봉의 강한 부정에 유진은 만족스러운 미소를 입가에 걸었다.

"그럼 뭐야? 왜 도장에서 함께 지내는 거야?"

"그, 그건 사정이 있어서."

춘봉은 유진에게 그간의 일을 다 주절주절 늘어놓고 싶지 않아 얼버무렸다.

유진은 춘봉의 사정에 대해서는 별로 궁금하지 않다는 듯 슬그머니 화제를 돌렸다.

"그럼……."

춘봉은 유진의 입에서 무슨 말이 나올지 궁금해서 침을 꼴깍 삼켰다. 항상 자신에게 조금 무리한 부탁을 떠넘기던 유진이 아니던가. 이번에는 그 천사 같은 얼굴로 또 어떤 어려운 부탁을 해올지 몰라 춘봉은 마음 한 구석이 불편해왔다.

"얘, 운동 좀 해보자. 난 예전부터 태권도가 너무 좋았어."

유진은 하려던 말을 꿀꺽 삼켰다. 그새 규하가 땀에 흠뻑 젖은 모습으로 도장에 들어서고 있었던 것이다.

"그럼, 도복으로 먼저 갈아입어."

춘봉은 자기도 모르게 무뚝뚝한 목소리로 말했다.

춘봉이 가르쳐준 탈의실로 들어간 유진은 일부러 한 치수 큰 도복을 골라 갈아입었다. 어깨선이 축 늘어지고 소매가 손등을 덮고 있는 도복을 입고 있는 유진은 같은 여자인 춘봉이 보기에도 감싸주고 싶을 만큼 여리고 가냘파 보였다.

모델이라 그런지 역시……. 춘봉은 남자에게 어떻게 보여야 하는지 그 방법을 정확히 꿰뚫고 있는 유진이 감탄스러웠다. 문제는 그 대상이 바로 춘봉의 사부인 규하라는 데 있었지만.

"사부님. 태권도 좀 가르쳐주세요."

콧소리를 섞어 쓰며 유진이 규하에게 다가섰다.

"자, 준비 자세부터. 이렇게 발을 11자로 만들어 서봐요."

규하가 친절하게 유진을 지도했다.

선선히 그의 말에 따라 자세를 만들어보던 유진은 규하의 말이 잘 이해되지 않는다는 듯 고개를 갸웃하며 그를 올려다보았다.

고양이 눈처럼 끝이 뾰족한 유진의 눈이 자신을 향하자 규하는 마음이 불쾌해졌다. 그래도 스승인데 전혀 경건하지 못한 모습이군.

"잘 모르겠어요."

유진이 몸을 앞으로 기울였다. 규하는 그녀의 말을 잘 들으려고 머리를 앞으로 기울였다. 그러자 도복 속에 아무것도 입지 않아 그녀의 젖가슴이 훤히 들여다보였다.

얼른 고개를 모로 돌리며 규하는 다시 한 번 준비 자세를 취해 보였다.

"이렇게요."

"알겠어요. 아이 참, 이렇게 하는 거구나! 난 왜 이렇게 바보 같을까?"

유진은 주먹으로 자신의 머리를 콩 하고 살짝 쥐어박았다.

그런 유진의 모습에 춘봉은 입이 떡 벌어졌다. 태권도를 본격적으로 시작한 것도 아니고 겨우 준비 자세 하나에 30분을 잡아먹고 온갖 애교를 다 떨고 있다니, 유진의 속셈이 순수하게 태권도를 배우는 데 있지 않다는 것에 춘봉은 전 재산을 걸어도 좋다고 생각했다.

"오늘은 여기까지 하죠."

한 시간 뒤, 겨우 준비 자세와 주먹 지르기 하나를 가르치고 진이 다

빠진 것 같은 얼굴로 규하가 오늘의 훈련을 마치자 갑자기 유진이 펄쩍 뛰어오르듯이 하며 그의 팔에 매달렸다.

"나 잘했어요?"

우, 저놈의 닭살, 닭살, 꼬끼오오! 춘봉은 유진의 콧소리가 잔뜩 섞인 목소리에 온몸에 소름이 쫙 끼쳤다.

팔짱을 끼는 바람에 도복의 옷깃 사이로 그녀의 가슴골이 선명하게 드러나자 규하는 흡, 급하게 숨을 들이마셨다.

어이가 없었다. 춘봉은 어제부터 퉁퉁 불어 눈도 마주치지 않으려고 하고 그녀의 친구라는 철없는 아가씨는 아무리 봐도 진지하게 태권도를 배우려는 자세가 보이지 않았다. 애교가 철철 넘쳐 도장의 분위기가 밝아지는 것은 좋았지만 어디까지나 강무제는 태권도를 배우고 몸과 마음을 수련하는 것에 1차적인 목적이 있었으므로 규하는 춘봉에게 그랬던 것처럼 유진에게도 도장 청소 일을 하라고 지시했다.

"네."

유진이 얌전하게 대답하는 것을 보며 춘봉은 돼지우리를 방불케 했던 유진의 방을 떠올렸다. 과연 유진이 규하가 시키는 대로 청소를 제대로 할 수 있을까 하는 생각에 춘봉은 괜히 안절부절못했다.

"제규하 선수, 아니 규하 씨라고 해야 하나, 내게 관심이 있는 것 같아."

그날 저녁, 침대 체질이어서 바닥에서는 잘 수 없다는 말로 당연하다는 듯 단번에 춘봉의 침대를 빼앗은 유진은 일부러 목소리를 내리깔아 확신한다는 뉘앙스를 풍겼다.

"언제부턴가 종종 그와 눈이 마주쳐. 내가 그를 볼 때마다 그는 황급히 고개를 돌리고 다른 곳을 보는 척하는데. 풋! 좀 귀여워. 왠지 느낌이 이상해서 고개를 돌리면 어김없이 시선이 마주치거든? 날 몰래 주시하고 있나 봐. 그것은 곧 내게 관심이 있다는 뜻이 아니겠니? 너도 날 도와줄 거지?"

유진의 말을 듣고 춘봉은 왠지 가슴 한편이 아려왔다. 춘봉이 대답하지 않자 유진은 춘봉에게 아양을 부렸다.

"네가 좀 도와주었으면 좋겠어."

춘봉은 마지못해 고개를 끄덕일 수밖에 없었다.

왜 나는 유독 여자한테 약한 걸까?

바닥에 이불을 깔고 잠을 청하면서 춘봉은 앞으로 유진과 규하 사이에 무슨 일이 일어날까 하는 생각에 내내 꿈자리가 뒤숭숭했다.

처음 몇 날은 규하에게 잘 보이려고 해서 그런지 유진은 열심히 청소를 하는 것처럼 보였다. 그러나 남자들에게 인기가 많은 것은 도장 안에서도 마찬가지여서 수련생들 몇몇은 유진의 손에서 기어코 빗자루를 빼앗아 대신 청소를 해주었다. 그러나 그것은 규하가 없을 때에만 유진이 허락하는 것이어서 규하는 유진의 일을 다른 사람들이 대신 해주고 있다는 것을 꿈에도 알지 못했다. 춘봉은 호호 하는 웃음소리에 넋 나간 듯 유진을 쳐다보는 수련생들을 보며 설레설레 고개를 저었다. 운동이 끝난 후 유진은 규하가 자신의 운동을 위해 뒤뜰 대나무 숲으로 사라지면 어김없이 춘봉에게 빗자루와 밀걸레를 넘기곤 했다.

"아아, 오늘은 조금 피곤해서."

유진이 도장에 온 지 3일째, 춘봉은 조금씩 지쳐가고 있었다. 유진과 함께 사는 악몽은 담양에 내려간 이후 완전히 끝난 줄 알았다.

저 계집애와는 도대체 무슨 인연이 이리도 질긴지…….

이제 유진이 자신에게 할당된 일을 모두 그녀에게 떠넘기는 바람에 춘봉은 유진이 오기 전보다 오히려 두 배는 많은 일들을 해야 했다.

"춘봉이랑 대련해보고 싶어요."

유진이 청하자 규하는 못마땅한 듯 춘봉을 바라보았다.

왜 저런 시선으로 날 본담?

원래 초급자와 유단자는 함께 겨루기를 하지 않는 법인데 그것을 까맣게 모르는 유진이 춘봉과의 겨루기를 원하는 것이었다.

춘봉은 규하가 왜 자신을 그런 마뜩치 않은 시선으로 바라보는지 감을 잡고 기분이 우울해졌다. 유단자인 자신에 비하면 이제 겨우 발차기를 배우고 있는 유진은 햇병아리나 다름없었다. 그러니 진짜로 하지 말고 살살 봐주면서 하라는 뜻 같았다.

규하의 표정에서 그런 뜻을 읽은 춘봉은 기를 쓰고 덤벼드는 유진에게 마냥 얻어맞고 일부러 공격을 피하지도 않았다.

"야압!"

초보이긴 했지만 유진의 발차기나 주먹 지르기에는 꽤 힘이 들어가 있어 아팠다. 그렇지만 그들의 겨루기를 지켜보고 있는 규하의 표정을 보니 진지하게 겨루기에 임했다가는 큰일이라도 날 것 같았다.

사실 동네 깡패도 혼내준 적 있는 춘봉으로서는 유진을 혼내주는 건 누워서 껌 씹기였다. 하지만 문제는 그녀가 정말 한 대라도 때렸다가는 유진이 어떤 식으로 나올지 뻔하다는 것이었다. 울고불고 자기 뜻이 이뤄지지 않으면 도장 바닥에서 데굴데굴 굴러버리는 것도 예상되는 일 중 하나였다. 게다가 춘봉은 규하가 유진을 바라보는 시선이 자꾸만 마음에 걸려 유진의 무차별 공격도 제대로 막지 못하고 있었다. 차마 유진을 공격하지도 못하고 춘봉은 결국 투닥투닥 유진의 마구잡이 공격을 고스란히 얻어맞고 있었다.

지켜보고 있던 규하가 갑자기 한쪽 손을 올려 겨루기를 중지시켰다.

"이제 그만."

스스로가 생각해도 엉망진창, 한심하기 그지없는 겨루기였다. 춘봉은 그의 눈에 자신이 얼마나 바보 같아 보일지 충분히 알 수 있었기에 그의 입에서 무슨 말이 튀어나올지 조마조마했다.

"유춘봉! 똑바로 못해!"

그것은 뜻밖이었다.

"너 지금 뭐 하고 있는 거야? 네 살 먹은 꼬마라도 그 정도는 하겠어!"

규하의 호통에 춘봉은 찔끔했다. '그럼 나더러 어떡하란 말이에요?'라고 묻고 싶은 것을 억지로 참으며 입술을 깨물었다.

"사부님, 나 잘했죠?"

그러나 모든 사건의 원흉인 유진은 애교를 부리고 있었다. 그리고 춘봉에게 했던 것과는 반대로 규하는 유진에게 잘했다며 칭찬을 해주었다. 다시 한 번 춘봉을 바라본 규하가 그녀에게 기합을 주었다.

"정신 차릴 때까지, 정권 단련 삼백 번!"

억울했다. 하지만 유진은 자신의 친구였고 지금 이렇게 된 상황에는 자신의 책임도 있었으므로 어쩔 수 없다고 생각한 춘봉은 길게 한숨을 내쉬었다.

그 후, 규하는 뒤통수에도 눈이 달렸는지 춘봉이 조금만 정신을 다른 곳에 두고 있으면 금방 알아채고 불호령을 내리곤 했다. 그리고 어김없이 기합이 이어졌다.

"쪼그려 뛰기 백 번!"

유진의 기본 자세를 잡아주고 있는 규하의 뒷모습을 힐끔 훔쳐보며 춘봉은 어쩌다 자신의 신세가 이렇게 되었나 하는 생각에 슬며시 눈물도 새어나왔다.

"잘했어요. 바로 그렇게!"

유진을 칭찬하는 규하의 목소리에 춘봉은 기분이 더러워졌다. 그녀가 힘든 기합을 받고 있을 때 유진은 까르르 웃음을 터뜨리며 규하에게 매달렸다. 힐끔 보니 그도 진드기처럼 달라붙는 유진이 그렇게 싫지만은 않은지 입가에 웃음을 달고 있었다. 춘봉의 속에 왠지 모를 불길이 화르르 솟아올랐다.

"늙은 두꺼비!"

그날 밤, 춘봉은 이불을 확 뒤집어썼다.

"으스대는 걸음걸이며 너무 싫어!"

규하는 춘봉의 친구라는 유진이 지나치게 자신에게 관심을 표시하는 것을 좋아해야 할지 싫어해야 할지 난감하기 짝이 없었다.

유진이 아예 짐을 싸들고 도장 2층에 있는 춘봉의 방에 함께 머무르게 된 후, 춘봉은 눈에 띄게 그에게 냉랭해졌다. 그런 춘봉이 의식되어 규하는 요즘 컨디션 관리가 무척이나 힘들었다. 춘봉에게 집중해야 할 훈련 시간을 그녀의 친구인 유진과 나누어 쓰고 있는 것도 사실 마음에 들지 않는 부분이었지만, 그녀는 춘봉의 단짝 친구라고 하고 춘봉도 유진을 받아달라고 부탁한 마당에 매몰차게 내치기도 어려운 상황이었다.

"휴우……."

규하는 춘봉이 실연 당한 후로 그녀와 조금 가까워질 수 있었던 때가 그리웠다. 둘이 함께 사이좋게 백화점에 갔던 때가 떠오르자 규하는 자신이 도대체 무엇을 잘못했길래 저렇게 찬바람이 씽씽 불도록 춘봉이 냉랭한 것인지 더더욱 마음이 갑갑해져왔다.

조만간 규하는 유진에게 따끔하게 이야기를 할 작정이었다. 춘봉의 단짝 친구라고 하니 몇 달 뒤 아시안게임 국가대표 선발 대회를 앞두고 있는 친구를 생각해서 양보해달라고. 춘봉 역시 큰 대회를 앞두고 있는 마당에 사적인 감정을 내세워 친구에게 태권도를 가르쳐달라고 하는 것은 어리석은 생각이라고 혼쭐을 내줄 생각이었다.

다음 날, 규하는 수련생들 사이에서 춘봉의 모습이 보이지 않는다는 것을 알아챘다. 훈련이 끝난 후 규하는 도장 이층으로 올라가 복도 제일 끝 방인 춘봉의 방을 찾아갔다.

햇빛이 가장 잘 드는 방으로 골라주느라 피치 못하게 그의 방과 바로 몇 걸음 차이 나지 않는 맞은편 방이 되고 말았지만 그 때문에 규하는 새벽에 들려오는 자그마한 한숨 소리라든가 혼잣말하는 춘봉의 목소리가 너무 잘 들려 신경이 쓰여 죽을 지경이었다. 게다가 어찌나 목소리가 큰지 기합 소리만으로도 그 혼잣말이라는 것이 꼭 누군가를 앞에 두고 이야기하는 것처럼 느껴져 규하는 잠을 자다가도 벌떡벌떡 일어나곤 했던 것이다.

똑똑.

나름대로 여성적인 데커레이션이라고 조그만 코르사주 하나를 붙여놓은, 하얗게 페인트칠 된 춘봉의 방을 노크했다. 그러나 춘봉 대신 유진이 방에서 빠끔히 얼굴을 내밀었다. 그리고 그에게 춘봉이 아침 일찍 나갔다고 일러주었다.

"어디 갔는지 모릅니까?"

규하가 물었지만 유진은 방긋 웃을 뿐 고개를 가로저었다.

"전화가 왔었는데 남자 목소리였어요."

힌트를 주듯이 귀띔하는 유진의 시선에 무언가 재미있다는 기색이 역력해서 규하는 은근히 그녀가 불쾌하게 느껴졌다.

"춘봉이도 없으니 오늘 훈련은 두 배로 하는 건가요? 아이, 힘들 텐데……."

유진이 규하의 팔에 자연스럽게 팔짱을 끼며 물었다.

"네?"

그녀의 목소리에 규하는 소름이 끼치는 것 같았다. 유진은 확실히 모델답게 매력적인 외모를 가지고 있었다. 그러나 그것은 단순한 겉보기일 뿐 속마음은 거기에 걸맞게 예쁘지 않다는 것은 그녀를 며칠만 겪어보면 누구라도 금세 알 수 있는 사실이었다. 춘봉과 나이가 같으면 아직 순진하고 세상물정에 어리바리한 것이 맞을 텐데 유진은 춘봉보다 갑절은 더 산 사람처럼 굴고 있었다. 규하는 애늙은이처럼 탐욕스럽게 행동하는 유진이 한심해 보였다.

"우리 둘이서 재미있게 해봐요. 네?"

유진이 순진한 척 눈을 깜박이며 말을 건넸다.

규하는 어이가 없었다. 태권도가 무슨 게임도 아닌데 '재미있게'라니. 쇠귀에 경 읽기 같은 그녀의 모습에 그저 황당할 따름이었다. 대련을 해보고 싶다는 유진의 청에 얼마 후 그들은 넓은 도장에 단둘이 마주 보고 섰다.

"자, 시작하십시오."

태권도를 시작한 지 얼마 되지 않는 유진을 위해 규하는 대련보다는 자세 교정에 더 신경을 쓰며 겨루기를 시작했다.

"야압! 얍!"

그런데 시작한 지 얼마 되지 않았음에도 유진은 어색한 발차기를 선보이며 그에게 가까이 다가와 과감히 클린치를 감행하는 것이었다.

"어머!"

너무나 부자연스럽게 그의 품에 안기는 유진을 규하는 어떻게 처리해야 할지 몰라 난감했다. 그녀를 떼어내 일으켜 세우려고 해도 막무가내로 매달려 미끄러지는 통에 정말 죽을 맛이었다. 이미 그녀가 자신을 유혹하려고 한다는 것쯤은 쉽게 파악할 수 있었다. 그러나 유진처럼 가벼워 보이는 여자는 그가 좋아하는 타입도 아니었을 뿐더러 더군다나 춘봉의 친구인 그녀에게 마음이 끌릴 이유가 없었다.

"무서워요."

도대체 무엇이 무섭다는 것인지, 규하는 속으로 혀를 찼다. 얼토당토 않는 말을 하는 것이 이 여자의 취미인 듯싶었다.

"*꺄악!*"

얼마 전에 주방에서 유진의 비명소리에 놀라 규하가 뛰어내려 가보니 유진은 손톱 만한 바퀴벌레 한 마리를 보고 세상에 있는 호들갑, 없는 호들갑을 다 떨며 방방 뛰고 있었다.

그런 유진을 보고 규하는 어처구니가 없었다. 그와는 상반되게 유진 옆에 서 있는 춘봉은 의연한 태도로 슬리퍼로 바퀴벌레를 딱 때려잡는 모습이었다. 쿨해 보이는 춘봉의 모습에 규하는 다시 한 번 춘봉이 대견하게 느껴졌다. 역시 내 제자야.

그런데 지금 그의 품에 매달려 도복 앞섶을 마치 생명줄인 양 움켜쥐고 있는 이 여자는 도대체 정신이 온전히 박혀 있는 것인지. 규하는 자신의 도복이 찢어질 것 같아 유진에게 도복을 놓으라고 말하려고 했다. 그런데 어디서 그런 힘이 솟았는지, 갑자기 유진이 엄청난 힘으로 그의 입술을 향해 달려드는 것이 아닌가.

가까운 거리에서 전혀 예상치 못하게 들이대는 그녀의 입술은 아무리 올림픽 금메달리스트인 민첩한 규하라 해도 피할 길이 없었다. 결국 그들의 입술은 맞닿고 말았고 규하는 머리카락들이 온통 거꾸로 서는 것만 같았다. 규하는 온힘을 다해 유진을 잡아떼어 가까스로 그녀와의 거리를 만들었다.

"왜 그래요! 사범님도 제게 마음이 있으시잖아요!"

유진이 거세게 항의하자 규하는 입이 떡 벌어졌다. 무슨 어이없는!

규하는 곧 감행될지 모르는 그녀의 2차 공격을 피하기 위해 유진을 도장 바닥에 내팽개치려고 했다. 그 순간 갑자기 뒤통수가 근질거리는 느낌이 들었다. 고개를 돌리고 바라보자 오 마이 갓! 춘봉이 두 눈을 시퍼렇게 뜨고 그들을 쳐다보고 있었다.

"춘봉아……."

반갑게 춘봉을 불렀지만 규하는 곧 자신이 어떤 포즈로 서 있는지 깨달았다. 가슴팍에는 3M에서 나오는 접착제보다 더 진득거리는 유진이 매달려 있고 방금 전에 그녀의 강력한 힘에 의해 충돌한 입술은 누가 봐도 그들이 키스했다는 증거를 잡아낼 수 있을 만큼 부어 있었다.

이 상황을 뭐라고 설명해야 하지? 규하는 이 곤란한 상황을 돌파할 수 있는 묘책을 찾느라 마음이 어지러웠다. 그리고 동시에 지금 눈이 평소보다 두 배는 동그랗게 커져서 쳐다보고 있는 춘봉이 그에 대해 무슨 생각을 하고 있을지 불 보듯 알 수 있었다. 변태! 자신에 대한 실망감이 어리는 춘봉의 눈길에 규하는 세상이 무너지는 것 같은 심정이었다.

"난, 그게……."

그럼에도 불구하고 무언가 변명을 하지 않으면 안 될 것 같아 규하가 입을 열었지만 뾰족한 변명은 떠오르지 않았다.

춘봉은 설레설레 고개를 저으며 즉시 몸을 휙 돌려 왔던 길로 뛰쳐나갔다.

"춘봉아!"

규하가 그녀를 부르며 세우려고 했지만 춘봉은 귀머거리라도 되는 듯 못 들은 척 휭하니 사라져버렸다. 발이 꽤나 빠른 춘봉이어서 순식간에 규하의 시야에서 벗어나 버렸다.

규하는 여태 자신의 도복을 꼭 쥐고 있는 유진을 힘주어 내팽개쳤다.

"아야!"

그렇게 세게 넘어진 것이 아닌데도 유진이 비명을 지르며 연약한 척을 했다. 규하는 유진이 꼴사납고 역겨웠다. 마음 같아서는 천하장사처럼 모래판에 거꾸로 메다꽂고 싶은 마음이었지만 그래도 여자니까 그 정도로 봐준 것이었다.

"너!"

규하가 험악하게 인상을 썼다.

"당장 짐 싸서 나가! 다시는 내 앞에 꼴 보이지 마!"

유진은 규하의 협박에 얼굴이 새파랗게 질렸다.

"사부님, 전……."

유진이 모기처럼 애처로운 목소리로 불렀지만 규하는 눈 하나 깜짝하지 않고 야생의 맹수처럼 으르렁거렸다.

"더 이상 말하지 마. 안 그랬다간 죽여버리겠어! 알겠어?"

10

"당신을 좋아해요!"

유진은 진심을 담아 고백했다.

그러나 규하의 표정은 단호했다.

유진은 자신에게 이렇게 차갑게 대하는 사람은 규하가 난생 처음이었다. 어린시절부터 새침하고 애교스러운 행동, 그리고 예쁘장한 외모 덕분에 공주님처럼 대접받으며 살아왔다. 누구 하나 자신에게 손가락질하거나 나쁜 말을 한 사람이 없었다. 그녀 주위에 있는 대부분의 남자들은 모두 그녀에게 관심을 가지고 있었다. 그녀가 부탁을 하면 모두들 그것을 들어주기 위해 동분서주했고 손가락 하나 까딱하면 모든 사람들이 그녀의 뜻대로 움직였다. 그러나 지금 위험한 분위기를 내뿜고 있는 눈앞의 남자는 전혀 그런 타입이 아니었다.

"꺼져."

그녀에게 그런 험한 말을 하다니, 유진은 믿을 수 없었다. 게다가 방금 자신이 직접 사랑을 고백하기까지 했는데.

유진은 처음 규하를 만났을 때를 떠올렸다. 그를 만난 것이 춘봉과 우연히 만났던 방송국에서가 처음이 아니었다. 그녀는 그 전에 그를 만난 적이 있었다.

서울에 올라와 모델 생활을 시작하면서 유진은 텔레비전에 잘 나오지 않는 단역을 주로 맡고 있었다. 그것도 말이 좋아 단역이지 엑스트라나 다름없는 대우였기에 몇 시간씩 계속되는 광고 촬영에서 유진은 매니저도 없이 추운 곳에서 얇은 드레스 하나만 입은 채 벌벌 떨어야 했다. 자기 스스로는 예쁜 얼굴이라고 자부하는 유진이었지만 방송국에는 날고 기는 여자들이 너무 많아 자연스럽게 주눅이 들게 되었던 것이다.

그때 휴대폰 광고의 메인 모델이었던 규하는 찬바람에 벌벌 떨고 있는 유진에게 웃옷을 벗어 건네주었다. 서로 통성명도 하지 않았고 대화도 주고받지 않았지만 당시 규하는 올림픽 금메달리스트로 유명한 사람이어서 유진은 그때부터 그에 대해 좋은 감정을 갖게 되었다.

다정한 사람이야.

그리고 그 감정은 춘봉을 핑계로 따라온 이곳 강무제에 와서 더더욱 강해졌다. 그랬는데…….

지금 그녀를 노려보며 인상을 쓰고 있는 규하의 모습은 정글 속에서 맞닥뜨린 야수 같았다. 유진은 더 이상 규하에게 자신의 수가 통하지 않을 것이라는 걸 직감적으로 알아챘다. 아무리 애원하고 졸라도 그가 자신을 여자로 보지 않을 것이라는 걸 알게 되자 유진은 미련을 툴툴 털어버렸다. 그것이 바로 상처받지 않는 유일한 방법이었다.

"잘난 척하지 마요! 기껏 해야 춘봉이 따위나 좋아하는 주제에……."

"뭐야? 방금 뭐라고 했어?"

"내가 모를 줄 알았나요? 몇 번이고 다시 말해드리죠. 춘봉이를 좋아하면 당신은 그것밖에 안 되는 사람이라고 했어요."

규하의 주먹이 부들부들 떨리고 있었다.

유진은 덜컥 겁이 났다. 하지만 그 대신 진실이 더욱더 도드라지고 확고해졌다. 그는 춘봉을 좋아하고 있는 것이다. 그 사실이 배를 잡고 깔깔거릴 만큼 우스웠지만 지금은 이곳에서 얼른 빠져나오는 것이 급선무였다. 그렇지 않으면 그의 머리끝에 불이 붙어 활활 타오를 것 같았으니까. 그때는 정말 여자라고 그녀를 봐줄 것 같지 않았다. 유진은 지금이 이곳을 떠나야 할 때임을 알았다. 보통 때 같았으면 손을 잡아달라고 했겠지만 지금 분위기가 그럴 때가 아니라는 것은 그녀가 더 잘 알고 있었다.

연예계라는 것이 눈치 하나로 먹고 산다는 말과 별반 다르지 않기 때문에 유진은 눈치 하나는 기가 막히게 빨랐다. 그래서 앞으로 브라운관을 한 손에 사로잡을 야심에 가득 차 있는 모델 강유진은 바닥에서 혼자 힘으로 오뚝이처럼 발딱 일어났다.

"다 끝났어!"

춘봉은 흐르는 눈물을 주체할 수 없었다.

"천하의 바람둥이, 여자만 밝히는 변태!"

춘봉은 담양으로 가는 기차에 타고 있었다. 지금으로서는 몇 달 뒤 있을 국가대표 선발 시합이고 뭐고 아무것도 생각하고 싶지 않았다. 그리고 도장 한가운데에서 유진과 입맞춤을 하고 있던 그의 얼굴을 어떻게 다시 본단 말인가.

더 이상 강무제에 머물러 있을 수 없다고 판단한 춘봉은 결국 그날 오후 담양으로 향하는 기차에 올라 있었다.

창 밖으로 빠르게 스쳐가는 풍경들을 바라보며 춘봉은 지난 석 달 동안 강무제에서 규하와 함께 지냈던 나날들을 떠올리고 있었다. 그러자 괜히 눈물이 났다. 춘봉은 할아버지의 기대를 저버리고 다시 낙향할 수밖에 없는 자신의 처지를 애써 외면했지만 줄줄 흐르기 시작한 눈물은 어쩔 수 없었다.

"왜 나한테는 이런 일만 생기는 거지?"

춘봉은 투덜거렸다.

오늘 아침, 상현에게서 전화가 왔을 때 춘봉은 그동안 가지고 있었던 그에 대한 감정이 많이 식어 있는 것을 깨달았다. 그다지 반갑지 않았던 것이다.

상현이 그녀에게 할 말이 있다며 만나자기에 춘봉은 조금 내키지 않은 기분으로 약속 장소에 나갔다. 오랜만에 보는 상현은 예나 지금이나 똑같은 귀공자 풍의 모습이었다. 하지만 이상하게도 상현을 대하는 춘봉의 마음이 예전처럼 두근거리지도 설레지도 않았다.

"부탁이 있어."

춘봉이 자리에 앉자마자 상현은 인사도 생략한 채 용건을 꺼냈다.

"유진이⋯⋯."

상현의 입에서 유진의 이름이 나오자 춘봉은 진절머리가 나는 기분이었다.

"요즘 연락이 안 돼. 무슨 일 있는 거니? 예전에 네가 유진이랑 친하다는 이야기를 들어서⋯⋯."

춘봉은 전에 상현이 좋아하는 사람이 있다고 말했던 것이 떠올랐다. 그게 유진이일 줄은⋯⋯. 조금 뜻밖이었다. 하지만 곧 씁쓸한 기분이 파도처럼 그녀의 심장을 덮었다. 그럼 그때 유진이 때문에 날 거절했던 거야?

어느 모로 보나 유진에게는 새 발의 피도 못 된다는 사실을 잘 알고 있는 그녀였지만 자신이 십 년이 넘게 짝사랑해왔던 상현이 좋아하는 상대가 바로 유진이고 그 때문에 자신이 거절당했다는 사실은 결코 유쾌한 일이 아니었다. 다시 한 번 춘봉의 마음이 싸늘하게 얼어붙었다.

"지금 유진이 우리 도장에 와 있어."

규하에게 꼬리 아홉 개 달린 여우처럼 살랑살랑 꼬리 치고 있는 유진의 모습이 눈에 선하자 춘봉은 갑자기 목구멍에서 쓴 물이 넘어오는 것 같았다. 우리 사부님을 잡아먹지 못해 안달이지.

하지만 상현이 상처받을까 싶어 뒷말은 꿀꺽 삼켜버렸다.

"너희 도장?"

상현이 전혀 예상하지 못했다는 듯 되물었다. 춘봉은 고개를 끄덕였다. 와서 제발 좀 데려가! 춘봉은 속으로 소리쳤다.

"그리고……."

상현은 주저했다. 이제 상현의 그런 모습은 우유부단하고 남자답지 못해 보였다.

"너 유진이랑 친하지……."

그렇지 않거든!

하지만 대놓고 말하기에는 무리가 있는 말이었기에 춘봉은 눈을 가느스름하게 떴을 뿐이었다. 도대체 상현의 입에서 어떤 말이 나오려고 저렇게 뜸을 들이는지…….

"네가 좀 도와주었으면 좋겠어."

춘봉은 얼마 전에 유진이 규하와 잘 되게 해달라며 부탁했던 것이 떠올랐다.

"네가 좀 도와주었으면 좋겠어."

그때도 유진은 지금 상현이 말하는 것과 똑같은 말을 했다. 춘봉은 유진과 상현이 혹시 정신적인 쌍둥이가 아닌지 궁금해졌다. 그렇지 않고서야 왜 자신에게 토씨 하나 다르지 않은 부탁을 하는 것인지 도무지 알 수 없었다.

쓸쓸히 도장으로 돌아오면서 춘봉은 상현에게 고백했다 거절당해 상심해 있었을 때 규하가 어떻게 자신을 위로해주었는지 떠올랐다.

"넌 멋진 아이야"라고 규하는 말했었다. 그때는 믿었다. 그의 눈속에 진심이 담겨 있었으니까. 블랙홀처럼 깊은 눈매로 규하는 진실을 이야기하고 있었다. 그래서 그의 앞에서 춘봉은 자신이 세상에서 가장 예쁜 여자로 거듭나는 기분이었다.

춘봉은 그제야 알 수 있었다. 유진이 규하에게 애교를 부리며 달라붙을 때마다 왜 기분이 그렇게도 나빴는지, 그리고 가끔씩 규하와 눈이 마주칠 때마다 화들짝 놀라 시선을 피하게 되었는지……. 그동안 까맣게 모르고 있었지만 그녀의 마음속에 어느새 그는 무시할 수 없는 커다란 존재가 되어 있었던 것이다.

춘봉은 강무제에 와서 토닥토닥 그와 싸우며 지냈던 일들을 떠올렸다. 아침밥을 하기 싫어 며칠간 계속 세 끼를 라면으로 내놨던 것이나 음료수에 살짝 간장을 붓고 또 그를 골탕 먹이기 위해 도복 소매를 바느질로 꿰매버린 일들……. 그러는 사이 저도 모르게 정이 들어버린 것이다.

내 꾀에 내가 넘어간 꼴이라니.

춘봉은 그놈의 정이라는 것이 참 무섭다고 생각했다. 이제 한 번 마음속에 들어와 버린 그를 무턱대고 내쫓을 수는 없었다. 그는 이제 그녀에게 소중한 사람이었다.

머릿속으로 규하와 함께했던 시간이 비디오를 재생하듯 처음부터 끝까지 수도 없이 반복되었다. 슬픔과 분함이 뒤죽박죽 섞여 어떻게 해볼 수가 없는데 그래도 차라리 없었던 일이라면 하는 생각은 들지 않았다. 그에 대해 기억할 것도 많았고 알고 싶은 것도 많았다. 그러나 필요 없는 기억을 자꾸 지워가지 않으면 금방 넘치게 되는 법이었다.

모처럼 좋은 기분을 가끔씩 망치는, 삭제해도 자꾸 되살아나는 성가신 기억들. 인생이라는 것이 줄자처럼 쭉쭉 빼낼 수 있는 것이라면 그날만 싹둑 잘라내 다시 연결했으면 좋겠다고 그녀는 생각했다.

창 밖으로 휙휙 지나가는 녹색 풍경을 보며 춘봉은 이제 눈물샘이 말라버렸는지 눈물도 나오지 않는다는 것을 알았다. 폭풍우처럼 그녀를 휘몰아대던 흥분이 가라앉자 이제는 씁쓸한 쓸쓸함이 밀려와 그 자리를 채웠다.

고향에서 할아버지를 만나 무엇 때문에 다시 돌아왔다고 말해야 할지 난감했다. 항상 자신에게 재능이 있다고 칭찬하며 기대하고 있는 할아버지의 마음에 대해 누구보다 잘 알고 있는 만큼 할아버지를 실망시키게 된 것이 춘봉은 무척이나 죄송했다.

"하지만……."

변명이나 하듯이 춘봉은 중얼거렸다.

도장에 들어섰을 때 유진과 딱 달라붙어 키스하고 있던 규하의 모습은 충격 그 자체였으니까. 태권도를 배우겠다는 명목 하에 강무제에 들어온 후 호시탐탐 먹이를 노리는 사악한 뱀처럼 규하를 주시하고 있던 유진이 드디어 뭔가 사고를 쳤다는 생각은 들었지만 그럼에도 그것에 좋다고 헤헤거리며 넘어가버린 규하도 밉고 원망스러웠다. 이제야 자신의 마음을 알아챘는데 기다리고 있었다는 듯 뒤통수를 치다니…….

춘봉은 뺨에 마르기 시작한 눈물을 손바닥으로 아무렇게나 쓱 닦아냈다.

"우울해……."

춘봉은 고개를 들어 하늘을 바라보았다. 그녀의 기분처럼 하늘도 금방이라도 비를 쏟아낼 것처럼 흐려지기 시작했다.

"혹시, 너……."

그녀가 고개를 돌리자 웬 낯선 남자가 앞에 서 있었다. 햇빛을 등지고 있어 남자의 얼굴은 잘 보이지 않았다.

"누구?"

춘봉이 눈을 가늘게 뜨며 남자의 얼굴을 쳐다보았다. 희미하게 어떠한 기억이 휙 스쳐 지나갔지만 똑똑히 기억이 나지는 않았다. 남자의 얼굴에 환한 미소가 번졌다.

"나야 나. 윤동섭, 기억 안 나?"

"뭐, 윤동섭이라고?"

춘봉의 머릿속에 십 년도 더 지난 기억이 스멀스멀 피어올랐다.

윤동섭, 그는 춘봉의 초등학교 동창이었다. 게다가 동섭은 춘봉과 같은 태권도 부였는데 초등학교를 졸업하고는 서울로 태권도 유학을 가 이후로 한 번도 만나본 적이 없었다.

지금 그는 예전의 모습을 간직하고 있긴 했지만 길거리에서 만나면 알아보지 못하고 지나칠 만큼 많이 변해 있었다. 물론 텔레비전의 스포츠 뉴스에 국가대표 태권도 유망주로서 얼굴을 자주 내비치기는 했지만 춘봉은 동섭의 이야기가 나올 때마다 채널을 0.01초 내로 돌려버렸기 때문에 그가 이렇게까지 변했다는 건 처음 알게 되었다.

최근 동섭은 세계 선수권 대회에서 우승하고 아직 어린 나이인데도 꽤 활발한 활동을 하고 있었다.

어린시절에는 그녀와 티격태격하며 1,2위를 다투는 라이벌이었지만 지금은 비교도 할 수 없을 정도로 앞서 나가버렸다는 사실이 그녀의 자존심을 상하게 만들었다. 그 당시 동섭은 춘봉과 남녀부 도 대회나 전국체전 같은 곳에서 서로 다투어 금메달을 목에 걸곤 했기 때문에 서로를 질투해서였을까, 둘 사이는 별로 좋지 않아 항상 보기만 하면 으르렁대곤 했었다.

"유춘봉? 그 선머슴아 같은 애를 누가 좋아하겠냐? 고추만 없지 남자나 마찬가지인데⋯⋯. 남자답게 굴지 않으면 너희들 유춘봉이랑 결혼한다. 그럼 남자랑 같이 사는 거야. 히히히⋯⋯."

그녀가 짝사랑하던 상현의 앞에서 침을 튀겨가며 그녀의 흉을 보던 그 아이, 윤동섭.

그, 변태 저질 같던 애! 춘봉은 째릿 하고 동섭을 쳐다보았다. 그때 동섭이 상현에게 그렇게 흉을 보지 않았더라면 지금쯤 상현은 자신의 애인이 되어 있었을지도 몰랐다. 물론 지금은 상현이 아니라 규하 때문에 마음이 아픈 상태이긴 했지만.

"무슨 여자애가 태권도를 한다고 설쳐대? 웃기셔…… 그래봤자 나중에는 아기 낳고 집에서 밥하고 설거지하는 아줌마가 될 거면서……."

그때 동섭이 했던 이야기 때문에 얼마나 자신이 상처받았는지 춘봉은 다시 한번 되새기고 있었다. 그러나 동섭은 그런 춘봉의 심정은 꿈에도 상상하지 못한 채 넉살 좋게 맞은편 좌석에 앉았다.

그가 자리에 앉자 그의 얼굴이 선명하게 잘 보이기 시작했다. 춘봉은 속으로 조금 놀랐다. 십 년이라는 세월은 코 찔찔이 초등학생을 넓은 어깨를 가진 멋진 청년으로 변화시켜놓았던 것이다.

지금 동섭은 송충이처럼 시커먼 눈썹이 인상적인 호남형으로 그래도 어릴 적보다는 훨씬 나아진 모습이었다. 춘봉의 이상형은 아니었지만 어쩐지 다른 여자들에게는 꽤 인기 있을 것 같은 스타일이라고 할까? 순진해 보이는 눈빛이나 성실해 보이는 눈매며 굳건한 입술……. 물론 이마에 얼핏 보이는 여드름 자국이라든지 조금 허술해 보이는 옷차림이 규하와는 비교할 수도 없을 정도였지만.

"그동안 잘 지냈어?"

동섭이 먼저 말을 꺼냈다. 춘봉은 조금 얼떨떨한 표정으로 마지못해 고개를 끄덕였다.

"응."

동섭은 아주 씩씩한 모습으로 자라 있었다. 그녀를 향한 시선이 예상외로 따뜻해서 춘봉은 마음이 조금 포근해졌다.

"덕분에."

춘봉은 새침하게 대답했다. 동향이라 서울말을 쓰려고 노력하지 않아도 되어서 동섭과의 대화는 부담이 없었다.

"집에 가는 길이니?"

동섭이 팔꿈치를 무릎에 댄 채 상체를 그녀 쪽으로 숙이며 물었다.

“응.”

짧게 대답하고 춘봉은 시선을 다시 창 밖으로 돌렸다.

“그런데 그때, 나…… 거기 있었어.”

동섭이 조금 멋쩍은 얼굴로 말했다.

“거기? 어디?”

생뚱맞은 동섭의 말에 춘봉이 고개를 돌리고 묻자 동섭이 뒤통수를 긁적였다.

“세계대회 예선전에.”

순식간에 그녀의 표정이 엉망으로 일그러졌다. 누구에게도 들키고 싶지 않던 그 망신을 제일 보이고 싶지 않은 앙숙에게 목격 당하고 말았다니, 춘봉은 벌레 씹은 표정으로 으응 하고 고개를 주억거렸다.

“난 그 대회에서 3위를 했어. 그때 좀더 잘할 수 있었는데 부상 때문에.”

동섭이 손가락으로 자신의 왼쪽 발목을 가리켰다. 바지에 가려 완전히 보이지 않았지만 보호대를 착용한 것이 얼핏 보였다.

춘봉은 쩝, 쓴 입맛을 다셨다. 자신은 예선에서 꼴좋게 똑 떨어져 탈락했는데 얄미운 이 녀석은 세계 3위를 했단다. 춘봉은 약이 바짝 올라 죽을 지경이었다.

“아는 척하고 싶었는데 경기 일정이 빠듯해서 그러지 못했어. 내 시합이 끝나고 나니 넌 벌써 가고 없더라.”

당연하지. 더 이상 별 볼 일 없는 시합에 왜 미적거리고 남아 있어? 남들 잘 되는 꼴 보고 배 아플 일 있어? 춘봉이 속으로 이를 바득바득 갈고 있는데 갑자기 동섭이 살짝 뺨을 붉혔다. 그리고 수줍은 듯 시선을 내리깔며 흠흠, 헛기침을 하더니 말을 건넸다.

“그런데 너 상당히 예뻐졌다.”

감탄하는 듯한 동섭의 말에 춘봉의 가슴이 살짝 뛰었다.

"뭐?"

잘못 들은 게 아닌가 싶어 춘봉은 동섭 쪽으로 획 고개를 돌렸다. 그러나 그의 눈은 진심을 담고 있었다.

"그거 알아?"

동섭이 춘봉의 시선을 피하며 낮은 목소리로 말했다. 그리고 잠시 주저하듯이 망설였다. 춘봉은 무슨 말을 하려고 저렇게 뜸을 들이나 싶었다.

"내가…… 옛날에 너 많이 좋아했어. 그래서 그때도 시합이 끝난 후에 경기장에서 계속 널 찾아 헤맸어. 몰랐지?"

춘봉은 갑자기 마른하늘에 날벼락을 맞는 것 같았다. 가뜩이나 하루 24시간 동안 더 이상 일어날 수 없을 만큼 스케줄 빡빡한 굵직굵직한 사건들이 많이 일어났는데 해가 뉘엿뉘엿 저물어가는 이 시점에 동섭의 사랑 고백은 춘봉의 지친 마음에 날리는 마지막 어퍼컷이었다.

뒤통수를 얻어맞은 것 같은 얼굴로 춘봉은 멍하니 동섭을 바라보았다. 동섭은 부끄러운 듯 머리를 긁적이며 얼굴을 붉히고 그녀를 힐끔힐끔 쳐다보았는데 아무리 연애 경험이 없는 춘봉이라고 할지라도 한눈에 그가 진심이라는 것을 알 수 있었다. 그러나 수염만 숭숭 안 났을 뿐이지 산도적처럼 생긴 덩치에 안 어울리게 얼굴을 붉히다니, 춘봉은 이것이 꿈인지 생시인지 분간을 할 수 없었다.

지가 무슨 새색시야?

"뭐, 뭐?"

춘봉은 하루종일 스트레스를 너무 많이 받아 자신의 귀가 어떻게 된 것은 아닌지 의심스러웠다. 그러나 동섭의 표정은 한 치의 거짓도 없다는 듯 진지하기 짝이 없었다.

"넌 나같이 선머슴 같은 여자는 싫다고 했잖아?"

춘봉이 참지 못하고 말하자 동섭은 얼른 손사래를 쳤다.

"그건……, 내가 널 많이 좋아해서 그랬던 거야. 원래 남자애들은 좀 그렇잖아. 마음에 있으면 정반대로 행동하는 거."

춘봉은 그제야 동섭이 그렇게 자신의 흉을 보고 다녔던 것이 이해가 되었다. 다른 아이가 그녀를 좋아할까 봐 조바심이 나서 그랬던 것이다.

나도 그랬으니까. 춘봉은 그의 경우를 자신의 행동에 빗대어보며 이해했다. 누군가를 좋아하는 감정은 쉽게 처리되는 것이 아니었다. 머리를 싸잡고 고민하고 가슴 아파하고…….

아무도 좋아해줄 것 같지 않은 자신을 누군가 마음에 두고 있었다는 것이 믿어지지도 않고 또 기분이 좋아 춘봉은 재차 확인하듯이 물었다.

"정말?"

그리고 그녀는 헤 벌어지는 입을 주체하지 못해 얼른 손으로 입을 가렸다.

"그럼."

동섭이 넉넉한 미소를 지으며 춘봉을 바라보았다. 그의 뺨이 살짝 붉어져 있는 것을 보며 춘봉은 공중으로 둥실 떠 있는 기분이었다.

규하는 한참 동안 춘봉을 기다리고 있었다. 그러나 유진이 성난 코뿔소처럼 씩씩대며 짐 가방을 싸들고 떠난 후에도 춘봉은 돌아오지 않았다.

그녀의 방에 남겨져 있던 다이어리와 수첩을 뒤져 갈 만한 곳에 모두 연락해보려고 했지만 다이어리의 주소록은 텅 비어 있었다. 자신이 생각하기에도 갈 만한 곳이 별로 없었거니와 급기야는 도복 차림으로 그가 도장 바깥 길거리로 나섰을 때에도 그녀를 보았다는 사람은 아무도 없었다.

결국 다시 도장으로 돌아온 규하는 수련장 안을 서성이며 춘봉을 기다렸다. 시간이 지나고 점점 밤은 깊어지는데 춘봉은 어디로 사라졌는지 여태 연락도 하지 않고 돌아오지도 않고 있어 규하의 마음은 불 위에 올려놓은 냄비처럼 바작바작 타고 있었다.

"빌어먹을……. 아, 진짜 한심하다."

문득 머릿속에 스치는 생각이 하나 있었다. 혹시나 하는 생각에 규하는 담양의 유 사범에게 전화를 걸어보았다.

"저 규하입니다."

"음, 자넨가?"

규하의 전화를 받은 유 사범은 고개를 돌려 도장의 수련장을 바라보았다.

몇 시간 전에 아무 연락도 없이 춘봉이 담양으로 돌아왔다. 너무나 갑작스러워 유 사범이 무슨 일이 있었느냐고 물었지만 고집 센 조개처럼 입을 꾹 다문 춘봉은 도장에서 미친 듯이 운동을 하고 있다가 갑자기 친구와 약속이 있다며 도복을 갈아입고 나가버렸다.

오랜만에 보는 얼굴이라 반갑기는 했지만 무슨 안 좋은 일이 있었는지 내내 어두운 그늘이 드리워져 있어 유 사범은 마음이 좋지 않았다.

"지금 여기 와 있네. 무슨 일이 있었던 건가?"

유 사범이 조심스럽게 물었다.

수화기 건너편에서 규하는 무어라고 대답해야 할지 난감해 머뭇거리고 있었다. 춘봉의 친구와 키스하는 장면을 들켰다고 어떻게 이야기하란 말인가. 그러나 유 사범은 다행히 꼬치꼬치 캐묻지 않았다. 단지 모두 춘봉이 아직 어려서 그렇다며 오히려 그를 위로해주었다.

"잠깐 약속이 있다고 하면서 나갔는데 무슨 좋은 일이 있는지 헤헤거리면서 가더라고."

춘봉의 행방을 묻는 그에게 유 사범이 일러주었다. 내내 얼굴을 찌푸리고 있다가 누군가에게 전화를 받고서는 만면에 기분 좋은 내색을 숨기지 못하던 춘봉을 떠올리자 유 사범은 아무리 낙엽 구르는 것에도 까르르 웃음이 터질 좋을 나이라고는 하지만 변덕스럽기가 손바닥 뒤집기보다 더 하다며 쯧쯧, 속으로 혀를 찼다.

결국 춘봉의 행방을 알아낸 규하는 지름길이며 고속도로며 갓길까지 이용하여 최대한 빨리 담양으로 내려왔다.

그로부터 딱 두 시간 후, 담양에 도착한 규하가 헉헉대며 드르륵, 도장 미닫이문을 열자 유 사범은 생뚱맞은 표정으로 그를 쳐다보았다.

"헉헉, 춘봉……, 이 지금 어디 있습니까?"

"아직 안 돌아왔다네."

유 사범은 무언가를 알아냈다는 듯 한쪽 눈썹을 치켜올리며 알려주었다. 줄다리기를 하는 것 같은 둘 사이가 꽤나 재미있는 듯한 표정으로 유 사범은 입가에 미소를 지으며 규하에게 자리를 권했지만 규하는 춘봉을 마중 나가겠다며 숨도 고르지 않은 채 도장 밖으로 나섰다. 그리고 그녀가 돌아올 때까지 도장으로 들어오는 길목인, 찬바람이 쌩쌩 부는 동구 밖에서 기다리기로 했다.

규하는 춘봉이 자신에게 아무 말도 없이 담양으로 돌아온 것이나 또 뭐가 좋다고 헤헤거리며 돌아다니는지 이해할 수 없어 눈살을 찌푸렸다. 그러나 유 사범의 말대로 춘봉은 아직 어려 세상물정도 어둡고 또 상식적으로 구비해야 할 예의마저 없는 녀석이었기에 꾹 참고 서울로 돌아가서 혼쭐을 내주기로 결심했다.

날씨가 꽤나 쌀쌀해지는 11월 말, 이파리가 모두 떨어진 과수원 가장자리를 따라 걸으며 규하는 어린시절 춘봉과 함께 지냈던 일들을 떠올렸다.

좀처럼 기저귀를 떼려 하지 않아 그가 일일이 갈아주었던 기억이 나자 규하는 헛웃음을 터뜨렸다. 그때도 제멋대로이긴 했지만 그후 근 이십 년이 지났는데도 여전히 춘봉은 말썽꾸러기에 왈가닥인 소녀였다. 그러던 어느 날, 부끄러움을 느끼기 시작한 나이가 되었던지 한사코 큰일을 본 기저귀를 절대 그의 손에 내주려 하지 않아 결국에는 몰래 뒤돌아서서

시냇물에 자기 기저귀를 빨려고 하던 춘봉의 모습이 떠오르자 규하는 큰
소리로 웃어버렸다.

몇 번 시냇가에서 빨래하던 그의 모습을 보고 따라하려고 했는지 나름
대로 비슷하게 흉내를 내는 것 같았지만 그러다가 춘봉이 시냇가에 빠져
버려 가슴이 철렁했던 때도 있었다. 다행히 무릎까지밖에 오지 않는 얇은
곳이어서 다행이었지 안 그랬으면 크게 다쳤을 것이라는 생각에 규하는
지금도 가슴 한편이 서늘했다.

괴수원 가장자리를 따라 가로등이 드문드문 서 있긴 했지만 늦은 밤에
는 제아무리 태권도 유단자인 그녀라 해도 여자이긴 마찬가지여서 무서
울 것 같았다.

"어딜 가서 들어오질 않는 거야?"

규하는 동구 밖 길을 수십 번이나 왔다 갔다 하며 춘봉을 기다렸다.

얼마나 기다렸을까. 잠시 후 눈이 빠져라 기다리던 춘봉의 모습이 저
만치에서 나타났다. 규하는 눈물이 쏙 빠질 정도로 반가워서 춘봉을 향해
손을 쳐들었다.

"춘봉아……."

그런데 춘봉은 혼자가 아니었다. 덩치가 좋은 한 남자와 나란히 걸어
오고 있었다.

그것을 본 규하의 눈에 불길이 활활 치솟았다. 이제 스무 살이 되어 어
른이 된 춘봉이 연애를 한다는 사실에 다 키운 딸을 빼앗기는 아버지 심
정이 이해된다면 너무 심한 비유일까? 규하는 자기도 모르는 사이에 주
먹이 꽉 쥐어지고 있었다.

"오늘 즐거웠어. 담양에도 그렇게 세련된 레스토랑이 있을 줄은 꿈에
도 몰랐거든."

춘봉의 말에 남자가 벙싯 커다란 미소를 지었다.

"네가 즐거웠다니 나도 좋다. 그렇게 스테이크 같은 것을 잘 먹을 줄

알았다면 진작 사줄 걸 그랬다. 깨작거리는 여자들 보면 화병 날 것 같았
는데 너 잘 먹는 모습 보니까 좋더라. 앞으로는…….”

“앞으로?”

춘봉이 묻자 남자가 뒤통수를 긁적이며 시선을 바닥에 떨어뜨렸다.

“계속 연락해도 돼?”

“무슨 연락을 한다고 그래?”

규하가 험상궂은 목소리로 말하며 비둘기마냥 사이좋은 둘 사이에 불
쑥 끼어들자 춘봉과 남자는 둘 다 화들짝 놀라 뒤로 한 걸음씩 물러났다.

“너는 누구야?”

규하가 매서운 눈초리로 남자를 위아래로 훑어보자 남자는 깜짝 놀라
눈을 껌벅거리면서 춘봉을 바라보았다.

“춘, 춘봉아, 이분은 누구…….”

“난 춘봉이 보호자야! 내 허락 없이는 춘봉이랑 연락 주고받을 생각은
꿈에도 하지 마!”

규하는 어느 남자에게도 그녀를 넘겨주고 싶지 않았다. 사실 자신에게
는 그럴 권한이 전혀 없는데도.

“누가 보호자래요?”

춘봉이 발끈해서 빽 소리를 지르자 그제야 춘봉과 규하를 번갈아 바라
보며 둘 사이의 관계를 짐작하는 듯하던 남자가 시커먼 눈썹을 쭉 치켜
올렸다.

“도대체 누구십니까?”

여느 보통사람 같았으면 그의 위풍당당한 기세 앞에 기가 죽어 인사를
하는 둥 마는 둥 하며 스리슬쩍 꽁무니가 빠져라 내빼고 말았을 텐데 남
자는 그렇지 않고 규하를 똑바로 쳐다보았다.

“내가 이야기했었지? 이분은 강무제의 사부님이셔.”

옆에서 춘봉이 규하에 대해 설명했다.

"그럼, 제규하 선수?"

남자가 읊조렸다. 긍정의 뜻으로 규하는 아무 대답 없이 그를 계속해서 노려보고 있었다.

남자가 한 걸음 뒤로 물러섰다. 그리고 당당하게 그에게 한 손을 내밀었다.

"안녕하십니까? 윤동섭입니다."

윤동섭? 규하는 속으로 그의 이름을 중얼거렸다. 어딘지 얼굴이 낯익다 했더니 그가 심사위원이었던 2년 전 국가대표 선발전에서 열여덟이란 어린 나이에 최연소 국가대표로 선출된 태권도 유망주이자 저번 세계 선수권 대회의 금메달리스트인 바로 그 윤동섭이었다.

부리부리한 눈매에 높이 솟아오른 콧대는 누가 보기에도 일품이었고 조금 뭉툭하긴 했지만 나름대로 남자답게 씩씩하게 생겨 여자 맘을 꽤나 울리고 다녔을 것이라는 생각이 들었다. 또 어린 나이에 세계의 내로라하는 선수들을 모두 물리칠 수 있었을 만큼 뚝심도 대단해 보였다.

규하는 그의 손을 잠시 물끄러미 바라보았다. 이 손을 잡아야 하나, 말아야 하나……. 그러나 옆에서 춘봉이 안절부절못하는 표정으로 자신을 애타게 쳐다보고 있다는 것을 깨닫자 규하는 마지못해 동섭의 손을 잡았다. 손을 맞잡은 둘은 잠시간 서로를 노려보며 악력을 자랑하는 듯 힘세게 손을 쥔 채 팽팽한 신경전을 펼쳤다.

"이제 그만 가봐야겠어."

춘봉이 아쉬운 듯 동섭에게 작별인사를 하자 그제야 동섭은 손에서 힘을 뺐고 그들의 신경전은 드디어 끝이 났다.

"너 들어가는 거 보고 갈게."

멧돼지 같은 덩치에 어울리지 않게 동섭이 다정하게 그녀에게 말을 건네자 규하는 머리끝까지 화가 나 미칠 것 같았다. 더군다나 동섭을 바라보는 그녀의 눈빛도 그만큼 다정했기 때문이었다. 머리 뚜껑을 열면 스팀

이 쉬이이익 하고 솟아날 것만 같은 기분에 규하는 눈을 가느스름하게
뜨고 동섭을 노려보았다.

"부모님이 걱정할 테니 자네도 어서 집에 들어가지 그래?"

동섭은 자신을 어린아이 취급하는 것이 못마땅해 잠시 그를 노려보았
지만 규하는 지지 않고 매섭게 눈을 부라렸다.

"그 정도로 어리지는 않습니다만?"

제2차 무언의 전투가 벌어지려는 찰나 춘봉은 이제 모두 그만하라는
듯 규하의 팔을 잡아당겼다.

"그만 들어가죠. 할아버지 걱정하실 거예요."

인사로 제법 건방지게 머리를 까딱하고는 동섭이 총총 걸어 동구 바깥
길로 사라지자 그제야 춘봉은 분노에 꽉 쥔 양 주먹을 파르르 떨며 규하
를 향해 돌아섰다.

"이게 뭐 하는 짓이에요!"

"서울로 돌아가자."

규하는 춘봉에게 단도직입적으로 말했다.

"싫어요!"

춘봉은 규하를 모른 척하고 빠른 걸음으로 지나쳤다.

팩 토라져 있는 춘봉을 보며 규하는 눈살을 찌푸렸다. 여자가 토라져
있을 때에는 그저 잠시간 내버려두는 것이 최상이라고 생각하며 규하는
과수원을 지날 때까지 춘봉의 등을 보며 따라 걸어갔다.

이렇게 작았던가?

오늘따라 그녀가 더욱더 작아 보였다. 어깨는 조그마하고 둥글었으며
하나로 묶은 머리 사이로 언뜻언뜻 보이는 뒷덜미는 하얗고 사슴처럼 연
약했다. 규하는 손을 뻗어 춘봉의 목덜미를 쓰다듬고 싶은 기분을 억지로
누르고 있었다.

이윽고 유 사범의 도장이 보이자 춘봉은 아무 말 없이 그 안으로 들어

가려고 했다. 하지만 먼저 그녀와 풀어야 할 일이 있기에 규하는 그녀를 멈춰 세워야 했다.

"춘봉아!"

규하는 안타까운 마음에 춘봉의 팔을 확 잡아챘다.

"싫다고 했잖아요!"

춘봉이 잡힌 팔을 뿌리치며 매섭게 눈을 치켜떴다. 규하는 춘봉의 눈 속에서 그녀가 얼마나 상처받았는지 새삼스럽게 깨달았다.

충격적이었겠지.

자신의 가장 친한 친구와 키스하는 사부라니, 자신이라도 진절머리가 났을 거라고 규하는 생각했다.

"말 좀 하자."

"싫다고요!"

또다시 그녀가 규하에게 잡힌 팔을 빼내려고 안간힘을 썼지만 이번에는 순순히 뿌리치지 못하도록 규하가 힘을 줘 잡고 있었다.

"에이, 미안해! 미안하다고!"

규하는 버럭 소리를 질렀다. 아무리 보아도 사과하는 사람의 태도라고는 볼 수 없었지만 그렇게 해서라도 춘봉이 자신의 마음을 알아주었으면 했다. 그러나 춘봉의 표정은 시퍼렇게 날 서 있는 칼날과 같았다.

"필요 없어요. 왜 내게 미안한데요? 내가 사부님께 뭔데요? 난 그저 제자일 뿐이에요. 사부님이 내 친구랑 키스를 하건 무슨 짓을 하건 난 아무 상관도 없다고요!"

"그렇다면 사부로서, 널 가르치고 있는 사부로서 말할게. 춘봉아, 운동 계속해. 이제 시합이 얼마 남지 않았어. 채 석 달도, 알고 있잖아?"

그 말에 춘봉은 움찔했다.

"하지만……."

춘봉은 적당한 변명거리를 찾고 있는 듯 눈을 굴리고 있었다.

자신의 입으로도 말했다시피 키스를 하든 더한 짓을 하든지 간에 사실 그와 아무 상관없는 사이인 춘봉이 뭐라 할 이유도 없고 또 그럴 자격도 없지 않는가.

하지만 전에 나한테 키스한 건 뭐야! 춘봉은 속으로 항변하듯이 빽 소리를 질렀다. 하지만 시합이 이제 석 달도 채 남지 않은 시점에서 운동을 그만두는 것에 대해 망설여지는 것은 사실이었다.

"넌 할아버지와 약속했고 나와도 약속했어. 약속이라는 것, 그렇게 쉽게 깨뜨려서는 안 되는 거야. 그건 네가 더 잘 알잖니?"

그녀의 표정을 읽은 규하가 이때다 싶어 심통 난 어린아이를 달래듯이 부드러운 목소리로 타일렀다.

"돌아가자."

"……."

"그렇게 하도록 해라."

갑자기 도장 앞에서 유 사범의 엄한 목소리가 울려 퍼졌다.

"할아버지!"

춘봉은 유 사범을 마주 보았다. 깊고 인자한 눈빛이 그녀를 향하고 있었다. 할아버지의 눈에 가득 담겨 있는 자신의 모습을 마음속 깊이 새기며 춘봉은 잠시 생각에 잠겼다.

규하는 춘봉을 바라보았다. 유 사범의 갑작스러운 등장은 그녀의 태도를 바꾸어놓을 것이라는 희망적인 생각이 들었다. 규하는 어느새 춘봉이 자신의 마음속에 커다란 그림자를 드리우는 존재가 되어버렸다는 사실을 부정할 수가 없었다. 그녀는 잠시 생각에 잠긴 듯 손가락으로 턱을 톡톡 쳤다. 그 모습이 어찌나 선정적인지 규하는 자기도 모르게 볼이 화끈 달아올랐다.

춘봉은 다시 한 번 할아버지를 실망시키느니 혀를 깨물어 죽고 말겠다는 생각이 들었다. 그녀는 고개를 들어 자신의 대답을 기다리고 있는 규하를 바라보았다.

공은 공이고 사는 사라는 생각이 들었다. 그에 대한 자신의 마음은 철저하게 숨기면 되는 것이었다. 규하는 오를 수 없는 높은 나무였고 자신과는 꿈에도 어울리지 않는 상대였다. 그렇기 때문에 자신의 마음만 억누른다면 모든 것은 순순히 풀릴지도 모른다고 생각하며 춘봉은 내키지 않았지만 어쩔 수 없이 고개를 끄덕였다. 순간 규하의 입가에 희미한 미소가 걸리는 것을 보고 춘봉은 괜히 욱하는 심정이 되어 슬그머니 규하를 향해 눈을 흘겼다.

동섭과 나란히 서 있는 규하를 보며 춘봉은 이렇게 멋진 두 사람이 자신을 사이에 두고 손을 으스러질 듯 힘주어 맞잡은 채 노려보고 있는 장면이 마치 정글의 두 맹수가 힘겨루기를 하고 있는 것 같아 한편으로는 어깨가 으쓱해졌다. 못난이, 못난이 하며 놀림 받고 여자인 주제에 힘만 세다는 소리나 들었던 자신에게도 인생의 전성기가 온 것인가 하는 생각에 춘봉은 둘 사이가 큰 싸움으로 번지지는 않을까 불안하면서도 내심 기뻤다. 동섭은 규하보다 키는 작았지만 몸집은 조금 더 컸다. 또 규하의 목소리는 동섭보다 더 낮았고 마음을 울리는 힘이 있었다.

왜 기준이 사범님인 거야!

자기도 모르게 떠오른 생각이 여전히 규하를 위주로 사고되고 있다는 것을 깨닫고 벌컥 화를 냈지만 아직까지도 규하에 대한 시선은 여자의 남자를 향한 그것과 다르지 않았다. 단 하루만에 보는데도 규하를 보니 반가운 마음이 먼저 들었고 저도 모르게 입가가 벙싯 벌어지는 것을 멈출 수 없었던 것이었다.

안 돼! 이런 마음. 춘봉은 스스로에게 경고를 주었다. 그를 사랑한다고 깨달음과 동시에 실연이었다. 규하는 동섭보다 훨씬 더 멋지고 남자답고 또 관심이 가는 사람이었지만 그와 잘 될 확률은 그녀로서도 0 퍼센트라고 말할 만큼 실현 가능성이 없어 보였다. 게다가…….

자신의 친구인 유진과 키스하고 있지 않았던가. 춘봉을 보고 놀란 듯
했지만 그것은 그때뿐이고 춘봉이 그 자리를 박차고 나간 후에 키스가
계속되어졌을 수도 있다는 생각에 춘봉은 마음이 괴로워 두 눈을 질끈
감고 말았다.

다음 날, 아침 일찍 동섭이 부리나케 유 사범의 도장으로 찾아왔다.

"이른 아침부터 예의 없이 불쑥 찾아오다니……."

규하는 동섭이 못마땅해 혀를 찼다. 그러나 유 사범은 예전에 동섭을
가르치기도 했던지라 동섭을 반갑게 맞이했다. 유 사범의 옆에 서 있는
춘봉의 입가에도 빙긋이 수줍은 미소가 지어지는 것을 보며 규하는 이런
상황 자체를 두 눈 뜨고 볼 수 없어 이를 악물었다.

"무슨 일인가?"

뭐가 그렇게 좋은지 깔깔대며 하하호호 담소를 나누는 유 사범과 춘봉,
그리고 동섭의 사이로 불쑥 끼어들며 규하가 물었다.

그를 바라보는 동섭의 눈에 치지직 불꽃이 이는 것이 보였다. 기세등
등한 느낌에 보통사람 같았으면 겁부터 집어먹었을 테지만 규하는 한쪽
입가를 비죽이 올리고 훗, 비웃듯이 웃었을 뿐이었다.

"이곳에 머무르고 계십니까?"

동섭이 뜻밖이라는 듯 묻자 규하는 어깨를 으쓱하며 대답했다.

"어릴 적 이곳에서 수련했기 때문에 여기는 내 고향이나 다름없는
걸?"

"전 이곳이 고향입니다!"

동섭이 지지 않겠다는 듯 힘주어 말하자 규하가 생뚱맞다는 듯 그를
쳐다보았다.

"누가 뭐라고 했나?"

216

말주변이 좋지 않은 편인 동섭은 규하의 대답에 말문이 탁 막히고 말았다.

"그, 그게……."

동섭은 지고 싶지 않아 얼굴이 벌겋게 물든 채 말을 더듬거렸다. 그러자 규하는 껄껄 소리내어 웃었고 분한 동섭은 씩씩대다가 대뜸 도전장을 던졌다.

"겨루기나 한 판 하죠!"

결국 도복의 끈을 졸라맨 규하는 동섭을 노려보며 겨루기 자세를 취하게 되었다. 춘봉은 걱정스러운 얼굴로 동섭과 규하를 번갈아 돌아보았다. 그러나 춘봉의 시선이 그보다 동섭의 얼굴 위에 더 오래 머물러 있다고 느껴지자 규하는 피구 왕 통키처럼 화르르 불타올랐다.

이런 유치한 감정은……. 질투임에 분명한 그 감정을 애써 무시하며 규하는 맞은편에 선 동섭을 노려보았다. 상대방에게 정중히 인사하고 둘은 우렁찬 기합 소리를 도장 전체에 쩌렁쩌렁 울리며 겨루기를 시작했다.

"야아압!"

동섭이 성질 급하게 선방을 날렸다.

너무나 재빠른 발놀림이어서 규하는 방심하던 중에 먼저 선수를 뺏길 뻔했다. 그러나 그 역시 세계에서 한다 하는 이름난 선수들과 어깨를 나란히 한 경험이 있고 더더군다나 올림픽 금메달리스트로서 시합 경험이 풍부했기에 그 정도의 공격은 쉽게 피해낼 수 있었다.

결국 공중에서 헛발질을 하게 된 동섭이 포지션을 잃고 휘청거리자 규하는 이때를 노려 넓적한 발등으로 동섭의 엉덩짝을 탁! 소리나게 차주었다. 기분 좋은 타격음이 도장 내부를 울리고 모욕당했다고 생각하는지 얼굴이 벌게진 동섭이 고개를 돌려 무시무시한 눈빛으로 규하를 노려보았다. 규하는 집게손가락으로 어서 오라는 듯 손짓을 했다. 그의 입가에는 여유만만한 미소가 어려 있었다.

　동섭 역시 세계 선수권 대회에서의 금메달리스트이기 때문에 녹록한 상대가 아니었지만 여전히 연륜 면이나 경력, 그리고 시합 경험 면에서 자신을 따라잡을 수 없을 만큼의 거리가 있었기에 규하는 동섭이 애송이처럼 생각되었다.

　"파이팅! 동섭아, 잘해!"

　그때였다. 도장 한쪽에서 둘의 겨루기를 지켜보고 있던 춘봉의 입에서 동섭을 응원하는 함성이 터져나왔던 것은.

　잽싼 뒤 후려차기로 뒤통수를 얻어맞은 듯 규하는 기분이 얼얼해졌다. 춘봉을 흘끗 돌아보니 그녀의 시선은 동섭에게 못 박은 듯 고정되어 있었고 높이 치켜들고 흔들고 있는 응원의 주먹 역시 동섭을 향해 있었다. 규하는 마른침을 꿀꺽 넘겨 삼켰다. 그리고 심기가 불편한 눈빛으로 동섭을 째려보았다. 동섭은 여유만만하던 그가 갑자기 살기등등해지자 조금 놀라는 것 같았다.

　규하의 공격이 거센 장맛비 오듯 쏟아져 내리기 시작했다. 반격을 해볼 조그마한 겨를도 용납하지 않은 채 마치 이곳이 보호대도 걸치지 않은 친선 겨루기라는 것을 잊은 것처럼 규하는 온힘을 다해 동섭을 공격하기 시작했다. 규하는 들어올린 발을 땅에 내려놓지 않은 채 세 번 네 번의 연속 공격을 감행했고 그 유연하고도 강한 발차기에 춘봉과 유 사범은 혀를 내두르며 감탄했다.

　결국 한쪽 코너에 몰린 동섭이 마지막 힘을 다해 뒤차기로 공격해보았지만 규하는 교묘하게 몸을 돌려 동섭의 공격을 피하더니 다리를 번쩍 들어올려 그의 오른쪽 어깨짝을 짝 소리가 나도록 세게 강타했다. 그것은 경기 태권도에서는 점수도 나지 않는, 다분히 고의적이라고밖에 볼 수 없는 공격이었기에 둘의 겨루기를 지켜보고 있던 유 사범과 춘봉 둘 다 자리에서 번쩍 일어섰다.

　"뭐 하는 짓이에요?"

둘의 겨루기를 강제로 종료시키며 춘봉이 규하에게 따지고 들었다.

"괜찮아?"

춘봉은 동섭이 많이 다치지는 않았는지 이리저리 살펴보았다. 규하가 요령 좋게 공격했기에 가벼운 타박상 외에는 심하게 다칠 만한 곳이 없을 텐데도 춘봉은 보호대도 착용하지 않은 겨루기에서 그가 너무 심하게 공격했다고 맹비난했다.

팔다리가 부러지거나 인대가 늘어나지 않았는지 춘봉이 동섭의 몸을 만져보고 또 허리 아래의 고관절까지 문질러보는 것을 보고 규하는 머리 끝까지 화가 났다. 스스로 생각하기에도 지금 자신은 질투하는 것임에 분명한데도 규하는 그것을 인정하고 싶지 않아 먼 곳을 쳐다보며 딴생각을 하려고 애썼다.

"계속할 거야!"

그렇게 많이 얻어맞았는데도 동섭은 자존심 때문인지 시합을 계속하겠다고 아이처럼 억지를 부렸다.

"그만해!"

떼쟁이 아이를 타이르는 엄마처럼 춘봉이 규하 앞으로 나서려는 동섭을 말렸고 규하는 그를 거들떠도 안 보고 유 사범이 내민 수건을 공손히 받아들었다.

"계속해요!"

동섭이 소리치자 규하는 비죽이 웃음을 지으며 수건으로 이마에 흐르는 땀을 닦아냈다.

"됐어. 나중에 더 크면 오도록 해."

도복을 정리하고 규하는 도장 밖으로 나섰다. 분해서 주먹으로 바닥을 쾅 치는 동섭 옆에서 춘봉이 자신을 매서운 눈으로 뚫어져라 쳐다보고 있으리라는 걸 뒤통수로도 느낄 수 있었다. 순간 규하는 자신이 세상에서 가장 나쁜 악역을 맡게 된 것 같은 느낌에 쓴웃음이 나왔다.

며칠 후 규하와 함께 춘봉은 담양 역에서 기차를 기다리고 있었다.

춘봉이 다시 서울로 돌아간다는 소식을 들은 동섭이 역에 배웅 나와 있었다.

"만나자마자 이별이네."

서운한 듯 동섭이 뒤통수를 긁적였다.

"동계 훈련 삼아 유 사범님의 도장에서 지낼 생각이었는데……."

동섭은 못내 아쉬운 듯 춘봉의 손을 꼭 잡고 놓지 않았다.

규하는 일부러 둘 사이를 갈라놓으며 동섭을 찌릿 하고 째려보았다. 자신의 행동이 유치하다는 것은 알고 있지만 그녀에게 손끝 하나 못 대게 하고 싶은 마음이었기에 규하는 자신의 행동에 굳이 변명하지 않았다.

"곧 기차가 올 테니 자네는 어서 가보게."

규하는 퉁명스럽게 말하며 동섭의 등을 밀다시피 했다.

"하지만 아직 10분이나 남았는데……."

동섭은 항의하며 버텼지만 그래도 규하를 당해낼 수는 없어 결국 밀려나가고 말았다.

"택시!"

지나가는 택시까지 친절하게 잡아주며 규하는 만 원짜리 지폐 몇 장을 동섭의 손에 쥐어주기까지 했다.

"춘봉이 친구니 가는 길에 과자라도 몇 봉지 사 먹게."

엉겁결에 돈을 받아들긴 했지만 여전히 그가 자신을 어린아이 취급하는 것에 동섭은 기가 탁 막혔다.

"자! 출발!"

규하가 문을 닫아버리는 바람에 택시는 부웅 소리를 내며 출발하고 말았다. 동섭이 무시무시한 눈으로 노려보았지만 규하는 어깨를 한 번 으쓱 했을 뿐 의기양양한 태도로 춘봉이 기다리고 있는 기차역으로 돌아왔다.

출발 시각은 앞으로 8분, 시계를 보며 규하는 안도하는 심정으로 숨을 들이쉬었다.

"사범님을 따라가기는 하지만, 이게 온전히 내 뜻이 아니라는 것은 아셔야 해요."

춘봉이 뾰족한 목소리로 말했다.

규하는 춘봉을 힐끗 보고 고개를 끄덕였다. 당분간은 그녀의 성미를 건드리지 않겠다고 속으로 결심한 규하였다.

"어머, 춘봉아."

누군가 춘봉의 어깨를 건드렸다. 이곳이 그녀의 고향이라 그런지 아는 사람이 많은 모양이었다. 춘봉이 돌아보자 둘은 손을 잡고 팔짝팔짝 뛰며 기뻐했다.

"야, 오랜만이다!"

꺅꺅거리는 그들이 영락없는 고등학생 같다고 생각하며 규하는 수다를 떠는 그녀들을 물끄러미 바라보고 있었다. 한참 동안 이야기를 늘어놓던 여자는 춘봉의 고등학교 동창으로, 담양 역에서 오늘부터 근무하게 되었다고 이야기했다.

시시콜콜 사는 이야기를 늘어놓던 춘봉의 친구는 드디어 조금 떨어져서 자신들을 바라보고 있던 규하를 알아차렸다.

"어머? 저분은?"

"불편하게 여기지 마. 그냥 공기라고 생각해줘."

그러나 춘봉의 무례한 냉대에도 굴하지 않고 규하는 한 걸음 나서 그녀의 친구에게 살가운 웃음을 지어주었다.

"안녕하십니까? 공기입니다만."

그제야 규하의 얼굴을 기억에서 떠올린 춘봉의 친구가 아는 척을 했다.

"꺄아, 너무 멋져. 혹시 국가대표 제규하 선수 아니세요?"

"네, 맞습니다. 평상시에는 국가대표 태권도 선수 제규하이고 춘봉이에게는 공기라고도 불리고 있지요."

"야, 무시해!"

춘봉의 벼락같은 목소리에도 아랑곳하지 않고 친구는 사인을 청했고 그가 정성껏 사인을 해주는 동안 드디어 그들을 서울로 태워 갈 기차가 도착했다.

자리를 잡은 그들 사이에는 어색한 침묵이 흘렀지만 곧 각자 잠에 곯아떨어졌다. 근래 있었던 일이 상당히 신경을 많이 쓰게 하는 일이었기에 피곤하고 지쳐 있었던지 그들이 깨어났을 때는 서울에 도착했다는 안내 방송이 울려퍼지고 있었을 때였다.

서울에 도착하자마자 규하는 제일 먼저 그의 트레이드마크나 다름없었던 구레나룻을 면도칼로 아낌없이 깎아버렸다. 총총한 눈빛의 동섭보다 열두 살이나 많은 자신은 아저씨나 다름없었다. 어쩌면 딸이나 여동생 같은 춘봉을 마음에 품고 있는 것만으로도 스스로 마음에 들지 않는 일이었지만 이제 어쩌겠는가. 그녀는 이미 그의 마음에 들어와 버렸고 그는 유치하게 동섭을 질투하기까지 했는데.

구레나룻을 깎고 나니 몇 살 더 어려 보이는 것 같았다. 새파랗기 짝이 없는 스무 살의 동섭에게는 비교할 수 없겠지만 그래도 이 정도면 하는 마음에 규하는 조금 어깨가 으쓱했다.

"왜 아깝게 잘랐어요? 구레나룻이 있는 게 훨씬 더 남자답고 보기 좋았는데……."

화장실에서 한 시간 넘게 구레나룻을 정리하고 그녀가 어떻게 보아줄까 하는 기대감에 가슴 두근거리며 나오는데 그를 보자마자 춘봉이 아쉬워했다.

네 마음은 정말 알 수가 없다. 어떻게 해야 네 마음속에 들어갔다 나올 수 있을까? 사람은 마냥 어렵기만 하다는 말이 맞나 보다고 맞장구치며 규하는 길게 한숨을 내쉬었다.

11

"겨루기 해요!"

강무제로 돌아온 지 한 달이 지났다. 이제 대회는 두 달 앞으로 다가와 있었다. 춘봉은 막바지 연습에 한창이었지만 아직도 무언가 부족한 것 같은 느낌에 조바심이 나고 있었다. 규하의 밑에서 수련한 지 넉 달이나 지난 어느 날, 이제 무언가 알 것도 같다는 듯 자신감을 되찾은 태도로 춘봉이 배포 좋게 도전장을 내밀었다.

"뭐?"

규하는 가소로웠다.

"실력이 많이 는 것 같단 말이에요! 이제는 사범님과 대련해도 이길 수 있을 것 같아요!"

그녀는 기쁨을 드러내지 않으려고 조심하면서 말했다.

팽팽한 침묵이 흐르는 동안 규하는 한 손을 올려 부드러운 아랫입술을 엄지와 집게손가락으로 어루만졌다. 뒤로 앞으로……

입술 표면을 미끄러져 가는 그 기다랗고 깔끔하게 쭉 뻗은 손가락이 자석에 달라붙는 철가루처럼 춘봉의 눈길을 끌어당겼다. 그로서는 무의식적인 동작이었지만 요즘 이상하게 그의 섬세하고 조그만 동작에도 자기도 모르게 눈길이 가고 있었다. 춘봉은 괜히 자신의 입술에 그의 손가락이 닿아 있기라도 한 듯이 얼얼해지는 것 같았다.

앞뒤로 문지르고 쓰다듬는 저 긴 손가락들.

그녀의 마음속에서 불안이 싹트고 있었다. 내가 왜 이러지?

그것은 길고 견디기 힘든 순간이었다. 춘봉은 불안을 억누르기 위해 입술을 깨물었다. 그랬더니 물끄러미 그녀를 바라보고 있던 그의 표정이 갑자기 바뀌었다.

"좋아."

규하가 입을 열었다.

"너의 도전을 받아들이지."

선언하듯이 말하고 규하는 그녀의 눈을 뚫어지게 쳐다보았다. 춘봉의 얼굴은 자신감에 가득 차 반짝반짝 빛나고 있었다. 마치 그녀의 결단력을 시험하기라도 하듯이, 그리고 그 깊이를 재어보기라도 하듯이. 그의 시선이 그녀의 얼굴을 더듬기 시작했다. 그의 희미하지만 의미 있는 미소가 온몸에 전율을 일으켰다.

춘봉의 눈은 호수처럼 깊고 맑은 눈동자라고 생각하며 규하는 겨루기 장비를 챙겨 왔다. 보호 목적으로 종아리에 아대를 매고 춘봉이 그의 등 뒤에서 몸통 보호대를 묶어주는 동안 규하는 춘봉의 도전을 어떻게 받아들여야 할지 곰곰이 생각하고 있었다. 조금은 건방진 것도 같고 또 조금은 자신만만해 보여서 좋은 것 같기도 하고…….

그러나 지금까지의 그녀의 모습을 돌이켜보건대 이것은 분명히 자신감에서 우러난 행동이 아니라 그에 대한 도발이고 도전이었다. 그것도 미움과 원망에서 비롯된. 이쯤 되고 보니 참을성 많은 규하도 이번에는 도저히 참을 수 없었다. 매일같이 쏟아지는 그녀의 근거 없고 어이없는 신랄한 비난에 그는 평상시 지니고 있었던 여유 있는 유머감각마저 잃고 있었다. 왜 그런지는 그도 알 수 없었지만 이 천방지축, 우당탕탕 말괄량이 소녀 앞에만 서면 규하는 자기 자신을 잃어가는 것 같은 기분이었다.

멋없이 넓은 가슴 위에 팔짱을 낀 규하는 인상을 찡그리고 춘봉을 노려보았다. 그리고 그녀의 도전에 대해 생각해보았다. 그가 보기에도 최근에 춘봉의 실력이 부쩍 늘긴 늘었다. 이번 아시안게임 국가대표 선발전을 준비하면서 담력을 키우고 기량도 월등히 향상되어 앞으로 상당히 기대를 모을 수 있는 화려한 발차기 기술을 두루 갖춘 유망주라고 할 수 있었다. 현재 춘봉은 그의 수련생들 중에서도 같은 중량급의 남자를 이겨낼 정도였다. 하루가 다르게 일취월장하는 춘봉을 보며 스승으로서 규하는 기뻤다. 그러나 규하 자신을 기준으로 삼으면 춘봉의 갈 길은 아직도 상당히 멀었다.

자신감을 갖는 건 좋았지만 방향 없는 자만심은 파멸로 이끈다는 것을 아직 모르고 있군. 하긴 아직 어리니까.

뭔가 한 수 가르쳐주겠다는 마음으로 규하는 대련 준비를 했다. 이윽고 잠시 후 대련 준비를 끝낸 규하와 춘봉은 서로 마주 보고 섰다. 쥐 죽은 듯 조용한 가운데 그들은 서로의 얼굴을 노려보았다. 시선을 고정시킨 채 서로 상대방의 결단력과 의지를 재보기라도 하듯이.

그의 시선이 그녀의 입술에 머물렀다. 그러자 그녀의 입술이 바싹 마르며 당황스러울 만큼 민감해졌다. 그녀는 가까스로 침을 삼키며 말했다.

"그렇게 쳐다보지 말아요!"

목이 말라 춘봉은 약간 쉰 목소리로 말했다.

"내가 뭘?"

그가 시치미를 뗐지만 이미 춘봉의 발차기 공격이 시작된 후였다. 그러나 이미 춘봉에 대해 손바닥에 놓고 살피는 것처럼 모조리 파악하고 있는 규하였다. 작년에 있었던 세계대회가 국제 무대 경력의 전부일 만큼 춘봉은 실전 경험이 부족하고 실력에 비해 경기 운영 능력도 가다듬어야 할 부분이 많았다. 그에 비해 올림픽 금메달리스트인 그는 괜히 고수라고 불리는 것이 아니었다.

옆차기 공격을 가볍게 막아낸 규하는 연이어 달려드는 춘봉의 돌려차기 공격에 한 스텝 뒤로 물러나 공격을 피했다. 규하는 이미 그녀의 주특기를 잘 알고 있었다. 춘봉은 앞발 상단 차기 기술이 주특기로 뒤차기와 돌려차기에도 일가견이 있었지만 수비가 약점이었다.

규하가 한 스텝 앞으로 나서기 시작하자 춘봉의 열세가 시작되었다. 후다닥, 공격 한 번에 방어 두 번. 춘봉은 쉴새없이 쏟아지는 규하의 공격에 밀려 결국 도장 한구석으로까지 몰리고 말았다. 뒤에서 하나로 질끈 동여맸던 머리는 어느새 땀에 젖어 풀어졌고 숨이 가빠 얼굴은 벌겋게 달아올라 있었다.

예상보다 그다지 잘하지 못하는 춘봉이었다. 초반의 기세등등하던 모습은 모두 어디로 가고 그의 공격을 못 이겨 애처롭게 두 팔로 막아내며 여러 번 주저앉는 모습이라든지 눈꺼풀을 들어올리기도 힘이 들어 멍한 시선을 던지고 있는 모습이 그의 마음을 아프게 했다. 그러나 이것이 만약 진짜 시합이었다면 진작에 실격처리 되었을 것이라고 생각하며 규하는 춘봉이 지금보다 두 배는 더 실전 경험을 쌓아야 한다고 생각했다.

그러기 위해서는……. 규하는 예전 올림픽을 앞두고 국내에서 자신이 훈련했던 곳이 떠올랐다. 그곳에서 훈련을 마친 뒤 규하는 스스로 비로소 태권도에 대한 어떤 경지에 올라설 수 있었다고 깨달았다.

규하는 시합이 길어짐에 따라 지쳐가는 춘봉을 바라보았다. 남자와 여자의 체력 차이는 제아무리 춘봉이라고 해도 현저했다.

"힘 내!"

보다 못한 규하가 격려했지만 춘봉은 이제 움직이는 것조차 힘들 만큼 물에 젖은 솜처럼 흐느적대고 있었다.

"헉헉……."

이마에서 흐르는 땀은 눈으로 흘러 시야를 가리고 있었다. 손등으로 땀을 훔쳐낸 춘봉은 규하를 바라보았다. 그리고 너무나도 멀쩡한 모습에 몸서리를 쳐댔다. 사람도 아니야…….

예전에도 이미 알고 있었지만 그가 얼마나 대단한 선수인지 새삼스럽게 느끼는 춘봉이었다. 다시 한 번 깨닫게 된 것은 그와 자신과의 체력 차이는 너무나 크다는 점이었다.

겨루기는 결국 15 대 0으로 춘봉의 완패였다.

춘봉은 억울하고 원통한 심정을 억누를 수밖에 없었다. 봐주지 않기로 했지만 실질상으로 규하는 충분히 그녀를 봐주고 있었다. 그의 힘이 어느 정도인지 그가 평소에 샌드백을 걷어차는 장면을 수십 차례나 목격한 그녀로서는 규하에게 도전장을 내밀면서 각오한 바였다. 많이 다칠 수도 있고 잘못하면 기절할 수도 있을 것이라고 짐짓 예상하고는 있었지만 규하는 점수를 낼 수 있는 부분만 요령 있게 공격하며 최대한 체력을 아끼고 있었다. 게다가 점수를 낼 만큼의 강도 그 이상으로는 치지 않았다. 그것이 은근히 춘봉의 자존심을 건드렸다.

"제대로 못해요!"

겨루기 도중 춘봉이 빽 하고 소리를 지르자 규하는 조금 놀란 듯했다.

"제대로 하란 말이에요!"

춘봉이 소리 지르자 봐주기 시합을 하고 있었던 것을 들켜 조금 멋쩍은 듯이 규하가 어정쩡한 미소를 지었다.

그의 작은 미소에 춘봉은 눈앞이 캄캄해지는 것 같은 기분을 느꼈다. 인정하기 싫었지만 그는 여전히 멋졌다. 심술궂고 성격 꽹인 제규하라는 사람은 너무나 멋지고 대단한 사람이었다. 유춘봉이라는 여자가 도저히 가질 수 없을 만큼.

"야압!"

　춘봉은 규하를 향해 마지막 온힘을 다해 돌려차기 공격을 날렸다. 그러나 그때 방어하고 있던 몸의 틈새가 생긴 것을 틈타 규하는 얼른 한 스텝 앞으로 들어와 춘봉의 바로 코앞으로 비집고 섰다. 과연 태권도의 대가라는 명성을 듣는 그답게 눈에 보이지 않을 정도로 움직임이 빨랐다.
　춘봉은 깜짝 놀랐다. 그의 선명한 인중과 입술이 그녀의 눈앞에 놓이고 그것은 예전에 그와 키스했던 장면을 떠올리게 했다. 자기도 모르게 뺨이 화끈 달아올랐다. 춘봉은 눈앞에 어른거리는 그 당시의 장면을 떨치려고 고개를 살짝 흔들었다. 그러나 그의 고른 숨결이 그녀의 입술의 윤곽선 위를 스치는 느낌이 어찌나 섹시한지 춘봉은 두 눈을 질끈 감고 말았다.
　춘봉이 두 손으로 그를 밀며 공격하려고 하자 규하는 또다시 눈 깜짝할 새 그녀의 공격 범위 안에서 멀어졌다.
　문득 춘봉은 그가 일부러 그의 주특기인 뒤 후리기를 하지 않고 있다는 것을 알았다. 봐주지 않겠다고 했지만 여전히 그는 그녀를 어린애처럼 보고 있는 것이다. 춘봉은 발끈 화가 치밀었다. 언제까지 날 어린애로만 생각하겠지! 그의 시선에 자신은 바보고 어리석고 한심한 계집아이로밖에 보이지 않을 것이라는 생각이 그녀를 더더욱 절망스러운 기분으로 빠져들게 했다.
　"헉, 허억……."
　손바닥에 움켜쥔 모래처럼 자꾸만 힘이 빠져갔다. 젖 먹는 힘까지 다 짜내어 발을 들어보았지만 점수를 따기는커녕 그의 옷깃조차 스치지 않았다. 춘봉은 스스로가 너무나도 한심스러워 울고 싶은 심정이었다.
　"그만하지."
　표정 없는 얼굴로 규하가 겨루기의 끝을 선언하며 무뚝뚝하게 말했다.
　마음 같아서는 안 된다고, 시합의 이기고 지는 것을 확실히 매듭짓고 싶다고 소리치고 싶었지만 안타깝게도 현실은 그와 달라 그렇게 말할 기운이 뚝 떨어져 춘봉은 아무 말 없이 거친 숨만 몰아쉬고 있을 뿐이었다.
분해!

겨루기가 끝난 그날 저녁, 뜰에서 규하는 연못가 작은 바위 위에 앉아 무릎을 끌어안고 있는 춘봉을 만나게 되었다. 보름달이 휘영청 밝고 연못에 달 그림자가 뿌옇게 흔들리고 있는 조용하고 아름다운 풍경이었다.
인기척에 놀란 춘봉이 고개를 들어 그를 쳐다보았다. 그녀의 손에 국화 한 송이가 들려 있었다.
"꽃이 지니까 슬퍼요."
그 말에 겨루기에서 1점도 내지 못하고 대패한 춘봉의 우울한 심정이 슬며시 묻어 있는 것 같아 규하는 그녀에게 조금 미안해졌다.
"지금 네가 보는 꽃잎들이 꽃의 마지막은 아닐 거다. 개화한 꽃은 마지막 꽃잎을 떨구는 순간 다시 새로운 생명을 준비하고 있다. 꽃이 아름다운 이유는 이처럼 생명을 이어가는 힘이 있기 때문이다. 너도 마찬가지야. 너도 그런 꽃과 같아."
허공을 떠돌던 규하의 시선이 그녀의 볼에 머물렀다. 규하의 시선을 느끼자 춘봉은 화르르 얼굴이 붉어졌다. 규하는 세상에서 제일 예쁜 꽃을 보는 듯한 시선으로 그녀를 바라보고 있었다.
"실패는 승리의 어머니이다. 이런 말은 흔하지만 그 의미는 심오하다. 네게는 잠재능력이 있어. 너는 충분히 이겨낼 수 있어."
춘봉은 그의 격려에 얼어붙었던 마음이 훈훈하게 녹는 것을 느꼈다.
"세상은 이것보다 더 어려운 일들로 가득 차 있어. 나 역시 마찬가지로 힘들었고."
"사부님이요?"
뜻밖이라는 듯 춘봉의 눈이 휘둥그레졌다.
"응."

규하가 고개를 끄덕거렸다.

멀리 시선을 던지는 그의 눈빛 속에 말로 할 수 없을 만큼의 커다란 추억이 자신에게도 전해지는 기분이어서 춘봉은 숙연해졌다.

"한겨울 정신력을 이기기 위해 스스로 얼음을 깨고 개울 물속에 몸을 담그곤 했었지. 그때는 젊어서였을까? 동상에 걸릴 것 같은 위험은 아랑곳하지 않았어. 그 결과 왼쪽 새끼발가락에는 아직도 감각이 없다. 잘라야 할지도 모르겠다는 의사 선생님의 말을 듣고 얼마나 눈앞이 캄캄하던지. 그러나 돌이켜보면 후회는 없다. 인생이라는 것은 그런 거야. 나중에 후회하지 않도록 지금 열심히 하는 것뿐."

숨소리도 죽인 채 춘봉이 묵묵히 고개를 숙이고 그의 말을 듣고 있자 규하는 자신이 너무 호랑이 선생님 같다며 너털웃음을 터뜨렸다.

"그때, 내가 오랜 슬럼프를 뚫고 기량을 많이 향상시켰던 그곳, 한번 가보지 않을래?"

규하가 얼굴을 돌려 진지한 눈빛으로 춘봉을 바라보았다.

깊은 눈빛 속에 자신에 대한 진심어린 걱정이 보여 춘봉은 부끄럽기도 하고 미안하기도 하여 시선을 들 수 없었다.

"응?"

재차 규하가 재촉하자 춘봉은 자기도 모르게 그의 진심에 흔들려 고개를 끄덕일 수밖에 없었다.

다음 날, 이른 새벽부터 규하가 춘봉을 흔들어 깨웠다.

"짐을 꾸려라."

"네?"

아직껏 잠이 덜 깬 춘봉이 부스스 수세미처럼 헝클어진 머리를 손으로 가다듬으며 흐리멍덩한 목소리로 물었다. 이제 막 일어난 춘봉은 난데없는 규하의 말에 비몽사몽 정신이 하나도 없었다.

"대회가 이제 약 한 달밖에 남지 않았다. 오늘은 월출산에 있는 캠프로 동계 훈련을 갈 거야."

"네에?"

춘봉은 눈을 비비며 창 밖을 보았다. 겨울이 오는지 갑자기 찬바람이 씽씽 불기 시작한 하늘이었다. 창문으로 보이는 대나무 숲이 싸늘한 소리를 내며 바람에 나부끼고 있었다. 보기만 해도 추워 보이는 바깥인데 동계 훈련이라니……. 춘봉은 오싹 소름이 끼쳤다.

"꼭 가야 해요?"

춘봉은 기어들어가는 목소리로 물었다.

전날, 무슨 정신으로 그 먼 곳에를 가겠다고 했는지 자기 자신을 이해할 수 없었다. 추위라면 딱 질색인데!

그런 그녀의 생각을 읽었는지 규하의 목소리가 더욱더 엄격해졌다.

"나약해진 정신을 다스리는 데는 동계 훈련만한 것이 없는 법이지."

단호한 목소리로 규하가 일렀다. 바늘로 찔러도 들어갈 것 같지 않은 무뚝뚝해 보이는 얼굴에, 어떻게든 피해보려는 춘봉은 규하를 설득해보려는 노력을 포기했다.

"너는 발차기의 파워가 약한 것이 단점이야. 그 발차기의 파괴력은 체중과 힘으로만 결정되는 것이 아니야. 하체의 힘은 허리와 복근에도 영향을 미치지. 또한 스피드가 있는 만큼 파괴력도 증가하게 마련이지. 겨루기는 유연성도 중요하지만 무엇보다 스피드가 중요해. 스피드는 어느 한 순간의 노력으로는 눈에 띠게 향상되기 힘들어. 아직 시합 기간이 남아 있으니 넌 지금 스피드와 체력 위주의 훈련을 해야 해. 그게 바로 지금 동계 훈련을 가는 이유야."

규하가 한바탕 동계 훈련을 떠나야 하는 타당한 이유를 대느라 일장 연설을 늘어놓자 춘봉은 귀를 막고 비명을 지르고 싶어졌다. 따뜻한 남쪽 지방에서 살았던 탓인지 춘봉은 추위라면 딱 질색이었다. 가뜩이나 서울의 겨울도 견디기 힘들 만큼 기온이 낮아 죽을 맛인데 월출산이라면 지금쯤 한창 눈이 쏟아져 내리고 있을 것이었다. 게다가 어제 규하가 이야기하던 중에 꽁꽁 언 개울의 얼음물을 깨고 들어가 정신 집중 수련을 했다는 이야기까지 있었는데!

이젠 나도 몰라! 춘봉은 입술을 꼭 깨물었다. 그러나 어제 규하의 권유에 흔쾌히 고개를 끄덕이지나 말았으면 무슨 수를 써서라도 마다했을 터인데 한 입으로 두 말을 뱉지도 못해서 결국 그녀는 마지못해 짐을 쌌고 월출산으로 떠나는 그의 자동차에 오를 수밖에 없었다.

얼마나 달렸을까. 퉁퉁 불어 있던 그녀의 눈에 드디어 온통 산골짜기로 둘러싸인 곳이 등장했다.

"허거거걱! 여기가 어디예요?"

춘봉이 기겁해서 묻자 규하가 슬쩍 돌아보며 피식 웃음을 떠뜨렸다.

"이제 월출산에 다 왔어."

"월출산이요? 정말요?"

춘봉의 말에 규하는 어깨를 으쓱했다. 오는 내내 춘봉이 오만상을 찡그리고 그 표정에는 다시 서울로 돌아갔으면 하는 소망이 가득했다는 것을 이미 눈치 챈 규하는 일부러 그녀를 외면하듯 앞만 보고 운전에 열중하는 척했다. 그러나 사방이 산으로 둘러막힌 주위를 돌아보는 그녀의 표정에는 이제 영락없이 초고도의 훈련을 받을 수밖에 없게 되어 걱정스러움이 가득했다.

잠시 후, 월출산 앞에 도착한 그들은 산을 오르기 시작했다. 강무제에서 대나무 숲을 달렸던 훈련 덕에 둘은 빠른 속도로 가파른 산길을 오를 수 있었다. 그러나 얼마 후 춘봉의 숨이 가빠지기 시작했다. 산은 끝도 없이 높았고 길은 엄청나게 길었던 것이다.

규하가 훈련 장소로 삼은 곳은 월출산 꼭대기에 있는 산장이었다. 철마다 항상 이용하는 전용 훈련소인지 규하는 익숙한 발걸음으로 산길을 척척 올라갔지만 춘봉은 시간이 지나자 곧 발이 아파 힘들다고 계속 툴툴거렸다.

"뭔가를 생각하는 사람과 그렇지 않은 녀석은 눈 깜짝할 사이에 갈라진다고. 특히 목적이 있는 사람과 없는 사람도 이 세계는 더 그래. 가령 세계에서 최고가 되고 싶다고 생각하는 녀석이 하나 있었는데 뭐, 조금 고리타분하고 추상적인 목표이긴 하지만 그런 사람은 도무지 흔들림이란 게 없어. 도저히 당해낼 수가 없단 말이지."

더 이상 못 올라가겠다고 생떼를 쓰는 춘봉의 등을 뒤에서 밀어주며 규하가 혼잣말하듯 이야기를 풀어놓았다.

가만히 듣고 있던 춘봉이 문득 떠오르는 생각이 있어 규하에게 질문을 던졌다.

"그건…… 사부님 이야기인가요?"

"뭐, 나를 이기고 싶다는 이유도 그런 목적이 되려면 될 수 있겠지만 말이지."

규하는 무거운 배낭을 등에 메고 있던 춘봉을 돌아보며 씨익 웃었다. 춘봉은 숨기고 있던 속마음을 들켜버린 것 같은 표정이었다. 굳이 말로 하지 않았어도 그간의 춘봉을 보면 자신을 이기고 싶어 안달하는 어린아이 같았다. 워낙에 승부욕이 강한 아이라는 것은 어릴 적부터 익히 알고 있는 사실이었으나 이제는 여자 냄새를 물씬 풍기는 성인이 되었는데도 싸움의 대상이자 목표가 바로 자신이라는 것은 그다지 기분 좋은 일이 아니었다. 어쨌든 그는 춘봉과 사이좋게 지내고 싶은 마음이었으니까.

"괜찮아, 어쨌든 목표를 좇으라고."

미안한 듯 자신을 물끄러미 쳐다보고 있는 춘봉을 보며 규하는 괜찮다는 듯 손을 내저었다.

"그러니 그렇게 미안한 표정 지을 것 없어. 애초에 세계 챔피언이 되겠다든지 하는 그런 고상한 목표보다는 조금 세속적인 편이 불타오르기도 쉽고 오래 지속되거든.”

규하는 심술궂은 표정으로 한마디를 덧붙였다.

“게다가 실연당한 지 얼마 되지 않은 여자에게는 뭔가 싸울 만한 상대
도 필요한 법이고 말이야.”

“실연이 아니란 말이에요.”

춘봉이 정색을 하고 규하의 말을 정정했다.

“난 시작도 해보지 못했으니 실연이라고 말할 수도 없는 거 아니에
요?”

규하는 웃으며 손을 뻗어 춘봉의 머리를 쓰다듬었다. 예전부터 햇빛을
받아 보석처럼 반짝이고 있는 그녀의 머리를 만져보고 싶다는 생각이 들
었던 것이다. 그러나 춘봉은 매몰차게 그의 손을 쳐냈다.

“괜히 머리 쓰다듬지 마요.”

“나한테 화풀이하지 마.”

“그것도 위로라고 하는 거예요?”

“흠…….”

규하는 신경질적인 춘봉의 반응에 살짝 눈을 찌푸렸다.

춘봉은 아랑곳하지 않았다. 남들이 규하에 대해 어떻게 생각하는지 이
미 잘 알고 있었다. 고향에서 동섭의 경외심에 가득한 시선이나 할아버지
의 태도 등등으로. 그러나 춘봉은 그가 두렵지 않았다.

“주제넘은 참견 마요.”

“그거 미안하군.”

규하는 머쓱한 표정을 지었다.

“바로 그거예요.”

“뭐?”

“난 그런 점이 싫어요. 언제나 그렇게 여유만만……. 폼 나게 위에서
버티고 앉아서는 내려다보는 느낌. 사부님을 보고 있으면 자꾸 조바심이

234

나요. 내 부족함을 들이대는 것 같아서……. 뭔가 하지 않으면, 뭔가 대
단한 것이 되지 않으면 안 될 것 같은 조바심. 난 죽을 때까지 사부님을
이길 수 없으니까.”

　춘봉의 말에 규하는 난감한 표정을 지었다.

　“너무 그렇게 자기 비하하는 건 유춘봉답지 않은데?”

　춘봉이 슬그머니 흘겨보자 규하는 유쾌하게 웃음을 터뜨렸지만 그 표
정 뒤에 숨겨진 쓸쓸한 표정은 감출 수 없었다. 짐짓 모른 척하며 춘봉이
손에 들고 있던 플라스틱 생수통에 담긴 물을 한 모금 꿀꺽 마신 후 말했
다.

　“아직도 멀었어요?”

　“이 녀석아, 그게 벌써 열 번이 넘은 소리다. 아직 멀었다고 몇 번 이
야기해!”

　규하는 춘봉의 손에 들린 생수병을 휙 낚아챘다. 그리고 아무렇지도
않게 춘봉의 입이 닿은 생수병을 들고 벌컥벌컥 마셔버리는 것이었다.

　거기 내 입 닿은 곳인데……. 춘봉은 저도 모르게 얼굴이 발그스름해
졌다. 규하는 손등으로 입가를 쓱 닦더니 물이 조금 남은 생수병을 그녀
에게 돌려주었다.

　“조금만 더 가면 돼.”

　“하지만 산 정상이 너무 멀잖아요?”

　춘봉이 퉁퉁 불은 입으로 말했다.

　“그럼 목표를 작게 잡아. 이를테면 저기 보이는…….”

　그의 손가락 끝이 백 미터 남짓 떨어져 있는 커다란 느릅나무를 가리
켰다.

　“가까운 목표를 먼저 잡으면 훨씬 쉽게 느껴질 거야. 그런 다음 그 다
음 목표를 잡고…… 그런 식으로 하면 언젠가는 산꼭대기에 다다를 테니
두고 봐.”

거짓말처럼 그의 말은 사실이었다. 백 미터 앞 느릅나무, 그 다음에는 커다란 회색 바위, 그리고 다람쥐 몇 마리가 신기한 듯 고개를 갸우뚱거리고 있는 커다란 계곡가 소나무……. 이런 식으로 몇 번의 가까운 목표를 잡자 금세 산장이 나타난 것이었다.

"자, 저기야. 우리가 보름 동안 묵어야 할 곳."

규하가 가리키는 손가락 끝에는 아담한 산장 하나가 매달려 있었다.

"우와!"

초록색 지붕을 머리에 이고 있는 그림 같은 산장의 모습은 상상했던 것과는 많이 달라 보였다. 빨간머리 앤의 그림책에서 막 튀어나온 것 같은 산장은 조금 황량한 겨울 산의 이미지와도 잘 맞아떨어져 춘봉은 갑자기 부쩍 기운이 돌았다. 아무리 겉으로 털털하고 목소리 호탕한 그녀일지라도 예쁜 것만 보면 사족을 못 쓰는 천생 여자인지라 춘봉은 마지막 힘을 내어 산장에 달음박질치듯 도착했다.

별장처럼 아기자기한 벤치며 화단 같은 것은 바라지도 않았지만 마당에 군데군데 서 있는 나무에는 새끼를 꼰 줄로 칭칭 묶어 타격대를 만들어놓았고 훈련을 위한 여러 가지 기구들이 설치되어 있어 춘봉은 조금 실망스러웠다.

하긴 이곳에는 훈련받기 위해 온 것이니까.

조금 삭막해 보이는 풍경이었지만 이상하게도 자연절경과 어우러져 운치 있게 보였다. 춘봉은 신기한 듯 이곳저곳을 둘러보았다.

"들어가서 짐 풀고 바로 도복 입고 나와."

갑자기 춘봉의 뒤에서 규하가 평상시보다 엄한 목소리로 일렀다.

"네에?"

산에 오르느라 피곤해 죽겠는데 바로 훈련을 시작하다니, 춘봉은 어이가 없어 입을 떠억 벌렸지만 규하의 표정은 장난을 치는 것이 아니었다.

"네."

군말 없이 춘봉은 산장의 이층 방으로 올라섰다. 그동안 그 혼자 사용했던 곳이라 그런지 살림살이는 단출했다. 조그만 창문을 열자 눈앞에 펼쳐진 장관에 입을 다물 수가 없었다.

끝없이 펼쳐진 산들의 향연.

올라올 때는 힘겨워서 구경할 엄두도 나지 않았는데 지금 보니 과연 명산이구나 하는 생각이 절로 들 정도였다.

"뭐 해? 빨리 오지 않고?"

1층에서 그가 부르는 소리가 들리자 춘봉은 후다닥 옷을 벗고 도복으로 갈아입었다.

"야압!"

산장에 도착한 당일, 그들은 바로 본격적인 동계 훈련에 돌입했다. 그러나 산장에 오면서 나누었던 대화 이후 둘 사이에는 보일 듯 말 듯 미묘하게 냉랭한 기류가 맴돌고 있었다. 그것은 몸을 풀기 위해 산책로를 뛰는 훈련을 마치고 난 뒤에도 마찬가지여서 춘봉은 힐끔힐끔 규하의 눈치를 봐야 했다.

사부님은 너무 완벽하니까 난 사부님에게 어울리지 않아요 하지만 난 사부님이 좋아요……

춘봉은 그를 너무 몰아붙였다는 사실을 인정했다. 자신에게 한없이 자상하기만 했던 그가 아니던가.

문득 춘봉은 상현에 대한 생각이 났다. 무려 10년 동안 소중한 사랑이었는데 산산이 부서지는 것은 정말 한순간이었다. 담양의 고향집에는 그동안 그에게 주려고 접었던 종이학이 가득 든 병이며 편지들이 한 상자 분량으로 보관되어 있었다. 춘봉은 이미 끝난 일이라며 고개를 저었지만 아직도 마음 한쪽이 아픈 것은 사실이었다.

그때 너무 성급했던 것은 아닐까? 차라리 친구로서 좀더 다가갔다면 상현이 곁에 남아 있을 수 있었을 텐데……. 춘봉은 그때를 생각하면 아쉬움이 많이 남았다.

난 좋아하는 사람이 있어.

그때 그렇게 말하던 상현의 얼굴에는 난처함이 가득했다. 그에게 그런 난처한 상황을 만들어주게 된 것에 대해 춘봉은 스스로가 원망스러웠다.

보기 좋게 채인 뒤, 멋진 여자가 될 수 있다며 북돋아주고 예쁜 옷도 사주고 용기를 내라고 격려했던 규하의 모습이 연이어 떠오르자 갑자기 춘봉은 그에게 미안해졌다. 그리고 그가 이제 대회를 준비해주는 스승뿐만 아니라 또 다른 존재로서 그녀의 가슴 안에 들어와 있다는 것도 확실해졌다.

상현이와는 달라.

틀림없이 규하는 그녀의 마음에 남아 있는 상현을 깨끗이 덧칠하고 말 것이라는 예감이 들었다.

하지만 난 그런 점이 싫단 말이야. 춘봉은 멀리서 뛰고 있는 도복 차림의 규하를 슬며시 바라보았다. 저만치에서 운동에 열중하고 있는 그의 모습은 남자답고 멋졌다. 문득 고개를 돌린 규하가 춘봉을 바라보자 춘봉의 심장이 또다시 두근거리기 시작했다.

규하가 춘봉을 향해 뚜벅뚜벅 걸어왔다. 춘봉의 동공이 점점 커지고 있는데 아무렇지도 않게 코앞까지 다가온 규하는 그녀의 손을 와락 움켜잡고 바로 옆에 있는 타격대로 이끌고 갔다.

"스피드와 체력이 되어야 발차기를 응용하고 또 기술을 향상시킬 수 있어. 또 자기만의 대련 스타일을 완성시킬 수 있어."

발차기 자세를 취하도록 한 후, 그는 그녀의 자세를 교정해주기 시작했다. 평소 때 춘봉의 오른발이 포물선을 그리며 올라오는 바람에 상대편에게 쉽게 공격 형태를 파악 당할 수 있다는 것도 지적했다. 그때 규하는 춘봉에 대해 사적인 감정이라곤 전혀 찾아볼 수 없는 목소리로 말했다.

춘봉은 그점에 대해 조금 서글픈 기분이 들었지만 그에 대한 자신의 마음을 잊기로 한 이상 그것에 대해 서운해할 필요가 없다고 속으로 되뇌었다. 공은 공이고 사는 사니까.

노끈으로 칭칭 감아놓은 앙상하게 가지만 남아 있는 나무를 바라보며 춘봉은 그것이 꼭 삭막한 자신의 마음 같다는 생각이 들었다. 십 년 넘게 좋아하던 짝사랑 상현은 여우같은 유진을 좋아한다고 하고 유진은 어느새 자신의 마음을 차지해버린 규하를 좋아한다고 하고 상현을 좋아했던 자신은 지금 상현에 대해서는 까맣게 잊어버리고 규하를 마음속에 품고 있고……. 이래저래 모든 것이 엉망진창이라는 생각이 들었다.

한창 마음이 혼란스러운 가운데 갑자기 규하가 그녀 앞에 무언가를 툭 하고 끌어다 던지듯 내려놓았다.

"자."

"아니, 이게 뭐예요?"

황당한 표정으로 묻는 춘봉의 손가락이 가리키고 있는 것은 두꺼운 트럭 바퀴, 타이어에 끈을 묶어놓은 것이었다.

"이걸 발로 차라고요?"

탄력 있는 샌드백과는 달리 보기만 해도 단단해 보이는 타이어를 차라고 할 것 같지는 않은데 규하는 그저 빙글빙글 웃으며 춘봉의 반응을 살필 뿐이었다.

"이건 허리에 매고 끄는 거야."

"소처럼요?"

"응. 소처럼."

단순명료한 규하의 대답에 춘봉은 웃어야 할지 울어야 할지 난감했다. 소처럼 타이어 두 짝을 끌고 가야 하는 것은 그가 아닌 바로 자기 자신이었으니까.

결국 춘봉은 시키는 대로 아침에 한 시간, 저녁에 한 시간 타이어 끌기를 했다. 그것은 배와 허리의 힘을 단련시키는 규하만의 비법이었다. 그리고 다리에 각각 납덩이 두 개씩을 달아 생활하게 만들었는데 그것은 다리의 힘을 기르게 하는 데 특효였다.

규하는 자신만의 비법으로 춘봉을 훈련시키고 있었다. 물론 아주 오랜 시간 동안 태권도를 배워온 춘봉이었지만 운동 특히 무예라는 것은 시간의 문제가 아니었다. 시합이 얼마 남지 않은 시점에서 춘봉은 실력을 기르는 데 도약점이 필요했다.

막판 뒤집기가 가능할까?

입으로는 끊임없이 불평을 늘어놓지만 몸으로는 쉴 새 없이 열심히 수련하는 춘봉의 근성에 규하는 속으로 박수를 보내고 있었다. 하지만 남자의 몸과 여자의 몸은 아무래도 본질적으로 달라 춘봉의 훈련량은 규하의 것보다 3분의 2 수준에도 미치지 못하고 있었다. 그러나 꾸준히 노력한 결과, 처음에는 무리하게 하는 바람에 근육에 경련이 일어 마비 증세를 보이곤 하던 발차기나 지르기에도 이제 춘봉은 매우 익숙해진 모습이었다. 예전처럼 다리에 쥐가 나거나 하는 일은 거의 일어나지 않았다.

규하는 문득 그 사실이 조금 서운하게 느껴지는 이유를 알 수 없었다. 경련을 풀어주느라 종종 그녀의 종아리를 손에 쥘 때면 야릇한 기분이 들었다. 뼈대는 가늘고 실팍하게 잡히는 종아리 살은 말랑말랑 부드럽고 따스했다. 춘봉은 그때마다 아픈 표정으로 규하가 매만지는 손길을 전혀 느끼지 못하는 것 같았지만.

"야압!"

해가 늦게 뜨는 이른 새벽, 깊은 산중에 울려퍼지는 우렁찬 기합 소리는 메아리쳐 다시 그들에게 돌아왔다. 며칠간 그들은 오로지 훈련에만 몰두했다. 타이어 두 개에 끈을 달아 달리는 것이 춘봉의 아침을 여는 첫 운동이었다.

유진과의 일로 규하에게 날카로웠던 춘봉도 시간이 흐르자 조금씩 따뜻한 신뢰의 시선을 보내기 시작했고 규하는 자꾸만 머릿속을 파고드는 춘봉의 미소를 떨쳐내기 위해 새벽에 찬물로 샤워하는 시간이 잦아지고 있었다.

어느덧 춘봉의 실력은 동계 훈련의 효과를 보고 있었다. 춘봉은 눈에 띌 정도로 기량이 탁월하게 향상되고 있었다. 그런 춘봉을 보며 규하는 만족스러운 웃음을 지었다. 건장한 남자에게도 힘든 훈련이었지만 춘봉은 이를 악물고 따라잡고 있었다.

"득점을 하기 위해서는 특히 뒤 후려차기를 정확히 해야 해! 우선은 공격이 들어오는 타이밍과 스텝을 밟는 타이밍이 잘 맞아야 하고. 상대방의 공격이 들어올 타이밍을 생각하면서 스텝을 밟고 공격이 들어올 때 상체를 약간 낮추고 머리와 몸을 먼저 돌린 다음에 다리를 올리면 스피드가 그냥 찰 때보다 향상된다. 겨루기를 할 때 뒤 후려차기로 타깃을 정확히 보고 하는 경우는 없다. 그것은 수백, 수천 번의 겨루기를 통해 감각을 길러야 하는 것이다."

규하는 아침마다 춘봉과 겨루기를 하며 그녀의 기량을 갈고 닦기 위해 노력했다.

"메달 권 진입을 목표로 삼고 있되, 시합 경험이 없으니 뒤 후려차기를 가장 추천하는 바이다. 그리고 횡 이동 받아 차기를 위주로 연습하는 걸 추천하고 싶군. 겨루기 중 얼굴을 가격하는 것은 뒤 후려차기다. 그렇다고 뒤차기로 얼굴을 가격할 수 없다는 것은 아니지만 겨루기 중에 쓰기엔 무리가 있다는 거야."

인식하려고 하지 않았지만 매번 그녀의 몸과 부딪힐 때마다 규하는 아찔한 기분이 들곤 했다. 하지만 그녀의 공격이 너무 날카로워서 잠시 딴생각에 빠져 있다가는 금세 실점을 하게 되곤 해서 규하는 더 정신을 바짝 차리려고 애를 썼다.

올림픽에 나갔을 때에도 이렇게 정신을 바짝 차리지는 않았던 것 같은

데……. 규하는 쓴웃음을 잘라 삼켰다.

"와, 첫눈이에요!"

갑자기 들려온 춘봉의 환호성에 규하는 오만상을 다 썼다. 그의 마음을 흩뜨리는 장본인, 춘봉. 새파랗게 어리지만 온통 그의 마음을 쥐고 뒤흔들어버리는 것이, 그리고 그 역시 그녀에게 휩쓸려가는 것이 마음에 들지 않아 규하는 입술을 굳게 다물었다.

겨루기 중에는 정신 집중이 중요한데 몇 분 되지도 않는 겨루기에서 금방 시선을 다른 곳에 팔아버리는 그녀에게 따끔하게 한마디해주려다가 규하는 문득 그 마음이 온데간데없이 사라지고 말았다. 하늘에서 펑펑 쏟아지고 있는 눈에 정신이 팔려 반짝거리는 눈은 커다래지고 매끄러운 입술은 살짝 벌어져 있는 춘봉이 너무나 순수해 보여서 가슴이 저려왔던 것이다.

찌릿!

규하는 심장이 뛰고 있는 왼쪽 가슴을 움켜잡았다. 도대체 뭐야? 이런 감정?

그 와중에 춘봉은 생전 처음 눈을 본 강아지마냥 방방 뛰었다. 밤새 눈이 내려 산이 온통 흰색 투성이였다.

"눈이 내린다는 소식은 없었는데."

규하가 중얼거렸다.

날씨를 예상하기 어려운 강원도여서 눈은 그저 휘날리는 것으로만 그치지 않았다. 그가 심각한 얼굴로 지켜보고 있는 사이 눈발은 점점 강해져 눈 깜짝할 사이에 무릎 높이만큼 차올라 쌓였다.

"가는 날이 장날이라고 했던가……."

얼른 산장 안으로 들어와 난로에 불을 지피면서 계속 투덜거리고 있는 규하 곁으로 춘봉이 몸을 웅크린 채 바싹 다가와 앉았다.

“사부님, 왠지 엄청 추워지기 시작했당게요”

“흠흠, 이 정도로 뭘 그리 수선이야?”

규하는 괜히 헛기침을 하며 지청구를 주었다. 그러나 말과는 달리 춘봉이 추울까 싶어 페치카의 온도를 한층 높였다.

“하긴 당연하겠지. 이 정도 눈이 내릴 정도면 아마 영하 10도는 될걸?”

잠시 후, 훈훈한 열기가 그들을 감쌌다.

“오늘 훈련은 할 수 없겠는데?”

한 치 앞도 볼 수 없게 시야를 가리며 휘몰아치는 눈발을 보며 규하가 중얼거렸다.

“훈련을 시작한 지 얼마 되지도 않았는데 갑자기 눈발이라니…….”

창 밖을 보며 갑갑해하는 규하와는 달리 춘봉은 여전히 눈을 보면서 어쩔 줄 몰라하며 좋아하고 있었다. 훈련에 대한 생각은 까마득히 잊고 철없이 싱글벙글 웃고 있는 모습이 한심스러웠지만 다른 한편 아직까지 소녀처럼 순수한 면을 간직하고 있는 춘봉이 귀엽기도 해서 규하는 살며시 미소를 지었다.

결국 눈이 그칠 때까지는 훈련을 할 수 없어 규하는 페치카의 따뜻한 온도를 벗삼아 낮잠을 잤다.

일어나보니 눈은 거짓말처럼 그쳐 있었고 눈앞에는 온통 눈밭이 펼쳐져 있었다. 그리고 춘봉은……. 감쪽같이 사라지고 없었다.

“어딜 간 거야?”

규하는 애써 아무렇지도 않은 척 주위를 둘러보았다. 그러나 조그만 산장 어디에도 춘봉의 흔적은 찾을 수가 없었다.

규하는 문을 활짝 열어젖혔다. 이곳은 첩첩산중이었고 몇 시간 전에 무릎까지 쌓였던 눈은 이미 허벅지까지 더 높이 쌓여 있었다. 온통 새하얀 눈이 그의 눈에는 포근하거나 낭만적이 아닌, 차갑고 냉랭한 죽음의 빛깔로만 보였다. 그의 손이 자기도 모르게 떨리고 있었다. 마음 한구석에 그녀에 대한 걱정이 새록새록 피어나고 있었다.

춘봉아. 규하는 침을 꿀꺽 삼켰다. 두려운 마음에 목이 메어 침도 잘 삼켜지지 않았다.

"춘봉아!"

적막한 들판을 향해 춘봉의 이름을 불러보았지만 메아리로 되돌아오는 것은 그 자신의 목소리뿐이었다. 규하는 산이라 금세 어두워지는 서쪽 하늘을 바라보았다. 석양이 산등성이에 걸려 한 시간만 있으면 완전히 어두워질 것만 같았다. 규하는 랜턴 하나를 집어들었다. 발이 푹푹 빠지는 강원도의 눈 덮인 산은 살인 흉기처럼 무서웠다.

"춘봉아! 유춘봉!"

그러나 여전히 아무 대답 없는 메아리만 울려 퍼질 뿐이었다.

새하얗게 눈으로 덮인 길을 눈으로 샅샅이 훑던 규하의 레이더망에 춘봉의 것으로 보이는 발자국들이 포착되었다. 조그맣고 앙증맞은 발자국들이 산길 저편으로 이어져 있었다. 규하는 마음이 조급해졌다. 천만다행으로 춘봉이 눈이 그친 후에 밖으로 나간 모양이었다. 그러나 또다시 눈이 내리기라도 한다면 그때는 이런 흔적은 눈 깜짝할 사이에 덮여버리고 말 것이었다.

규하는 발이 푹푹 빠지는 눈을 열심히 밟아나갔다. 그러다가 문득 춘봉의 발자국 바로 옆에 나 있는 발자국을 발견하게 되었다. 그것은 사람의 것이 아니었다.

"산토끼군."

과연 그녀다웠다. 아무리 시골에서 태어나고 컸다고 해도 산토끼를 보는 것은 흔하지 않은 일이었을 것이다. 강아지와 토끼를 좋아하는 성격답게 우연히 산장 창문을 통해 산토끼 한 마리를 발견한 춘봉이 앞뒤 가리지 않고 뛰쳐나갔던 것이라고 규하는 어렵지 않게 추측해낼 수 있었다.

244

춘봉에 대한 걱정 한구석에 과연 춘봉이 산토끼를 잡았을까 하는 의문이
물음표를 달고 새어나왔다.

"나도 점점 춘봉이를 닮아가는 모양이군."

규하는 그런 자신이 한심하기도 하고 또 엉뚱한 춘봉의 모습과 흡사하
게 변해가는 자신의 모습이 우습기도 해서 고개를 절레절레 저었다.

발자국을 따라 한참을 걸어나갔지만 아직 춘봉의 모습은 온데간데없었
다. 규하는 문득 이 발자국이 춘봉의 것이 아닐지도 모른다는 생각이 들
기도 했다. 그렇지만 강원도 산골짜기에 사람이 넘쳐나는 것도 아니고 그
의 산장과 이어져 있는 발자국이면 당연히 그녀 한 사람밖에 없지 않은
가.

날은 점점 어두워져가고 규하는 손에 들고 있던 랜턴을 켰다. 랜턴의
노란빛이 춘봉의 발자국을 열심히 비췄다. 어느덧 또다시 강원도 산골에
눈이 퍼붓기 시작했다.

"안 돼!"

눈에 의해 발자국이 조금씩 지워지는 것을 보며 규하는 마음이 초조해
졌다. 기온은 언뜻 보기에도 영하 10도를 넘어간 것 같았다. 그러나 추운
날씨였지만 긴장되어서 그런지 추위를 느낄 수가 없을 지경이었다. 두툼
한 오리털 파카를 입었는데도 규하의 등에는 식은땀이 흘러내리고 있었
다.

춘봉이가 잘못되기라도 한다면……. 모든 것이 내 책임이다.

규하는 눈앞이 캄캄했다. 자신을 믿고 손녀딸을 맡긴 유 사범의 모습
이 스쳐 지나갔다. 유 사범님의 얼굴을 어떻게 본단 말인가. 그러나 그보
다 더한 것은 알 수 없는 고통이었다. 그녀를 잃는다고 생각하니 너무 마
음이 아파 규하는 손까지 부들부들 떨릴 지경이었다. 자신을 보며 해맑게
웃던 어린 춘봉의 모습과 성실하게 운동하던 모습, 그리고 얼마 전에 실
연 당해 울고 있던 모습들이 파노라마처럼 지나갔다. 그녀에게 더 잘해줄

걸 하는 후회가 파도처럼 너울져 규하는 있는 힘껏 눈밭을 달려나갔다.

그러나 그런 규하의 간절한 바람에도 불구하고 눈은 희미하게나마 남아 있던 춘봉의 발자국을 모두 지워버렸다. 규하는 거스를 수 없는 대자연의 힘에 자신이 얼마나 나약한 존재인지 비로소 깨달았다.

"오, 하느님!"

규하는 하늘이 원망스러워 괴성을 지르며 주먹을 내질렀다. 그러나 주먹 끝에는 아무것도 닿지 않았고 규하의 분노와 원망은 낮잠을 자느라 춘봉을 제대로 돌보지 않은 자기 자신에게로 고스란히 돌아올 수밖에 없었다.

규하는 눈물로 얼룩진 얼굴로 너른 눈밭을 둘러보았다. 나무 한 그루 보이지 않는 벌판이었다.

"춘봉아! 유춘봉!"

사방을 향해 규하는 두 손을 입가에 대고 처절하게 춘봉의 이름을 불러보았다.

마음이 찢어지는 느낌이었다. 그러나 포기할 수 없었다. 규하는 춘봉의 행방에 대한 조그마한 단서라도 찾기 위해 랜턴 빛에 의지해 정신 나간 사람처럼 사방을 헤맸다. 그러나 춘봉의 발자국은 눈에 덮여 완전히 사라져버렸고 애초에 춘봉이 이곳에 오지 않은 것처럼 시치미를 딱 떼고 있었다. 그는 절망감에 그 자리에서 무릎을 탁 꿇어버렸다.

"춘봉아……."

어디 안전한 곳에 그녀가 몸을 피하고 있을지도 모른다는 일말의 희망이 남아 있었지만 그것은 객관적으로 거의 불가능한 일이었다. 왜냐하면 이곳은 나무 한 그루 없는 허허벌판 지대였고 춘봉은 아마도……. 이제는 허리까지 쌓여 있는 눈 아래 차디차게 얼어 죽어 있을 가능성이 높았다.

"안 돼! 안 돼!"

규하는 세차게 고개를 저었다. 춘봉이 죽었다고는 절대 생각하고 싶지 않았다.

왜 동계 훈련을 오자고 했던 것일까……. 규하는 동계 훈련을 결정한 스스로에 대해 원망하고 후회했다. 그냥 강무제에서 훈련을 계속했더라면 이런 일이 생기지도 않았을 텐데…….

그러나 이미 엎질러진 물이었다. 규하는 그제야 생살을 에일 듯이 불어오는 차가운 눈바람을 인식하기 시작했다. 한 번 추위를 느끼기 시작하자 몸도 마음도 죽을 것만 같았다. 얼른 산장으로 돌아가 페치카의 따뜻한 불기운에 몸을 녹이고 싶은 이기적이고 간사한 마음이 고개를 쳐들었다.

규하는 손으로 무릎을 짚고 벌떡 일어났다. 무슨 일이 있어도 산장으로 돌아가는 것은 춘봉과 함께였다.

무슨 일이 있어도……. 춘봉을 찾다 죽는 한이 있더라도 찾는 일을 포기하지 않을 것이었다. 규하의 발길에 갑자기 무언가가 탁 하고 걸렸다. 그 때문에 규하는 앞으로 고꾸라질 뻔했다. 심장이 달음박질치기 시작했다. 예상대로 눈 속에 파묻혀 있던 그것은 바로 춘봉이었다!

규하는 정신없이 춘봉의 몸을 덮고 있는 눈을 파헤치기 시작했다. 춘봉은 죽은 듯이 두 눈을 감고 있었다. 규하는 얼굴을 그녀의 뺨에 대고 비벼보았지만 자신 역시 차가운 바람에 식어 있는지라 전혀 감각이 느껴지지 않았다. 호호, 더운 입김을 불어 뺨을 녹여주었지만 춘봉의 뺨은 얼어붙은 듯이 차가웠다. 규하는 코 아래로 손가락을 가져다 대보았다. 숨이 느껴지지 않았다.

날씨가 너무 추워 내 손의 감각이 사라졌는지도 몰라. 규하는 급한 마음에 춘봉의 몸을 완전히 눈 속에서 꺼냈다. 그런데 춘봉의 가슴에 무언가가 힘주어 안겨 있었다.

산토끼였다. 산토끼는 그녀에게서 빠져나가려고 몸부림을 치고 있었다.

얼어 죽을 뻔한 외중에도 자신이 잡은 것은 절대 놓지 않는 춘봉의 모습에 규하는 그 상황에서도 웃음이 나왔다.

규하는 산토끼를 빼내 눈밭으로 놓아주었다. 몸집이 가벼운 산토끼는 눈 속에 빠지지 않고 깡충깡충 금세 멀리 달아나버렸다.

춘봉이가 깨어나면 한소리하겠군.

규하는 춘봉의 가슴에 귀를 대보았다. 다행히 심장 뛰는 소리가 희미하게 들려왔다. 안도의 한숨을 내쉰 규하는 춘봉을 들쳐업었다.

한시바삐 산장으로 돌아가야 했다. 페치카의 불길을 쐬면 나아지리라. 그리고 정신을 차리면 엄청나게 기합을 주어야겠다고 규하는 산장으로 돌아가는 내내 결심하고 또 결심했다.

12

　그의 마음을 눈치 채기라도 했는지 춘봉은 정상 체온으로 쉽게 되돌아오지 않았다.

　산장에 도착하자마자 규하는 페치카의 온도를 최고도로 높이고 카펫을 가져와 춘봉을 눕혔다. 그리고 눈에 젖은 춘봉의 파카와 옷들을 모조리 벗겼다. 속옷마저 온통 차갑게 젖어 있는 통에 커다란 목욕 수건으로 둘둘 말고 속옷도 남김없이 벗길 수밖에 없었다.

　어렸을 때에는 뒷산 시냇가에서 목욕도 함께 한 사이였지만 이제 그녀는 스무 살, 다 큰 처녀였다. 보지 않으려고 했지만 불가피하게 그의 눈에 들어온 성숙한 그녀의 나신은 눈부셨다. 눈부시다는 말 외에는 표현할 형용사가 없을 정도로. 여자의 몸을 처음 보는 것이 아니었지만 규하는 아침 햇살과 같은 그녀의 나신이 눈부셔 자꾸만 눈을 깜박거렸다.

　딱딱하게 각이 져 있는 자신의 어깨와는 다르게 모난 구석 하나 없이 동그랗게 떨어지는 어깨선은 그의 몸 어느 한 귀퉁이에서 뜨겁게 불기둥이 솟구치게 만들었고 그녀를 품에 안고 싶다는 욕망이 마음을 꿰뚫었다.

언제 살을 에일 것 같은 차가운 바깥에 있었느냐 싶게 체온이 화끈화끈
하게 치솟았다.

　나란 놈은……. 잠시 넋을 잃고 춘봉을 바라보던 그는 붉어진 얼굴을
깨달으며 문득 정신을 차리고 속으로 혀를 찼다.

　규하는 춘봉의 몸이 전혀 보이지 않게 두꺼운 이불을 목까지 덮어주었
다. 몸에 잔뜩 열이 올라 웃옷까지 벗어버린 그에 비해 그녀의 체온은 쉽
게 상승하지 않았다. 짧지 않은 시간 동안 차가운 눈 속에 파묻혀 있었기
때문에 회복이 쉽지 않은 것 같았다. 게다가 체온은 둘째치더라도 잠자는
숲속의 공주처럼 두 눈을 딱 감은 채 죽은 듯이 잠들어 있는 춘봉은 정신
을 차리지 못하고 있었다.

　혼수상태인 걸까?

　힐끗 창 밖을 내다보니 여전히 눈보라가 휘몰아치고 있어 119를 부른
다고 해도 헬리콥터도 뜨지 못할 것 같았다. 규하는 다시 한 번 동계 훈
련에 대해 후회하면서 일단은 춘봉의 체온부터 정상으로 돌려놔야 할 것
이라고 생각했다.

　춘봉의 몸은 뜨거운 불 앞에 있는데도 여전히 차디찼다. 규하의 마음
이 급해졌다. 빨리 체온이 오르지 않으면 동상에 걸릴 확률이 높았다. 전
신 동상이라…….

　심각한 동상으로 발가락을 잘라낸 사람들의 경우를 많이 보아왔기에
규하는 마음 같아서는 페치카의 불 앞에서 춘봉을 뒹굴뒹굴 굴려가며 온
기를 쐬어 따뜻하게 만들고 싶을 정도였다.

　규하는 손바닥을 비벼 열을 낸 뒤 춘봉의 종아리를 한 짝씩 들고 열심
히 문질러댔다. 혈관이 몽땅 얼어버린 듯 조직은 뻣뻣했고 관절도 심상치
않게 굳어 있었다. 그에 비해 규하의 몸은 정상 체온보다 더 뜨거웠다.

　어쩔 수 없군. 규하는 결단을 내렸다. 언 사람의 몸을 녹이는 데 가장
좋은 것은 다름 아닌 바로 사람의 체온이었다. 36.5도, 인체의 기적을 믿

으며 규하는 옷을 벗었다. 그리고 이불 속으로 들어가 춘봉의 몸을 꽉 그러안았다. 춘봉의 몸은 마치 규하를 위해 만들어진 양 그의 가슴에 쏙 들어오는 사이즈였다.

그녀의 몸이 안겨주는 흐뭇한 질량감에 규하는 또다시 흥분을 느꼈지만 춘봉이 놀려대는 대로 변태가 되고 싶지는 않았기에 규하는 속으로 구구단을 외며 마음을 진정시켰다.

깨어나면 손톱으로 할퀴려고 덤벼들겠군.

규하는 팔베개를 해준 춘봉의 머리를 가슴 쪽으로 가까이 끌어당겼다. 그리고 차가운 춘봉의 뺨에 자신의 뜨거운 뺨을 문질렀다. 봄날의 벚꽃잎 같은 분홍 빛깔의 도톰한 입술이 시선을 사로잡았지만 규하는 억지로 거기에서 시선을 떼어내며 활활 타오르는 페치카의 불길을 응시했다. 쌕쌕거리는 그녀의 숨소리가 그의 마음을 안정시켜주었다.

무슨 꿈을 꾸고 있을까……

이번 일로 규하는 춘봉이 어린시절 함께 놀던 동생이나 그의 제자 중 한 사람이라고 생각했던 것을 정정하게 되었다. 그녀는 규하에게 무언가 놓치고 싶지 않은, 너무나 소중한 무언가였다.

갑자기 그의 마음 한가운데에 마치 선전포고처럼 '사랑'이라는 두 글자가 메아리쳤다 사라졌다.

예전에 춘봉에게 충동적으로 입맞춤했던 날, 규하는 자기도 모르게 춘봉에게 좋아한다고 속삭였었다. 어떤 여자에게도 좋아한다느니 사랑한다느니 하고 말한 적이 한 번도 없는 그였기에 그때 규하는 자신이 이성을 상실하지 않았나 하는 생각을 했었다. 그러나 지금 생각해보니 이성보다 마음 깊숙한 곳에서는 이미 진실을 알고 있었던 것이다. 그가 춘봉을 사랑하고 있다는 것을, 자신은 단지 그녀의 사부이고 어렸을 때 친 오누이 같은 사이였을 뿐이라고 끝끝내 인정하려 하지 않았지만, 아무리 거부해도 강의 흐름을 거스를 수 없는 것처럼 춘봉을 향한 자신의 마음은 이미 그렇게 흘러가 버렸던 것이다.

춘봉의 규칙적인 숨소리가 공중에서 하얀 김을 내며 그의 뺨에 부딪쳤다.

규하는 이불 끝을 끄집어 당겨 춘봉의 귓가를 세심하게 덮어주었다. 그리고 낙인을 찍듯이 춘봉의 동그란 이마에 뜨거운 입술로 입맞춤을 했다. 내 소중한 사람…….

춘봉이 깨어나면 이제는 서슴없이 고백해야겠다고 다짐하며 그는 두 눈을 감았다. 그리고 그녀처럼 깊은 잠에 빠져들었다.

한편, 강무제를 뛰쳐나온 유진은 이를 악물었다. 남자에게 채인 것은 머리털 나고 이번이 처음이었다.

"흥! 잘난 척은! 너말고 남자는 발에 채이고 채인다!"

유진은 마구 성질을 부리며 강무제 쪽을 향해 눈을 흘겼다. 규하에 대한 원망스러운 마음과 또 서운한 마음이 뒤섞여 심정이 복잡했다.

"에잇! 다 필요 없어! 춘봉이를 좋아하는 그 따위 남자라면 뻔하지 뭐! 눈도 한참 낮을 거야. 태권도 금메달리스트이면 뭘 해? 멋진 여자 하나 제대로 볼 줄 모르다니, 돼지 목에 진주목걸이지!"

유진은 자신을 선택하지 않은 규하를 욕했다.

상현은 춘봉의 전화를 받고 유진을 만나기 위해 강무제로 오던 길이었다. 그러던 중 저만치 걸어가고 있는 유진의 뒷모습을 발견하고 상현은 반가운 마음에 발끝을 들고 살그머니 유진의 뒤를 따랐다.

무엇에 그리 화가 났는지 투덜투덜하는 유진이 귀여워 상현은 입가가 벌쭉하니 벌어졌다.

그러나 천사 같은 외모의 그녀의 입에서 나온 말은 가히 경악할 만했다. 상상할 수조차 없는 천한 욕을 내뱉고 있는 모습은 아무리 그녀를 좋아하는 상현이라고 해도 마음이 얼어붙지 않을 수 없었다. 게다가 괜히 지나가는 조그만 여자아이에게 주먹을 들어 보이며, "저리 안 꺼져? 이걸 확!" 하고 위협하는데 상현은 유진에게 주기 위해 사온, 손에 들린 커다란 장미 꽃다발이 무색해지는 것 같았다.

유진의 이중적인 모습에 상현은 뒤따라가던 발걸음을 딱 멈추었다. 그러나 우연히 뒤를 돌아보고 그를 발견한 유진은 험악하게 구기고 있던 인상을 단 1초 만에 환하게 웃는 매력적인 표정으로 바꾸어버렸다.

"어머! 상현아!"

그러나 이미 때는 늦었다. 상현은 유진의 가면을 이미 봐버린 후였으니까. 상현은 반가운 얼굴로 뛰어오는 유진을 보며 뒤로 한 걸음 물러섰다.

"어머, 이 꽃다발 너무 예쁘다―."

분위기도 눈치 채지 못하고 유진은 얼른 상현이 들고 있는 꽃다발을 받아 들었다.

"이거……, 나 주려고 산 거야?"

유진은 위로 눈을 치뜨며 귀여운 표정으로 장미꽃의 향기를 맡았다.

아양을 부리는 듯한 유진의 코맹맹이 목소리에 상현은 구역질이 났다. 게다가 유진의 혼잣말을 들어버린 이상 그녀가 자신에게 손톱만큼이라도 마음이 있을 거라고는 생각하기 힘들었다. 방금 전에 춘봉이의 사부라는 사람에게 꼬리를 치다 채인 것 같았으니. 상현의 입가가 일그러졌다.

"고마워. 정말."

감동 먹은 듯이 어느새 이슬이 촉촉이 맺힌 눈으로 바라보는 유진의 모습은 상현을 진절머리나게 했다. 상현은 자기도 모르게 유진을 향해 종잇장 구기듯이 인상을 쓰고 있었다.

"상현아!"

상현의 태도가 이상한지 유진이 상현의 이름을 불렀다.

　“……”

　상현이 묵묵부답이자 유진은 애써 밝은 표정을 지으며 아무렇지도 않
게 그에게 팔짱을 끼었다.

　“나 여기 있는 줄 어떻게 알았어?”

　상현은 너무나 쉽게 가면을 바꿔 쓸 줄 아는 유진의 몸속에 꼬리가 아
홉 개 달린 여우 하나가 숨어 있는 것 같아 그녀와 눈을 마주치기가 싫어
졌다.

　“춘봉이한테 들었어!”

　마지못해 대답하는 상현의 입에서 반갑지 않은 이름이 나오자 갑자기
유진의 표정이 떫은감을 씹은 듯이 묘해졌다.

　“춘봉이 얘기는 내 앞에서 꺼내지도 마!”

　유진이 벌컥 성을 냈다.

　자세한 사정은 모르지만 무언가 춘봉이에 대해 심사가 좋지 못한 모양
이라고 생각하며 상현은 자연스럽게 팔짱을 풀었다. 유진이에 비하면 춘
봉은 얼마나 순수하고 착한가. 상현은 사람은 외모가 전부가 아니라는 사
실을 새삼스럽게 깨달았다. 왜 다시 한 번 춘봉이의 마음을 생각해보지
않았을까. 누군가를 좋아하고 누군가로부터 사랑받는 것이 얼마나 기쁜
일인지 상현은 잠시 망각하고 있었다. 유진은 자기도 모르게 그에게 화를
낸 꼴이라 스스로도 놀란 모양이었다.

　유진은 슬쩍 헐거워진 팔짱을 다시 한 번 단단히 꼈다. 그러나 동시에
상현의 얼굴에서 작은 경련이 이는 것은 눈치 채지 못했다.

　“나 데리러온 거야?”

　유진이 눈을 동그랗게 뜨고 귀여운 표정을 지으며 묻자 상현은 문득
감정을 숨기지 못하던 순수한 춘봉의 얼굴이 눈앞에서 아른거렸다. 차라
리 춘봉이가 낫지, 백 배 천 배.

　상현은 유진과 나란히 걸으면서 춘봉에 대한 추억을 떠올렸다.

254

너무 오래된 일이었지만 초등학교 시절 그녀가 자신에게 호감을 가지고 있다는 것은 한눈에 알아챌 수 있었다. 춘봉의 감정은 쉽게 읽혔고 같은 책상을 쓰는 바람에 손이 부딪치기라도 하면 금세 얼굴이 홍당무처럼 붉어지곤 했었다. 유진과는 다르게 거짓말이라곤 절대 할 수 없을 것 같은 표정.

그러고 보니 얼마 전에 있었던 초등학교 동창회나 춘봉과의 자리를 주선해준 사람이 바로 유진이었다는 생각에 미쳤다. 상현은 문득 춘봉과 하나밖에 없는 단짝이라고 자청해온 유진이 실은 춘봉을 곯려 먹고 무안을 주기 위해 그런 것은 아닌지 의심스러웠다. 지금 보니 유진은 그렇게 하고도 남을 것 같은 성격이었다.

동창회에서 춘봉의 치마에 엎질러진 맥주잔은 유진의 것이었고 그때 당황해서 어쩔 줄 모르던 춘봉을 보고 빙긋이 웃고 있던 유진의 모습이 떠오르자 상현은 춘봉이 가엾게 생각되었다. 동시에 자신의 옆에 찰싹 달라붙어 있는 유진의 이중적인 모습이 싫고 더럽게 느껴져 소름이 끼쳤다.

"나는 바빠서 이만 가볼게."

상현은 이른 작별인사를 했다. 한때 유진을 만나서 사랑의 열병에 빠진 것처럼 마음이 두근거리던 적도 있었다. 그러나 실상을 알아버린 후에 그런 마음은 씻은 듯이 사라지고 없었다. 오히려 유진과 함께 자신도 춘봉에게 상처를 주었던 것은 아닌가 싶어 많이 미안하고 마음이 아팠다.

"어머? 벌써?"

상현의 태도에서 뭔가 심상치 않은 구석을 발견한 듯이 유진의 얼굴에 당황스러움이 떠올랐다.

"만난 지 얼마나 되었다고 그래? 오늘 좀 우울한데 맥주나 한 잔 마시자. 응?"

애교를 피우는 듯한 유진의 모습은 여전히 매력적이고 아름다웠다. 그러나 아직까지 분위기 파악도 제대로 하지 못하고 엉겨 붙는 그녀의 태도는 철부지 같기도 하고 어리석다는 생각이 들었다.

상현은 자신의 옆에 나란히 달라붙어 종알대고 있는 유진의 이야기를 못 들은 척하며 발걸음을 빨리 했다. 춘봉이의 사부님에게 안 되니까 이제 드디어 내 차례? 꿩 대신 닭인 건가?

유진의 진실을 알아챈 상현은 입맛이 썼다. 여태껏 계속해서 러브콜을 보냈어도 순진하게 모른 척하던 유진이었다. 상현은 속으로 여우같은 그녀가 이미 모든 것을 눈치 챘음에도 모른 척하고 있었고 춘봉의 태권도 선생님과 자신을 저울질하고 있었다는 사실에 엄청나게 분노했다.

"아니야. 바빠서 이만."

상현은 유진의 손길을 뿌리치고 주차해놓은 자동차에 올라탔다.

연거푸 두 번이나 거절당했다는 충격에 휩싸인 유진은 한 손에는 커다란 장미꽃을 든 채, 눈앞에서 쌩하고 도망치듯 사라지는 상현의 뒷모습을 멍하니 바라보고 있었다.

"이게 뭐야!"

눈치 빠른 유진은 자신을 바라보는 상현의 눈빛이 싸늘하게 변하고 있다는 것을 알 수 있었다. 남자에 대해서라면 누구보다 잘 알고 있다고 자신하는 그녀였지만 연속적으로 어퍼컷을 맞는 느낌에 정신을 차릴 수가 없었다. 규하는 자신의 발끝에도 미치지 못하는 춘봉이 좋다면서 그녀를 거절하지를 않나, 또 갑자기 나타난 상현은 그녀를 대하는 태도가 눈에 띄게 변하지를 않나…….

상현이 자신을 좋아하고 있다는 것은 예전부터 알고 있던 사실이었다. 그러나 동갑내기로, 어리고 좋아하는 마음만큼 아직 그녀에게 비싼 선물을 사줄 만큼 경제적인 여유가 없다는 점에서 조금 망설여지던 상대였다.

그러나 의대생이니까, 미래의 의사 사모님도 괜찮지 않겠어? 규하에게 채이고 그나마 의대생인 상현의 마음이라도 받아들여 볼까 했더니 웬걸, 상현은 못 볼 것을 본 것 같은 모습으로 횡하니 사라져버렸다. 게다가 차로 태워다준다는 말도 없이.

유진은 억울하고 화가 나 길가에 나뒹구는 깡통 하나를 발로 뻥 차버렸다.

"아얏!"

깡통 속에 아이들이 돌멩이들을 잔뜩 넣어놨는지 하이힐 앞 축이 뎅강 부서져버리고 발가락까지 아파왔다. 유진은 두 손으로 발을 잡고 콩콩 뛰었다.

"아이, 재수 없어!"

유진은 재수 없는 오늘 하루를 한시라도 빨리 마감하고 싶었다.

"으음……."

춘봉의 입에서 신음 소리가 흘렀다.

정신을 차렸을 때 춘봉은 자신에게 무슨 일이 일어났었는지 어렴풋하게 기억이 났다.

창을 열었더니 눈앞에 온통 새하얀 눈밭이었다. 고향인 담양은 남쪽 지역이라 그렇게까지 눈이 많이 내리지도 쌓이지도 않아 춘봉은 어린아이처럼 신이 났다. 그런데 저만치 가까운 거리에서 산토끼 하나가 귀를 쫑긋거리며 신기한 듯 그녀를 바라보고 있는 것이 아닌가.

구슬처럼 까맣게 빛나는 눈동자가 마치 자기를 잡아보라고 약 올리는 것 같아 춘봉은 냉큼 눈밭으로 한 발짝을 디뎠다. 눈이 한가득 쌓여 있어 발이 쏘옥 하고 눈 속으로 파묻혔지만 춘봉은 신경 쓰지 않았다. 평소에는 너무나 재빨라 쉽게 잡을 수 없는 산토끼 역시 눈 때문에 움직임이 많이 느려져 있었다.

손만 내밀면 닿을 듯이, 닿을 듯이 애간장을 태우며 산토끼는 그녀에게서 멀어졌다. 엎어지면 코라도 닿을 것 같은 가까운 거리만을 사이에 남겨둔 채 산토끼는 꽤 멀리까지 도망을 갔다.

금방이면 잡을 수 있겠는데……. 춘봉은 문득 뒤를 돌아보았다. 산장은 까마득히 멀어져 있어 길을 잃을지도 모른다고 생각했지만 다행히 자신의 발자국이 그대로 남아 있어 산장으로 가는 길은 걱정이 없었다.

어느덧 춘봉은 산토끼를 따라 언덕을 넘어 벌판까지 나왔다. 나무 한 그루 없이 허허벌판에 눈이 가득 쌓여 순백의 세상을 만들어놓았다.

"우와!"

춘봉은 외국의 절경처럼 광대한 자연 풍경에 넋을 잃었다. 하지만 다시 산토끼에게 눈을 돌렸을 때 산토끼 역시 그녀처럼 위대한 자연의 모습에 감탄한 듯 앞다리를 들고 두 발로 선 채 석양을 바라보고 있었다.

이때다! 춘봉은 살금살금 산토끼 쪽으로 다가갔다. 그러나 눈을 밟고 지나가는 것은 아무리 소리를 죽이려고 해도 뽀드득뽀드득 소리가 나는 데다가 또한 중노동에 가깝도록 힘든 일이어서 산토끼는 금세 춘봉의 움직임을 눈치 채고 도망가는 것을 재개했다.

"이런 된장 고추장!"

춘봉은 욕을 내뱉으며 미꾸라지 같은 산토끼를 잡으려고 몸을 열심히 움직였다. 춘봉은 너무 지쳐 겨우겨우 움직이고 있었다. 산토끼 역시 춘봉을 피해 도망가느라고 몸놀림이 둔해져 있었다.

저놈의 토끼를 그냥, 잡히기만 해봐! 노릇노릇한 토끼구이를 해버릴 테니! 춘봉은 이를 악물었다. 누구에게도 지기 싫어하는 성격이 이번에도 빛을 발했다.

숨이 턱까지 차서 발 하나 드는 것도 헉헉거릴 즈음에 몇 시간 전부터 심상치 않다고 생각했던 하늘빛이 갑자기 뿌옇게 흐려지더니 눈이 쏟아지기 시작했다. 처음에는 가는 눈발이 솔솔 뿌려졌기 때문에 춘봉은 그다지 심각하게 생각하지 않았다.

"에쿠! 잡았다!"

춘봉은 공중으로 몸을 던지다시피 해 잠시 한눈을 팔고 있던 산토끼를 덮쳤다. 결국 그토록 애를 태우던 산토끼는 춘봉의 손에 귀를 그러 잡혀 허공에서 버둥거렸다.

"요놈아! 넌 이제 죽은 목숨이야!"

주먹으로 토끼에게 군밤을 통, 쥐어박으며 무섭게 으르렁거리며 위협했지만 토끼는 그다지 그녀를 무서워하지는 않는 것 같았다.

춘봉은 갑자기 한기를 느끼며 뒤를 돌아보았다. 원하던 토끼는 잡았지만 산장으로 돌아갈 길이 까마득했다. 게다가 눈발은 그새 거세져 있어 겁이 없는 편인 춘봉도 덜컥 겁이 들었다.

"이제 어쩌면 좋아!"

애꿎은 토끼를 탓하며 춘봉은 서둘러 산장 쪽으로 발길을 돌렸지만 눈은 점점 더 쌓이기 시작했고 아래로 푹푹 빠지는 눈밭을 가는 것은 상상을 초월할 만큼 힘에 부치는 일이었다. 결국 춘봉은 점점 힘이 빠져갔다. 산장에서 나올 때는 몰랐는데 돌아가는 길은 멀고 험했다. 그래도 산토끼를 잡고 있는 손에는 힘을 빼지 않았다. 어떻게 잡은 토끼인데…….

춘봉은 이제 더 이상 견딜힘이 없었다. 세차게 휘몰아치는 눈보라는 눈을 마구 찔러 눈을 제대로 뜰 수도 없었고 지금 향하고 있는 길이 정말 규하가 기다리고 있는 산장으로 가는 길이 맞는지도 알 수 없었다. 문득 춘봉은 산장에서 자신을 눈이 빠져라 기다리고 있을 규하가 떠오르자 갑자기 눈물이 솟구쳤다.

"미안해요. 사부님."

춘봉은 하염없이 흐르기 시작하는 눈물의 의미가 무엇인지 알 수 없었다. 그를 생각하자 그저 참을 수 없을 만큼 마음이 미어졌던 것이다.

"사부님! 사부님—!"

더 이상 앞으로 나아갈 힘이 없었던 춘봉은 눈밭에 나뒹굴었다.

이제 죽겠구나……. 춘봉은 일어설 힘도 없었고 이미 추위에 마비된 볼에는 눈의 차가움도 느껴지지 않았다. 죽을지도 모른다는 생각이 들자

의식은 깜박깜박하는 등불처럼 희미해져갔다. 그리고 의식의 끄트머리에 떠오른 얼굴이 담양에 있는 할아버지가 아닌 바로 규하라는 사실이 억울하다고 생각하며 춘봉은 결국 두 눈을 감고 말았다.

"앗!"
그때까지의 기억이 모두 떠오르자 춘봉은 벌떡 일어났다. 그러나 맨살에 닿는 한기에 소스라치게 놀랐다.
"내가 살아 있는 건가?"
춘봉은 멍하니 자신의 뺨을 만져보았다. 페치카 앞에서 자고 있어 더운 열기가 온몸에 나른하게 퍼져 있었다.
"왜? 믿기지 않는 모양이지?"
규하의 엄한 목소리가 귀를 때렸다.
춘봉은 고개를 돌려 그를 바라보았다.
"흠흠."
규하가 어색한 표정으로 황급히 몸을 돌리자 춘봉은 아래를 내려다보고 기겁을 했다. 맨가슴이 그대로 드러나 있었던 것이다.
"어머!"
춘봉은 얼른 이불을 끌어당겨 가슴을 가렸지만 그가 두 눈으로 똑똑히 그녀의 가슴을 보았다는 것은 의심할 여지도 없는 사실이었다.
"괜찮아?"
여전히 뒤돌아선 채 규하가 걱정스러운 목소리로 물었다.
춘봉은 그제야 그가 자신을 구해주었다는 것을 깨달았다. 부끄럽고 창피하고 미안했다. 춘봉은 무어라고 말해야 할지 몰라 눈을 데굴데굴 굴렸다. 그에 대한 자신의 마음……
그를 사랑하고 있었다. 그 마음이 너무 강해 유진과의 일이 있었다고 해도, 또 그를 마음속에서 지우기로 결심한 후에도 그녀는 그를 사랑하고 있었다.

죽는다고 생각한 마지막 순간에 떠오르는 사람.

춘봉은 더 이상 그에게 자신의 마음을 꼭꼭 감춰둘 수는 없을 것 같아 자기도 모르는 사이에 얼굴이 붉게 물들었다.

"이리 와."

어느새 춘봉의 그런 마음을 읽었는지 규하가 돌아서 그녀에게 손을 뻗었다.

그녀로서는 거절하기 힘든 유혹이었다. 그러나 춘봉은 그 손을 뿌리쳐야만 했다. 그를 사랑하지만 그는 자신과는 너무나 어울리지 않은 상대였다.

그건 동정이야…….

하지만 마음과는 다르게 춘봉은 규하의 손을 덥석 잡고 말았다. 그의 손에서 전해지는 따스한 온기가 지금 이 순간 정말 살아 있다는 느낌을 주었다. 둘을 함께 덮고 있는 담요 안에 가득 차 있는 훈훈한 열기는 활활 타오르고 있는 난로에서 나오는 것이 아니라 바로 규하의 가슴에서 느껴지는 것이었다.

"한 번 안아봐도 돼?"

그의 입에서 흘러나온 말은 정말 믿을 수 없었다. 춘봉은 뭔가 자신이 잘못 들은 것이 아닌가 싶어 눈을 깜박거렸다.

"네? 뭐, 뭐라고요?"

"너에게서 따뜻한 봄 햇살의 냄새가 나는 것 같아."

규하가 그녀를 끌어당겨 그녀의 등 쪽을 가슴에 안으며 따스한 목소리로 속삭였다.

"네? 냄새요?"

얼떨떨해진 표정으로 춘봉은 꿈꾸듯이 되물었다. 귓가에 가까이 들리는 그의 심장 소리가 심상치 않은 속도로 뛰고 있었다. 넓은 가슴에 귀를 대고 안겨 춘봉은 가빠지는 숨을 가다듬으려고 애를 썼지만 이성을 차리려고 노력하면 할수록 더 뿌옇게 흐려지기만 하는 것 같았다.

"난 이 냄새가 너무 좋아."

규하의 얼굴이 그녀의 목덜미에 있었다. 관능적인 느낌이 그녀의 전신을 꿰뚫고 지나갔다. 춘봉은 정신을 차릴 수가 없었다.

"넌 아름다워. 내가 아는 사람들 중에서 가장."

다른 사람이 그런 말을 했으면 거짓말이라고 대뜸 반박했을 텐데, 그가 그런 말을 하니 한 치의 거짓이 섞이지 않은 진실처럼 느껴졌다.

"아……."

규하는 그녀를 돌려세워 두 팔로 가두듯이 그녀를 안았다. 그리고 그녀의 얼굴에 손을 갖다 댔다.

춘봉은 무릎을 덜덜 떨면서 고개를 들었다. 그리고 이제 무슨 일이 일어날지 생각했다. 심장이 요란하게 쿵쾅거리고 그 소리가 마치 목구멍까지 올라오는 것만 같았다.

"키스하고 싶다……."

그녀를 그윽한 시선으로 바라보며 규하가 낮은 음성으로 중얼거렸다. 그리고 양옆으로 내려뜨린 그녀의 머리카락을 세상에서 가장 부드러운 비단이나 되는 듯이 부드럽게 쓰다듬었다.

춘봉은 고개를 들고 그의 얼굴을 바라보았다. 그러나 달빛을 등지고 있어 그의 얼굴은 어두운 그림자가 드리워져 멋진 윤곽만이 보일 뿐이었다. 마치 꿈을 꾸고 있는 것만 같았다. 잠에서 깨어 일어나보면 규하가 아닌 다른 사람과 있을 것만 같아서 춘봉은 생시라는 것을 확인이라도 하듯이 손을 뻗어 그의 눈썹과 콧날, 그리고 입술을 더듬어보았다. 춘봉은 그의 얼굴을 좀더 자세히 보고 싶었다. 그리고 가만히 고개를 끄덕였다.

"좋아요."

춘봉은 그와 키스하는 것이 어떤 느낌일까 궁금했다. 예전에 수련 중에 얼떨결에 그가 자신에게 키스했을 때는 너무 놀라 좋았는지 나빴는지 아무 느낌도 기억도 나지 않았으므로.

이번에는 기필코! 춘봉은 속으로 단단히 결심했다.

규하가 고개를 숙여 그녀의 입술에 자신의 입술을 맞닿게 하자 춘봉은 헉 하고 숨을 들이마셨다. 그의 입술이 그녀의 입술을 찾아 내려와 정확히 목표 지점에 착륙했다. 그리고 영원히 끝나지 않을 것만 같은 감미로운 키스가 이어졌다. 그녀의 입술에 맞닿은 그의 입술은 너무나 부드럽고 달콤했다. 무게를 느낄 수 없을 만큼 가볍고 조그만 키스였다.

춘봉이 놀랄까 배려하는 듯 그는 입술을 잠시 떼었다가 어둠 속에서 다시 한 번 춘봉의 입술을 찾았다. 그리고 고개를 약간 기울인 뒤 이번에는 좀더 세게 그녀의 입술을 눌러왔다. 춘봉은 온몸이 흥분되면서 갑자기 숨쉬기가 어려워졌다. 이런 느낌은 태어나서 처음이었다.

잠깐 머뭇거리다가 춘봉은 결국 그를 향해 살짝 입술을 벌렸다. 그러자 그의 부드러운 혀가 안으로 미끄러지듯 그녀의 입 안으로 들어왔다.

"하아……."

춘봉의 목 깊숙이에서 의미를 알 수 없는 신음이 새어나왔다.

자기도 모르게 발꿈치를 위로 든 춘봉은 그의 셔츠 앞섶을 움켜쥐고 매달리다시피 하며 그에게 기대었다. 그의 심장에서 두근거리는 소리가 가슴을 뚫고 그녀에게까지 전해졌다. 그 역시 자신만큼이나 떨리고 흥분되어 있다는 사실에 왠지 기쁨을 느끼며 춘봉은 더욱더 그에게 매달렸다.

그의 코가 그녀의 가슴 계곡을 파고들었다. 그는 몸을 움직여 허벅지가 그녀의 허벅지 사이에 꼭 들어맞도록 했다. 온몸을 에워싸는 미묘한 기운에 춘봉이 항복하는 듯 힘없이 팔을 떨어뜨렸다.

"하아……."

"만약 봄 햇살에 맛이라는 게 있다면……."

규하의 입술이 그녀의 젖가슴으로 옮겨가 살짝 깨물었다.

"아!"

"꼭 이런 맛일 거야."

규하는 잠깐 상체를 일으켰다. 그리고 그녀를 강렬한 시선으로 집요하게 바라보았다. 벌어져 맨가슴이 다 드러나는 셔츠를 번거롭다는 듯 벗어젖힌 그는 도저히 더는 참을 수 없다는 듯 그녀를 와락 끌어안아 가슴끼리 맞닿게 만들었다. 춘봉은 눈앞에서 벌어지는 일이 자신의 일이 아닌 것만 같아 정신을 차릴 수 없었다. 실감이 나지 않는 일에 춘봉의 눈동자가 꼭 감은 눈꺼풀 아래 이리저리 굴러다녔다.

뭔가가 더…….

규하의 피부에 닿는 모든 부분에 감탄의 소름이 오소소 돋아났다. 그리고 이어지는 온몸을 감싸는 짜릿한 전율, 하지만 그녀의 본능이 이보다 더한 일이 있을 것이라고 속삭이고 있었다. 그렇게 생각한 순간, 동시에 규하의 몸이 그녀에게 들어왔다. 처음에는 불편한 이질감이 그녀를 가득 채웠지만 나중에는 정확히 정체를 알 수 없는 충족감에 춘봉은 봄날 따사로운 햇살을 받으며 나른해지는 느낌이었다. 그리고 거센 폭풍우를 만난 것 같은 느낌일까, 규하와 춘봉은 하나의 박자로 움직이기 시작했다. 누구에게 특별히 배운 적도 없었지만 인류 대대로 내려온 본능은 그녀의 감각을 뒤흔들어놓고 있었다. 그들이 부르는 사랑의 노래는 길고 잔잔한 여운을 남겨놓았다. 너무나 시원한 그의 살과 너무나 뜨거운 그녀의 살이 만나고 그들의 입에서 동시에 감탄사가 튀어나왔다. 몸이 처음으로 남자를 받아들이자 춘봉이 눈살을 찌푸렸다.

"아아……."

"괜찮아, 괜찮을 거야."

규하가 위로하며 파닥파닥 잔나비 날개 같은 키스를 그녀의 입술에 퍼부었다. 그의 입을 통해 그녀의 신음 소리가 울려 퍼졌다. 둘은 함께 세

찬 격류 속에 휘말렸다. 규하는 지금까지 경험한 적 없는 최고의 경험을 하고 있었다. 규하는 손가락 끝으로 그녀의 부드러운 살결을 쓰다듬었다.

"아아……."

영혼을 울리는 그녀의 신음 소리가 그의 귓등을 타고 온몸으로 전해지며 잔물결처럼 퍼졌다. 아니, 그 자신의 숨소리였나? 규하는 알 수가 없었다. 하지만 잠시 후 그 실체를 깨달을 수 있었는데 그것은 강무제의 대나무 숲을 뛸 때에도 흐트러지지 않았던 그의 숨소리가 급격하게 거칠어지기 시작했기 때문이었다.

"널…… 가지고 싶어. 끝까지. 세상 끝날 때까지."

그리고 그들은 숨을 쉴 수 없을 때까지 키스했다.

잠시 후 파르르 떨리는 규하의 등줄기를 춘봉이 안타까운 손길로 쓰다듬었다. 오목하게 파인 등줄기를 따라 그녀의 손이 오르락내리락하는 절묘한 감촉을 규하는 마음껏 만끽하고 있었다.

규하는 그녀의 입술에서 입술을 떼고 목덜미에 얼굴을 묻었다. 그리고 그곳에 깊은 키스 마크를 남기고 말았다. 그들이 하나로 맺어졌다는 거부할 수 없는 확실한 증거처럼. 춘봉의 목덜미에 새빨간 자국 하나가 남았다. 그들은 그렇게 잠시 가쁜 숨을 고르며 꼭 껴안고 있었다.

춘봉은 여전히 숨을 몰아쉬었다. 숨을 내쉬고 들이마실 때마다 그의 뜨거운 맨가슴에 닿는 젖가슴이 부끄러우면서도 왠지 자랑스러워 춘봉은 자신의 감정이 도대체 어떤 것인지 종잡을 수가 없었다.

그에게서 나는 상큼한 페퍼민트 향기를 들이마시며 춘봉은 그의 얼굴을 올려다볼 용기가 나지 않아 그의 품에 얼굴을 묻고 있었다. 그러다 문득 꿈처럼 느껴졌던 모든 것이 정말로 자신에게 일어났다는 사실을 깨닫게 되자 춘봉은 눈을 커다랗게 떴다. 그리고 그의 손에서 풀려나 상체를 일으켜 그를 바라보았다. 담요 한 자락으로 가슴을 덮으며 춘봉은 자신에게 일어난 일을 믿을 수 없었다.

한여름 밤의 꿈처럼, 나는 한겨울 밤의 꿈을 꾸고 있는지도 몰라.

시간이 정지된 듯 한순간이 지나고 춘봉의 얼굴이 잘 익은 토마토처럼 붉게 물들기 시작했다.

"괜찮아?"

뭔가 할 말이 있는 듯 입만 벙긋벙긋하는 춘봉의 모습이 순진하기 짝이 없어 규하는 풋 하고 웃음이 터졌다. 그가 은근히 곁으로 다가가자 춘봉은 얼른 뒤로 물러섰다. 이거 봐라? 살그머니 재미가 들린 규하가 옆구리 쪽으로 조금 더 가까이 다가오자 또다시 물러난 춘봉은 더 이상 뒤로 물러설 곳이 없어지자 침낭의 담요를 얼굴까지 푹 뒤집어써 버렸다.

"그러지 말아요!"

담요 속에서 웅얼거리는 목소리로 춘봉이 말하자 규하는 쿡쿡 웃음이 터지다가 나중에는 결국 푸하하 하고 큰소리로 웃어버렸다.

그녀의 벗은 몸에 닿는 그의 손은 불길처럼 뜨거웠다. 허리를 잡고 규하가 몸을 포개왔다. 그의 몸무게가 기분 좋게 느껴져 춘봉은 손을 뻗어 그의 등을 쓰다듬었다.

"아!"

은밀한 신음 소리가 노래처럼 흐르고 춘봉은 기분을 멀리 아슬아슬한 꼭대기까지 올려놓는 느낌에 두 눈을 질끈 감고 말았다.

규하는 옆에서 새근새근 아기처럼 규칙적인 숨소리를 내며 잠든 춘봉을 바라보며 흐뭇한 웃음을 짓고 있었다.

땀에 젖어 뺨에 달라붙은 머리카락을 떼어내며 규하는 소중한 보물처럼 손등으로 춘봉의 얼굴을 쓰다듬었다. 조금 전의 열기가 아직 식지 않은 듯 발갛게 달아오른 춘봉의 뺨에 자신의 얼굴을 비벼보았다.

"으으응……."

잠투정을 부리는 듯 살짝 눈살을 찌푸리는 춘봉을 보며 규하는 다정하게 이불을 끌어당겨 덮어주었다. 그리고 머리 뒤에서 깍지를 껴 천장을 보며 바로 누웠다.

어떻게 되었건 간에 그가 춘봉을 사랑하는 것은 부정할 수 없는 사실이었다. 춘봉을 잃을 뻔한 그 순간 확실하게 깨닫게 되었다. 물론 지금은 춘봉이 시합을 앞둔 중요한 시기이고 자신은 그녀의 사부임에는 틀림없었다. 그래서 그녀에 대한 자신의 감정을 확인하는 데 지나치게 급급했다는 것은 후회스러운 일이었다.

하지만 춘봉이를 잃고 싶지는 않아.

규하는 내일 아침 춘봉이 일어나면 무어라고 이야기하며 자신의 마음을 고백해야 할지 고민했다. 당장 중요한 시합을 끝내고 본격적으로 데이트라도 할 수 있을 텐데 하는 마음에 규하는 괜히 초등학생처럼 설레어 밤늦도록 잠을 이루지 못했다.

13

달콤한 꿈이었어.

어디선가 햇빛 한 줄기가 들어와 규하의 눈꺼풀 위에서 춤추고 있었다.

"으응……."

꿀 같은 잠이라는 게 바로 이런 것일까? 고된 훈련에도 힘들지 않았던 몸이 지금은 어째서인지 구석구석 쑤시지 않은 데가 없어 규하는 불편한 몸을 계속 잠자리에서 뒤척거렸다.

바로 옆에서 그녀에게 팔베개를 해주고 있던 규하는 다정한 시선으로 춘봉을 바라보고 있었다. 규하가 팔로 살짝 그녀를 끌자 잠결에 춘봉은 그대로 데구르르 그의 품에 공처럼 굴러와 안겨들었다. 규하는 흐뭇한 기분으로 그녀를 두 팔로 꼭 껴안았다. 그때 춘봉이 꿈을 꾸는지 미간을 찌푸렸다. 그리고 복숭아 빛으로 빛나는 춘봉의 입술이 살짝 벌어지자 규하는 저도 모르게 침을 꿀꺽 삼키고 말았다.

"가지 마……."

두 눈을 꼭 감고 있는 춘봉의 표정이 간절해지면서 몸을 덜덜 떨기까지 했다.

무슨 일인가 싶어 규하는 얼른 춘봉의 이마를 짚어보았다. 다행히 열이 없는 것으로 보아 전날 눈 속에 파묻혔던 것 때문에 크게 몸에 탈이 생기지는 않은 모양이었다.

"상현아……."

규하가 안도의 한숨을 내쉬는데 바로 다음 순간, 춘봉의 입에서 들릴 듯 말 듯 희미한 잠꼬대가 흘러나왔다.

애절한 목소리로 다른 남자의 이름을 부르는 모습을 보자 그녀를 막 들어올리려고 했던 규하의 팔은 더 이상 움직이지 못한 채 얼어버렸다. 입가에 매달려 있던 미소가 딱딱하게 굳어졌다. 그녀에 대해 한없이 걱정되는 마음이었던 규하의 얼굴도 동시에 싸늘하게 굳어버렸다.

그녀와 함께 누워 있던 어젯밤 내내 규하는 두근대는 자신의 심장 소리에 귀가 먹먹할 지경이었다. 두 눈은 풀린 채 공중을 날아다녔고 가슴조차 답답하고 온몸이 나른했다.

그랬는데……. 그녀에 대한 자신의 마음을 확인하는 것으로 사랑이 완성되는 것이 아니었다. 강무제에서 춘봉의 친구인 유진이 자신에게 그랬던 것처럼 사랑은 일방적인 것이 아니었다. 규하는 마음이 괴로웠다. 그가 그녀에 대해 생각하는 것처럼 그녀도 똑같이 생각해주지 않는다면 그녀에게 아주 몹쓸 짓을 하고 만 것이다.

마치 자신이 어린아이의 소중한 보물을 억지로 빼앗아버린 느낌이 들어 규하는 기분이 불쾌해졌다. 마음속에 다른 남자를 품고 자신과 사랑을 나눈 춘봉에 대한 배신감과 분노의 감정이 회오리쳤다. 또 아직 얼굴 한 번 보지 않은 그 상현이라는 남자에 대한 질투가 휘몰아쳤다. 그의 손에 걸리면 반은 죽은 목숨일 것이라고 규하는 생각했다.

어제는 분명히 서로의 마음이 같다고 생각했는데……. 변명처럼 중얼거리며 규하는 토라진 아이처럼 입술이 비죽 튀어나왔다. 그러나 잠꼬대로 상현이라는 놈의 이름을 부를 정도면 아직 그녀의 마음에서 상현인가 뭔가 하는 놈은 여전히 한자리를 떡하니 차지하고 있는 것이 아닌가.

규하는 예전에 춘봉이 상현에게 고백한다며 순정 만화의 대사를 달달 외우고, 옷을 사러 가자고 난리를 떨었을 때가 떠오르자 씁쓸해졌다.

"그렇군……."

규하는 자신의 품에 안겨 있는 춘봉에게서 슬그머니 팔을 뺐다. 그리고 춘봉에게 등을 돌려 일어섰다. 아무것도 걸치지 않은 몸이 이불에서 빠져나오자 살갗에 닿는 찬바람 때문에 오소소 소름이 돋았다. 규하는 고개를 돌려 슬쩍 춘봉을 쳐다보았다. 동그란 맨어깨를 드러내놓고 잠들어 있는 춘봉을 보자 어젯밤의 열정이 다시 한 번 떠올랐다.

홍조 띤 뺨으로 아직도 깊이 잠들어 있는 춘봉은 어젯밤, 그의 손길에 얼마나 열정적으로 반응했던가. 남자에 대해 알게 된 것이 처음이었음에도 불구하고 춘봉은 한두 번이 지나자 익숙하게 규하를 받아들였다. 그리고 아직은 조금 서툴지만 마음만은 활화산처럼 뜨거운 키스를 퍼부었다.

그것을 생각하자 규하의 몸은 금세 불편해지고 말았다.

"이 주책없는 놈 같으니……."

규하는 냉수마찰을 했다. 가뜩이나 싸늘한 기온에 찬물이 닿자 번쩍 제정신이 들었다. 그러자 참혹한 진실이 두 눈에 똑똑히 보였다.

"아하!"

규하는 고개를 푹 숙였다. 고개를 숙이는 데 익숙하지 않은 그였지만 이번에는 마음을 덮는 절망감에 그럴 수밖에 없었다. 모든 기운이 빠져나가는 것 같았다. 규하는 앞으로 어떻게 해야 할지 막막했다. 책임질 짓을 했으니 나중에라도 그녀의 사랑을 얻는 데 온힘을 기울여야 할 것이라는 교과서적인 대책이 떠올랐지만, 그래도 마음 한편이 도려낸 것처럼 아프고 허탈한 기분은 어쩔 수 없었다. 마치 아무것도 할 수 없는 허수아비가 된 기분…….

그가 샤워를 마치고 돌아왔을 때에도 춘봉은 여전히 잠자는 숲속의 공주처럼 잠들어 있었다. 항상 이른 새벽에 일어나곤 했던 춘봉이었기 때문에 규하는 또다시 걱정이 되어 춘봉의 이마를 짚었다.

"앗 차가워!"

냉수마찰 때문에 얼음처럼 차가워진 손을 미처 생각하지 못했다. 규하가 황급히 이마에서 손을 치웠지만 춘봉은 잠이 깬 후였다. 자신을 쳐다보며 잘 익은 홍시처럼 뺨을 붉게 물들이는 춘봉을 보고 규하는 자기도 모르게 침을 꿀꺽 삼켰다.

"벌써 일어났어요?"

어젯밤의 일을 떠올리며 수줍게 말하는 춘봉의 시선은 차마 규하의 눈을 정면으로 올려다보지 못하고 아래로 떨어져 바닥에 맴돌았다.

"응."

규하는 짧게 대답했다.

이 아이의 마음을 어떻게 해야 한다지? 규하는 손을 뻗어 춘봉의 머리카락을 만지작거리며 잠시 생각에 잠겼다.

춘봉의 머리는 파마나 어떤 인공적인 손질을 받지 않았는데도 불구하고 윤기가 자르르 흐르고 결이 좋아서 규하는 항상 훈련 때나 춘봉의 뒤쪽에서 달릴 때, 말꼬리처럼 하나로 질끈 묶어 흔들거리는 춘봉의 머리카락을 만져보고 쓰다듬어보고 싶었다.

한 움큼 쥔 그녀의 머리카락이 금세 그의 손가락 사이에서 사르르 빠져나갔다. 마치 그녀의 마음을 잡았다고 한 순간, 뼈저린 진실에 맞부딪친 것처럼.

규하는 눈을 들어 춘봉을 마주 보았다. 춘봉 역시 반짝이는 눈으로 그를 쳐다보고 있었다. 살짝 벌어진 탐스런 입술이 마치 농익은 과일처럼 손을 대면 과즙이 주르르 흐를 듯이 보였다.

규하는 충동적으로 손을 뻗어 춘봉의 뺨을 감쌌다. 손바닥에 닿는 느낌은 벨벳처럼 부드러웠다. 규하의 입술이 춘봉의 입술을 베어 물자 춘봉의 가슴 깊은 곳에서 나지막한 신음 소리가 울려왔다. 한 차례의 격정이 그들의 몸과 마음에 부딪쳐왔다. 너무나 커서 도저히 저항할 수 없을 만큼의 크기였다.

아, 이렇게 달콤할 수 있을까? 춘봉은 목덜미에 쏟아져 내리는 눈부신 키스의 향연에 두 손을 들고 말았다. 규하의 뜨거운 손길이 그녀의 살갗에 속삭이고 있었다. 그녀를 소중히 여기겠다고, 오래도록 사랑하겠다고…….

춘봉은 두 팔 벌려 규하를 껴안았다. 그를 향해 달려가는 자신의 마음을 주체할 수 없었다. 이제는 펑 하고 터져버린 자신의 마음을 이성으로 주워 담기에는 너무 늦어버렸다.

"사랑해요."

순간, 그녀의 가슴을 탐닉하던 규하의 머리가 멈칫했다. 고개를 들고 춘봉을 바라보는 그의 표정이 조금 미묘하게 일그러졌다.

기쁜 걸까?

똑같이 자신을 사랑한다는 고백이 나오기를 기도했지만 규하의 입은 굳게 다물어져 있을 뿐 아무 말도 흘러나오지 않았다. 그러나 춘봉은 신경 쓰지 않았다. 지금 자신이 누리고 있는 뜨거운 열정과 황홀한 감정만이 중요할 뿐. 그러나 그녀의 몸속에 파고드는 규하의 몸이 조금 거칠어졌다는 것을 느꼈을 때 춘봉은 무언가 알 수 없는 불안함이 마음속에 사악한 뱀처럼 똬리를 트는 것을 느꼈다. 마음속의 불안을 애써 부정하며 춘봉은 고개를 저었다. 아무 일 없을 거야.

사랑이 끝난 뒤 거센 폭풍이 지나간 것처럼 둘은 땀 범벅이 되어 지쳐 나란히 누웠다.

춘봉은 탈진한 것처럼 숨을 거칠게 몰아쉬고 있는 규하를 힐끗 쳐다보았다. 진지하기 짝이 없는 표정에 춘봉은 문득 그에게 장난을 걸고 싶어

졌다. 공 벌레처럼 몸을 또르르 굴려 그의 가슴 위에 안착한 춘봉은 턱을
그의 가슴팍에 올려놓고 물었다.

"그때……."

"응?"

"강무제에서 겨루기 하던 날 말이에요. 그때 왜 내게 키스했어요?"

자신을 물끄러미 올려다보는 눈빛이 밤하늘처럼 너무 깊고 어두워 춘
봉은 문득 그의 마음속을 알 수 없다는 생각이 들었다. 춘봉은 그에게서
자신을 향한 마음을 확인 받고 싶었다. 어젯밤의 일 이후 그들은 친밀해
졌고 춘봉은 그에게 세상에서 가장 가깝고 소중한 사람이 되고 싶었다.

하지만 그의 입 밖으로 튀어나온 말은 뜻밖이었다.

"그야 그때 하고 싶은 마음이 생겼으니까."

그때 그녀의 상처받은 눈……. '이 바람둥이!'라고 질책하는 것 같은
표정에 규하는 자신의 말을 후회했다. 그런 말은 하는 게 아니었다. 사랑
한다는 말을 듣고 싶어하는 그녀의 간절한 표정을 읽지 않았던가. 그러나
규하는 괜히 심술이 났던 것이다. 잠꼬대로 상현의 이름을 부를 정도로
그를 잊지 못하고 있으면서 왜 자신을 받아들였던 걸까? 규하는 여자의
마음은 알 수 없다고 생각했다.

오죽하면 갈대라고 하겠어? 규하는 속으로 비아냥거렸다. 아직 어리고
순진한 춘봉이었지만 그녀 역시 간사한 여자라는 생물 중의 하나였으니
까.

"그, 그냥요?"

충격을 받은 듯 한참을 얼떨떨한 표정이던 춘봉은 애써 밝게 웃으며
말을 건넸다. 속으로 이러면 안 된다고 생각하면서도 규하는 한 번 엇나
간 발자국을 어쩔 수 없었다.

"그래."

춘봉의 어깨가 가늘게 떨리는 것을 보며 규하는 한 번 더 잔인하게 대답했다.

"그렇군요. 아, 그랬구나⋯⋯."

서운해하며 자신의 가슴에서 민망한 표정으로 스르르 내려가는 춘봉의 목소리에 규하의 마음이 아파왔다. 춘봉이 내려간 자리가 못내 싸늘하게 아팠다. 그녀에게 상처를 주었다고 생각하니 규하는 스스로가 세상에서 가장 질 나쁜 불량배처럼 못되었다고 생각했다.

춘봉의 코끝이 빨개지고 또 눈가에 살며시 눈물이 맺히는 것을 보며 규하는 이제는 아무것도 모르겠다고 속으로 중얼거리며 춘봉을 향해 획 등을 돌려 누웠다.

"미안해요."

춘봉이 들릴락 말락한 작은 목소리로 중얼거렸다.

도대체 무엇이 미안하다는 건지 제대로 알지 못한 채 규하는 두 눈을 감고 오지도 않는 잠을 억지로 청했다.

전날 너무 피곤했던 탓일까. 규하가 잠에서 깨어났을 때 해는 이미 중천에 떠 있었다. 춘봉이 누워 있던 침대 옆자리는 텅 비어 싸늘하게 식어 있었다.

어디 있는 거지? 규하가 부스스 몸을 일으켜 주위를 둘러보았을 때 이미 두꺼운 스웨터와 오리털 파카로 단단히 옷을 챙겨 입은 춘봉이 산장 한구석에서 짐 가방과 씨름하고 있었다.

"지금 뭐 하는 거야?"

아랫도리를 시트로 돌돌 감고 일어선 규하가 묻자 춘봉은 뒤도 돌아보지 않은 채 대답했다.

"짐 싸요."

"뭐?"

"짐 싼다고요!"

춘봉의 신경질적인 목소리가 아직 잠에서 덜 깬 규하의 정신을 한 번에 깨워놓았다. 부지런히 짐을 꾸리고 있는 그녀에게 다가간 규하는 손목을 홱 낚아채 자신을 마주 보게 했다.

"왜 짐을 싸는 건데?"

"몰라서 물어요?"

그를 향해 서 있었음에도 불구하고 여전히 춘봉의 시선은 다른 곳에 머물며 외면하고 있었다.

다소 반항적인 춘봉의 태도에 규하는 찌르르 마음 한구석이 아파왔다. 춘봉이 떠나려는 것은 바로 자신 때문이었다. 자신을 보고 싶지 않아서 짐을 싸는 것이다. 규하는 머리를 굴렸다. 어떻게 해야 춘봉이 떠나지 않게 막을 수 있을까. 물론 자신에게 그럴 자격이 없다는 것도 알고 있었다.

"하, 하지만 밖에는 아직 눈이……."

변명처럼 더듬거리며 규하는 증거를 제시하기 위해 춘봉의 눈앞에 커튼을 확 열어젖혀 보였다. 하지만 그 사이 기온이 높아졌는지 눈은 거짓말처럼 그쳐 있었고 조금만 눈밭을 헤쳐나가면 금세 큰길로 나갈 수 있을 것 같았다. 규하는 할 말을 잃었다. 아무리 눈이 많이 오는 강원도라고 해도 교통수단은 모두 마련되어 있었으므로.

"따라오지 마요."

가방을 둘러맨 춘봉이 성큼성큼 눈밭을 헤쳐가기 시작했다. 황급히 옷을 챙겨 입고 따라나선 규하는 마음이 탔다. 그녀의 고집이 쇠심줄만큼 세다는 것을 익히 잘 알고 있는 그로서는 아무리 말려도 춘봉은 이곳을 떠나게 될 것이라는 것을 알고 있었다.

어떻게 해야 하지?

그녀를 잡을 수 있는 말이 어떤 것인지 규하는 잘 알고 있었다. 그저 잘못했다고 사랑한다는 말 한마디면 모든 것을 원 위치시켜놓을 수 있을 것이라는 것도. 그러나 규하의 자존심이 그것을 가로막았다.

"아직 동계 훈련이 남아 있잖아……."

규하는 자신 없는 말투로 춘봉을 뒤따라가며 설득하려 해보았지만 춘봉에게는 쇠귀에 경 읽기였다.

춘봉은 코웃음을 쳤다.

"흥! 어차피 눈 때문에 동계 훈련이고 뭐고 제대로 할 수 없잖아요? 전에 눈이 펑펑 내리기 시작하던 날, 사부님도 그러셨잖아요? 훈련은 더 이상 할 수 없겠다고, 다시 강무제로 돌아가겠다고."

춘봉의 말에 일말의 희망을 찾은 규하는 귀가 번쩍 뜨였다.

"그럼, 지금 강무제로 가는 건가?"

그러나 여전히 그는 쳐다보지도 않은 채 묵묵히 앞만 보고 가는 춘봉의 대답은 냉랭했다.

"아니요, 담양 할아버지에게 갈 거예요."

"왜? 시합이 얼마 남지 않았는데?"

"시합 때 봐요. 앞으로 할아버지께 배우겠어요. 그동안 사부님에게 많이 배웠어요. 그건…… 고맙게 생각해요."

마치 작별인사를 하는 듯이 담담한 어조로 이야기하는 춘봉의 태도에 규하는 갑자기 버럭 화가 치밀었다.

"그래? 뭐, 고맙다고? 지금 네 모습을 좀 봐, 내게서 도망치듯이 빠져나가고 있는! 내가 너한테 무슨 실수라도 한 거야?"

삐딱한 말투에 춘봉은 힐끗 고개를 돌려 규하를 쳐다보았다. 바로 어젯밤 그와 뜨겁게 사랑을 나누었던 아가씨는 사라지고 없었다. 대신 그 자리에 차가운 표정만이 남아 있었다.

"오히려 난 내가 당한 것 같은데……. 네가 이러는 이유를 납득이 가도록 설명해줘."

규하는 자신이 생각해도 뻔뻔스럽게 대답을 요구했다.

그 말에 부지런히 놀리던 춘봉의 발걸음이 딱 멈춰졌다. 춘봉은 물끄러미 규하를 바라보았다. 약간은 겁에 질린 표정에 규하가 섬뜩 놀랐다.

"내가…… 무섭니?"

규하는 안타까운 어조로 말했다.

춘봉은 가만히 고개를 저었다.

"아, 아무것도 두려워하지 않아요."

그가 두려울 때도 있긴 했지만 그것은 무섭다기보다는 경외감에서 비롯된 것이었다. 자신이 아무리 열심히 뒤쫓아가도 따라잡을 수 없다는 느낌, 그리고 존경심.

"난 사부님에게 닿을 수 없는 여자예요. 나란 사람은 바보에 미숙하고 걸핏하면 성질이나 부리는, 세상물정 하나 모르는 사고뭉치라고요. 결국…… 미완성인 사람이라고요. 난, 그 어떤 남자에게도 닿을 수 없는 애송이에요. 그러니……, 상대하지 마요. 그에 비해 사부님은 너무 완벽하니까요."

춘봉은 그를 놀리고 있는 것이 아니었다. 진심을 담아 말하고 있었다. 규하는 문득 상현을 만나고 와서 의기소침해 있던 춘봉의 모습을 기억해냈다. 그때 얼마나 안쓰러운 느낌이 들었는지 그녀는 알까?

"내가 괜찮아."

규하는 무뚝뚝하게 대답했다.

이런 식으로 춘봉을 떠나보내고 싶지 않았다. 그녀를 잃고 싶지 않았다. 규하는 손을 뻗어 그녀의 머리를 쓰다듬었다. 그러나 춘봉은 그의 손을 뿌리쳤다.

"아니요, 사부님에게 나라는 사람을 인정받지 못한다면 아무 의미가 없잖아요. 그러니 지금 나 같은 사람은 안중에 두지 마요."

"너!"

참는 것도 한계가 있다는 듯 규하가 크게 소리질렀다. 그러나 두려워하거나 겁먹기는커녕 춘봉은 지지 않고 말했다.

"그러니까 나한테 신경 끊으란 말이에요!"

춘봉의 눈에 참고 참았던 눈물이 맺히기 시작했다.

"솔직히 말해 정신도 산만하고, 너무 가까이 있으면 내게 아무 도움이 안 돼요! 사범님은 내게 너무 과분하다고요!"

규하는 와락 춘봉을 끌어안고 억지로 입술을 훔쳤다. 춘봉은 자신의 머리를 쓰다듬던 그의 손을 뿌리쳤던 것처럼 그의 입술을 밀어냈다.

"그만둬요! 동정할 거라면 차라리 돈을 줘요!"

춘봉은 반항하며 소리쳤다.

"사부님은 잘못 짚어도 한참 잘못 짚었다고요!"

그러나 그녀의 입술에서 잠시 떨어졌던 그의 입술이 다시 한 번 공격을 감행했다. 그의 입술은 생각보다 강했다. 그녀가 힘차게 밀어냈지만 그는 꿈쩍도 하지 않았다.

한참 동안 억지로 키스하고 나서 결국 춘봉은 그 앞에 무릎 꿇고 말았다. 그의 입술이 전해주는 느낌은 애절했다. 춘봉은 무릎이 후들거렸다.

기나긴 키스가 끝난 뒤 눈밭에 폭 주저앉아버린 춘봉의 입술을 손등으로 닦아주며 규하는 춘봉을 품에 꼭 껴안고 어린아이를 달래듯이 속삭였다.

"오히려 미완성이고 미숙해서 나 몰라라 할 수 없는걸. 나라고 처음부터 잘했을 리가 없잖아. 나도 전에는 자신감을 잃었던 적도 있고 네 말대로 애송이였던 적도 있었지. 세계제패는 상당히 어려울 것 같았고 지금의 나도 해줄 수 있는 건 아무것도 없어. 늘 초조하고 뭔가 부족한 느낌에 안절부절못하지. 그래서 그 발버둥치는 기분을 아니까, 닿으려고 노력하는 녀석에게는 약한 거야. 하지만 인정할게. 너는 지금 그대로가 더 좋아."

그는 그녀의 머리를 쓰다듬었다. 그러나 그녀는 그의 손을 툭 쳐냈다.

"춘봉아……."

"사범님은 날 보지 않아요. 그건 동정이에요. 그런 건……. 그런 건 이제 필요 없어요."

나비처럼 가벼운 기분으로 들떠서 했던 말이 오히려 그녀에게 상처를 줬을 뿐이라는 생각이 들자 그는 스스로가 미워졌다.

"왜 내 시선을 피하는 거지?"

춘봉은 몸을 돌려 그를 바라보았다.

규하는 그녀의 입에서 무슨 말이 나올지 몰라 두려웠다.

"왜 그런다고 생각해요?"

"혹시……. 내가 몇 시간 전에 했던 말 때문에?"

규하는 겉으로는 아무렇지도 않게 말했지만 침을 꿀꺽 삼켰다.

"훌륭한 추측이에요."

"그게 널 기분 나쁘게 했나?"

규하는 기분이 상한 듯 한쪽 뺨을 딱딱하게 굳혔다. 춘봉은 규하의 그런 모습을 바라보며 자꾸만 겁이 나고 있었다. 그의 턱이 뻣뻣해졌고 주변의 근육이 꿈틀거렸다. 입술은 꾹 다물었고 그의 주먹은 금방이라도 누군가를 칠 것처럼 꽉 쥐어졌다. 춘봉은 그의 주먹은 무섭지 않았다. 결코 그가 자신을 때리지 않을 것이라는 것은 이미 알고 있는 사실이었기에.

"그래요."

좋아, 단도직입적으로 나오겠다 이거지? 그럼 나도 그에 맞게……. 규하의 마음속에서 오기가 뻣뻣이 고개를 쳐들었다.

"아하, 그렇군. 그럼 사랑한다는 말을 듣고 싶었던 게로군? 하지만 사실 사랑한다는 말을 함부로 하는 사람은 믿을 수가 없지 않나?"

"함부로라고요?"

춘봉이 분노로 눈을 일그러뜨리며 규하의 말을 되풀이했다.

그에게 했던 사랑의 고백이 함부로 내뱉은 말이라고 생각하는 건가?

춘봉은 기가 막혔다.

"미안하지만 난 함부로가 아니었어요. 진심이었어요."

"하지만 난 믿을 수 없어."

규하는 단호하게 부정했다.

"도대체 왜요?"

"왜라니? 그건 너무, 뭐랄까……. 기가 막힌 말이었거든."

규하는 상현의 이름을 부르던 춘봉의 모습을 떠올렸다. 다시 한 번 생각해도 분한 일이었다.

본마음을 숨기는 데는 여자만큼 앙큼한 것도 없지. 그건 춘봉이도 다르지 않아.

"뭐라고요?"

입을 떡 벌리며 믿을 수 없다는 듯 규하를 쳐다보는 그녀의 눈빛에 상처받은 어린 짐승의 이미지가 겹쳐졌다. 지금 그녀의 눈 한가득 비치고 있는 것은 상현이 아니라 바로 자기 자신이었다.

나만을 그렇게 바라봐줘. 다른 누구에게가 아니라!

규하는 더 이상 참을 수 없어 한 발짝 다가가 춘봉의 양어깨를 손으로 덥석 잡았다. 빌어먹을 눈동자, 빌어먹을 저 입술, 그리고 그것을 보면 사춘기 소년처럼 설레는 빌어먹을 내 마음! 규하는 속으로 소리치며 다시 한 번 진지한 어조로 말했다.

"좋아, 그렇게 듣고 싶다면야 어려울 것도 없어. 자……. 널 사랑해."

규하는 어려운 말을 내뱉었다. 그러나 춘봉의 마음이 어떻든 그것은 자신의 진심이었고 이제 춘봉이 그것을 어떻게 받아들이느냐 하는 문제만이 남아 있었다. 그러나 춘봉의 표정은 냉랭했다.

"지금 나더러 그걸 믿으라고요?"

한심하다는 듯한 표정으로 규하를 응시하는 춘봉의 눈빛에는 경멸감이 깔려 있었다.

"왜 못 믿겠다는 거지? 넌 도대체 무엇을 두려워하는 거지?"

규하가 묻자 춘봉은 성난 공룡이 입에서 불을 뿜듯 분노에 찬 말들을 쏟아내기 시작했다.

"지금 날 놀리는 거예요, 뭐예요! 내가 사랑한다고 했을 때는 못 믿겠다면서요! 그럼 사부님의 말은 내가 왜 믿어야 하는 거죠? 도대체 무슨 근거로요!"

춘봉은 뒷걸음치려고 했지만 이미 그의 손에 어깨가 잡혀 있는 상태였으므로 그럴 수 없었다.

규하는 그녀의 어깨를 잡은 손에 힘을 주었다.

"너……. 아직 그 초등학교 동창인가 하는 녀석을 잊지 못하는 거니?"

규하는 춘봉의 눈을 들여다보았다. 건드리기 싫은 상처를 건드린 셈이었다. 그러나 결국 그것 때문에 상처받는 것은 춘봉이 아니라 바로 자기자신이 될 것이라는 것을 알면서도 규하는 그러지 않을 수 없었다.

춘봉이 아무 말 없이 그를 쳐다보았다. 커다란 눈망울에 애잔한 슬픔인지 연민인지 모를 감정들이 스쳐 지나가고 있었다.

"네."

규하는 드디어 뼈저린 진실 하나를 발견해내고는 춘봉의 어깨에서 힘없이 손을 내렸다. 그리고 한 발짝 뒤로 물러났다.

그의 몸에서 전해지던 온기가 사라지자 춘봉은 갑자기 시베리아 벌판에 홀로 버려진 것 같은 느낌이 들었다.

"넌 바보야! 천하에 제일가는 바보!"

규하는 홱 돌아서며 말했다. 그리고 산장으로 돌아가 문을 쾅 닫아버렸다.

굳게 닫힌 문처럼 그의 마음 역시 굳게 닫혀버렸다는 것을 깨달으며 춘봉은 자신이 과연 그에게 무슨 짓을 한 것인지 알 수 없었다.

규하의 질문에 그렇게 대답한 건 그저 심술이 나서였다. 한두 살 먹은 어린아이도 아니고 모든 것에 제멋대로인 규하가 얄미워서, 자신의 손에 마음먹은 대로 잡히기에는 그가 너무나도 큰 사람이어서 춘봉은 일부러 그렇게 대답해버렸던 것이다. 그러나 길길이 화내며 성큼성큼 춘봉의 반대 방향으로 걸어가 버린 규하의 반응이 너무나 날카로워 춘봉은 한동안 닫힌 산장 문을 바라보며 그 자리에 가만히 서 있었다.

그와 언쟁하느라 흥분한 열기로 인해 춘봉은 가슴이 오르락내리락했고 호흡도 고르지 않았다. 춘봉은 심하게 박동하고 있는 심장 위에 손을 올리며 생각했다.

이제는 나에 대해 나 스스로도 모르겠어.

14

"화나고 슬프고 배고파……."

담양으로 돌아오는 기차 안에서 춘봉은 하염없이 울었다. 다른 사람들이 급기야는 엉엉 소리내어 울기 시작하는 춘봉을 돌아보았지만 원래 남의 시선 따위는 별로 신경 쓰지 않는 성격이었기에 춘봉은 마음껏 울 수 있었다. 세 시간을 내리 울고 나니 뱃속에서 꼬르륵 소리가 들려왔다. 춘봉은 삶은 달걀을 사서 아귀아귀 먹어가며 계속 울었다.

"해삼, 말미잘, 변태 대마왕……."

결국 쓰라린 마음을 안고 춘봉은 담양으로 돌아왔다.

처음에는 부랴부랴 짐 가방을 싸들고 돌아온 춘봉에게 유 사범은 벼락같이 화를 내며 왜 자꾸 들락날락하느냐고 호통을 쳤지만 전과는 다르게 춘봉은 망부석처럼 도장에 앉아 꿈쩍도 하지 않았다. 그러나 유 사범의 입에서 규하에 대한 이야기가 나오면 장승처럼 뻣뻣하던 춘봉의 얼굴에 슬픈 표정이 스쳐 지나가곤 했으므로 유 사범은 규하와 춘봉 사이에 있었던 일에 관해 어렴풋하게나마 짐작할 수 있었다.

춘봉은 열심히 훈련에 몰입했다. 짧았지만 동계 훈련 이후 춘봉의 체력은 급상승했고 규하가 가르쳐준 수련 비법대로 규칙적으로 근력과 지구력을 다져나가기 시작했다.

그후 규하에게서는 전혀 연락이 없었다. 춘봉 역시 그에게 연락을 하지 않았다. 그에게서 연락이 온다고 해도 춘봉 역시 할 말이 없기는 마찬가지일 거라고 생각했다. 하지만 가끔씩 도장으로 걸려오는 전화 벨소리에 토끼처럼 귀가 쫑긋해지는 것은 어쩔 수 없었다. 그일까?

그러나 잔인하게도 규하에게서는 일말의 소식이나 연락도 전혀 들을 수 없었다.

춘봉은 그가 참 무심하고 냉정한 사람이라는 생각이 새삼스럽게 들었다. 그와 보냈던 밤과 그가 했던 말들이 계속 그녀의 머릿속에서 빙글빙글 맴돌고 있었다.

으아, 정말!

사람은 여러 가지 의문을 가지고 고민하고 생각하고 진화와 퇴화를 거듭하는 존재라지만 춘봉은 한 번 규하에 대해 생각하면 한없이 깊게 빠져 들어가곤 했다.

결국 그에 대해 생각하느라 아무것도 못하겠다는 결론을 내리자 춘봉은 그를 잊기 위해 밤늦게까지 수련을 계속했다.

시합은 하루 이틀 점점 다가오고 있었지만 시합에 대한 스트레스보다 춘봉에게는 운동을 해야 하는 또 하나의 이유가 있었다. 바로 그를 잊기 위한 것이었다. 운동을 마치면 샤워하고 난 것처럼 땀에 흠뻑 젖어 베개에 머리를 대자마자 쥐도 새도 모르게 잠이 들곤 하는 생활이 반복되었다.

그런 춘봉을 지켜보는 유 사범은 걱정스러웠다. 사랑의 아픔을 겪고 한층 더 성숙해진 것 같은 춘봉의 모습에 유 사범은 언젠가 한 번은 겪게 될 성장 통 같은 것이라고 고개를 끄덕였지만, 그래도 내심 여태껏 연락한 번 없는 규하가 원망스럽게 느껴지기도 했다.

그 즈음 규하는 매사 욕구 불만인 상태였다. 수련 시간 내내 제자들을 가르치면서 규하는 별것도 아닌 실수를 한 수련생에게 단단히 혼쭐을 냈다. 영문을 모르고 온전히 그의 화풀이 대상이 되고 만 수련생은 쩔쩔 매면서도, 평상시와 다르게 걸핏하면 짜증을 부리고 있는 규하의 눈치를 조심스럽게 살피느라 여념이 없었다.

내가 왜 이러지?

"퍽! 퍽!"

수련이 끝난 텅 빈 도장에서 규하는 샌드백에 주먹질을 하고 있었다. 그것은 그의 마음을 받아들이지 않은 춘봉에 대한 원망의 표출이었다. 커다란 분노를 실은 규하의 주먹을 이기지 못한 샌드백이 끝내 부욱 소리를 내며 찢어져 와르르 모래가 쏟아져 나왔다.

"으으으……."

규하는 찢어진 샌드백을 황망히 바라보았다. 너덜너덜해진 내 마음이 이럴까?

지금 그의 나이 서른하나, 적지 않은 나이임에도 이런 감정을 느끼는 것은 처음이었다.

이런 게 정말 사랑이라는 것일까?

규하는 그녀와 산장 앞에서 나눈 대화를 떠올렸다.

"너…… 아직 그 초등학교 동창인가 하는 녀석을 잊지 못하는 거니?"

"네."

그와 밤을 지새우고 나서도 여전히 마음속에서 그 초등학교 동창생을 지워버리지 못한 춘봉의 미련에 대해 규하는 사춘기 소년처럼 꽁하니 삐쳐 있었다. 그래서 동계 훈련 후, 담양으로 내려가 버린 춘봉에게 그동안 연락 한 번 하지 않았던 것은 규하의 마지막 남은 자존심 때문이었다.

잘 지내고 있을까?

규하는 문득 춘봉과 함께 뛰곤 했던 대나무 숲을 쳐다보았다. 지난 한 달 동안 쌓였던 눈이 녹으면서 그곳은 다시금 간간이 푸른빛을 내비치고 있었다.

지기 싫어하는 성격답게 그를 이기려고 이를 악물고 달리던 춘봉의 새빨개진 얼굴이 떠오르자 규하는 풋, 웃음이 터져 나왔다. 그리고 언젠가 고요한 달밤, 연못 앞에 나란히 앉아 시시껄렁한 농담을 주고받던 중 호탕하게 웃음을 터뜨리던 춘봉이 떠오르자 규하의 마음 언저리가 따스하게 젖어들었다.

"시합 생각을 하니 마음이 꿀꿀하당께요"

"뱃속에 돼지를 키워? 꿀꿀하게?"

"유, 유행 지난 농담은……"

재미있지도 않은 농담과 이야기들, 그러나 그녀와 함께여서 재미있었다는 사실이 뒤늦게 규하의 마음을 강타했다.

규하는 문득 달력을 바라보았다. 빨간 동그라미를 쳐놓은 숫자 하나가 아프게 그의 가슴에 와 박혔다. 그날은 춘봉의 시합 날이었다. 시합이 이제 코앞으로 다가와 있었던 것이다.

"벌써……"

강원도 산장에서 춘봉과 헤어진 지 벌써 두 달이나 지났다. 그러나 규하는 아직도 그녀에 대해 너무나 생생하게 기억하고 있었다. 보드레한 뺨, 웃으면 둥글게 휘는 눈썹 하나하나까지도……

"하지만……"

지난 석 달 가까이 춘봉을 가르친 사범으로서 규하는 그녀의 시합을 두 눈으로 관전하고 싶었다. 춘봉이 잘해낼 수 있을지도 궁금했다. 유 사범의 바람대로 춘봉이 우승하여 국가대표 선수로 선발되면 얼마나 좋을까 하는 생각에 규하는 자기도 모르게 몇 번이고 전화기를 잡았다가 놓았다.

그냥 아무렇지도 않게 전화를 걸어서 안부를 물어보는 거야. 유 사범님에게 물어볼 수도 있고…….

마음속에서 춘봉에게 전화를 걸어볼 수 있는 여러 가지 핑계들이 소용돌이쳤지만 규하는 고개를 가로저었다.

아직까지 덜 큰 것일까? 쉬워 보이는 일 같았지만 결코 쉽지 않았다. 젖살이 덜 빠진 춘봉의 통통한 뺨이 눈앞에 어른거렸지만 규하는 주먹을 꼭 쥐고 그녀를 보고 싶은 마음을 억눌러 참았다.

"바보 같아."

기어이 한마디를 내뱉고 만 규하는 대나무 숲길을 달리기 시작했다.

열 바퀴쯤 뛰고 나면 그 녀석 생각이 잊혀지려나…….

차라리 기억 상실증에라도 걸렸으면 하는 마음에 규하는 멀리 빨간빛이 감돌고 있는 서쪽 하늘을 쳐다보았다.

시간은 쏜살처럼 흘렀고 어느 날 규하는 한 통의 전화를 받았다.

"죄송합니다. 이번만은……."

규하는 며칠 후에 열리는 아시안게임 국가대표 선발전에서 심사위원을 맡아달라는 태권도 협회 회장의 부탁에 고사하고 있는 중이었다.

그 시합에 춘봉이 나오게 될 것을 뻔히 알면서 심사위원으로 시합장에 나선다는 것은 그로서는 어려운 일이었다. 게다가 아무리 공과 사는 다른 일이라고 할지라도 춘봉을 보게 되면 사적인 감정이 북받쳐 오를 것이 뻔했다.

규하는 감정 조절을 잘하는 편인 자신이 왜 이렇게 되었는지 알 수 없어 전화를 끊고 나서 절레절레 고개를 저었다.

"휴우……."

하지만 며칠 후, 막상 드디어 춘봉의 시합 날이 되자 날도 밝지 않은 새벽부터 일어난 규하는 안절부절못했다. 과연 그동안 얼마만큼 그녀의 기량이 향상되었을까 하는 생각에 도장 앞을 서성거리며 고민에 빠졌다. 가야 할까, 말아야 할까? 하지만 그녀를 보게 된다는 생각만으로도 온몸의 혈관이 거꾸로 흐르는 것 같은 기분이었다.

시계를 올려다보니 벌써 시합 시작 시간이 가까워져가고 있었다.

규하는 강남역에 있는 국기원에서 치러질 아시안게임 국가대표 선발전이 눈앞에 훤히 그려졌다.

어떤 모습으로 춘봉이가 나오게 될까……? 그러나 가면 안 돼! …… 하지만 조금만 보고 오면 안 될까?

다시 한 번 그녀의 마음속에 첫사랑 상현이 깊게 자리잡고 있다는 것을 되새기면서 규하는 지킬 박사와 하이드처럼 여러 갈래로 찢겨진 자신의 마음들과 열심히 싸우고 있는 중이었다.

"관장님, 왜 그러세요?"

초조해하는 그를 보다 못한 수련생 하나가 도장에서 수련하다 말고 물었다.

"어? 흐음……. 아무것도 아니네."

규하는 괜한 헛기침을 하며 수련 지도를 계속했다.

잊기로 했으면서도 잘 안 되는군…….

규하는 자신의 마음을 평온한 상태로 다스리려고 심호흡까지 하며 노력했다. 하지만 잠시 후, 춘봉을 보고 싶은 마음을 견디지 못하고 그날 수련 일정을 모두 취소한다는 공지문을 도장 문 앞에 붙여놓은 채 부랴부랴 시합이 열리고 있는 국기원으로 차를 몰았다.

"늦었어."

혹시나 춘봉의 시합이 끝나지는 않았을까 마음이 급해진 규하는 신호 위반도 두 번씩이나 해가며 엑셀러레이터를 밟았다.

힐레벌떡 국기원에 도착했을 때 한창 예선이 치러지고 있었다. 규하는 제일 먼저 시합 대진표부터 살펴보았다.

288

"유춘봉……."

춘봉의 이름을 찾으면서 규하는 그 촌스러운 이름이 왜 이렇게 자신의 마음에 커다란 파동을 그려놓는 것인지 알 수 없었다.

대진표에 의하면 춘봉은 벌써 예선을 끝내고 본선 진출이 결정된 상태였다. 예전에 세계대회 때의 예선 탈락이 정신적 상처로 남아 있는 춘봉이 다행히 한 차례의 고비를 넘겼다는 사실이 기뻐 규하는 흐뭇한 미소를 지었다.

예선을 통과한 선수들이 대기하는 장소로 갔을 때 규하는 바글바글한 선수들 틈에서 금세 춘봉의 얼굴을 찾아낼 수 있었다. 수없이 많은 사람들 사이에서 왠지 유독 춘봉의 얼굴에서만 빛이 나는 것 같았다.

규하는 근 두 달 만에 보는 춘봉을 보고 언제 그녀에게 서운한 마음을 가졌었느냐 싶게 반가움을 금할 수 없어 자신도 모르는 사이 그녀 쪽으로 한 발짝을 내디뎠다. 내게 소중한 사람이니까.

그가 온 줄도 모르고 춘봉은 정면을 향한 채 시합을 관전하고 있었다. 심하게 긴장하고 있는지 입술을 잘근잘근 물어뜯고 있었다. 규하는 어딘가 안색도 좋아 보이지 않고 그 사이 포동포동하던 볼 살도 조금 빠진 것 같은 그녀의 모습에 마음이 아팠다. 수련을 너무 열심히 했던 것은 아닐까?

어서 그녀에게 무슨 일이 있는 것인지 알고 싶고 또 그녀를 위로해주고 싶은 마음에 규하는 발걸음을 빨리 했다. 그런데 갑자기 춘봉의 옆에 앉아 가려져 있던 한 젊은 남자가 허리를 숙이느라 불쑥 모습을 나타냈다.

해끔하게 생긴 남자는 한눈에 보기에도 이 자리에 있을 법한 태권도 선수가 아니었다. 도복이 아닌 세미 캐주얼 차림을 하고 있는 젊은 남자를 보며 규하는 심장이 얼어붙는 것만 같았다. 따로 특별히 소개를 받지 않아도 규하는 그가 누구인지 알 수 있었다.

바로 상현.

게다가 그 옆에 단정한 도복을 입고 춘봉에게 이것저것 지시를 내리고 있는 사람은 바로 동섭이었다. 그와 헤어져 있는 동안 꽤나 가까운 사이가 된 듯 동섭은 격려하듯 춘봉의 어깨에 손을 두르고 있었다. 춘봉 역시 그것을 아무렇지도 않게 받아들이고 있었다.

규하는 두 배가 된 질투심에 어금니를 사려 물었다. 상현은 춘봉의 기분을 북돋아주려는지 손짓으로 농담을 하는 듯 춘봉의 입에서 웃음을 이끌어냈다. 자신의 앞에서는 잘 웃지 않던 그녀였기에 규하의 질투심은 그대로 배가 되었다.

그들에게서 몸을 홱 돌리고 장승처럼 우뚝 선 규하는 이대로 국기원을 떠나버려야 할까 말아야 할까 잠시 고민했다.

마음 같아서는 이 길로 당장 강무제로 돌아가고 싶었다. 그러나 여기까지 온 것은―그것도 신호 위반을 두 번씩이나 하면서!― 춘봉에 대해 미련이 남아서라기보다는 짧지 않은 지난 석 달 동안 그녀를 가르친 사부로서 온 것이었다.

사부로서!

나름대로 공적인 측면을 내심 몇 번이고 강조하며 규하는 무엇보다도 그녀가 잘해나갈 수 있을지 걱정도 되고 기대도 되었다.

난 지켜볼 자격이 있어!

마치 춘봉이 눈앞에 불쑥 나타나 이곳에 왜 왔느냐고 따져 묻기라도 하듯 규하는 속으로 자신이 이곳에 남아 있어야 하는 변명을 늘어놓았다.

결국 두 마음 사이에서 갈등하던 규하는 춘봉이 있는 선수 대기 장소에서 멀찌감치 떨어진 이층의 관중석으로 향했다. 그러나 그가 자리를 잡은 곳에서는 바로 옆에서보다 더욱더 춘봉이 또렷하게 내려다보여 규하는 마치 자신이 스토커라도 된 것처럼 마음이 불편해졌다.

상현은 계속 춘봉의 곁에 찰싹 달라붙어 끊임없이 그녀에게 말을 걸고

있었다. 춘봉이 몸을 숙여 상현에게 귓속말을 하는 모습이 보이자 규하는
자기도 모르게 주먹을 그러쥐었다.

"저놈을 당장……."

보면 볼수록 기생오라비처럼 생긴 것이 영 마음에 들지 않았다. 게다
가 동섭은 뭐가 그리 좋은지 장내에 쩡쩡 울리도록 호탕하게 웃으면서
춘봉에게 힘내라고 큰소리로 말하고 있었다.

"저런 새파랗게 어린놈이 뭐가 좋다고……."

규하가 투덜거렸다. 하지만 한편으로 춘봉과 나이가 같은 그 녀석들이
부럽기도 하고 또 춘봉의 속마음을 들을 수 있는 자격이 나이 먹은 자신
에게는 없는 것 같아 서운해지기도 했다.

혼잣말처럼 중얼거리는 그가 이상해 보였는지 옆자리에 앉은 사람들이
흘긋 쳐다보았지만 규하는 춘봉에게 온통 집중해 있느라 알아채지 못했
다.

춘봉의 순서가 되기 전에 시합은 순조롭게 진행되고 있었다. 훈련 미
숙이 뚜렷이 보이는 선수들부터 기량이 월등하게 뛰어나 앞으로 미래가
촉망되는 꿈나무들도 보였다. 시합 전의 모든 훈련 상태는 오늘로서 증명
되는 순간이었기에 모두들 최선을 다해 싸우고 있었다.

그러나 이곳도 역시 인간 세상의 축소판이라 그 와중에도 반칙을 해
퇴장 당하는 선수도 있었고 심하게 부상을 당해 들것에 실려나가는 선수
도 있어 규하는 혹여 춘봉이 저런 꼴을 당하게 되지는 않을까 걱정스러
웠다.

드디어 춘봉의 차례가 되었다.

춘봉은 도복을 단정하게 다듬으며 경기장으로 나왔다. 보호대를 착용
하자 춘봉의 얼굴은 더 이상 뚜렷하게 보이지 않았고 그저 청색과 홍색
으로만 사람을 구별할 수 있었다. 춘봉은 홍색 보호대를 착용하고 있었
다.

　토너먼트 형식으로 진행되는 선발전 시합에서 춘봉은 미들급으로, 몸집이 비슷한 여자 선수와 맞붙게 되어 있었다. 그러나 상대 선수는 가까스로 미들급이 된 듯 춘봉보다 몇 킬로그램은 더 나가 보였고 체구도 훨씬 큰 듯했다. 춘봉이 조금 불리해 보이는 위치였다.

　"파이팅!"

　동섭과 상현이 입을 모아 춘봉을 응원했다.

　그 둘을 본 규하가 눈살을 찌푸렸지만 춘봉을 응원하기 위해 저절로 주먹이 꽉 쥐어지는 것은 그로서도 어쩔 수 없는 일이었다.

　시합 개시를 알리는 심판의 호루라기 소리와 함께 춘봉의 활발한 공격이 시작되었다.

　규하는 주먹을 그러쥐었다.

　상대편 선수도 운동 경력이 꽤 만만치 않은 듯 몸놀림이 재빨랐고 발차기하는 동작으로 미루어보건대 실력이 상당한 선수 같았다.

　초반에는 꽤 날랜 공격을 퍼붓던 춘봉의 움직임 속에 규하는 어딘가 모르게 꽤 이상해 보이는 점을 발견했다. 날렵하게 상대의 공격을 피하기는 했지만 어딘가 소극적이었고 그가 알고 있는 춘봉의 공격 패턴이 제대로 살지 못하고 있었다.

　"왜 그러지?"

　고개를 갸웃거리며 규하는 걱정했다. 그동안 너무 무리하게 훈련해서 몸 어딘가가 상한 것은 아닐까? 아니면 너무 긴장한 것일까?

　"2점!"

　그러나 그런 규하의 우려를 깨고 춘봉의 발이 길게 곡선을 그리며 상대편의 얼굴을 정확하게 가격했다. 얼굴은 2점, 몸통은 1점으로 춘봉은 지금까지 2점을 획득한 셈이었다.

　"잘했어!"

　주먹에 땀을 쥐며 경기를 관전하고 있던 규하가 자기도 모르는 사이에 자리에서 벌떡 일어서며 통쾌하게 소리를 질렀다.

그러나 상대편도 만만치 않아 실점을 만회하기 위해 날카롭게 공격을 시도했다. 2점을 만회하기 위해서는 발차기로 얼굴을 공격하거나 아니면 몸통을 정확하게 탁! 소리가 나도록 주먹으로 공격하는 방법이 있었다. 지금 상대 선수는 호시탐탐 춘봉의 몸통을 공격하기 위해 기회를 노리고 있었다. 그러나 얼굴 공격에 비해 몸통 공격은 점수가 낮기 때문에 여전히 판세는 춘봉에게 유리하도록 기울어가고 있었다.

비록 상대 선수와 몸무게 차이가 나도 춘봉은 그 차이를 채울 만큼 몸동작이 비상했기 때문에 규하는 이 시합이 춘봉의 승리로 끝나게 될 것이라고 예상하고 있었다. 그러나 점점 춘봉의 태도가 이상했다. 오히려 얼굴 공격을 유도하는 듯 배 앞에 주먹을 가져다 대고 보호하며 적극적인 공격을 취하지 않는 것이었다.

"으흐……. 저런 바보!"

규하는 춘봉의 소극적인 방어 자세에 혀를 찼다. 그리고 자신이 어떻게 가르쳤던가를 생각했다. 항상 겨루기 때에는 적극적으로 나서라고 하지 않았던가. 게다가 춘봉 역시 지는 것을 싫어하는 성격이어서 아무리 힘의 차이가 나더라도 끈질기게 공격 기회를 노리며 안쪽으로 파고드는 타입이었다. 그런데 지금 춘봉의 모습은 그렇지 않았다.

"어떻게 된 거야!"

규하는 흥분해서 주먹으로 자신의 무릎을 탁 쳤다.

"저런 식으로 어떻게 예선은 통과했는지 모르겠군!"

규하는 춘봉의 소극적인 모습이 마음에 들지 않아 계속 성난 멧돼지마냥 툴툴거렸다.

기회를 노리고 있던 상대편이 춘봉과 거리가 가까워지자 주먹으로 춘봉의 몸통을 지르려고 했다. 그러자 춘봉이 얼른 배를 막고 상체를 숙이는 바람에 결국 상대편의 주먹은 몸통이 아닌 얼굴을 강타하고 말았다.

그 바람에 춘봉은 뒤로 벌렁 넘어져버렸다. 주먹 공격으로는 안면 공격은 불가능하기 때문에 그것으로 충격을 받아 뒤로 넘어졌다고 해도 다행히 점수를 얻을 수는 없었다.

"도대체 뭐 하는 짓이야!"

흥분한 규하가 자리에서 벌떡 일어섰다. 춘봉이 이 정도일 줄은 몰랐다. 갑갑해서 미칠 지경이었다. 자신과 겨루기를 할 때는 악바리처럼 바락바락 대들며 사납게 공격을 퍼붓더니 자신의 반도 안 되는 것 같은 상대에게 저 따위로 당하고 있다니!

"동계 훈련을 하던 산장에서 떠나 혼자서 열심히 하겠다더니 저 모양이야!"

규하는 뒤로 넘어져 꾸물대며 일어서는 춘봉을 보며 이를 악물었다.

2분 3라운드로 진행되는 시합의 1라운드가 끝나고 양 선수는 10초간의 휴식을 가지기 위해 자신의 베이스로 돌아갔다.

시합이 끝나면 단단히 기합을 줘야겠어! 규하는 벌렁대는 심장을 가라앉히기 위해 심호흡을 하며 다시 자리에 앉았다. 규하는 마음을 진정시키며 예전에 자신의 시합들을 떠올렸다.

어린 나이에 국가대표이자 또 올림픽 금메달리스트인 규하라고 해서 처음부터 항상 잘했던 것만은 아니었다. 다섯 살 때, 태권도 도장 사범인 할아버지와 아버지를 따라 태권도를 시작한 규하는 큰 키와 긴 팔다리라는 신체적 강점을 바탕으로 특급 선수로 성장했다. 그리고 대학 시절부터 각종 국내 태권도 대회 헤비급 부문에서 우승을 차지하였다. 그동안 이긴 적도 있었고 진 적도 무수히 많았다. 그가 올림픽에서 금메달을 땄을 때 여론에 이름을 알리며 일약 태권도 스타로 발돋움하게 되었지만 그것은 한순간이었을 뿐이고 그에 비하면 그 전에 혹독하게 수련했던 기간은 너무나 길었다.

온갖 기대를 받으며 출전한 2000년 시드니 올림픽에서 아쉬운 동메달에 그쳤을 때, '제규하만 있었더라도……'에서부터 '제규하의 시대는 이제 끝났다' 등 감당할 수 없는 여론이 쏟아져 나왔다. 그때 규하는 침묵 외에는 달리 대응할 방법이 없었다. 그저 열심히 연습하고 수련할 뿐. 그러나 그도 사람인지라 비난 여론에 기분이 상하고 불쾌한 것은 사실이었다. 그가 당시 느낀 절망의 깊이는 겉보기에는 알 수 없었지만 사실 상당히 치명적인 수준이었다. 하지만 그것은 오히려 그의 오기를 꿈틀거리게 만들었다. 그런 중에 국방의 의무를 마치고 전역하게 된 규하는 국가대표팀을 리더로서 이끌게 되었다. 그러나 연이은 노 메달과 패배로 규하의 자존심은 꺾이고 태권도를 접을까 하고 생각했던 적도 있었다.

그러나 결국 고독한 트레이닝 끝에 4년 뒤 올림픽 대회에서 뒤차기 한 방으로 세계를 정복하고 금메달을 목에 걸었을 때 규하는 자신이 한 차례 데미안의 껍질을 벗었다는 것을 깨달았다. 그것은 끝이 아니었다. 그리고 자신에게는 벗어야 할 껍질이 수도 없이 많다는 것도. 끊임없이 수련하고 노력해야 하는 것은 그에게 평생의 숙제로 남겨져 있었다. 두둑한 배짱과 기량, 그가 가진 장점이었다. 그리고 또 하나 '아픈 만큼 성숙해진다'라는 말은 모든 사람에게 공통되는 것이었지만 특히 그에게는 뼈저린 교훈이 되었다.

규하는 고개를 들어 춘봉을 바라보았다. 머리 보호대를 뺀 춘봉은 안색이 좋지 않아 창백해 보였다.

감기 같은 건가?

그러나 컨디션을 조절하는 것도 선수들에게는 실력만큼이나 중요한 것이었다. 그런 기본적인 것도 제대로 하지 않은 춘봉은 비난을 받아야 마땅했다.

"쯧쯧……."

다시 시합이 시작되었지만 자신이 가르친 것은 몽땅 잊어버렸는지 어정쩡한 태도로 나오는 춘봉이 못마땅해 규하는 혀를 찼다.

잠시간의 휴식을 취한 뒤라 상대편은 좀더 활발한 몸 동작이었음에도 불구하고 춘봉은 전혀 그렇지 않았다.

벌써부터 체력이 달린 건가?

동계 훈련 때 춘봉은 엄청난 양의 운동을 했다. 여자로서는 드물게 근력이 강한 편이었던 춘봉은 남들보다 체력 면에서는 모자랄 것이 없었다. 한때 춘봉에게 높은 점수를 부여했던 규하로서는 지금 눈앞의 춘봉은 영 다른 사람처럼 보였다.

정말 실망이군. 규하는 고개를 가로저었다.

상대편이 뒤차기로 공격하자 춘봉은 아슬아슬하게 뒤로 물러나 공격을 피할 수 있었다.

굼벵이가 따로 없군.

한 번 상대편의 공격을 피한 것이 요행이었던지 바로 다음에 상대편은 춘봉의 얼굴을 뒤 후리기로 가격했다. 2 대 2, 동점이 되는 순간이었다.

"저런, 저런……."

규하는 안타까움에 속이 다 탈 지경이었다. 관중석에서 소리를 지르는 것은 관중의 에티켓이 아니라고 하지만 지금 규하는 옆에서 확성기로 춘봉에게 제대로 하라고 소리를 바락바락 지르고 싶은 지경이었다.

다행히 2라운드는 2 대 2에서 더 이상 실점하지 않고 끝났다.

규하는 또다시 휴식을 취하기 위해 돌아간 춘봉을 보며 의자에 붙여 놓은 엉덩이가 근질근질했다. 당장이라도 춘봉에게 가서 혼쭐을 내고 싶은 마음이었지만 그러지 않기로 결심하지 않았던가.

하지만 난 춘봉이의 사부인데! 마음 한구석에서 투덜거리는 소리가 머리를 울려왔다.

일어서야 할까 말아야 할까 갈등하고 있는데 이미 10초가 지나 3라운드가 개시되고 말았다. 더욱더 지쳐 보이는 춘봉과는 달리 상대편은 조금 전 라운드에서의 득점 때문인지 의기양양해진 모습으로 경기장에 나오고

296

있었다. 사기 면에서도 이미 춘봉은 진 싸움이나 다름없어 보였다.

"마지막이야. 잘해! 춘봉아!"

규하는 기도하는 심정으로 두 손을 맞잡았다.

상대편은 발차기보다는 주먹 지르기에 훨씬 재주가 있어 보였다. 걸핏하면 춘봉의 몸통을 공격하기 위해 기회를 노리고 있었다. 그러나 그것은 오히려 춘봉에게는 기회가 될 수 있었다. 춘봉에게 공격하기 위해 다가왔을 때 춘봉은 발차기로 상대편의 머리와 몸통을 가격할 수 있는 기회가 될 수 있었으므로.

그러나 춘봉은 그런 상대편의 틈을 보고서도 몸통 쪽으로 들어오는 공격을 방어하기 위해 급급할 뿐 그 사이를 이용해 상대편을 공격할 마음이 영 없어 보였다.

춘봉의 소극적이기만한 태도에 규하는 마음에 불이라도 난 것처럼 안절부절못하고 있었다.

상대편이 춘봉의 주춤하는 모습에 더욱더 용기를 얻었는지 마구잡이로 공격을 감행하기 시작했다. 전혀 방어하거나 공격할 틈을 주지 않는 상대편의 모습에 춘봉은 기가 질린 듯 속수무책으로 공격을 받고 있었다.

'실점 1점 추가.'

"뭐, 저런 선수가 다 있어? 태권도가 뭔지나 아는 사람인가?"

그렇지 않아도 속에 불이 나는데 불난 집에 부채질한다고 옆자리에 앉은 사람이 무심코 중얼거렸다.

그 소리에 규하가 홱 얼굴을 돌려 남자를 노려보았다. 한 입에 잡아먹을 듯이 무시무시하게 바라보는 규하의 모습에 질린 남자는 얼른 입을 꾹 다물었다.

결국 1점 차이로 심판은 춘봉이 아닌 상대편의 손을 들어주었다.

기뻐서 펄쩍펄쩍 날뛰는 상대편 여자의 모습과는 상반되는 춘봉의 축 처진 어깨를 보며 규하는 아직도 흥분이 가라앉지 않아 씨근대고 있었다.

규하는 벌떡 일어나 춘봉을 향해 성큼성큼 다가갔다. 춘봉 옆에 상현이 있는 것을 보고 단지 춘봉을 가르친 사부로서 시합만 보고 가려고 했는데 도저히 그냥 갈 수가 없었던 것이다.

"그렇게 한심한 경기를 하다니……."

규하는 춘봉을 만나면 한바탕 퍼부어줄 것이라고 생각하며 춘봉이 짐을 챙기고 있는 대기 장소로 갔다.

"규하야!"

규하가 다가오는 것을 본 유 사범이 반가운 척을 했다. 규하는 유 사범에게 정중하게 인사를 한 뒤 춘봉을 향해 매섭게 눈을 치켜떴다.

"너……."

규하가 입을 열자마자 춘봉의 눈에서 맑은 눈물이 구슬처럼 또르르 흘러내렸다. 그 바람에 규하의 입이 딱 다물어지고 말았다.

"다 사부님 때문이에요!"

알 수 없는 탓을 돌리며 춘봉은 규하의 가슴을 밀치고 국기원 밖으로 뛰쳐나가 버렸다.

영문을 몰라 어안이 벙벙한 상태로 규하가 유 사범을 돌아보자 유 사범은 그저 쓴웃음을 지으며 어서 춘봉을 따라가 보라면서 등을 떠밀었다.

규하는 춘봉이 나간 쪽을 향해 달리기 시작했다. 그 전에 춘봉 옆에 서 있던 기생오라비같이 생긴 상현을 찌릿 한 번 노려보는 것을 잊지 않은 채.

규하가 뒤쫓아왔을 때 춘봉은 국기원 바깥 벤치에 앉아 있었다. 고개를 푹 숙이고 어깨를 축 늘어뜨린 춘봉의 모습에 한바탕 혼을 내주려고 했던 마음이 싹 사라져버렸다.

봄이 다가오는 3월이었지만 날씨는 아직까지 많이 쌀쌀했다.

얇은 도복 차림인 춘봉이 추울까 싶어 규하는 얼른 겉옷을 벗어 춘봉에게 덮어주었다. 춘봉은 움찔했지만 그렇다고 그의 옷을 내팽개쳐버리지는 않았다.

그래도 얌전하군.

규하는 자신을 보고 춘봉이 고래고래 소리나 지르지는 않을까 걱정했는데 그나마 얌전해서 다행이라고 생각했다.

규하는 춘봉의 옆에 나란히 앉았다.

"추운데 여기서 뭘 그렇게 생각해?"

규하는 시합에 대한 얘기는 나중에 묻기로 했다. 지금 그녀의 모습을 보아하니 비난이나 지탄보다는 격려와 위로가 필요한 것 같았으니.

"인간은 무얼 위해 사는가를 생각했어요."

춘봉의 무뚝뚝한 대답이 돌아왔다.

규하는 농담처럼 가벼운 어조로 웃으며 말했다.

"그렇게 먼 곳까지 날아가 버렸단 말이야?"

"……."

그러나 코가 땅에 닿을 듯이 고개를 숙인 춘봉은 묵묵부답이었다.

"너무 깊이 생각하면 지금 있는 좋은 것들을 모두 놓쳐버릴걸?"

"사부님이 가끔씩 하는 말은 너무 맘에 안 들어요."

춘봉이 볼멘소리로 말했다.

규하는 씨익 웃었다. 아직 살아 있군 그래.

춘봉이 부스스 상체를 일으켰다. 그리고 깊은 한숨을 내쉬었다.

"너……. 이제 시합도 끝났으니 내가 싫으면 싫다던가 아니면 좋다던가 슬슬 대답해줘야 되지 않나?"

규하는 도박을 하는 마음으로 말을 꺼냈다. 그녀에게서 어떤 패가 나올지 마음이 조마조마했다.

하늘을 올려다보니 구름 한 점 없이 맑고 쾌청했다.

"요즘 좋고 싫은 걸 잘 모르겠어요."

춘봉은 규하의 마음도 모르고 무심하게 대꾸했다.

"그럼 보통?"

"그보다는 위."

"그럼 좋아하는 거네."

"글쎄요……."

"그러니까 너무 어렵게 생각하지 말라니까."

규하는 춘봉의 어깨를 붙잡아 자신을 향해 돌렸다. 그리고 도장을 찍듯이 굳은 키스를 그녀의 입술에 선사했다.

"앗!"

"자, 이번엔……. 분명히 내가 널 좋아해서 하는 키스야."

이 사람은 어떻게 이렇게도 나를 기쁘고 안타깝고 즐겁고 괴롭고 상냥하고 슬프고 따뜻하게 만드는 거지? 춘봉은 국기원까지 자신을 뒤쫓아온 규하를 보고 마음 한구석이 아직도 저리다는 것을 깨달았다.

그가 오늘 자신의 시합에 오리라는 것을 춘봉은 예상하고 있었다. 그를 만나면 아무렇지도 않게 대하려고 그렇게 다짐을 했건만.

떨어져 있는 동안 춘봉은 그를 잊으려고 엄청나게 노력했다. 하지만 그와 마주친 한순간, 밤마다 천 번씩 땀 흘리며 했던 발차기나 그 모든 노력은 물거품이 되고 말았다. 그를 향해 달음박질치는 자신의 마음은 어떤 거대한 힘에도 굴하지 않을 것이라는 것을 춘봉은 알 수 있었다.

어쩔 수 없어. 춘봉은 고개를 저었다.

도복 위에 옷을 벗어주는 그의 다정함에 춘봉은 눈물이 솟아났다. 요즘 부쩍 센티멘털해진 자신의 마음이 영 못마땅했지만 흘러내리는 눈물을 멈추는 것은 중력을 거스르는 것과 마찬가지였다.

규하의 입술이 다가왔다. 전에도 느껴본 적 있던 익숙한 느낌이 그녀의 온몸을 휘감았다. 사랑을 고백하는 듯한 부드러운 키스가 이어졌다.

주변을 지나가는 사람들이 힐끔거리며 헛기침을 하자 그제야 춘봉은 수줍게 규하의 가슴을 손으로 밀어냈다. 심장은 두근두근, 정신이 하나도 없게 뛰고 머리는 핑그르르 돌았으며 어지러웠다.

살짝 휘청대는 춘봉의 몸을 단단한 울타리처럼 붙잡아주며 규하는 춘봉의 붉어진 얼굴을 들여다보았다.

"전에 사부님이 했던 말, 모두 진심으로 받아들이고 싶어요."

전부 거짓말일지도 몰라.

하지만 믿고 싶었다. 그것이 백 퍼센트 새빨간 거짓말이라고 해도 그를 향한 자신의 마음이 너무나 커서, 그 힘을 도저히 이겨낼 수 없었다. 춘봉은 그에게 자신의 마음을 부딪쳐보기로 결정했다.

"나도 네가 했던 말 전부 진심으로 받아들일 건데, 믿을 건데. 그래도 돼?"

규하가 웃으며 대꾸했다.

"날…… 좋아하나요?"

춘봉이 용기를 내어 물었다.

그의 마음을 알고 싶었다. 그가 어린아이를 놀리듯이 사랑하지도 않고 자신을 그저 장난감처럼 가지고 놀 사람이 아니라는 것을 확인하고 싶었다.

"네가 좋아서 죽을 것만 같아."

뚫어져라 쳐다보고 있던 그의 입술이 열리며 진실이 담긴 고백을 말했다.

"사랑한다고 말해줘, 제발."

춘봉은 멍하니 그의 입술을 바라보았다.

"나, 난……."

춘봉은 시선을 좀더 올려 그의 눈을 바라보았다. 그의 눈속에 가득 담긴 자신의 모습이 마치 공주처럼 세상에서 제일 예뻐 보였다.

“사부님의 눈속에 뛰어들고 싶단 말이에요!”

귀엽다…….

규하는 갑자기 벤치 옆으로 털썩 무릎을 꿇고 쓰러져버렸다.

“왜 그래요?”

깜짝 놀란 춘봉이 바닥에 큰 대 자로 쓰러져 있는 규하에게 다가와 다친 데가 없는지 살피며 물었다.

두 눈을 감고 죽은 척하며 누워 있던 규하가 한쪽 눈을 살짝 뜨고 씨익 웃었다.

“방금……, 뛰어들었어.”

얼마만한 시간이 지났던 것일까? 하나로 붙어버린 듯 그들이 서로를 꼭 껴안고 있던 사이 어느덧 날이 조금 저물었다.

시합이 끝나 국기원에서 나오는 사람들의 행렬을 눈치 챈 규하가 슬그머니 춘봉을 꼭 껴안고 있던 포옹을 풀었다. 힐끔거리는 사람들의 시선을 견디지 못해 뺨이 불그스름하게 물들어버린 채로 규하는 춘봉을 바라보았다.

그가 던지는 깊고 깊은 시선에 춘봉은 몸둘 바를 모르고 시선을 내리깔았다. 무언가 달콤한 이야기가 흘러나올 줄 알고 춘봉은 내심 설레고 있었다.

“이번 시합, 어떻게 된 거지?”

규하가 갑자기 생각났다는 듯이 냉정한 목소리로 물었다. 아무리 그녀의 마음을 확인하고 그녀가 이제 자신의 사람이 되었다고 해도 사는 사고 공은 공이니까.

“나…….”

무언가 비밀이 있는 듯 춘봉이 수줍게 볼을 물들였다.

규하는 문득 대기 장소로 찾아갔을 때 춘봉이 두 눈에 그렁그렁한 눈물을 담고 자신에게 쏟아내던 말을 떠올렸다.

"다 사부님 때문이에요!"

그게 도대체 무슨 소리였을까? 규하는 그 말이 무언가 의미심장하다고 생각했다.

"하늘이 참 파래요. 하하하!"

고개를 든 춘봉이 딴 소리를 하며 호탕하게 웃었다.

규하는 말꼬리를 돌리는 춘봉을 물끄러미 바라보았다. 입술은 키스 때문에 살짝 부풀어올라 있고 손끝에 닿는 춘봉의 홍조 띤 뺨은 여전히 뜨거웠다.

"응?"

대답을 재촉하듯이 규하가 이마를 맞대자 춘봉은 살그머니 속눈썹을 내리깔았다. 짙은 속눈썹이 파르르 떨리고 있었다.

"그, 그게……. 두 달간이나 없었어요."

규하는 지금 춘봉이 무슨 말을 하려고 하는지 통 감을 잡을 수가 없었다. 규하가 고개를 갸웃거리자 춘봉은 갑갑한 표정을 지으며 설명하려고 애를 썼지만 적당하게 떠오른 단어가 없어서인지 애를 먹고 있었다.

"그러니까, 동계 훈련 갔었을 때, 산장에서……."

무슨 말을 하려고 하는 걸까? 규하는 의아했다.

"그때…… 아기가 생긴 모양이에요."

규하의 가슴에 고개를 기대며 춘봉이 작은 목소리로 속삭였다.

"뭐?"

규하는 눈을 껌벅거렸다. 춘봉의 말을 믿을 수 없어 얼떨떨했다. 전혀 상상도 하지 못한 일이었다.

비로소 시합 때 소극적인 자세를 취했던 춘봉을 이해할 수 있었다. 설마 아기를 보호하려고……. 규하는 자신의 가슴에 폭 안겨 있는 춘봉을 떼어내 그녀의 얼굴을 들여다보았다. 아직 어리고 조그마한 춘봉이었다.

그녀의 진지한 표정이 설마 하는 그의 의심을 날려버렸다. 지금 그녀의 뱃속에 그의 아기가 들어 있었다. 아니, 그녀와 그의 아기였다. 그런 줄도 모르고 시합을 관전하면서 온갖 비난을 쏟아냈던 자신의 모습을 생각하자 규하는 너무나 후회스러웠다.

"이제 널 어쩌면 좋지?"

규하는 춘봉의 얼굴을 물끄러미 들여다보았다.

복잡한 심정이 회오리치는 규하의 표정을 본 춘봉은 자신이 뭔가 잘못한 것은 아닌가 싶어 덜컥 겁이 났다.

혹시 지우라거나 하면 어쩌지? 춘봉은 아기를 보호하듯 배를 두 손으로 감싸 안았다. 그리고 그의 허락이 없어도 자신은 이 아기를 기필코 낳아 기르겠다고 다짐했다.

"춘봉아!"

국기원을 빠져나온 유 사범과 상현이 그들 쪽으로 다가오고 있었다. 찰싹 달라붙어 있던 춘봉은 얼른 규하에게서 떨어졌다.

"상현아!"

춘봉의 온기로 덥혀졌다가 서늘해진 가슴이 마음에 들지 않고 또 반갑게 상현을 맞는 춘봉의 모습에 규하가 눈살을 찌푸렸다.

그녀의 시합을 관전하기 위해 일부러 국기원을 찾은 상현에게 춘봉은 이제 더 이상 예전처럼 좋아한다거나 하는 감정을 느낄 수 없었다. 이제 그녀의 마음은 온통 규하에게 빼앗겨 있었으니까.

"안녕하십니까?"

옆에 서 있던 동섭이 무뚝뚝하게 인사했다.

규하는 그를 향해 희미한 미소를 지어 보였다. 춘봉이 담양으로 돌아간 뒤 아마도 동섭이 춘봉의 훈련 상대 및 코치가 되어주었으리라는 것은 쉽게 눈치 챌 수 있었다. 동섭의 실력을 아는 규하로서는 그에게 감사의 인사를 건네야만 했다.

"그동안 수고했네. 고마워. 자네 덕에 춘봉이가 많이 좋아졌더군."

전처럼 냉대를 받을 줄 알았던 동섭은 그에게서 뜻밖의 감사 인사를 받자 쑥스러운 듯 얼굴을 붉혔다.

"제가 뭘요. 다 춘봉이가 열심히 했던 거지요."

"그동안 춘봉이한테 훈련말고 다른 작업은 걸지 않았겠지?"

규하가 확신하듯 동섭에게 다가가 작은 목소리로 묻자 동섭은 머리를 긁적이며 대답했다.

"사귀자고 몇 번이나 청해봤지만 춘봉이가 마음속에 다른 사람이 있다면서 거절했어요."

동섭의 말을 듣고 규하는 입가가 벌쭉 벌어졌다.

내 사람. 이제 그녀가 자신의 여자라는 확고한 사실에 새삼 그녀가 달라 보이는 것은 왜일까? 규하는 따뜻한 시선으로 춘봉을 바라보았다.

"그럼, 바로……."

동섭이 말을 잇지 못하고 그를 올려다보았다. 규하는 아무 대답도 하지 않은 채 그저 웃기만 했다.

"춘봉아……."

유 사범이 안쓰러운 듯 손녀딸을 바라보았다.

"할아버지……."

춘봉이 기어들어가는 목소리로 유 사범의 시선을 피했다.

"괜찮다. 다음 번에도 또 기회가 있겠지."

유 사범이 부드러운 목소리로 춘봉을 위로했다. 춘봉은 할아버지의 기대에 못 미친 것이 못내 안타깝고 죄송스러워 고개를 깊게 떨어뜨렸다.

"그럼요. 다음 번에는 확실히……."

상현이 끼어들었다.

규하가 찌릿, 매서운 눈초리로 쏘아보자 상현은 영문을 모르고 사람들이 그의 눈빛 앞에서 주눅이 들듯이 번데기처럼 잔뜩 움츠려들고 말았다.

“춘봉아, 이분은⋯⋯.”

“응, 전에 날 가르쳤던 제규하 사부님이셔.”

춘봉이 작은 목소리로 규하를 소개했다.

“이쪽은 제 초등학교 동창인 지상현이에요.”

“안녕하십니까?”

규하가 먼저 손을 내밀었다. 상현은 별로 내키지 않는 듯한 눈빛으로 마지못해 규하의 손을 잡았다. 규하는 상현을 노려보며 맞잡은 손에 힘을 꽉 주었다.

“네⋯⋯. 혹시 금메달리스트 제규하 선수?”

상현은 그제야 규하를 알아본 듯 반가운 척했지만 눈에 힘을 풀지 않고 있는 규하의 위세에 눌려 허리를 굽히기까지 하며 인사했다.

“네. 그리고⋯⋯.”

상현의 휘둥그레진 눈빛이 별로 마음에 들지 않아 규하는 얼른 다음 말을 이었다.

“춘봉이와 곧 결혼할 사이이기도 하지요.”

“네?”

“네?”

“뭐라고?”

춘봉과 상현, 그리고 유 사범이 동시에 소리쳤다.

“흠흠⋯⋯.”

헛기침을 한 규하가 어안이 벙벙해 있는 세 사람을 골고루 쳐다보았다. 특히 놀라 입을 떡 벌리고 있는 춘봉의 아랫배를 쓰윽 눈으로 훑어내리면서 말했다.

“그러니까 이제 잘 부탁드립니다.”

에 필 로 그

"나비는 아무 때나 막무가내로 날지 않아. 날기 위해서 나비는 몸이 뜨거워져야 해. 지금 너는 바로 그때야."

규하는 등에 보호대를 단단히 묶어주며 춘봉의 귓가에 속삭였다.

춘봉은 힘차게 고개를 끄덕이고 까치발로 서서 규하의 볼에 살짝 입맞춤하며 관중들이 숨죽이며 기다리고 있는 넓은 경기장으로 나섰다.

춘봉은 앞선 준결승에서 2000년 시드니 올림픽 동메달리스트인 프랑스의 파스칼 젠틸을 맞아 1라운드를 1 대 2로 뒤지다가 옆차기와 돌려차기 등 적극적인 공세를 펼친 끝에 5 대 3으로 역전승을 거두고 결승에 올랐다.

그때의 열기가 아직도 남아 춘봉의 몸을 뜨겁게 달궈놓고 있었다. 춘봉은 지금 자신이 이곳에 있다는 것을 믿을 수 없었다. 세계대회 예선에서 탈락한 적 있고 국가대표 선발전에서 탈락, 매번 탈락만 하던 그녀였다. 올림픽이 열리는 중국 베이징의 제3스타디움, 이곳이 지금 춘봉이 두 발을 디디고 서 있는 장소였다.

믿을 수 없어. 춘봉은 입가에 미소를 지었다. 모든 것은 그녀의 스승인 규하 덕이었다. 춘봉은 지난 세월을 되새김질했다. 얼마나 많은 일이 있었던가. 생각해보면 어떻게 견뎠을까 의구심이 생길 만큼 혹독했던 훈련과 스스로도 채찍질하는 데 여념이 없었던 것은 모두 그가 곁에 있어주었기 때문에 가능했던 일이었다. 그리고 또 하나…….

경기장에는 귀가 먹먹할 정도로 관중들의 함성이 울려퍼지고 있었다. 태극기의 물결이 넘실대고 환호하는 관중들을 보며 춘봉은 한 손을 치켜올렸다.

춘봉은 자신을 무섭게 노려보고 있는 푸른 눈의 여자를 바라보았다. 이탈리아의 국가대표 선수, 니콜라이디스였다. 춘봉보다 키도 더 크고 다리도 더 길고 체중도 더 나갈 것 같아 보였다. 그러나 아무리 무서운 사람이라고 해도 자신의 사부이자 남편인 규하만큼일까. 춘봉은 여유만만하게 빙긋이 미소를 날렸다. 상대편 선수는 춘봉의 갑작스러운 미소에 당황한 기색이 역력했다.

심호흡을 하고 시합을 시작한 춘봉은 날카로운 눈빛으로 상대편 선수의 빈틈을 노렸다. 춘봉의 적극적인 공격 플레이에 관중들의 함성이 파도치듯 너울거렸다.

규하의 혹독한 훈련은 그녀를 이미 무쇠처럼 단련시켜놓았다. 그래서 춘봉은 이제 어떠한 시합에서도 주눅 들지 않고 이길 자신이 있었다.

사랑해, 사랑한다. 시합 전에 규하가 속삭여준 주문 때문일까. 춘봉은 이제 사랑의 기적을 믿는다. 무슨 일이든 해낼 수 있다고. 스스로의 가능성을 믿었다.

춘봉은 경기가 시작되자마자 팬들의 열렬한 성원을 등에 업고 큰 발동작으로 적극적인 공세를 편 니콜라이디스의 빈틈을 노려 받아차기로 1점을 먼저 따냈다. 그러나 상대편 선수도 만만치 않았다. 니콜라이디스 선수는 이미 세계 선수권 대회에서 1, 2위를 차지했던 선수여서 이번 승부도 손에 땀을 쥐게 하는 승부였다.

몸통 돌려차기로 아쉽게 2점을 내준 춘봉은 이를 악물었다. 여기까지 오는 데 얼마나 힘이 들었는지 다시 한 번 되돌아보았다. 그리고 이제는 무엇보다도 사랑하는 사람들이 있었다. 그들을 기쁘게 해주기 위해 춘봉은 최선을 다할 것이었다.

결국 2라운드까지 2 대 2, 동점이 되었다.

손에 땀을 쥐게 하는 아슬아슬한 승부에 드디어 마지막 라운드가 시작되었다.

틈을 노리는 니콜라이디스는 비겁하게 클린치를 감행했다. 서로 견제하느라 신경이 날카로워져 있던 터라 상대편 선수의 클린치는 예상밖이었다. 하지만 춘봉은 그것을 기회로 삼아 돌려차기를 시도했다. 꽤 지쳐 있음에도 불구하고 니콜라이디스는 교묘하게 피해나갔다. 춘봉은 다시 앞차기를 시도하며 접근 전으로 나오기 시작한 니콜라이디스를 맞이하여 전광석화 같은 왼발 뒤 후리기를 안면에 강타했다.

그리고 기적의 KO승을 거뒀다.

"우와, 금메달. 금메달입니다. 한국의 유춘봉 선수! 이탈리아의 니콜라이디스 선수를 회축 하나로 쉽게 제압하고 말았습니다."

"우와와!"

텔레비전 앞에 모여 주먹에 땀을 쥐고 앉아 있던 강무제의 식구들이 환호성을 지르며 자리에서 벌떡 일어나 덩실덩실 춤을 추었다.

"금메달이다, 우리나라 만세다!"

멀리 프랑스에서 열린 올림픽 경기 마지막 날, 한국은 태권도 부문에서 금메달을 하나 추가했다. 바로 춘봉의 금메달이었다.

태권도는 우리나라가 종주국이라고 해도 이번 올림픽에서는 너무나 쟁쟁한 후보들이 많아서 지금까지 여자부 메달은 겨우 춘봉이 딴 금메달 하나가 전부였다. 북한이 하나, 프랑스에서 하나, 그리고 춘봉이 딴 금메달이 하나.

"봤지?"

규하는 춘봉의 시합장에 있었다. 춘봉이 기쁜 얼굴로 웃고 있었다. 규하는 품에 안고 있던 한 살배기 아들에게 목마를 태워주며 덩실덩실 춤을 추는 듯 들썩거렸다. 규하는 아들에게 말을 건네고 있었다. 아기는 무엇이 그리 좋은지 방실방실 웃으며 엄마, 아빠와 비슷한 발음의 옹알이를 하고 있었다.

"아바바바……."

드디어 시상식장에 거대한 태극기가 내걸리고 귀에 익은 애국가가 흘러나오는 가운데, 자랑스러운 표정으로 머리에 월계관을 쓰고 금메달을 목에 거는 춘봉을 가리키며 규하가 속삭였다.

"저 호탕 대담한 여자, 유춘봉이 바로 너희 엄마란다."

그러자 아들도 대답했다.

"어마마, 엄마."

<끝>

춘봉은 규하를 이해할 수 없었다. 결혼식 내내 뾰로통, 무엇이 불만인지 입술은 닷 발은 튀어나와 있고 자꾸만 눈길을 주어도 쳐다보지도 않았다.

무슨 일로 저렇게 화가 났을까나?

이른 아침부터 일어나 머리 세팅 말고 야외 결혼 기념 사진 촬영까지 끝마치는 바람에 정신이 하나도 없었는데 규하는 무뚝뚝, 무엇을 묻기라도 하면 금방이라도 잡아먹을 듯한 기세여서 춘봉은 조금 우울했다. 그녀의 그런 기분을 금세 눈치 챘던지 뱃속에서는 아기가 발길질을 거세게 했다.

벌써 임신 4개월.

춘봉은 드레스 너머로 조금 도톰하게 솟아오른 배를 쓰다듬었다. 마음속으로는 좀더 일찍 결혼식 날짜를 잡았어야 했다고 생각했지만 규하와 마음을 털어놓게 된 것도 얼마 되지 않은 일이었다.

춘봉은 규하의 멋진 옆모습을 힐끗거렸다. 푸르스름하게 수염을 깎은 턱이 얼마나 멋있는지 자신도 알까? 제비 날개 같은 연미복으로 쫙 차려

입은 모습이 무어라 형용할 수 없이 멋지다는 것도.

춘봉은 그를 처음 만났던 일부터 지금까지의 일들이 주마등처럼 눈앞을 지나가는 것을 깨달았다. 사람의 인연이 어떻게 그렇게 엮일 수 있는지, 그리고 첫사랑 상현을 찾으러 상경했던 그녀가 그와 사랑에 빠지기까지의 우여곡절들을 떠올리니 물밀듯이 감동이 밀려왔다.

그런 마음에 눈물이 찔끔 나려고 하는데 규하는 여전히 아무 표정 없이 시선은 그녀로부터 반대쪽으로 두고 있어 춘봉은 결혼식 내내 그가 왜 자신에게 화가 났는지를 추측하느라 정신이 없었다.

"신부는 신랑을 아끼고 사랑하며 평생을 행복하겠습니까?"

"……."

주례 선생님의 결혼 맹세를 묻는 물음에 대한 대답을 놓치고 만 춘봉은 그때 골똘히 생각에 빠져 있는 상태였다.

얼마 전에 만났을 때 내가 키스하려는 것을 피해서 화가 난 것일까? 하지만 그때는 삼겹살에 마늘까지 먹어서 냄새가……. 아니면 한밤중에 갑자기 전화해서 강무제로 오라고 했을 때 내가 거절해서 그런 것일까? 하지만 그때는 너무 피곤했어……. 아무리 훈련을 게을리하면 안 된다고 하지만 요즘은 아기 때문에 잠이 많아졌는걸…….

"그렇겠습니까?"

주례 선생님이 재차 묻자 춘봉은 깜짝 놀라 "네?"라고 물어버렸고 갑자기 식장은 킥킥대는 웃음소리로 가득 차버렸다.

"신랑을 아끼고 사랑하며 영원히 행복하겠느냐고 물었습니다."

주례 선생님이 인내심이 많은 사람이어서 다행이었지 그렇지 않고 짜증을 내기라도 했다면 춘봉은 아마 그 자리에서 울어버렸을지도 몰랐다. 그러나 그 외중에도 춘봉이 힐끔 규하 쪽을 돌아보자 더 험악해진 표정이었을 뿐 무엇 하나 달라지지 않은 모습으로 규하는 정면만 향하고 있었다.

정말 화가 단단히 났나 봐. 무엇 때문이지?

임신 4개월, 특히 감정 문제에 있어서 춘봉은 지금 센티멘털리스트 그
자체였다. 아무것도 아닌 일에도 웃음이 나고 또 눈물이 나는 급격한 감
정 변화를 겪고 있는 터였다. 그래서 급기야 유 사범에게 양가 부모님에
대한 인사를 할 때 춘봉은 솟아나는 눈물을 참을 수 없어 결국 눈물을 흘
리고 말았다. 머릿속으로는 금방 검은 안경을 쓴 판다가 되어버릴 것이라
고 얼른 멈추라고 빨간 등을 컨 경고를 내렸지만 눈물을 그치는 것은 결
코 쉽지 않았다.

"풋!"

춘봉이 장갑을 낀 손등으로 눈물을 훔치며 훌쩍거리고 있는데 갑자기
옆에서 그가 웃음을 터뜨렸다.

뭐야, 방금 비웃은 거야? 춘봉의 감정 곡선이 하늘을 향해 솟구치고
있었다. 삐ㅡ. 하늘 높은 줄 모르고 기하급수적으로 올라가는 감정 곡선
은 분노에 의한 것으로 춘봉은 실없이 웃음을 떠뜨린 규하를 보며 속으
로 이를 갈았다. 좋다, 두고 보자고요!

"흠흠, 이리 와라."

재빠르기가 번개와도 같아 후딱 샤워를 마치고 온 규하가 춘봉을 쳐다
보지도 않은 채 시선을 멀리 두고 말했다. 하얀 샤워 가운을 입은 그는
벌게진 얼굴을 하고 있었다.

지금 그들이 있는 곳은 신혼 여행지로 찾은 제주도의 한 호텔 룸이었
다. 생전 처음 와보는 제주도에 또 휘황찬란한 고급스러운 호텔 룸의 인
테리어에 춘봉은 눈이 휘둥그레져서 연신 구경하느라 여념이 없었다. 그
바람에 그가 몇 번이나 불러도 춘봉은ㅡ못 들은 척하는 것인지 아니면 정
말로 못 들은 것인지ㅡ 도통 아무 대답이 없어 규하는 목이 다 말라왔다.

"사부님. 왜 그러신대요? 뭐, 잘못 잡수셨당가요?"

또다시 몇 번 말을 건네고 나서야 춘봉이 순진한 얼굴로 규하를 물끄러미 바라보았다.

규하는 고개를 휙 돌려 뚫어질 듯 이글이글 불타오르는 눈으로 춘봉을 쳐다보았다.

“어허! 내가 아직도 네 사부님이더냐?”

“그럼 뭐시라고 부른당가요?”

천연덕스럽게 대꾸하는 춘봉을 보며 규하는 입이 떠억 벌어졌다. 아무것도 모르는 양 속눈썹을 깜박거리는 모양이 이제는 서울 물 좀 먹었다고 꽤나 유세다.

“잔말말고 이리 오라니까!”

속마음은 바작바작 타는 데다 제 성질을 못 이겨 규하는 자기도 모르게 버럭 소리를 지르고 말았다.

“왜 소리를 지르고 그러신대요—?”

그러나 능구렁이를 통째로 삶아 먹었는지 춘봉은 눈썹 하나 깜짝하지 않고 배실배실 웃으며 규하에게 가까이 다가가기는커녕 오히려 더 멀어져버렸다.

규하는 이제는 애가 타서 죽을 지경이었다. 마음 같아서는 와락 두 팔로 춘봉을 껴안고 마음껏 참아두었던 키스를 퍼부어버리고 싶었지만 아직은 사부와 제자 사이였던 체면도 있고 산장에서의 그날 밤을 제외한다면 그 이후, 진정으로 처음 맞는 오리지널 ‘첫날밤’이기에 규하는 상당히 조심스럽고 긴장되어 있었다.

“너 사부님 말 안 듣고?”

“어머머, 아까는 사부님 아니라고 하시더니?”

슬쩍 흘기는 춘봉의 눈초리에 웃음이 배어 있다.

규하는 마른침을 꿀꺽 삼킨다. 결혼식 때부터 눈부신 하얀 드레스를 입고 있던 춘봉을 안아보고 싶어 안달복달했던 속마음을 아무도 몰랐을 것이었다. 나이 든 신랑이 띠동갑 신부를 맞아 싱글벙글 웃는다고 놀림받을까 싶어서 그는 겉으로는 헛기침을 하며 일부러 그녀 쪽을 쳐다보지 않으려고 고개를 돌리고 있었다. 결혼식 내내 굳은 얼굴을 하고 있는 그에게 오죽하면 그녀가 걱정스러운 얼굴로 속삭이기까지 했을까.

"지한테 뭐시기, 화난 것 있으신게라?"

너를 안고 싶어 미칠 지경이었다. 사랑이 이렇게 괴로울 줄 알았더라면……. 결혼식 내내 신부 얼굴을 피해 마음속으로 구구단을 외우고 있는 신랑의 속을 안다면 사람들이 얼마나 황당해할까 하는 생각에 규하는 결국 웃음을 터뜨리고 말았다.

그러나 문제는 할아버지인 유 사범에게 절을 하며 춘봉이 급기야는 눈물을 흘리고 있는 상황이었기에 사람들은 조금 황망한 얼굴로 규하에게 눈살을 찌푸렸다. 워낙 예뻐해서 냉큼 그를 손녀 사위로 인정한 유 사범까지도.

잠깐 회상에 빠진 사이 춘봉이 아무 말 없는 그의 얼굴을 힐끔거렸다.

"화났당가요? 에이, 고거 갖고 삐쳤는게라?"

춘봉이 입을 삐죽거리며 놀려대자 규하는 괜히 화가 나 흠흠, 헛기침을 하며 짐짓 점잔을 뺐다.

"에라 나도 모르겠다."

그러면서 넓은 침대에 벌렁 드러누워서는 규하는 침대 옆 테이블에 놓여 있던 잡지 하나를 덥석 주워 들고는 아무 페이지나 펼쳐서 얼굴을 덥듯이 하고는 읽었다. 물론 글자가 눈에 들어올리는 천부당만부당했지만 그래도 춘봉과 혼인을 하고도 여전히 혼란스러운 자신의 마음은 도저히 주체할 수 없었다. 결혼이라는 것을 처음 해보는 데다 천방지축 말괄량이 춘봉이 그의 뜻대로 따라와 주리라는 예상은 거의 불가능했기에 지레 포기하는 심정이었던 것이다.

"피곤하시당가요?"

춘봉의 물음에 서운함이 조금 비쳤다고 한다면 그의 귀가 썩었을려나?
아, 멀고도 먼 첫날밤이여!

그런 규하를 물끄러미 바라보고 있던 춘봉이 어쩔 수 없다는 듯 한쪽
어깨를 으쓱한 뒤 수줍은 얼굴로 샤워 가운을 들고 욕실로 향했다.

쏴아—.

물소리도 이렇게 섹시할 수 있을까. 침대에 드러누운 규하는 이리 뒤
척 저리 뒤척, 이불을 머리끝까지 뒤집어쓰고 괴로운 마음에 어서 빨리
춘봉의 샤워가 끝나기만을 기다리고 있었다. 1초가 1시간 같다는 것이
이런 마음일까?

"물 아깝게 왜 저렇게 샤워를 오랫동안 하는 거야?"

괜히 투덜대며 규하는 발딱 일어나 침대 옆의 무드 조명만 켜놓은 채
전등불까지 모두다 꺼놓고 오락가락 화장실 앞을 서성거리며 춘봉의 목
욕이 끝나기만을 고대하고 있었다.

마침내, 물소리가 끊기고 문손잡이가 달칵 하고 열리는 소리에 규하는
후다닥 이불 속으로 들어가 드르렁드르렁, 낮은 코고는 소리까지 연출했
다.

내가 이렇게까지 되다니……. 속으로 한심스러워 죽을 지경이었지만
어쩌겠나, 세상에는 남에게는 쉽지만 반면에 자신에게는 어려운 일도 있
는 법인 것을.

"어머, 벌써 주무신당가요?"

규하의 곁에 앉느라 침대 저쪽이 살짝 파이고 긴장감에 심장은 두근두
근 뛰고 죽을 지경인데 그때 폭 하고 내쉬는 작은 한숨 소리, 그리고 조
그만 손 하나가 뻗어와 그의 뺨을 조심스레 더듬었다. 규하의 혈관에 뜨
거운 피가 퐁퐁 솟아났다. 그러나 거기에 이어지는 춘봉의 고백은 심청을
만난 심 봉사마냥 그의 눈을 확 뜨이게 하기에 충분한 것이었다.

"무엇 때문에 화가 난 게라……. 지는 이렇게 사부님을 사랑하는데?"

약간의 서운함이 묻어 있는 말투에 오늘 내내 무뚝뚝했던 자신의 모습을 떠올린 규하는 후회가 밀려왔다. 그러지 말았어야 했다는 생각이 들면서 자신이 한심스러워진 규하는 부스스 자리에서 일어났다.

침대 위에서 마주 본 채 앉은 둘은 손을 잡고 한동안 서로를 쳐다보기만 하고 있었다.

"미안해. 너에게 미안한 게 너무 많아."

"지도요."

"사랑하는 사람 사이에는 미안하다는 말은 하지 않는다고 하던데, 우리는 항상 미안하다는 말 투성이군."

그가 투덜거리자 춘봉은 그의 뺨을 손으로 감쌌다.

"그러게라."

그리고 춘봉은 갑자기 우악스럽게 그의 뺨 양쪽을 손가락으로 쥐고 세게 흔들기 시작했다.

"다시는 미안하다는 말하지 말아요! 그리고 그런 소리가 나오는 행동도!"

갑작스러운 그녀의 벌칙에 규하는 어안이 벙벙했다. 감히 하늘과 같은 사부님의 볼때기를 잡고 사정없이 앞뒤로 흔들어버리다니, 그 바람에 불독처럼 볼이 늘어나 보기 흉하고 우스꽝스러운 모습이 되어버린 것은 폼생폼사를 외치며 살아왔던 그에게 꽤나 자존심이 깨지는 일이었다.

"어허, 감히 사부님을!"

규하가 못마땅한 듯 점잔 뺀 목소리로 나무라자 춘봉은 웃음을 참지 못하며 대꾸했다.

"이제 사부님 아니잖아요."

"그럼 뭐지?"

"서방님이요!"

까르르 한 됫박 깨가 쏟아지는 듯한 맑은 웃음소리가 이어졌다.

규하는 잠시 멍하니 그녀를 바라보았다. 손으로 콕 찍어 먹고 싶을 정
도로 귀여운 주근깨를 가진 여자가 이제 자신의 아내라는 이름으로 그의
앞에 앉아 있었다. 게다가 그의 아이를 뱃속에 담은 채. 규하는 가슴속
깊은 곳에서 그녀를 사랑하는 마음이, 누구에게도 뺏기고 싶지 않은 마음
이 샘물처럼 솟아났다.

아랫배에 힘을 주고 두 눈을 질끈 감은 채 규하는 입을 열었다.

"유춘봉, 난 너, 널 정말로 사랑한다."

"알고 있어요. 내가 그것도 몰랐겠어요?"

당연한 듯 고개를 끄덕이며 대꾸하는 그녀의 얼굴은 뻔뻔하기 짝이 없
었지만 그가 그녀를 마주 보았을 때 그녀의 얼굴은 환한 웃음으로 가득
차 있었다.

벌써 찌는 듯한 더운 여름이네요. 이글거리는 태양이며 눈부신 햇빛이며, 딱 자리를 박차고 일어나 시원한 바람이 부는 바닷가로 피서를 떠나고 싶은 마음입니다.

지금쯤이면 춘봉이와 규하도 무더위를 떠나 휴가를 가지 않았을까요? 그리고 그 장소는 아마도 그들이 동계 훈련을 하며 서로에 대한 감정을 확인할 수 있었던 월출산이 되지 않을까 하는 생각을 해봅니다.

시원한 산바람이 이마의 머리카락을 쓸어올리고, 짙푸른 녹음이 우거져 있는 월출산 정상에 도착하면 그들은 감회에 젖어 서로를 마주 보겠지요. 그때 먼저 빙그레 미소를 짓는 사람은 얼굴 두꺼운 춘봉이일까요? 아니면 무뚝뚝하지만 자상한 규하일까요?

아차, 잊고 있었군요. 그들 사이를 가로막고 있는 아들내미가 긴 여행의 끝에 짜증을 부리며 우아앙, 울음을 터뜨려 그들 사이에 흐르는 미묘하고 농도 짙은 키스 직전의 분위기를 여름날 장독을 와장창 박살내듯이 깨뜨려버릴지도……. 그러고 보니 월출산의 산장은 바로 그 아들내미를 만들었던 장소이기도 하네요. 하하.

그렇다고 너무 부러워하지 마세요. 그들의 휴가가 온전히 휴양만을 위한 것은 아닐 테니까요. 엄격한 태권도 사범인 규하가 아무것도 하지 않고 퍼질러 있는 춘봉을 가만히 놔둘 리가 없으니까요. 아마 이번 여름 내내 춘봉은 발차기 천 번에, 주먹 단련 천 번씩 샌드백이 터지도록 훈련을 하고 있을 테니 부럽기는커녕 오히려 불쌍하다고 쯧쯧, 혀를 차줘야 하는 것 아니겠어요?

처음 태권도를 소재로 이야기를 만들어봐야겠다고 생각한 것은 지난 올림픽, 태권도에서 금메달을 딴 문대성 선수를 보면서였습니다. 멋진 문대성 선수를 모델로, 남자 주인공인 제규하를 만들어냈지요. 그리고 춘봉이의 모델이 된 것은 제가 가르치는 학생들 중의 한 명이었습니다. 한 번 소리를 지르면 아파트 전체가 쩌렁쩌렁 울릴 정도로 굉장히 목소리가 큰 그 여학생은 덩치만 컸지 철모르는 소녀였습니다. 그러나 상상할 수 없을 만큼 유쾌한 아이였습니다. 이런 캐릭터들이 이 『왈가닥 춘봉의 한판승부!』에서 잘 살아났는지는 모르겠지만 제가 그 아이를 만나면서 느꼈던 뼛속 깊은 유쾌함이 춘봉이를 통해서 잘 전달되기를 속으로 기원해봅니다.

무더운 여름 모두들 건강하시고 부족한 글을 펴내느라 고생하신 큰나무 출판사 관계자분들께도 감사의 말씀을 전하고 싶습니다.

모두들 행복하세요!

한여름 배상.